MEDEIA

ROSIE HEWLETT

MEDEIA

Tradução de
Flávia Souto Maior

TRAMA

Título original: *Medea*
Copyright © Rosie Hewlett, 2024

Esta edição foi publicada mediante acordo com a Grand Central Publishing, uma divisão da Hachette Book Group, Inc., Nova York, NY, EUA. Todos os direitos reservados.

Direitos de edição da obra em língua portuguesa no Brasil adquiridos pela Trama, selo da Editora Nova Fronteira Participações S.A. Todos os direitos reservados. Nenhuma parte desta obra pode ser apropriada e estocada em sistema de banco de dados ou processo similar, em qualquer forma ou meio, seja eletrônico, de fotocópia, gravação etc., sem a permissão do detentor do copirraite.

Editora Nova Fronteira Participações S.A.
Av. Rio Branco, 115 – Salas 1201 a 1205 – Centro – 20040-004
Rio de Janeiro – RJ – Brasil
Tel.: (21) 3882-8200

Imagens miolo: Media Guru

Todos os esforços foram feitos para obter as permissões necessárias em relação ao material protegido por direitos autorais, tanto ilustrativos quanto citado. Pedimos desculpas por quaisquer omissões nesse sentido e teremos prazer em fazer os devidos agradecimentos em qualquer edição futura.

Dados Internacionais de Catalogação na Publicação (CIP)

H612 m   Hewllet, Rosie

    Medeia / Rosie Hewllet; traduzido por Flávia Souto Maior. – Rio de Janeiro: Trama, 2025.
    432p.; 15,5 x 23 cm
    Título original: *Medea*

    ISBN: 978-65-81339-44-9

    1. Literatura inglesa – ficção. I. Maior, Flávia Souto. II. Título.

CDD: 823.92
CDU: 821.111-3

André Felipe de Moraes Queiroz – Bibliotecário – CRB-4/2242

Visite nossa loja virtual em:

www.editoratrama.com.br
f X ⓘ /editoratrama

Para todas as mulheres que já foram chamadas de "demais" ou de "insuficientes".

Quando eu era criança, transformei meu irmão em um porco.

Na época, eu achei divertido ver seus ossos se partindo e ouvir o estalo de sua carne conforme músculos e tendões se transformavam. Ri quando ele gritou, quando seu nariz se transformou em um focinho e uma pequena cauda enrolada surgiu em seu traseiro inchado e rosado.

Ninguém mais riu.

Os escravizados prantearam quando viram o que eu havia feito; alguns até fugiram do palácio, para nunca mais voltar. Outros caíram de joelhos, murmurando preces desesperadas, suas súplicas tremendo nos lábios retorcidos.

Quando meus pais descobriram, minha mãe se debulhou em lágrimas e meu pai me deu um tapa na cara. Uma reação previsível de ambos.

— Por que você fez isso? — perguntou ele.

— Porque eu posso — respondi.

Aparentemente, era a resposta errada.

Embora fosse verdade, esse não era o único motivo de minhas ações. Absirto era cruel. Ele atormentava a mim e a minha irmã mais nova, e, embora eu possa suportar sua maldade, Calcíope não possui a mesma dureza. Uma palavra ríspida pode cortá-la como uma lâmina, incrustando-se sob sua pele e criando raízes ali. Minha irmã não foi feita para suportar crueldade. Ela é como neve fresca, pura e delicada, podendo ser manchada até mesmo pela menor partícula de terra. Enquanto eu sou o chão congelado que fica embaixo, dura e inflexível.

Então, transformei Absirto em um suíno porque ele agia como tal. Eu acreditei ser uma sentença justa e sempre acreditei em punição — meu pai garantiu isso. Minha justiça foi fácil o bastante de executar, apenas um preparado simples que salpiquei sobre seu mingau matinal.

Absirto até foi esperto, sentindo, de alguma forma, que havia algo errado já na segunda colherada e tentando cuspir o "veneno". Foi tarde demais, é claro. Minha magia havia fincado os dentes nele no momento em que tocou sua língua.

Ninguém enxergava a justiça em minhas ações, porque, para eles, o comportamento de Absirto não era algo a ser corrigido. Ele só estava "agindo como um garoto" e, aparentemente, aquilo significava que ser cruel fazia parte de sua natureza. Só que essa justificativa nunca fez sentido para mim.

Depois do incidente, meu pai me trancou em meus aposentos, colocando dois guardas do lado de fora para me vigiar. A princípio, achei um pouco divertido que meu pai, Eetes, o formidável rei da Cólquida, estivesse com medo de sua pequena e quieta Medeia. Só depois descobri que essa falta de liberdade estava longe de ser divertida.

Ao cair da noite naquele dia, meu pai foi ao meu quarto e me disse para desfazer o feitiço.

— Eu não sei como.

Era verdade, mas ele me bateu como se eu fosse uma mentirosa, como se eu tivesse um segredo dentro de mim que ele estivesse tentando arrancar de meu corpo. Ainda me lembro do som de sua respiração, aquelas arfadas pesadas e irregulares enquanto ele jogava o braço para trás, pronto para desferir outro golpe. Era o mesmo tipo de respiração que eu podia ouvir pelas paredes quando ele estava sozinho com minha mãe.

Diferentemente dela, eu nunca chorei quando meu pai me batia. Imagino que ele achava isso irritante, e é provavelmente por esse motivo que o fazia com tanta frequência. Mas sempre achei as lágrimas inúteis. Disse isso a Calcíope uma vez, quando ela estava chorando por um pássaro morto que tínhamos encontrado no pátio. Ela me encarou com os olhos úmidos e brilhantes.

— Às vezes você diz coisas que me assustam, Medeia — foi tudo o que ela respondeu.

— Tudo te assusta — falei, cutucando com um graveto o corpo sem vida do pássaro e abrindo ainda mais seu ferimento.

Calcíope gritou para que eu parasse, mas eu a ignorei e afundei mais o graveto. Queria ver o que tinha dentro.

Quando meu pai finalmente se conformou e aceitou que eu não sabia como consertar meu irmão, ele recorreu a outros meios. Um último recurso.

Minha tia.

Achei isso uma reviravolta curiosa, pois eu jamais a conhecera.

Na Cólquida, ela era mais mito do que mulher, com uma rica tapeçaria de rumores entrelaçados em torno de seu nome: *Circe*.

Eu tinha ouvido falar que meu pai a havia banido anos atrás — o motivo ninguém parecia saber. Mas isso não impediu Fama, a deusa dos rumores, de espalhar seu toque incendiário pelo reino, inflamando a lenda que era minha tia.

Havia outro nome do qual a chamavam também, uma palavra que escravizados sussurravam atrás das mãos em forma de concha em sua língua colquidiana nativa. *Bruxa*. Quando criança, eu não sabia o que isso significava, mas era pronunciado com tanto veneno que eu só poderia achar que era algo terrível de um modo fascinante.

Em minha cabeça, Circe era uma espécie de monstro maligno, como uma Erínia alada, repugnante e implacável. Eu a imaginava voando pelo reino, exercendo seu julgamento frio sobre mortais desavisados. Fiquei profundamente cativada por ela, ou melhor, pelo potencial do que ela poderia ser. Suponho que seja possível dizer que Circe era uma obsessão minha. Minha mãe sempre dizia que era do meu feitio ficar obcecada pelas coisas.

Circe chegou na calada da noite, dois dias depois da transformação de Absirto. Ainda consigo me lembrar da sensação de medo que me atingiu quando acordei e vi uma figura escura se agigantando sobre minha cama, pintada de sombras prateadas lançadas pelo luar.

Circe deve ter sentido meu medo, pois de imediato afastou o manto, revelando um par de olhos do mesmo tom dourado e reluzente dos de meu pai e um sorriso levemente curvado. Mas foram seus cabelos que notei primeiro, caindo em cascata como lâminas brilhantes ao redor dos ombros.

Eu nunca tinha visto cabelos tão claros e radiantes, como a luz do sol se fragmentando sobre a água mais límpida.

Levei um momento para assimilar sua aparência, percebendo com isso que ela era, sem dúvida, a coisa mais bela que eu já tinha visto.

Atrás de Circe, a presença de meu pai era como uma mancha contra as paredes de meus aposentos. Eu me lembro que ele estava com uma expressão de compostura aquela noite, tentando mascarar o medo que eu havia exposto há poucos dias.

— Olá, Medeia — a voz dela era forte e autoritária, mas havia nela uma calidez que me atraiu de imediato. — Sabe quem eu sou?

— Uma bruxa.

A palavra fez meu pai se enrijecer visivelmente enquanto monitorava os corredores silenciosos. Mas, para o meu encanto, Circe riu de minha resposta. O som era doce e esfumaçado, como mel queimado.

— Eu prefiro o termo "feiticeira". — Seus olhos brilharam com uma travessura intensa.

— Feiticeira — repeti a palavra devagar, extraindo cada gota satisfatória de sibilância.

— Pode nos deixar agora, Eetes — instruiu Circe sem olhar para meu pai.

Um lampejo de terror cortou sua máscara de pedra.

— Você não pode...

— Eu assumo a partir de agora. — Seu tom de voz era suave, mas havia uma tensão inegável em suas palavras, como uma lâmina enrolada em lençóis de seda. — Adeus, irmão.

Meu pai ficou nos encarando com uma careta enquanto lutava para manter a compostura. O rei da Cólquida não estava acostumado a receber ordens.

No silêncio, eu tive certeza de que podia ouvir os grunhidos distante de Absirto, de um cercado improvisado nas profundezas do palácio onde ele estava escondido.

— Bem... vou ficar aqui fora... para o caso de precisarem de mim. — Meu pai ergueu o queixo com despeito, seu ego mais ferido do que todo o meu corpo.

— Não vamos precisar. — Circe piscou para mim.

Meus olhos acompanharam meu pai sair do quarto e eu fiquei levemente boquiaberta. Nunca, em toda a minha vida, eu o havia visto obedecer às ordens de alguém, muito menos de uma mulher.

— Então, Medeia, há quanto tempo você está estudando magia? — perguntou Circe quando ficamos sozinhas, sentando-se sobre minha cama e entrelaçando as mãos longas e finas sobre o colo.

— Magia?

— Ora, sim, Medeia. De que outra forma você acha que transformou seu irmão em um porco?

Fiz uma pausa. Não havia considerado o "como"; simplesmente sabia que eu podia fazer, então fui lá e fiz.

— Eu... eu só misturei umas coisas... Plantas e raízes. Só isso.

Circe se aproximou, seu perfume quente preenchia minhas narinas.

— *Isso* é magia, Medeia. Me diga, quantos anos você tem?

— Este será meu oitavo inverno.

— Esse é um feitiço bem avançado para a sua idade. — Uma faísca brilhou em seus olhos quando ela acrescentou: — E sabia que é um dos meus preferidos?

Deixei suas palavras se assentarem dentro de mim.

— Mas o que é... "magia"?

Circe sorriu com uma curva lenta e lânguida nos lábios.

— Magia é um presente da deusa Hécate. Foi ela que a agraciou com essa habilidade.

— Foi?

— Foi. Ela escolheu você, Medeia, e isso torna você de fato muito especial. Percebe isso?

Torci as mãos com nervosismo no colo.

— Todo mundo diz que tem algo errado comigo...

— As pessoas com frequência não gostam daquilo que não compreendem — interrompeu Circe com leveza. — Mas eu acho que não devemos deixar a ignorância delas ficar no caminho de nosso próprio potencial... E você?

Senti um sorriso se formar em meus lábios enquanto concordava com a cabeça.

Seus olhos recaíram sobre o hematoma que já estava se formando em meu queixo. Meu pai costumava tomar cuidado para me ferir apenas em lugares que pudessem ser cobertos, mas sua fúria o fizera perder a cabeça. Ainda me lembro da expressão nos olhos de Circe, a raiva silenciosa seguida de uma quietude lúgubre que pareceu se infiltrar em todos os centímetros de seu corpo.

Depois do que pareceu uma pequena eternidade, ela enfim voltou a falar com a voz repleta de uma intensidade cálida.

— Estou aqui agora, Medeia. Você não está mais sozinha.

Daquele momento em diante, fui completamente fisgada.

Com frequência, eu questionava as alegações de meu pai sobre sua ascendência divina, suas afirmações de que era filho de Hélio, o deus Sol. Mas ao ver Circe, eu tive certeza de que ela só podia descender do divino, pois nenhum mortal seria capaz de criar tamanha perfeição.

Jamais havia conhecido uma mulher como ela. Circe não era fraca como minha mãe, nem sensível como Calcíope, tampouco cínica como as garotas escravizadas. Ela possuía uma confiança natural e destemida que eu acreditava que apenas homens pudessem emanar. Porém, diferente de meu pai, ela a executava com uma autoconfiança silenciosa. Ela era completamente cativante.

Circe era tudo que eu não tinha me dado conta de que gostaria de ser, até aquele exato momento. Queria escalar para dentro de seu sorriso e usar sua pele como se fosse minha, hospedar aquele poder, irradiar a confiança, dominar o equilíbrio. Era como se eu estivesse cambaleado no escuro durante minha vida toda, e a luz de Hélio de repente cruzasse meu caminho, permitindo-me enfim saber exatamente para onde eu estava indo, quem eu deveria ser...

Acho que foi isso que tornou o abandono dela ainda mais doloroso.

— Você não consegue fazer nada certo, Medeia? — A voz insolente de meu irmão estilhaça meus pensamentos, puxando-me de volta das fronteiras de minhas memórias. Percebo que passei a maior parte de meu tempo mergulhada no passado, pensando em Circe.

Sua ausência é um vazio tangível dentro de mim.

Reajusto meu foco sobre o tear, passando os olhos pelo emaranhado de fios. Há tanto potencial pairando entre esses filamentos e ainda assim, sob meus dedos, eles não passam de uma desordem de nós, uma bagunça que minha mãe terá que desembaraçar e corrigir, tecendo sobre meus erros como se eles nunca tivessem acontecido.

— É constrangedor — continua Absirto, puxando um dos fios.

Desejo com frequência que Circe nunca tivesse revertido meu feitiço. Absirto era muito mais agradável como suíno.

Atrás dele, minha irmã paira na porta como uma sombra tremeluzente. Nossos olhos se encontram e um sorriso nervoso contorce seus lábios.

— Nosso pai mandou chamar você. — Meu irmão se agiganta sobre mim de maneira detestável. Ele tem um cheiro bolorento, como de cavalos e suor seco.

— Eu só estava me lembrando de quando transformei você em porco, irmão — digo, deixando seu olhar mordaz queimar em mim, mas não sentindo nada. — Foi... há quanto tempo mesmo? Nove invernos, eu acho. Você se lembra?

Seus olhos brilham com uma vergonha sombria que rapidamente engrossa para raiva. Ele me lembra tanto meu pai quando está zangado, quando aquela mesma feiura se forma em seu rosto, entalhando linhas profundas em sua testa. Acredito que a raiva envelhece as pessoas, e é por isso que Absirto parece tão desgastado apesar de ser só dois invernos mais velho do que eu.

Ele acerta meu rosto com a mão aberta. Ouço Calcíope soltar um grito abafado enquanto a dor se espalha ao longo de meu nariz, fazendo meus olhos lacrimejarem. Fico imóvel por um momento, deixando a dor se acomodar enquanto uma sensação familiar se agita em minhas veias. *Sua magia*, diz a voz de Circe em minha mente, *ouça-a, Medeia*.

Sorrio para o chão.

— Você está proibida de falar sobre sua *maldição*. — Absirto cospe a palavra com veneno.

— Eu sei. Nosso pai já deixou isso bem claro. — Olho dentro dos olhos dele. — Mas eu simplesmente não consigo parar de pensar em como sua pequena cauda enrolada era adorável.

— *Medeia* — diz Calcíope, ofegante.

Ela continua temendo o poder que Absirto ostenta, pois ainda não se deu conta de como é vazio. Mas eu não sou tão ingênua. Consigo enxergar através da atuação de meu irmão; consigo sentir a fraqueza pulsando sob a autoridade à qual ele se apega tão desesperadamente. Já expus isso antes. Poderia expor outra vez.

— Tenha cuidado, irmã. Você não tem mais a megera da nossa tia para te proteger. — Essas palavras me atingem com mais força do que o tapa, e ele sorri da dor que transparece em meu rosto enquanto se aproxima. — Quando eu me tornar rei, vou te banir para sempre e vou ordenar que todas as bruxas como você sejam caçadas e mortas. Vou limpar a mancha de magia da reputação da Cólquida.

Irmão tolo; ele não percebe que seu banimento seria um presente, não um castigo. Passei toda a minha vida ansiando por escapar dessa prisão. Quanto a caçar as bruxas, só ouvi falar de mim e de Circe com tais habilidades. Mas eu gostaria de ver meu irmão incitar a fúria de Hécate. Ela é uma deusa misteriosa e temida, talvez devido aos domínios sinistros que governa — magia, escuridão e fantasmas.

Não tenho dúvida de que sua punição seria imediata e severa.

— Sabe o que você é, irmã? — prossegue Absirto, acariciando minha cabeça com uma afeição fingida. — Uma doença. Você vai infectar tudo em que tocar e fazer apodrecer de dentro para fora. E sabe o que fazemos com infecções? Nós as *cortamos*. — Enquanto fala, ele arranca alguns fios de meu cabelo e seu sorriso se amplia quando faço uma careta de dor.

— Absirto — choraminga Calcíope.

— *Calcíope*. — Ele imita a voz dela. Depois, endireita o corpo, deixando meus fios de cabelo caírem de seus dedos. — Vá ver nosso pai.

— Como desejar, irmão. — Levanto devagar e saio do quarto, encarando Calcíope na porta. Seus olhos se arregalam quando me aproximo.

Se alguém nos visse juntas, não pensaria que somos irmãs. Calcíope é baixa e pequena, com cabelos como ouro fiado e traços delicados que parecem que podem ser quebrados com um único estalar de dedos. Enquanto eu sempre me achei mais dura, mais feia. Se fôssemos flores, eu seria uma com espinhos e nós, feita para proteger e repelir, enquanto Calcíope seria uma do tipo que atrai todos com sua doçura, desejando ser adorada.

— Afaste-se, irmã — diz Absirto a ela. — Você não sabe de que mal a bruxa é capaz.

Às vezes eu me pergunto se meu irmão teria se tornado um homem tão cruel se eu não tivesse feito o que fiz com ele. Absirto sempre foi um valentão, é claro, mas talvez ele tivesse superado essa fase. Talvez pudesse ter suavizado com a idade, como fruta amadurecendo lentamente no sol. Minha magia o assustava, não visivelmente, mas bem lá no fundo, deixando a mancha da desconfiança e da humilhação sobre ele. Uma combinação perigosa para qualquer jovem rapaz. Mas, apesar disso, acredito que sempre haveria muito do meu pai nele. Minha mão apenas acelerou o inevitável.

Afinal, violência gera violência. Circe me ensinou isso. Ela me ensinou tudo o que sei.

Quando éramos mais novos, meu pai nos obrigava a assistir quando surrava os escravizados.

Ele nos colocava na sala do trono e fazia discursos sobre "as consequências de nossos atos", suas palavras preenchiam a sala com ideais vazios de dever e honra. Os olhos de Absirto brilhavam cheios de propósito ao ouvi-lo, enquanto Calcíope fungava com nervosismo, incapaz de olhar para o escravizado tremendo no chão. Eu permanecia imóvel, esperando o inevitável.

Meu pai batia nos escravizados com os punhos, às vezes com um chicote, se não quisesse machucar a mão. O chicote era sempre o pior.

Até hoje, ainda escuto os gritos, cada cadência única de dor gravada permanentemente em minha memória.

Calcíope fechava os olhos, chorando baixinho enquanto segurava minha mão, como se apertar meus dedos pudesse, de alguma forma, melhorar as coisas. Até mesmo o "destemido" Absirto às vezes tinha que desviar os olhos. Mas eu não. Eu me obrigava a testemunhar cada fração da agonia deles, a deixar aquilo ficar gravado em mim, esvaziando-me até eu conseguir sentir o gosto ácido do sofrimento em minha boca.

Desviar os olhos me fazia sentir que estava, de certo modo, negando a dor daqueles homens, e eu não queria dar ao meu pai a satisfação de fazer eu me encolher e recuar como os outros. Eu sabia que ele se alimentava de fraqueza.

Circe uma vez me disse que a crueldade de meu pai vinha de um lugar de profunda insegurança. Achei isso fascinante na época. Meu pai governava um dos reinos mais bem-sucedidos e ricos de todo o mundo e era um descendente direto dos deuses. De onde poderia vir sua insegurança? Ela havia sorrido diante de minha descrença.

— O filho de um deus renomado, nascido completamente comum. Consegue imaginar como isso deve ser humilhante? Essa sempre será a maior vergonha de Eetes.

Naquele momento, a crueldade e a raiva de meu pai fizeram sentido. Ainda assim, apesar de suas falhas, eu é que era vista como um monstro. Eu é que era mantida afastada por todos à minha volta, excluída pelo mundo.

Até Circe me deu as costas no final.

Sempre me perguntei se existe um monstro dentro de mim, encoberto pela pele de uma garota jovem e quieta. Talvez todos consigam vê-lo andando de um lado para o outro agitadamente sob a superfície, e seja por isso que mantêm distância.

Talvez fosse por esse motivo que eu não desviava os olhos quando meu pai surrava os escravizados, porque o monstro dentro de mim queria ver, queria aproveitar.

Minhas sandálias batem contra o piso com padrões brilhantes enquanto ando até a sala do trono de meu pai.

É um espaço longo que se abre em direção à entrada do palácio, adornado com decorações grandiosas que fedem a desespero. Uma decoração que combina com seu rei.

À minha direita, no centro do recinto, uma grande lareira circular brilha preguiçosamente, emoldurada por quatro pilares. Os escravizados ao lado dela se encolhem e saem, como fazem com frequência quando entro em um cômodo.

Meu pai está sentado diretamente em frente à lareira, em uma plataforma elevada. Seu trono dourado é emoldurado com tecidos carmesins que pendem de pilares como feridas sangrando.

Ele é um homem feio. Seu rosto é afiado e anguloso, o nariz levemente aduncado. Tem os mesmos cabelos e olhos dourados de todos os filhos do deus Sol. Não herdei essa coloração divina, não que eu me importe. Minhas feições escuras têm pouca importância para mim. Além disso, acho adequado eu ter nascido tão diferente de minha família quanto me sinto. No entanto, é verdade que quando vi Circe pela primeira vez desejei possuir sua beleza dourada; eu queria ser exatamente como ela, absorver todos os centímetros dela. Refletir cada respiração, ecoar cada batimento cardíaco.

— Pai — digo, cumprimentando-o.

A palavra parece vazia em minha boca.

— Medeia. — Meu pai acena de leve com a cabeça. Ele raramente fala diretamente comigo dessa forma. — Frixo, esta é minha filha mais velha.

Ao lado do trono de meu pai está um homem que nunca vi antes. Ele é alto e magro, com membros estranhamente longos. Seus olhos, de um castanho profundo, encaram os meus e vejo uma tristeza neles que quase me tira o fôlego.

Fico olhando nos olhos do estranho por mais tempo do que sei que deveria, cativada pelo sofrimento que ele carrega tão visivelmente.

Escuridão chama escuridão, outra frase sábia de Circe.

— Você acha que ela pode… fazer isso? — pergunta ele ao meu pai.

Noto como o grego soa diferente em seus lábios, as vogais suaves e aveludadas. Ouvindo-a agora, posso entender por que meu pai me censurou tantas vezes por "assassinar" sua língua nativa. Meu grego sempre foi sobrecarregado pelas arestas duras e familiares do dialeto colquidiano com o qual cresci, atribuindo-me um sotaque que meu pai tentou refrear desde a infância.

Olhando de volta para o rei, noto um conflito interno escurecendo seus olhos. Será que ele vai me casar com este homem? Ele sempre alegou que eu não sou "feita" para o casamento, mas poderia ter mudado de ideia? Aos dezessete invernos, eu acreditava que era velha demais para ser desejável.

Um arrepio agudo atravessa meu estômago. Este estranho melancólico poderia ser o caminho para eu sair da Cólquida.

— Ela pode fazer. Foi treinada pela própria bruxa Circe — diz meu pai, com desgosto carregado nas palavras.

Circe. Fazia tanto tempo que alguém ousara proferir seu nome entre essas paredes.

— Sua irmã?

Faz-se uma leve pausa até ele bufar.

— Isso mesmo.

— Então é verdade o que dizem sobre a magia da Cólquida… Talvez a própria Circe possa nos oferecer sua ajuda?

— Minha irmã não reside mais aqui. — A voz de meu pai é severa. — E ela não retornará.

Vejo a veia em seu pescoço pulsar, grossa e lenta. Meu olhar então desce para onde suas mãos agarram os braços do trono, os tendões como cordas salientes sob sua pele sarapintada.

— Princesa — diz Frixo, ofegante. Ele olha em meus olhos e eu sorrio, mas então sinto gosto de sangue na boca e rapidamente cubro o rosto. — Seu nariz… Você está bem?

— Pelo amor de Zeus, fique apresentável, garota.

Limpo o nariz ensanguentado com o dorso da mão, queimando em silêncio sob o peso do olhar de meu pai.

— Não é nada — murmuro, alternando o olhar entre eles. — Por que me chamou aqui?

Um silêncio tenso engole a sala. Do lado de fora, posso ouvir os pássaros cantando seus chamados matinais enquanto o ar agradável sopra ao nosso redor, fazendo o fogo tremer e faiscar. Passo a língua pela parte de trás dos dentes, sentindo o resíduo metálico do sangue. Parece que Absirto me bateu com mais força do que imaginei.

Ao lado de meu pai, Frixo olha com nervosismo ao redor da sala, a luz do fogo esculpindo as cavidades de suas bochechas e olhos, fazendo com que ele pareça mais um esqueleto do que um homem. O que aqueles olhos viram que o fazem abrigar tanta aflição?

— Frixo me concedeu um presente — responde meu pai finalmente, sua voz cortando a tensão como uma faca corta carne. — É um presente dos próprios deuses, um que deve ser protegido a todo custo.

— Isso não será problema. Cólquida tem o melhor exército do mundo, melhor do que qualquer um na Grécia — ruge Absirto ao invadir a sala.

Sinto minhas entranhas se enrijecendo quando ele olha para o meu nariz ensanguentado com um sorriso sarcástico.

— Limpe o rosto, irmã.

Nosso pai parece ambivalente ao responder:

— Precisamos de mais do que homens mortais para proteger esse presente. Precisamos das... *habilidades* de Medeia.

Pisco devagar, registrando as palavras dele.

— Pai, não pode ser! Você mesmo disse que a magia dela é uma maldição. Devíamos estar punindo sua doença, não a encorajando!

— Às vezes devemos apelar à escuridão para proteger a luz — diz Frixo em voz baixa, pegando-nos de surpresa.

Seus olhos encontram os meus rapidamente e sinto algo se desenrolando na boca do estômago, fazendo um calor esquentar minhas bochechas.

— O que, em nome de Hades, isso quer dizer?

— Quer dizer que sua irmã pode ser nossa única opção, príncipe Absirto.

— Eu faço — digo, olhando nos olhos de Frixo com uma intensidade repentina. — O que quer que estejam me pedindo, eu faço... Porém...

— Porém? — Meu pai se conteve antes de falar mais.

— Quero ver o presente que vou proteger.

Seu rosto fica sombrio, olhando para Frixo enquanto uma discussão silenciosa se passa entre eles.

— Muito bem.

3

Circe não reverteu meu feitiço sobre Absirto sem pagamento.

Minha tia fez meu pai prometer que ela poderia ficar e ser minha tutora nos caminhos da magia. Ele concordou, pois não tinha outra escolha, a menos que quisesse um porco como herdeiro. É claro que odiou a decisão que foi forçado a tomar. Mas, para mim, foi o melhor presente que eu poderia receber.

Durante o tempo que passou como minha tutora, Circe não residiu em Cólquida. Ela normalmente ficava até o ciclo de Selena estar completo, e então desaparecia por um período agonizante. Os dias entre suas visitas eram um vazio, como os invernos áridos que Deméter infligiu ao mundo quando foi separada de sua amada Perséfone. Só que meu inverno era interior, um frio que se espalhava por todo o meu corpo, congelando minhas entranhas. Quando Circe retornava, era como se Hélio tivesse finalmente ascendido, derretendo o gelo que havia se estabelecido em meus ossos.

Suas aulas eram essencialmente teóricas, em vez de práticas, pois essa era a forma mais simples de manter o humor de meu pai sob controle. Ele conseguia suportar que eu estudasse magia, mas se recusava a nos deixar conjurar feitiços em sua terra.

Então, Circe se concentrou em desmembrar as propriedades de cada um deles, explicando quais plantas e encantamentos podiam invocar qual efeito. Nós passávamos horas intermináveis caminhando pela floresta, envolvidas em sua sombra preguiçosa, enquanto Circe me contava sobre cada flor, planta e arbusto que encontrávamos. Ela conhecia todos de cor.

Normalmente, eu tirava as sandálias para poder movimentar os dedos dos pés no solo e sentir o poder zunindo dentro de mim.

— Natureza é magia, Medeia, e magia é natureza. É a essência mais bruta de nosso mundo, um poder infundido pelo divino quando o criou. Ela canta através das veias de Gaia, mas apenas poucos podem ouvi-la, apenas aqueles que Hécate permite. Ouça.

Eu fechava os olhos enquanto Circe falava, concentrando-me no puxão da magia que me chamava para a frente.

Depois de um tempo, Circe parou de me contar coisas e começou a fazer perguntas. Eu costumava amar quando ela me testava desse jeito, ainda mais quando eu a impressionava com a resposta correta.

— E isso é...? — Ela apontava para uma planta aleatória, arqueando a sobrancelha em desafio.

— Asfódelo.

— E que feitiço você poderia conjurar com ele?

— Se queimado corretamente sob uma lua cheia, é possível invocar uma conexão para falar com os mortos.

— Muito bem, Medeia. — Aquele sorriso se abria em seu belo rosto, enchendo-me de orgulho.

Quando fiquei um pouco mais velha, Circe encontrou novas formas de me desafiar.

Começou durante meu décimo verão, quando, como sempre, estávamos na floresta fazendo nosso sacrifício de rotina a Hécate sob a lua crescente. De acordo com Circe, a deusa preferia suas oferendas à noite.

Eu que havia cortado o pescoço da ovelha, e me lembro como seu sangue brilhava em um prateado lúgubre sob o luar, cobrindo as palmas de minhas mãos e meus pulsos.

— Quero propor um jogo. — Circe estava ajoelhada de frente para mim e havia uma pequena fogueira crepitando entre nós.

Observei as chamas queimando em seus olhos, derretendo seu brilho dourado até formar um ocre quente.

— Coloquei diante de você uma seleção de flores, uma das quais cresce nas montanhas, nascida do sangue de Prometeu.

Prometeu. Seu nome pareceu silenciar a floresta ao nosso redor; mesmo o constante coro das cigarras cessou. Prometeu era o infame Titã punido por Zeus por presentear a humanidade com o fogo. Ele permanece acorrentado por toda a eternidade sobre a cordilheira irregular da Cólquida, suas entranhas comidas todos os dias por aves sedentas por sangue, apenas para crescerem novamente durante a noite para que seu tormento recomece. Ainda dizem que, até hoje, é possível ouvir seus gritos ecoando entre os picos.

Fiquei olhando para as flores dispostas diante de mim, imaginando qual delas poderia se originar do sangue de um imortal divino, um *Titã*.

— Essa flor — continuou Circe —, quando preparada corretamente, pode criar um unguento que te dará a capacidade de repelir fogo. Quero que você me mostre como.

Olhei rapidamente para minha tia.

— Mas... não aprendi esse feitiço ainda. Você não me ensinou.

— E quem te ensinou o feitiço de transformação que você usou em Absirto?

Ela tinha um bom argumento; sempre tinha.

— Eu...

— Você seguiu seus instintos, seu *dom*. Hécate te chamou, e você respondeu. É assim que uma feiticeira de verdade domina seu ofício. — Não tenho certeza se é apenas minha memória, mas juro que o fogo ardeu mais, como se alimentado por suas palavras. — Faça isso agora, Medeia. Confie em seus instintos. Acredite em si mesma, como eu acredito.

O encorajamento dela ardeu dentro de mim, mais quente do que as chamas, sustentando minha determinação. E então comecei a trabalhar. Toquei as flores dispostas diante de mim, pegando cada uma delas nas mãos e virando com cuidado entre as pontas dos dedos. Mantive os olhos fechados, pois não importava a aparência delas, e sim sua *sensação*, seu sussurro junto à minha pele, convocando a magia que percorria meu sangue com avidez. Imaginei que podia ouvi-las me chamando, vozes alegres — *Me escolha! Me escolha!* Todas tinham propriedades mágicas — isso ficou evidente o bastante com o puxão que senti nas veias —, mas apenas uma poderia lançar o feitiço que Circe havia me pedido.

Uma flor prendeu meu interesse. Suas pétalas eram macias e aveludadas, sua magia vibrava como um suspiro sob meu toque. Mas não foi isso que chamou minha atenção, mas sim a densa corrente de poder que senti por baixo. Foquei minha mente nela, abrindo minha magia àquela corrente pulsante. Uma visão violenta explodiu de repente diante de meus olhos — vi uma ave gigantesca lançando-se para atacar, sangue escorrendo de seu bico afiado como navalha, seu grito me perfurando.

Eu me encolhi, derrubando a flor.

— Aquela — eu disse a Circe, abrindo os olhos. A flor tinha pétalas longas e curvadas como a flor do açafrão e um caule que terminava em raízes grossas e carnudas. — É aquela.

— Aquela flor? — Circe estava me observando sobre as chamas, sua expressão totalmente impassível. — Tem certeza?

Minha magia ardia dentro de mim, quente e urgente.

— Não é a flor. É a raiz. É aí que fica o poder.

— Se essa é sua decisão, então prepare o feitiço. — Ela apontou para a ovelha caída, fria e imóvel ao nosso lado. — Você só precisa de sangue de um animal sacrificado e terra. Então o feitiço estará completo… *se* você escolheu corretamente.

Circe me passou uma tigela rasa de bronze na qual eu coloquei a raiz da flor, abrindo-a com as unhas. Ela revelou uma seiva grossa e preta que se misturou com o sangue que já manchava minhas mãos. O zunido em minhas veias se intensificou quando coloquei terra dentro da tigela e comecei a juntar os ingredientes entre as palmas das mãos.

— Pronto — anunciei com orgulho quando terminei. — E então? Eu estava certa?

— Você deve descobrir. — Circe apontou com a cabeça para as chamas, e um filete de medo percorreu meu corpo.

— O quê?

— Coloque sua mão no fogo. — Ela disse isso com tanta calma, como se estivesse apenas me pedindo que desse uma volta com ela.

Minhas mãos apertaram a tigela, a certeza em relação à minha decisão minguava a cada crepitar sinistro das chamas.

— Mas e se eu estiver errada?

— Isso se chama tentativa e erro, Medeia. Como você acha que aprendi?

Eu me lembro de sentir medo; a sensação era afiada como uma lâmina dentro de mim. Porém, ainda mais aterrorizante do que o fogo era a possibilidade de decepcionar Circe.

Eu preferia me queimar até os ossos a decepcionar minha tia.

Então, cobri a mão com o unguento que havia criado e ofereci uma prece a Hécate. A textura arenosa penetrou em minha pele instantaneamente, deixando uma sensação fria e vibrante.

As chamas sibilavam e faiscavam para mim, como um cão de caça espumando, ávido para ser solto. Por entre a fumaça espiralada, os olhos dourados de Circe me observavam, avaliando com calma.

Um momento se passou, depois outro. Finalmente, o rosto dela suavizou quando sussurrou:

— Você não precisa…

Com isso, mergulhei a mão no fogo.

As chamas se afastaram de imediato, curvando-se com obediência sob meu toque. Mexi os dedos e observei, perplexa, as faíscas fazerem cócegas de leve em minha pele.

— Você confiou em seus instintos, Medeia. Muito bem. — Circe sorriu para mim, e até hoje posso ver aquele orgulho flamejando nos olhos dela, lindamente brilhantes.

Eu havia acertado, como Circe sabia que aconteceria.

Daquele dia em diante, aprendi a confiar em meus instintos, em minha magia, ousando ir mais longe. Com Circe ao meu lado, sentia-me invencível. Ela era uma excelente professora, sempre tão diligente e paciente. Fazia todos os esforços para partilhar o que sabia sobre magia. Bem, quase tudo…

— Magia obscura é perigosa demais, Medeia. — Ela me dispensava, como sempre fazia quando eu tocava no assunto, suplicando para saber mais. — Além disso, mesmo se você quisesse, não pode mexer com esse tipo de poder. Não percebeu que ele não te chama como acontece com a magia da terra? Hécate nos deixa acessar magia da terra como um presente. Mas para utilizar magia obscura, devemos dar algo em troca.

— Dar o quê?

— Algo que nunca mais poderemos pegar de volta. — Era tudo o que ela respondia, até que eu acabei deixando o assunto para lá, guardando-o em minha mente como uma bugiganga proibida.

Por mais dois gloriosos verões, Circe continuou a me visitar, e então, um dia, simplesmente parou.

Do nada.

— Mas por que ela me deixaria? — perguntei ao meu pai quando ele me disse que Circe não voltaria.

— Por quê? — zombou ele. — Circe é uma criatura egoísta. Provavelmente se cansou de você. Não acha que ela tem coisa melhor para fazer do que suas aulas tolas?

Suas palavras cruéis e frias partiram meu coração. Ele sabia exatamente como me machucar, mesmo sem os punhos. Mas eu não acreditaria nele, eu *me recusava*. Sabia que Circe voltaria; ela não me deixaria dessa forma, não podia fazer isso. Então, esperei por ela.

E esperei...

E depois de cinco verões, aqui estou. Ainda esperando.

Meu pai sai conosco da sala do trono, instruindo os guardas a não nos acompanharem.

Espero que ele nos leve ao seu tesouro, onde mantém seus itens mais preciosos, presentes de reis distantes ávidos por agradá-lo. Mas, para minha surpresa, ele nos leva para trás dos estábulos do palácio.

O cheiro enjoativo e adocicado de esterco paira no ar enquanto meu pai nos leva para dentro. A luz do sol passa pelas rachaduras nas paredes, derramando faixas douradas pelo chão manchado de sujeira. Das baias de cada lado de nós, sombras se movimentam e suspiram suavemente.

Parece que o brilho de Hélio está impossivelmente claro hoje, iluminando a extremidade oposta do estábulo com uma estranha intensidade. Quando nos aproximamos, no entanto, percebo que essa luz ardente está vindo de outra fonte, escondida dentro do cercado mais afastado. Quatro guardas armados estão vigiando do lado de fora, protegendo os olhos do brilho inóspito.

Olho para o meu pai de maneira interrogativa.

— Fique calma — instrui ele, antes de entrar.

Eu o sigo sem hesitação.

Por um momento, a luz brilhante me assola, obliterando todos os meus sentidos. É como mergulhar em água gelada, meu corpo temporariamente paralisado pelo choque.

Protejo os olhos com as mãos e, gradualmente, os detalhes começam a retornar ao mundo. Consigo distinguir os cantos do recinto e a grande formação que está no centro dele. Uma criatura com um pelo tão dourado e radiante que emite luz própria.

Ao meu lado, ouço Absirto murmurar uma prece para os deuses enquanto forço os olhos para ter uma visão melhor desse animal magnífico. Ele é do tamanho de um cavalo, tem chifres, cascos e pelagem bem enrolada. Poderia ser um carneiro, embora em suas costas duas asas brilhantes e emplumadas estejam cuidadosamente escondidas.

A cabeça da criatura vira devagar em nossa direção, e seus olhos ardentes queimam dentro dos meus como se estivessem alcançando minha alma. Eu me pergunto se ele está com medo do que vê.

Instintivamente, estendo a mão e sinto o ar pulsando com o sussurro inebriante do poder divino. Quase posso sentir sua riqueza cobrindo minha língua...

— Basta. — Meu pai agarra meu braço, afastando-me.

— O que era aquilo? — sussurro, e manchas pretas surgem em minha visão enquanto meus olhos se ajustam aos estábulos sombreados do lado de fora.

— Um presente dos deuses — diz Frixo. — Eles me instruíram a trazer a criatura para cá, a fim de sacrificá-la a Apolo em seu bosque sagrado.

— Seu velocino possui grande poder — murmura meu pai para Absirto, colocando o braço sobre seu ombro. Finjo não escutar enquanto ele continua baixinho: — Os deuses disseram a Frixo que quem o abrigasse teria uma glória incalculável. Sabe o que isso significa, meu garoto? O dono daquele velocino será invencível. Assim que a notícia se espalhar, muitos vão desejar obtê-lo para si. É nosso dever protegê-lo, custe o que custar.

As ações de meu pai fazem sentido para mim agora. Ele não deseja proteger o velocino para agradar os deuses, mas para ser capaz de se apropriar do poder prometido.

Pensar nele como invencível faz meu sangue gelar.

— Vou dar minha vida pela causa! — anuncia Absirto, seu rosto corado com propósito.

Eu me pergunto se meu pai acredita nesse ato de valor ou se consegue enxergar o vazio dentro dele. Absirto vai perder o interesse nessa criatura assim que uma garota bonita chamar sua atenção ou alguém olhar para ele do jeito errado. Seus interesses são sempre egoístas. Esse carneiro não vai prender sua atenção por muito tempo.

— Medeia. — Meu pai se vira para mim. — Você deve criar um feitiço tão grandioso, tão poderoso, que nenhum homem possa superá-lo. Entendeu?

— Sim, pai.

— Tem certeza de que ela está preparada para isso? — murmura Frixo, virando o rosto de leve.

— Estou preparada — eu me intrometo. — Quanto tempo tenho?

— Até que Hélio se levante novamente.

— Então é melhor vocês saírem da minha frente. Tenho trabalho a fazer.

4

— Eu não entendo. — Calcíope faz biquinho para mim e uma pequena ruga aparece entre suas sobrancelhas claras. — Achei que você estivesse proibida de fazer magia.

Minha irmã está andando pela cozinha do palácio, espiando de tempos em tempos sobre meu ombro enquanto trabalho. Ambas sabemos que nossos pais a proibiram de ficar sozinha comigo, mas, como sempre, ela não sai, e eu não peço que ela saia.

— Aparentemente essa regra não se aplica a certas situações — digo.

Há um pequeno fogo aceso sobre o qual estou queimando as flores e ervas que instruí os guardas do meu pai a buscarem.

Eu mesma as teria colhido, mas não tenho mais permissão para ir além das paredes do palácio, exceto para cerimônias públicas, em que minha presença é obrigatória para meu pai preservar sua ilusão de uma família unida e obediente. Mas esses eventos às vezes parecem mais opressivos do que minha prisão de mármore, com os olhos das pessoas observando, avaliando, julgando...

Você ficou sabendo o que ela fez com o irmão?

— Por causa de um carneiro? — pergunta Calcíope, chamando minha atenção de volta para ela.

— Não é só um carneiro, é um presente dos deuses — digo enquanto queimo as flores, vendo suas pétalas violeta ficarem douradas e carmesins.

Um filete fino de fumaça sobe, e Calcíope se afasta apenas o suficiente.

Quando estão queimadas, transfiro o que restou para uma pequena tigela, junto com o sangue de uma cobra que estripei com cuidado antes de Calcíope chegar. Esfrego a mistura de cinzas entre as pontas dos dedos, sentindo o poder das chamas se misturar ao das flores. Ele canta por meu corpo, encorajando minha magia a ganhar vida para que comece a se agitar em minhas veias, fazendo minha mente efervescer.

Como senti falta dessa sensação! Ela me renova, me ancora, como um viajante dando o primeiro passo sobre a terra depois de meses perdidos no mar.

— Mas por que trazer o carneiro para cá?

— Porque os deuses mandaram.

— Mas por que temos que mantê-lo escondido?

— Porque nosso pai mandou.

— Mas…

— *Calcíope.* — Seu nome me escapa como uma rajada de ar frustrada, fazendo-a se encolher. Às vezes eu me esqueço de como ela tem medo de mim. Olho em seus olhos arregalados e sinto algo suavizar por dentro. — Preciso terminar essa poção antes de o sol nascer, senão…

— Senão o quê? — pergunta ela com nervosismo quando faço uma pausa.

Para ser sincera, eu não sei. Que punição maior há além da prisão e do ódio que já suporto? Suponho que meu pai poderia me matar, mas duvido que tal castigo valeria a ira divina que minha morte invocaria. Os deuses que governam nosso mundo podem ser profundamente falhos, mas são muito específicos em relação a assassinatos dentro de linhagens. Eles têm uma moral muito peculiar.

— É seguro? — Calcíope se debruça sobre a panela, franzindo o nariz.

— Sim, é seguro.

— Como você sabe o que fazer?

— Simplesmente sei… É difícil explicar.

— Pode tentar?

É a primeira vez em muito tempo que ficamos sozinhas juntas e podemos conversar livremente, sem os olhos opressivos de nossa família dissecando todas as palavras que trocamos.

Eu costumava amar ser irmã de Calcíope, antes de meus pais fazerem eu me sentir indigna do título. Amava a forma com que ela olhava para mim com aqueles olhos gigantescos e curiosos, e fazia inúmeras perguntas com sua voz ceceante. Qualquer resposta que eu desse, ela acreditava. Eu poderia falar um monte de bobagens, e ela ainda olharia para mim como se eu fosse o próprio Oráculo de Delfos.

Calcíope nunca mais olhou para mim assim, com aquela adoração incondicional. Agora seus olhos sempre estão manchados com um leve medo, um medo que foi incutido nela pelos outros. Eles a corromperam, tirando um pedaço dela de mim para sempre. E eu odeio minha família por isso.

Ainda assim, apesar de tudo, Calcíope continua a roubar esses momentos sozinha comigo, mesmo sabendo que está arriscando a ira de nosso pai. Mas eu nunca permitiria isso. Eu preferiria suportar a força total de sua fúria a deixá-lo colocar um dedo sobre ela.

— Por favor — insiste, chegando mais perto, de modo que seus cabelos dourados caem sobre meus ombros, fazendo cócegas em minha pele.

— Acho que é como pedir para alguém explicar como respirar. Simplesmente é uma coisa que seu corpo sabe como fazer.

Calcíope reflete por um momento, mordendo o lábio com ponderação.

— As plantas têm magia dentro dela — prossigo. — Eu só tenho que atraí-la para fora... A melhor forma de fazer isso é com os elementos: fogo, água, terra e ar. — Aponto com a cabeça para o fogo, e ele crepita como se concordasse. — Quando a magia é extraída, posso infundi-la a minha própria e obrigá-la a fazer o que eu quero... É tudo uma ciência. É o que Circe diz, pelo menos.

— Há magia nas plantas?

— Há magia em toda a natureza. — Gesticulo vagamente com a mão e Calcíope dá uma olhada inquieta ao nosso redor, como se demônios mágicos se esgueirassem nos cantos do cômodo. — Magia não é algo que deve ser temido.

— Então por que nosso pai teme?

— Porque é um poder que ele não pode comandar.

— *Calcíope.* — A voz de nossa mãe nos sobressalta. Ela está parada na porta da cozinha, com os olhos vidrados fixos em minha irmã. — Você não deveria estar aqui.

— Eu só estava…

— Saia. Agora.

Calcíope abaixa a cabeça em submissão, saindo do cômodo em silêncio. Minha mãe a observa ir com um olhar vazio, como se estivesse tentando ficar zangada, mas não conseguisse reunir energia para isso. Ela então se vira para sair sem registrar minha existência.

— A magia é uma ordem do meu pai — digo a ela. Não sei ao certo o porquê.

Ela inclina a cabeça levemente de lado, de modo que posso ver a curva delicada de seu nariz e lábios. Noto que suas mãos estão agarrando as dobras do vestido, fazendo o tecido fino ondular. O silêncio se arrasta entre nós.

Por favor, uma vozinha lamenta dentro de mim, *diga alguma coisa. Qualquer coisa.*

— Princesa? — Frixo aparece atrás dela, perfurando a quietude tensa.

Minha mãe instintivamente se encolhe e logo se retira, abaixando a cabeça.

— Eu não queria interromper. — Ele observa minha mãe sair, apertando as mãos atrás das costas. Sua voz é delicada e tensa. Eu a acho incrivelmente amável. — Seu pai me mandou para ver se você está pronta.

— Estou — digo, virando o conteúdo da panela borbulhante em um frasco menor, amarrado a um cordão.

Um leve cheiro de queimado sobe e faz Frixo se aproximar com curiosidade.

— O que é o feitiço?

— Um velho favorito. — Coloco o cordão ao redor do pescoço, deixando a poção descansar calorosamente junto ao meu peito.

Sem saber ao certo o que dizer, Frixo se agita desajeitadamente, como se tateasse o ar em busca da resposta certa. Então pega uma das flores descartadas sobre a mesa, girando-a entre o polegar e o indicador.

— É um ingrediente — digo, enquanto ele observa as pequenas faces violeta da flor unidas. — Para o meu feitiço.

— Sua magia… Ela funciona sem esses ingredientes?

Fico surpresa com sua curiosidade. Ninguém nunca pergunta sobre minha magia, exceto Calcíope.

— Não, na verdade, não. É como arte, eu acho. Um artista não pode criar sem suas ferramentas.

— E Hécate? Você precisa do envolvimento dela também?

— Sim. A deusa permite a conexão entre minha magia e a magia da terra. Sem ela, nada disso seria possível.

— A deusa já apareceu para você?

— Ainda não. — Dispenso a pressão familiar da decepção, voltando a concentrar minha atenção na flor que ainda está na mão de Frixo. — Elas se chamam *heliotrópios*, em homenagem ao meu avô. Dizem que havia uma ninfa que era perdidamente apaixonada por ele, mas quando Hélio partiu atrás de outra amante, ela não conseguiu suportar a dor. Então, definhou e acabou se transformando nesta flor. É por isso que elas sempre crescem viradas para o sol, pois é o espírito da ninfa olhando para seu amante perdido.

Frixo gira a flor devagar enquanto considera minhas palavras.

— É uma história triste.

— Não é tão ruim. Agora, essas flores têm o poder da transformação dentro delas. Acho que é possível dizer que em sua morte a ninfa se tornou mais poderosa.

Os olhos de Frixo encontram os meus, depois desviam.

— Seu grego é muito bom — comenta ele, talvez para mudar de assunto.

— Cólquida é uma terra de comércio; é bom para o povo daqui falar muitos dialetos. Mas meu pai fez questão que seus filhos compartilhassem de sua língua nativa. Ele ainda pensa em si mesmo como grego, mesmo que não tenha colocado os pés em sua terra natal desde que era jovem.

Frixo reflete sobre isso, seus olhos encontrando os meus novamente.

— Ele construiu um belo reino aqui. Devo admitir, não é o que eu esperava.

— O que você imaginou que encontraria aqui, selvagens? — Seus olhos saltaram ao ouvir isso, e eu não pude deixar de sorrir. — Todos nós ouvimos os rumores que vocês, gregos, espalharam sobre nós; as pessoas daqui riem deles.

— Eu não quis ofender, princesa...

— Não estou ofendida. — Dou de ombros, aproximando-me dele com um passo deliberado. — Posso perguntar uma coisa agora?

Frixo fica imediatamente tenso. Ele me lembra uma criatura arisca, sempre pronta para fugir.

— Suponho que sim.

— Vejo uma tristeza em você. De onde ela vem?

Minha pergunta o pega desprevenido, quebrando sua compostura e fazendo com que uma faixa de dor corte seu rosto. Ele se recompõe, tossindo como se quisesse limpar a emoção na garganta.

— Não vou contar nada a ninguém — acrescento.

Algo em seu rosto suaviza com isso, e pela primeira vez ele olha em meus olhos sem parecer que quer desviar deles.

Quando finalmente fala, sua voz está rouca.

— Tivemos que fugir de nossa casa, minha irmã e eu. Nossa madrasta nos queria mortos, e não pararia por nada até conseguir. Pela misericórdia dos deuses, fomos ajudados em nossa fuga. Eles enviaram o carneiro dourado e nos instruíram a vir até aqui, a Cólquida. Disseram que foi isso que as Moiras decretaram e... bem, você sabe, não se pode discordar das Moiras. — Frixo sorri com melancolia. — Mas nossa jornada foi... desafiadora.

— O que aconteceu com ela? — pergunto enquanto ele desvia o rosto e eu estudo a tristeza que brilha em seus olhos.

— Eu não pude salvá-la. — Suas palavras não passam de um sussurro preso na garganta. Ele faz uma pausa para se recompor. — Eu tentei. Tentei alcançá-la, mas não consegui... Ela sempre me protegeu, sempre esteve presente, e quando mais precisou, falhei com ela. Mas eu *tentei*. Deuses, eu tentei... — Ele se interrompe quando as lágrimas começam a escorrer por sua face. Então cobre o rosto com as mãos e soluça.

Por um momento, eu o observo chorar, cativada pela crueza de sua emoção. Só vi homens expressarem tristeza por meio da raiva e da violência. É fascinante vê-la tomar uma forma mais suave, mais delicada.

Com cuidado, como se tentasse não assustar um animal selvagem, dou um passo para a frente e gentilmente tiro as mãos dele do rosto. Suas palmas estão úmidas e quentes junto às minhas. Ele fica surpreso com meu toque, mas não puxa as mãos, como pensei que poderia fazer.

— É normal se sentir perdido — digo a ele. — Eu me senti perdida a vida toda.

Frixo me olha como se estivesse prestes a dizer alguma coisa, mas então seus olhos encaram os meus e ele fica em silêncio, deixando sua dor pesar entre nós por um momento silencioso. Não consigo me lembrar da última vez que alguém olhou para mim assim. Como se pudesse confiar em mim com suas palavras, sua vulnerabilidade. Isso enche meu peito com um calor transbordante.

No silêncio, eu me vejo pensando na irmã dele e sinto uma pontada de inveja perfurando minhas entranhas. Que maravilhoso devia ser ter sido amada tão profundamente a ponto de sua perda causar tamanho tormento, de sua morte ser capaz de destruir alguém com tristeza.

Alguém se importaria se eu morresse?

Talvez Calcíope, embora sua tristeza pudesse ter um quê de alívio. Imagino que Absirto riria ao mesmo tempo que dançaria alegremente sobre meu túmulo. Mas e se *ele* morresse — como eu me sentiria? Procuro em minha mente algum tipo de reação visceral, mas só encontro o vazio.

Quando olho para os olhos vermelhos e inchados de Frixo, brinco com o ímpeto de secar suas lágrimas. Mas ele de repente puxa as mãos das minhas, como se picado por onde quer que seus pensamentos silenciosos o tivessem levado. Permaneço imóvel, encarando o espaço vazio entre meus dedos, onde nossas mãos estavam entrelaçadas.

— Peço desculpas, princesa — murmura ele, esfregando os olhos. — Isso não é apropriado. Eu… Nós, hum… — Ele tosse, nervoso. — Nós precisamos ir. Os outros estão esperando.

— Precisamos — concordo, permanecendo perfeitamente imóvel.

— Sim, bem… eu posso acompanhá-la… se… se você quiser…

— Você sempre tem dificuldade com as palavras?

— Sim. — Ele ri, o som desfazendo as rugas de preocupação em seu rosto. — Mas parece se intensificar perto de você.

— Por quê?

— Não sei muito bem. — Ele olha nos meus olhos por um momento e posso sentir algo se repuxando em meu peito. — Para falar a verdade, nunca conheci ninguém como você, princesa.

— Você tem medo de mim?

— Medo? — Ele parece surpreso com a sugestão. — Deveria ter?

— Não. Nunca.

— Bem, vou confiar em sua palavra. — Suas mãos param de se contorcer lentamente quando seus olhos suavizam.

Me leve embora daqui. Por favor. A súplica silenciosa grita dentro de minha cabeça, tão alta e intensa que sinto como se pudesse me rachar em duas. *Por favor.* O desespero ecoa em mim e então, de repente, no eco daquele desespero, uma ideia surge em minha mente. Um plano.

Meu sorriso se alarga.

— Você tem razão. Precisamos ir. — Aceno com a cabeça, respirando fundo enquanto meu plano se estabelece dentro de mim. — Mas devo falar com meu pai primeiro.

Encontro o rei na sala do trono.

Ele está ao lado da lareira circular no centro do cômodo. O tempo está ameno do lado de fora, mas ainda assim a lareira queima continuamente em respeito à deusa Héstia e como uma marca de nosso lar unido. Um símbolo vazio.

O palácio parece quieto, e ainda assim eu sei que os escravizados estão por perto. Eles são especialistas em ser invisíveis, existir nas sombras. De alguma forma, são capazes de subsistir às margens de nossa vida, ao mesmo tempo em que servem no centro dela. Eles facilitam nossa existência sem jamais existirem de verdade.

Meu pai acena com a cabeça quando me aproximo dele. A luz do fogo lança sombras tremeluzentes em seu rosto, distorcendo suas feições de maneiras terríveis, como se revelasse vislumbres do que espreita por dentro.

— Está preparada? — pergunta ele quando paro à sua frente.

— Estou.

Vê-lo assim, com fogo refletido em seus olhos dourados, me lembra daquela noite com Circe, quando voluntariamente coloquei a mão no fogo por ela.

— Nunca gostei da sua tia; isso nunca foi segredo — diz meu pai, como se estivesse de alguma forma lendo meus pensamentos. Seu olhar se perde em uma lembrança enquanto continua: — Sempre achei que ela não era uma mulher confiável. Isso ficou bem evidente com seu pequeno desaparecimento, não ficou? Quanto tempo faz desde a última vez que ela te visitou? — Sei que é melhor não responder, então espero ele prosseguir. — Sempre houve algo errado com Circe. Eu sentia desde que éramos crianças. Algo vil e malévolo.

— Suas palavras podem ofender Hécate. — É tudo o que consigo pensar em responder.

— Não sinto apreensão com o poder da deusa. Eu a respeito, assim como respeito todos os deuses. É *porque* eu os respeito tão profundamente que tentei reprimir suas habilidades, Medeia. Um poder como esse deveria residir apenas com os deuses, não com garotas mortais. Não é natural. — Ele faz uma pausa, seus olhos encontrando os meus através das chamas. Quando continua, seu tom de voz relaxa — Mas agora me pergunto... talvez todos esses anos eu devesse ter guiado sua mão, e não a amarrado.

Suas palavras me deixam em um silêncio perplexo. Isso foi o mais próximo que meu pai chegou de admitir que estava errado.

Mas não estou em busca de reconciliação, e essa tentativa fraca não vai me desviar de meu propósito.

Pigarreio antes de falar:

— Pai, preparei um feitiço que vai proteger o Velocino de Ouro e garantir que nenhum mortal jamais coloque as mãos nele... mas tenho uma condição.

— Condição? — repete ele, a palavra é lenta e pesada em sua boca.

— Desejo que me dê a Frixo. Como sua esposa.

Um traço de surpresa surge no rosto de meu pai, e depois enrijece e se transforma em um divertimento frio. Sei o que ele está pensando. Acredita que sou uma garota boba e apaixonada, atingida pela flecha doce e ardente de Eros.

— Ele é um príncipe, de uma família muito respeitada. Seria uma combinação adequada e um aliado para a Cólquida. — Continuo com firmeza: — Ele pretende retornar à sua terra e derrocar sua madrasta traiçoeira; disse que os deuses prometeram ajudá-lo assim que ele entregasse o velocino em segurança. Ele será rei.

Embora eu acredite que poderia facilmente vir a amar Frixo um dia, não é afeição que motiva minha decisão. Não estou alheia aos meus limites como mulher. A única forma de eu deixar essa terra em segurança é sob a guarda de outro homem, com a aprovação de meu pai. Tentar fugir de qualquer outra forma seria uma sentença de morte para um de nós, pelo menos.

O casamento é a única forma de eu sair dessa prisão.

— Muito bem. — Meu pai acena devagar com a cabeça. — Assim que seu feitiço estiver feito, vou anunciar a união.

— Tenho sua palavra? — Um traço de irritação corta seu rosto quando pergunto, mas ele o contém rapidamente e assente com a cabeça.

— Você tem minha palavra.

O carneiro é silencioso ao morrer. Estoico.

Quando meu pai foi cortar sua garganta, a criatura levantou a cabeça de bom grado, como se soubesse que esse era o destino que deveria tolerar. Supostamente, é um bom presságio quando animais de sacrifício morrem com facilidade. Mas algo na submissão do carneiro faz sua morte parecer mais perturbadora do que se tivesse gritado e se debatido. Pelo menos assim ele teria lutado por sua vida, lutado por uma chance.

Observo o sangue se acumular na tigela de bronze que Frixo segura sob seu pescoço. Um pouco escorre, pingando espesso pelo altar e formando riachos carmesins que escorrem pelo chão.

Apesar do velocino magnífico e brilhante do carneiro, ele ainda sangra vermelho como o restante de nós.

Uma escuridão pesada envolve a caverna em que estamos reunidos. É uma escuridão ancestral, do tipo que parece ter sido forjada há muito tempo dos resquícios de sombras lançadas quando apenas o caos e o vazio existiam. Antes de os deuses primordiais chegarem e desfazerem aquelas gavinhas de desordem e atarem cada uma delas a um significado, um propósito.

Na outra extremidade da caverna há um pequeno lago que se estende ao redor de um conjunto de pedras. Essas pedras estão cobertas por vegetação espessa e formam uma plataforma elevada no alto da qual fica um altar feito pelas mãos do homem. Aqui, um pilar de luz quase constante desce do alto, encharcando o altar com um brilho etéreo.

Esse lugar é conhecido como Bosque de Apolo, um santuário sagrado escondido no coração das montanhas da Cólquida e um lugar onde nunca me permitiram colocar os pés antes.

— Frixo, por favor. — Meu pai estende as mãos.

Quando Frixo passa a tigela a ele, descubro que não consigo parar de olhar para o corte aberto no pescoço do carneiro, o ferimento sorrindo para mim como uma boca úmida e desdentada. Conforme sua vida se esvai, a radiância dourada da criatura parece se recolher com ela, enfraquecendo para um brilho suave.

— Poderoso Apolo, oferecemos esse sacrifício a você — prossegue meu pai enquanto despeja o sangue coletado sobre a pequena fogueira.

O fogo crepita e sibila, sufocando grandes nuvens de fumaça que sobem, enchendo a caverna grandiosa. O cheiro de sangue queimado gruda em minha garganta.

Enquanto meu pai continua sua súplica a Apolo, eu me pergunto se deveria sentir algo, alguma mudança na atmosfera que me diga que o olimpiano está escutando. Mas não sinto nada. As palavras de meu pai apenas ricocheteiam nas paredes soturnas da caverna, vazias.

Se não fosse pelo dom que recebi de Hécate, eu questionaria se os deuses existiam ou se eram apenas mais uma arma da humanidade, empunhada para infundir medo e obediência.

— Princesa, precisamos esfolar a criatura agora — diz Frixo em voz baixa, seus olhos castanhos engolidos pela escuridão. — Talvez você prefira esperar lá fora? Não é uma visão para os olhos de uma dama.

Sua preocupação me faz sorrir e eu considero contar a ele que preferiria assistir. Mas sei que não posso, pois tenho trabalho a fazer.

— Devo preparar meu feitiço — digo.

— Não fracasse — dispara Absirto quando saio pela boca da caverna.

Esse bosque é um lugar de que muitos já ouviram falar, mas poucos conhecem a verdadeira localização. É um segredo passado entre os reis da Cólquida, dizem. Se alguém já tentou descobrir onde fica, deve ter tido grande dificuldade, pois apenas um caminho específico e escondido, aberto na lateral da montanha, pode garantir passagem segura. Até a própria entrada da caverna é difícil de localizar, apenas uma fenda estreita dividindo a rocha. Ninguém imaginaria que há um bosque belo e divino escondido do lado de dentro.

Em frente à entrada, uma pequena saliência de rocha se projeta para fora. A vista é de tirar o fôlego: um vale sinuoso que ondula como as curvas suaves da barriga de Gaia. Mais além, posso ver a Cólquida se estendendo ao longe, uma miragem cintilante no horizonte.

Removo o véu que sou obrigada a usar sempre que estou fora do palácio. Então respiro fundo, o ar é tão rico e puro se comparado à estagnação dentro do palácio. Fazia tanto tempo que eu não me sentia capaz de respirar tão livremente.

A cordilheira permanece silenciosa e vigilante. Fecho os olhos e aguço a audição. Quero saber se os rumores são verdadeiros. Se realmente é possível ouvir os gritos de Prometeu sofrendo sua tortura eterna entre esses picos. Concentro-me no assobio baixo do vento que puxa meus cabelos, lembrando da visão que me assustou quando toquei na flor nascida do sangue de Prometeu. Aquele bico afiado como uma navalha, ensanguentado e terrível...

— Princesa Medeia, chegou a hora?

Eu me viro e encontro o guarda mais confiável de meu pai parado ao meu lado, imóvel como a rocha que nos cerca.

— Amintas. — Aceno para ele com a cabeça. — Por que não estou surpresa por você ter se voluntariado?

— É meu dever servir ao meu rei — responde ele de forma estoica.

Amintas vem servindo ao meu pai desde que me entendo por gente. Quando eu era mais nova, costumava pensar nele como a sombra do meu pai, sempre à espreita dois passos atrás. Ele havia sido soldado na juventude, subindo de patente por sua habilidade e dedicação, até ser selecionado para ser um dos guardas pessoais do monarca. "A honra suprema", ele havia chamado. Mas a glória da batalha deve provocá-lo enquanto ele desperdiça seus dias acorrentado ao meu pai, vendo-o comer, dormir, até mesmo urinar. A paranoia do rei realmente não conhece limites.

Talvez seja por isso que Amintas está aqui agora: ele quer injetar a emoção da batalha em sua vida novamente. Não posso culpá-lo. Eu aproveitaria qualquer oportunidade que pudesse para escapar daquela prisão palaciana.

— O rei te disse o que isso implicará?

— Magia — responde ele, sem nenhum pingo da repulsa com a qual estou tão acostumada. — Para aprimorar minha capacidade de proteger o velocino sagrado.

— Ótimo. Podemos começar?

— Sim, princesa. — Ele não hesita. Sempre disseram que ele era o mais corajoso entre os homens de meu pai.

— Beba isso. — Tiro a poção do pescoço, entregando o frasco a ele.

Amintas respira fundo e seu rosto envelhecido endurece. Ele está tentando mascarar seu medo, mas posso senti-lo tornando o ar ao nosso redor mais tenso. Por um momento pesado, acho que vai recusar.

— Por meu rei. Pela Cólquida — declara antes de engolir a poção.

Eu sorrio.

— Agora, remova o peitoral da armadura.

Ele me olha com cautela, mas obedece, desviando os olhos enquanto desafivela as tiras de couro e o remove. Acho que nunca o vi sem armadura antes, e tiro um instante para fitar seu peito largo e musculoso sob a túnica.

Coloco as palmas da mão sobre seu coração.

— O que você está fazendo?

— Aguardando.

— Aguardando o quê?

— Sentir a magia dentro de você.

Ele enrijece ao ouvir isso, mas não diz nada.

Respiro devagar, fechando os olhos. O ar é rarefeito aqui em cima e tão frio que paralisa meus pulmões.

Hécate… Eu a invoco, deusa…

Por um longo momento, não sinto nada, apenas a aceleração de seus batimentos cardíacos. Uma sensação de dúvida se agita em minha mente. Será que fiz o feitiço corretamente, ou minha magia enfraqueceu depois de tantos anos sem uso? E se Hécate virou as costas para mim depois de negligenciá-la por tanto tempo? Meu pai fez um sacrifício em homenagem a ela pela manhã, como o aconselhei a fazer, mas talvez um único touro não tenha sido suficiente…

Espere… *ali*. Algo estremece no peito de Amintas, um zunido suave. Aperto um pouco mais forte com as mãos e sinto um calor começar a surgir sob as pontas de meus dedos, como se eu estivesse dando vida a um fogo nas profundezas do corpo dele.

— Está sentindo isso? — sussurro, demonstrando empolgação.

— Não tenho certeza...

Sinto a poção inflamar dentro dele e me prendo a ela. Faíscas invisíveis sobem pelos meus braços, fazendo minha pele formigar e latejar. Um odor pungente atinge meu nariz; é o cheiro de terra úmida e fogo, ondas salgadas e nuvens carregadas antes de uma tempestade. É o cheiro da terra, o cheiro da magia.

Contenho minha empolgação, respirando fundo devagar e limpando minha mente.

A magia deve vir com disciplina. A voz de Circe chega a mim. *Senão, haverá apenas caos.*

Com uma respiração comedida, eu me aproximo e sussurro junto ao peito dele:

— *Drakon.*

Apesar de toda sua coragem, Amintas ainda grita, como meu irmão fez.

Ele cai pesadamente no chão e começa a se contorcer como se estivesse possuído pela loucura de Dionísio. Seus gritos de dor sufocados são amplificados pelas montanhas, como se elas estivessem compartilhando sua dor, gritando junto com ele. Ou talvez fossem os gritos distantes de Prometeu misturando-se com os de Amintas.

— O que está acontecendo? — questiona meu pai, aparecendo ao meu lado.

Sua túnica está manchada com o sangue do carneiro.

— O feitiço está funcionando — respondo.

Absirto recua para perto da boca da caverna, com um medo bruto cortando seu rosto. Eu me pergunto se ele ainda consegue se lembrar da sensação de ser transformado, se isso ainda o assombra.

— Temos que ajudá-lo. — Frixo, agora consideravelmente mais pálido que antes, aproxima-se de onde Amintas se contorce no chão.

Meu pai bloqueia seu caminho.

— Isso precisa ser feito.

Frixo abre a boca para argumentar, mas nossa atenção é atraída pelo som de ossos quebrando e músculos estalando enquanto o corpo de Amintas começa a se transformar. Seus gritos horripilantes se intensificam, fazendo até meu pai se encolher, embora haja outra coisa em seu rosto também — curiosidade, talvez até mesmo deslumbramento.

— Pai, isso é errado! — grita Absirto enquanto recua ainda mais para dentro da caverna.

Amintas começa a inchar até um tamanho enorme, tão grande que sua pele passa a ficar roxa e vermelha, como se ele pudesse explodir. Seu rosto se contorce com uma dor aterrorizante. Então ele cai no chão e começa a se tornar mais longo, como se seu corpo estivesse passando por um rolo de massa. Sua barriga estica, sua coluna estala e começa a se projetar para fora das costas, formando uma longa cauda. Seus dedos das mãos e dos pés se fragmentam em grandes garras, e sua pele rasga e endurece, formando escamas escuras e brilhantes. Enquanto isso, ele cresce cada vez mais.

É uma visão terrível e magnífica, e eu não posso deixar de sentir uma empolgação vibrar dentro de mim enquanto testemunho a extensão de meu poder.

Obrigada, Hécate. Obrigada, deusa.

O rosto de Amintas se estende em seguida, centenas de dentes afiados como navalhas atravessam suas gengivas, enchendo sua boca enquanto sua língua estica. Seus gritos de dor se transformam em um rugido baixo que irrompe em um sibilo arrepiante.

Então ele vira o rosto para nós, seus olhos humanos temerosos substituídos por íris ardentes cor de âmbar, com fendas escuras e sinistras de obsidiana no centro. Seu terror de antes desapareceu e a fera nos encara calmamente, agitando uma língua bifurcada para fora.

Há uma pausa tensa, então dois ossos cobertos de escamas saem de suas costas, como se estivessem nascendo duas colunas adicionais em Amintas. Eles arqueiam para cima no ar, esticando uma tela de pele fina, como velas em um vento forte. Demora um momento para esses membros estranhos tomarem forma enquanto tremem e batem.

— Asas — sussurra meu pai.

Olho para cima, impressionada, vendo a luz do sol se filtrar através delas, iluminando as veias que cintilam na pele coriácea. As garras nas pontas brilham quando o dragão bate as asas, agitando um vento ameaçador. Ele então dá um passo com um pé pesado e cheio de garras em nossa direção, fazendo o chão tremer e os homens recuarem instintivamente.

Só eu não me movo.

— O que ela fez? — grita Absirto.

— Zeus nos proteja — sussurra Frixo.

— Vocês não precisam mais da proteção dos deuses — digo, virando-me para eles. Posso sentir a criatura se mexendo atrás de mim como uma sombra monstruosa. — Têm um dragão para isso... O velocino está em segurança agora.

— Em segurança? E quanto ao resto da Cólquida, sua bruxa desvairada? — grita Absirto de onde está escondido. — Você acabou de criar uma fera capaz de destruir todo o nosso reino.

— Ele não é uma ameaça para nós.

— Tem certeza? — Meu pai não consegue tirar os olhos do dragão.

— Tenho. Amintas ainda vive dentro da criatura, ou pelo menos a essência dele. E ele é leal a nós, a você. — Olho para o meu pai, vendo um sorriso feio se abrir em seu rosto.

Opto por não revelar que, embora Amintas seja leal ao meu pai, eu sou a única mestra do dragão, pois sou sua criadora. Ele obedece a mim e a mais ninguém.

— Ele é magnífico — diz meu pai, e eu sinto uma onda de calor se espalhar por meu corpo quando ele fecha a mão sobre meu ombro. — Muito bem, minha filha.

Aquela noite, nós celebramos.

Ou melhor, os homens celebram. Não é "apropriado" que mulheres participem das festividades. Mas não me importo; estou satisfeita o suficiente desfrutando do brilho de meu sucesso, saboreando o efeito que isso está tendo sobre aqueles ao meu redor. O humor no palácio está mais leve do que eu jamais vira, a tensão sufocante finalmente se dispersando, como veneno retirado de uma ferida.

A alegria de meu pai é contagiante; até os escravizados parecem estar com um humor melhor. Chega a ser peculiar vê-lo tão alegre, mas como não poderia estar? O Velocino de Ouro está em segurança no Bosque de Apolo, protegido por um dragão que vai lhe garantir um legado que viverá por gerações.

— A história cantará sobre o Rei Dragão! — Ouço sua voz berrar.

Sorrio para mim mesma, bebericando vagarosamente o vinho que meu pai mandou um escravizado entregar em meu quarto. Um gesto inusitadamente caloroso de sua parte.

Eu me pergunto o que Circe pensaria se visse o que fui capaz de fazer hoje. É de longe o feitiço mais ambicioso que já tentei realizar. Espero que fique orgulhosa. Tudo o que sempre quis foi me provar digna dela, de seu tempo, de seu amor.

— Medeia? — sussurra uma voz da porta de meu quarto.

— Calcíope, entre rápido. Alguém pode te ver.

— Não se preocupe, irmã. Os guardas estão embriagados demais para se importar. — Ela sorri ao entrar e se senta ao meu lado na cama. — Eu só tinha que perguntar, é verdade… sobre o *dragão*? — Vejo seus olhos se arregalarem quando confirmo com a cabeça, esperando o medo se infiltrar. — Medeia! Como, em nome de Gaia, você fez isso? Você é maravilhosa!

— Você acha? — Sinto um tremor nos lábios.

— Sempre achei. — Ela estende o braço e aperta minha mão. — Nunca vi nosso pai desse jeito. Ele está agindo como se tivesse acabado de conquistar toda a Grécia.

— Não me lembro da última vez que o ouvi rir. — Olho para sua mão pequena e macia sobre a minha.

— Ele tem uma risada bem feia, não tem? — Ela ri. — Eu nem sabia que nosso pai podia produzir esses sons. — Calcíope imita a gargalhada gutural dele, fazendo caretas cômicas.

Sinto uma risada subir por minha garganta, mas rapidamente a engulo.

— Shh, alguém vai ouvir.

— Está bem, *está bem*! — Ela retorna a suas risadinhas melódicas de sempre.

— Nosso pai até me mandou isso. — Eu lhe entrego meu copo de vinho e faço sinal para ela tomar um gole.

Ela toma um bocado, encolhendo-se diante do sabor azedo. Uma gota escorre por seu queixo e faz uma risada inesperada escapar de mim.

— Por que eles bebem isso?! — exclama Calcíope, e então caímos de novo na gargalhada.

Quando a graça passa, ficamos em silêncio por um momento, a mão dela ainda sobre a minha. Uma coisa tão simples, e mesmo assim não consigo me lembrar da última vez que minha família me tocou dessa forma, com amor em vez de ódio.

Meus olhos recaem sobre o rosto de minha irmã, absorvendo suas belas feições douradas. Estendo o braço para acariciar seus cabelos, esperando que se encolha e recue. Mas ela simplesmente sorri, deixando meus dedos correrem por seus cachos brilhantes. Eles têm um tom mais escuro do que os de Circe, são viçosos, delicados e deliciosamente macios.

Ambas somos netas de Hélio, mas acredito que sua luz nos afetou de formas diferentes. Calcíope é um raio de sol delicado, do tipo que toca com suavidade seu rosto em uma manhã amena de primavera, aquecendo gentilmente suas bochechas. Enquanto eu seria as sombras lançadas por aquele raio de sol, escuras e retorcidas. Mas... talvez eu também pudesse ser a luz. Eu não tinha feito algo bom pela minha família hoje, pela Cólquida?

— É bom ver nosso pai feliz — comenta Calcíope. — Talvez as coisas sejam diferentes agora.

— Vão ser — respondo com gentileza.

— Como você sabe?

— Porque vou deixar a Cólquida.

— Deixar? — Um lampejo de pânico faísca em seus olhos. — Por quê?

— Vou me casar com Frixo. — Não consigo conter o pequeno sorriso que se forma em meus lábios.

— Vai? — pergunta ela, ofegante, apertando minha mão enquanto se obriga a refletir meu sorriso. Ela sempre foi péssima em esconder suas emoções. — Que notícia *maravilhosa*, irmã. Estou tão feliz por você. Mas, devo admitir, vou sentir muito a sua falta.

— Também vou sentir a sua falta. — Senti o corte afiado da culpa em meio à minha felicidade.

Embora meu pai não coloque as mãos em Calcíope como faz comigo, ainda odeio a ideia de deixá-la aqui com ele.

— Quando estivermos estabelecidos, vou mandar te buscar. Eu prometo, eu...

— Você é mesmo uma tola, não é? — A voz de Absirto corta nosso momento de ternura.

Levanto os olhos e o vejo encostado na porta, girando um copo de vinho. Por seu olhar vago, dá para ver que está embriagado.

— Volte para as celebrações, irmão.

— Você acha mesmo que vai se casar com Frixo? — Ele solta uma risada desagradável, rolando a cabeça para trás junto à parede. — Que patético.

— Sim. — Levanto o queixo de forma desafiadora. — Nosso pai me deu sua palavra.

— Sua palavra? — Outra gargalhada.

Ao meu lado, sinto Calcíope enrijecendo, tirando a mão de cima da minha.

— Medeia, Medeia, você anda por aqui agindo como se estivesse muito acima de todos os outros, mas não passa de uma garotinha estúpida, não é? — Ele vira mais um gole de vinho.

— Sei que você me odeia pelo que fiz com você, Absirto, mas...

— Não! — retruca ele, cambaleando um pouco para a frente e se apoiando na parede com a mão esticada. Seus cabelos dourados caem sobre seu rosto, a túnica carmesim desgrenhada. — Escute aqui, Medeia. Nosso pai te dar a palavra dele não significa *nada*. Sabe por quê? Porque você não passa de uma garota. E reis não fazem acordos com garotas... muito menos com bruxas.

— Você esquece que um casamento seria benéfico também para o nosso pai. — Levanto devagar quando ele se aproxima, posicionando-me na frente de Calcíope.

— Mais benéfico do que ter uma bruxa a seu dispor? — O sorriso de Absirto escurece. — Você acha mesmo que nosso pai vai te deixar sair da Cólquida algum dia, agora que ele sabe o poder que pode ter por meio de você? Ah, Medeia, você é mesmo uma tola. Criou aquele dragão como uma espécie de suborno para sair da Cólquida, mas apenas trancou a porta de sua própria prisão.

As palavras dele se acomodaram pesadamente dentro de mim, abalando minha confiança e dando lugar a uma onda fria de dúvida.

— E você acha que Frixo ia *querer* casar com você? — continua Absirto. Ele sabe que sua crueldade perfurou minha convicção e agora gira a adaga ainda mais fundo. — Em primeiro lugar, você claramente está velha *demais* para ser esposa de alguém. Quem vai querer uma mercadoria desgastada e enrugada? — Ele aponta para mim fazendo um movimento com a mão. — Mas mesmo que não fosse velha demais, Frixo nunca ia te querer. Não agora que viu o que você é de verdade, do que é capaz. Ele está *enojado* com sua magia, só de pensar em você. Ele mesmo me disse.

— Isso não é verdade.

52 . MEDEIA

— Não? Bem, se tem tanta certeza, por que não vai perguntar a Frixo você mesma? — Absirto aponta com a cabeça para a porta. — Enquanto isso, pode perguntar ao nosso pai sobre *a palavra dele*.

— Ótimo — ergo o queixo. — Farei isso.

Absirto ergue as sobrancelhas de leve, como se não estivesse esperando que eu concordasse com tanta facilidade.

— Vá na frente, irmã.

Disparo pelo palácio, meus irmãos seguindo meu rastro determinado. Posso ouvir as sandálias de Absirto batendo no chão enquanto ele cambaleia atrás de mim, tentando acompanhar meus passos apressados.

Quando entro nos aposentos de entretenimento de meu pai, sou atingida pelo aroma pesado de carne cozida misturado ao cheiro característico e acre de suor. É o tipo de odor que gruda desagradavelmente na pele. Os homens, os convidados de meu pai, estão reclinados em espreguiçadeiras luxuosas, exibindo seus corpos gordos e flácidos como se acreditassem ser verdadeiras obras de arte. Há muita comida empilhada no centro da sala, e escravizados se movimentam pelo espaço, enchendo pratos e copos.

Ao redor dos homens, belas mulheres dançam de maneira sedutora, seus corpos fluindo livremente como o vinho, as saias ondulando na brisa da noite.

— Pai. — Minha voz corta a comoção embriagada, e o olhar do rei se fixa sobre mim, com um lampejo de irritação visível em sua cara feia.

— Aí está ela... A pequena bruxa! A invocadora de dragões! — grita alguém, e a sala irrompe em vibração enquanto os homens erguem os copos, derramando o conteúdo no chão em oferenda aos deuses.

Por um momento, fico surpresa pelos elogios, sentindo uma leveza estranha se desenrolar dentro de meu peito. Olho ao redor, para seus rostos exultantes, procurando pelo medo ou repulsa à espreita por trás de seus olhos. Não vejo nada.

A única pessoa que não está feliz é Frixo, sentado ao lado de meu pai com os olhos apontados para o chão. Em suas mãos, um copo ainda cheio de vinho.

— Pai, Medeia tem uma pergunta para você — anuncia Absirto, chamando minha atenção de volta à tarefa que tenho em mãos.

— Filha, não está vendo que estamos celebrando? — O tom de meu pai parece amigável, mas posso sentir a raiva à espreita sob seu calor vazio. Cruzei uma linha perigosa entrando nesta sala sem ser convidada. — Isso pode esperar um momento mais apropriado.

— Não, não pode — digo, ousando dar mais um passo na direção dele.

— Deixe a invocadora de dragões falar! — grita um dos convidados, arrastando as palavras. — Ela mereceu, não é mesmo?

Meu pai consegue manter a compostura e dá um aceno desdenhoso com a mão, fingindo desinteresse.

— Prossiga, então. O que foi, garota?

— Quero que honre nosso acordo. — Minha voz é calma e clara. Percebo, nesse momento, que a música parou totalmente. — Quero que anuncie agora mesmo, para todos aqui.

— Ah, sim. — Ele se vira para Absirto e os dois trocam um olhar divertido. Então o rei se levanta para se dirigir à sala. — Minha filha está certa. Hoje é de fato uma noite para celebração, então que momento mais adequado haveria para eu anunciar minha oferta de casamento a Frixo?

Uma vibração se espalha pela sala enquanto Frixo levanta a cabeça. Há uma tensão estranha ao redor de seus olhos, como se estivesse com medo do que meu pai dirá em seguida. Desejo acalmar aquelas linhas de preocupação em seu rosto.

— Casamento? — pergunta ele com aquele tom de ansiedade na voz.

— Você me abençoou com um ótimo presente, o melhor presente que a Cólquida já conheceu. — Meu pai estende a mão e o conduz a se levantar, colocando um braço ao redor dos ombros magros de Frixo. — Não há nada mais adequado do que eu retribuir o favor.

— Isso é muito generoso, mas…

— Príncipe Frixo, é uma honra te dar minha bela e obediente filha como esposa. — Meu pai joga a mão em minha direção, e eu sinto um grande alívio surgir em meu peito.

Olho para Frixo e deixo um sorriso brilhar em meu rosto ao dar um passo à frente.

Aqui está meu futuro, minha liberdade, parados bem diante de mim.

Aqui está minha chance de ter uma vida melhor.

54 . MEDEIA

— Calcíope!

O sorriso congela em meus lábios. *Calcíope?*

— Vamos, apresente-se, querida — encoraja meu pai. — Ela é incrivelmente bela, não é?

Viro e vejo minha irmã encolhida na porta, segurando as dobras do vestido claro. Quando se aproxima com cuidado, seus olhos procuram os meus, mas não consigo suportar olhar para ela.

Quando está perto o bastante, meu pai a agarra pelo braço e a coloca ao lado de Frixo. Vejo os dois trocarem um olhar tímido, fazendo as bochechas de Calcíope se tingirem de um tom de vermelho juvenil.

Por um momento, não sei ao certo se consigo respirar.

Não sei ao certo se quero respirar.

— Eles não formam um casal perfeito? — Absirto ergue o corpo. — À minha irmã caçula, a noiva corada!

— *NÃO!* — A palavra me corta como um grito estrangulado, acabando com o calor e a alegria da sala. À minha volta, as tochas tremulam, algumas das chamas se apagam completamente. — Você me deu sua *palavra*.

— Silêncio, Medeia. Você está fazendo papel de tola — sussurra meu pai, oferecendo um sorriso de desculpas para seus convidados.

— Frixo, por favor. — Eu me viro para ele, desesperada para reacender a conexão que compartilhamos poucas horas atrás. — Não o deixe fazer isso. Não me deixe aqui.

Dou um passo na direção dele, mas ele recua, puxando Calcíope junto.

— Por favor — diz ele, ofegante, posicionando-se de maneira protetora na frente de minha irmã. — Não é culpa dela. Não a machuque.

— Machucá-la? — pergunto. — Você acredita que eu a *machucaria?*

— Não sei do que você é capaz, princesa. Não depois do que vi hoje — murmura, seus olhos manchados com aquele olhar familiar. Ele abaixa os olhos para o chão.

— É isso mesmo que você pensa? — Minha voz é sufocada, amarrando-se em volta de emoções inúteis. Espero ele responder, mas Frixo apenas continua olhando para o chão. Não consegue nem olhar nos meus olhos. A dor se transforma em raiva dentro de minhas veias, rugindo em meus ouvidos. — *OLHE PARA MIM!*

Eu avanço para agarrar seu rosto, fazendo todos na sala se afastarem de medo, até meu pai. Em algum lugar no meio da comoção, acho que ouço Calcíope gritar.

— Guardas! — berra meu pai. — Contenham-na! Agora!

Assim que alcanço Frixo, sinto mãos bruscas envolverem meus braços e cintura. Solto um grito furioso e sou puxada para trás.

— É assim que vocês tratam sua *invocadora de dragões*? — reclamo com meus espectadores.

Eles permanecem em silêncio, seus rostos são uma parede de hostilidade fria, expondo o medo que sempre espreitou por trás daquelas máscaras de admiração vazias. Foi uma mentira tudo isso. Eles não me respeitam. Nunca respeitaram. Nunca vão respeitar. Tudo que importa a eles é saber que tipo de sucesso podem obter de mim para alimentar seus egos inflados.

— Não a machuquem! — grita Calcíope.

Ela está chorando, mas Frixo murmura algo suave e reconfortante em seu ouvido. Ele segura na mão de minha irmã, e sinto meu corpo ficar imóvel ao ver seus dedos entrelaçados, encaixando-se com tanta perfeição…

— Tirem-na da minha frente — ordena meu pai enquanto os guardas me levam embora.

Algo dentro de mim se parte. Sinto quebrar conforme minha fúria cresce, acendendo minhas veias, queimando meu sangue. Começo a me debater contra meus captores, chutando e gritando.

— Você não pode me manter aqui para sempre! — As palavras cortam minha garganta, agarrando-se às paredes enquanto sou arrastada de volta para meus aposentos, minha prisão.

Mas essas não foram meras palavras. São um voto, uma promessa forjada nas profundezas ardentes de meu ódio.

Vou escapar desta prisão. Mesmo que isso signifique queimá-la por dentro.

É um dia úmido de verão quando eles chegam.

O calor faz o palácio parecer inerte, sem ar. Estou sentada em um trecho de sombra no pátio, desejando poder arrancar o calor pegajoso de minha pele. Para todos os lados que olho, estátuas coloridas sorriem, seus rostos congelados em uma alegria perpétua e zombeteira, embora seus olhos permaneçam vazios. Mortos.

Vejo minha mãe passando com um bando ruidoso de escravizados pessoais em seu rastro. Eles parecem empolgados com alguma coisa, suas vozes refletindo o zumbido de abelhas nos canteiros de flores. Tento chamar sua atenção, mas, como sempre, ela ignora minha existência. Apesar do recém-descoberto interesse de meu pai em minha magia, minha mãe continuou indiferente como de costume.

Pouco depois, outra onda de escravizados passa, suas sandálias batem com avidez contra o chão de pedra. Suas vozes se misturam, de modo que só consigo distinguir a palavra "navio".

Mais homens procurando o Velocino de Ouro, ao que parece. Embora eu não saiba por que isso evocaria tanta empolgação dentro do palácio. Não é como se esses fossem os primeiros desafiantes; muitos vieram antes deles.

Foi pouco depois de Calcíope e Frixo partirem que chegaram os primeiros homens em busca do Velocino de Ouro. Rumores sobre seus poderes divinos haviam se espalhado rapidamente no exterior; logo toda a Grécia estava alvoroçada com notícias de Eetes, o rei mágico, seu Velocino de Ouro e as terras distantes e "selvagens" da Cólquida.

Meu pai havia recebido os heróis esperançosos de braços abertos e um sorriso astucioso, fazendo a mesma performance insuportável todas as vezes. Ele garante aos viajantes que o velocino será deles se conseguirem passar em seus testes simples. Os homens aceitam de bom grado, ávidos para provar seu *kleos*, sua glória. Mas o que esses homens não sabem é que não são testes, mas sentenças de morte. Sentenças de morte que foram criadas com a magia que meu pai antes odiava e da qual agora parece não se cansar.

Como esperado, nenhum deles sobreviveu. O Velocino de Ouro permanece em seu bosque, intocado.

Não posso deixar de me perguntar se tenho o sangue deles nas mãos. Às vezes imagino que posso sentir o peso de suas vidas se empilhando sobre mim, ficando mais pesado a cada chegada esperançosa. Sufocante.

Mas tento não pensar muito, pois esses são os tipos de pensamento que se alimentam de todas as suas horas de vigília e atacam sua sanidade, se deixados livres. Então, eu os mantenho na rédea curta, que solto apenas às vezes, quando me sinto obrigada, como arrancar uma casquinha de ferida dolorosa.

Suspiro, inclinando a cabeça para trás e fechando os olhos, sentindo a luz do sol brilhar em vermelho atrás de minhas pálpebras. Às vezes, gosto de imaginar como seria simplesmente queimar, evaporar como água e me tornar nada.

— Medeia. — Sinto um frio no rosto quando a forma larga de meu pai bloqueia a luz.

Reajusto o olhar e vejo que ele está vestindo suas melhores túnicas, de um veludo vermelho profundo e amarrotado, com detalhes dourados nas bordas. Seus pulsos e dedos exibem joias brilhantes, combinando com os pingentes em camadas pendurados junto ao peito.

— Você deve vir comigo — anuncia ele. Sua voz parece tensa, com uma empolgação assustada.

— Aonde vamos? — Olho para as espadas dos guardas atrás dele.

— Receber nossos visitantes. — Ele me pega pelo cotovelo e me faz levantar. — Devemos dar uma demonstração de força para o povo, mostrar que não temos medo desses supostos *Argonautas*.

— Argonautas? — A palavra me é estranha.

— Um bando de heróis que veio procurar o velocino. Os melhores homens que a Grécia tem a oferecer — responde meu pai enquanto me leva pelo pátio.

Atrás de nós, os guardas fazem barulho como uma esteira metálica.

— Eu tinha ouvido falar que eles estavam vindo. Alguns dizem que Héracles está entre eles. Imagine só, imagine se eu derrotar o filho renomado do próprio Zeus.

Ele ri e o som faz um ódio familiar se agitar dentro de mim enquanto cambaleio para acompanhar seus passos urgentes.

— Vamos recebê-los nos degraus do palácio — continua. — Vamos mostrar ao povo que a Cólquida não tem nada a temer... Pense nas histórias, Medeia. Pense na glória quando os melhores heróis da Grécia caírem aos nossos pés.

Os escravizados se reuniram perto da entrada, espiando com curiosidade ao redor das grandes colunas envolvidas por vinhas que dominam a frente do palácio. Quando veem meu pai, dispersam-se com nervosismo, desaparecendo nas sombras.

— Eles são muitos — comenta minha mãe, passando os olhos brevemente sobre mim. Como sempre, ela parece irritada por minha presença.

— Ótimo. Venha atrás de mim. Esteja apresentável. Medeia, abaixe seu véu. Onde está Absirto? Absirto! Ah, aí está você!

— Por que toda essa confusão, pai? Quem são esses estrangeiros? — Meu irmão aparece ao nosso lado, estapeando um escravizado que mexe com suas vestes.

— O príncipe de Iolcos e seu pequeno bando de heróis. Eles chamam a si mesmos de Argonautas. Mas logo não passarão de uma lembrança; uma história que as pessoas contam para celebrar o poder da Cólquida. — Meu pai solta outra gargalhada aguda.

— Argonautas? — Absirto cutuca as unhas das mãos, parecendo entediado.

— Nomeados em homenagem ao navio que usaram para navegar até aqui, o *Argo*. Supostamente o maior já construído, não que seja muito útil para eles aqui — explica meu pai enquanto afasta uma mancha de poeira invisível das vestes. — Venha, fique ao meu lado, filho. Vamos saudar esses tolos.

Os dois saem juntos, ombro a ombro. Absirto está vestido de maneira tão similar ao meu pai que é como se estivesse andando ao lado de seu próprio reflexo terrível.

Olho para minha mãe ao meu lado, mas seu rosto está vazio, seu olhar focado vagamente à frente. Parada tão perto dela, posso ver como seus olhos parecem cansados. Ela anda tão magra ultimamente, seus traços desprovidos de toda cor e expressão. Os cantos de sua boca estão enrugados com a memória de um sorriso, um sorriso que não vejo há muitos invernos.

Ela me pega observando e rapidamente abaixa seu véu. Suspiro, imitando seus movimentos, deixando o tecido prateado ondular sobre meu rosto como água.

Protegidas, seguimos os homens para fora.

Pisco quando a luz brilhante me cega momentaneamente. Posso sentir o calor dos degraus sob minhas sandálias, assando no sol. O ar está pesado e logo o suor começa a se formar em minha nuca, escorrendo pelas costas.

Quando meus olhos se ajustam à claridade, vejo que a longa entrada que leva das muralhas do palácio até o pé dos degraus está agora cheia de gente. Quando o povo vê meu pai, uma aclamação obediente se espalha, embora seus rostos logo se desviem, sua atenção atraída para outro lugar. Estico o pescoço para tentar avistar o que estão olhando.

Os Argonautas.

Eles são fáceis de localizar na multidão, pois caminham com propósito, cortando facilmente as massas, as pessoas saem de seu caminho como ondas recuando sob o comando de Poseidon.

Meu pai se inclina para murmurar algo para Absirto e as orelhas de meu irmão se movimentam enquanto ele sorri. Os dois estão gostando disso: da atenção, da empolgação crepitando no ar. Meu pai não teme a fama dos Argonautas, pois quanto maior o herói, maior sua vitória contra ele. Mal pode esperar para alimentar sua própria lenda com a vida daqueles homens.

O público recua quando os heróis finalmente chegam ao limite da multidão. Há tantos deles, cerca de quarenta pelo menos. Eles se amontoam na base dos degraus do palácio, uma parede de músculos e força cintilando perigosamente sob a luz do sol.

Vejo uma mulher de cabeça erguida no meio deles, com um arco pendurado no ombro. Ela parece calma e confiante, com cabelos escuros, castanho-avermelhados, trançados com firmeza junto às têmporas e caindo pelas costas. Um pequeno sorriso curva seus lábios, as sobrancelhas erguidas enquanto observa o palácio, como se estivesse achando graça nisso.

Eu nem sabia que uma mulher podia ser uma heroína.

— Saudações, Argonautas — a voz de meu pai soa. — Posso perguntar quem é seu líder?

— Sou eu, rei Eetes. — Um homem toma a frente, a luz do sol batendo no peitoral de sua armadura, deixando-o em chamas. — Meu nome é Jasão, filho de Esão e herdeiro de direito ao trono de Iolcos.

Sinto a respiração ficar presa na garganta.

Jasão.

O ser mais belo que já vi, como se a própria deusa da beleza tivesse esculpido o príncipe. Não consigo tirar os olhos de suas feições impecáveis, da acuidade delineada de sua estrutura óssea equilibrada pela suavidade de seus olhos e lábios. Ele não é o mais alto nem tem os ombros mais largos entre seus homens, e ainda assim sua presença comanda a multidão sem esforço. As pessoas estão cativadas por ele. Até a luz do sol parece se inclinar na direção de Jasão, como se o mundo estivesse atraído pelo príncipe. Os raios cor de mel atingem seus cachos dourados quando ele joga os cabelos para trás com um gesto casual e forte.

O príncipe de Iolcos espera um momento antes de continuar:

— Meus homens e eu viajamos até aqui no navio mais grandioso já construído, o *Argo*. Em nossa viagem, enfrentamos grandes dificuldades e perdas ainda maiores. Mas agora chegamos às suas famosas terras e vamos pegar o que está destinado a nós. O Velocino de Ouro. Não viemos como inimigos, mas... — Ele abre um sorriso confiante. — Não vamos sair de suas terras sem ele.

Seus olhos se elevam para onde estou, e sinto algo me atingir profundamente, atravessando meu peito. Minha respiração fica presa na garganta, enquanto um calor estranho brota do impacto invisível, queimando por todo o meu corpo.

Apesar do véu, posso sentir os olhos de Jasão encarando os meus com uma intensidade estonteante. Aqueles olhos cerúleos são tão penetrantes que parece que ele está olhando profundamente dentro de mim, tocando as beiradas de minha alma. O mundo escurece ao nosso redor, como se o príncipe tivesse lançado uma sombra poderosa sobre ele, jogando tudo na escuridão insignificante, exceto Jasão e eu.

Seu sorriso parece suavizar, e uma sensação muito estranha me inunda. É uma sensação de familiaridade, como se eu conhecesse esse homem, como se sempre o tivesse conhecido. Mas como isso podia ser possível se nunca o vi na vida? Talvez essa consciência não seja de meu passado. E se for o futuro acenando para mim? É como se o tempo tivesse se dobrado e permitido um vislumbre dos fios que as Moiras teceram para mim.

— Jasão de Iolcos. — A voz de meu pai destrói o momento, afastando a atenção de Jasão.

Assim que seus olhos me libertam, sinto-me um pouco tola com a intensidade do efeito que ele teve sobre mim com um simples olhar. Minhas bochechas ficam insuportavelmente quentes sob o tecido fino do véu.

— Eu te recebo na Cólquida com os braços abertos — prossegue o rei. — Estamos honrados em ter você e sua tripulação como nossos estimados convidados. Garanto que você poderá levar o velocino.

Uma onda de surpresa percorre os homens de Jasão.

— Já ouvi elogios a seu poder e força, rei Eetes, mas sua gentileza é um verdadeiro presente digno de celebração — diz Jasão, abaixando a cabeça com graciosidade.

Meu pai imita seu movimento.

— De fato, o velocino será seu, contanto que passe em três testes.

— Testes? — Seu sorriso permanece perfeitamente no lugar.

— Você não esperava que eu te entregasse o velocino de bandeja, esperava? — Meu pai ri de maneira teatral, olhando para a multidão.

Sinto o ódio coagulando dentro de mim ao observar sua performance familiar.

— Certamente um homem de sua excelência sabe que uma recompensa deve ser conquistada, não é mesmo?

— Naturalmente. — O tom de Jasão é calmo, leve, apesar da provocação de meu pai. — Então me diga, o que são esses testes de que está falando?

— Tão ávido, jovem Jasão — censura meu pai, balançando a cabeça. — Vocês fizeram um viagem longa e difícil; seus homens parecem famintos. Proponho que entrem, deixem que os fartemos com a melhor comida e o melhor vinho da Cólquida, e então podemos discutir o que procuram.

Jasão se vira para seus homens.

— Bem, o que me dizem?

Eles vibram em resposta e batem as espadas nos escudos. O som eletrifica o ar, como um raio de Zeus, e é amplificado pela multidão, que aplaude quando os heróis sobem os degraus do palácio.

— Venham, venham! Bem-vindos, Argonautas! Bem-vindos, heróis! — diz meu pai em voz alta e de braços abertos.

Quando Jasão se aproxima, parece que o ar foi sugado do mundo com a firmeza casual de seus passos. Sua beleza é ainda mais arrebatadora de perto. Certamente ele deve ser um deus, pois nenhum mortal poderia possuir tamanha perfeição.

Minha mãe abaixa a cabeça quando o príncipe passa, mas eu permaneço imóvel, encarando com firmeza.

— Princesa. — Ele acena para mim com a cabeça ao passar.

Sua voz se infiltra em minha mente como chuva na terra, enriquecendo o solo para que coisas belas possam florescer. Há um leve divertimento tocando seus olhos, e ainda assim seu olhar é penetrante. Não desvio o olhar. Não quero.

Abro a boca para dizer alguma coisa, mas meu pai interrompe, jogando um braço possessivo ao redor de Jasão enquanto o conduz para dentro do palácio e diz:

— Por aqui, Jasão, por aqui!

Quando o vejo se afastar, ouço minha mãe sussurrar:

— Recomponha-se, Medeia.

Eu a ignoro, distraída pela onda de adrenalina que me invade, acompanhada de uma falta de ar vertiginosa que nunca senti antes. Mas há mais alguma coisa ali também, algo claro e nítido cortando a comoção.

Em silêncio, acompanho os homens para dentro, com os olhos firmes em Jasão.

Espero em meus aposentos enquanto meu pai entretém seus novos convidados.

Seu júbilo reverbera pelas paredes do palácio e eu me vejo tentando localizar Jasão em meio ao clamor crescente, desesperada para extrair sua voz para mim, para que eu possa agarrá-la como uma tábua de salvação.

Ando de um lado para o outro em meu quarto, pisando e repisando os mesmos doze passos de parede a parede, forçando-me a controlar minha respiração, a concentrar minha mente. Mas não consigo. Pensamentos em Jasão atormentam meu corpo todo. Ele é como uma doença deliciosa de modo destruidor, que está me devorando por inteiro.

É sobre isso que os homens sempre cantam? É essa a infame sensação da flecha fatídica de Eros se enterrando em meu coração?

Não. Não sou tola o suficiente para acreditar nessas fantasias. Ideais como amor à primeira vista só existem em mundos criados por bardos sonhadores.

Viro para refazer meus passos mais uma vez, mas sinto minha pulsação saltar em todo o corpo quando vejo Calcíope parada à porta. Meu coração se contrai, a respiração presa na garganta.

Irmã.

Dou um passo instintivo na direção dela, mas a lucidez logo aguça minha visão quando me dou conta de que não é Calcíope. É claro que não é. Minha irmã está a mundos de distância, vivendo feliz com seu doce e devoto marido.

Meu peito dói com uma dor que me recuso a reconhecer.

— Olá, mãe.

— Seu pai quis que eu garantisse que você esteja apresentável — diz ela, entrando no quarto com as mãos firmemente entrelaçadas.

Sua voz é contida, como se ela tivesse cortado cada palavra, eliminando toda a emoção de modo que apenas as sílabas agudas permanecessem.

— Apresentável?

— O príncipe pediu para ver você.

— Jasão?

Ela não responde, em vez disso dá alguns passos comedidos na minha direção, ainda sem olhar nos meus olhos.

Às vezes eu me pergunto se minha mãe morreu anos atrás, e a mulher que agora anda com indiferença por esses corredores não passa de um fantasma, uma lembrança da rainha da Cólquida, que antes ria e dançava e cantava. Queria ter conhecido essa versão dela.

Será que foi minha culpa? Será que ter uma bruxa como filha fez isso com ela? Ou é isso que acontece quando alguém se casa com um homem como meu pai? Será que a escuridão dele lentamente sugou sua luz, transformando-a nessa casca de mulher, um corpo sem alma?

Talvez nós dois sejamos culpados.

— Vire-se, me deixe arrumar seu cabelo — ordena ela, e eu obedeço em silêncio.

Eu a ouço inspirar antes de começar a passar os dedos finos por meus cachos cor de ébano. Está hesitante a princípio, mas depois começa a puxar os nós com agressividade, quebrando os fios com pouco cuidado, fazendo meus olhos lacrimejarem. Mas não me importo com a dor; vale a pena só para sentir seu toque.

Não consigo me lembrar da última vez que minha mãe me tocou.

— Sua magia transformou seu pai em um monstro. Espero que saiba disso.

— Ele sempre foi um monstro — respondo, virando-me para encará-la.

Ela me encara sem dizer nada e posso ver o tormento pesando em seus olhos, corroendo-a de dentro para fora. Meu olhar desce até o hematoma em seu queixo, que ela tentou cobrir com pó, como eu já fiz antes. Seria de se pensar que nosso sofrimento compartilhado nos unisse, mas ele apenas nos manteve afastadas.

A rainha engole em seco e se recompõe, suas emoções se fecham como aquele véu sendo puxado sobre seu rosto mais uma vez. Ela vira minha cabeça com as mãos e continua a desembaraçar meus cabelos.

Eu suspiro, fechando os olhos, deixando-me embalar pelo movimento de seus dedos fazendo cócegas em meu couro cabeludo e pescoço. Sinto-me como uma criança novamente, sentada na cama, minhas perninhas balançando para a frente e para trás enquanto Calcíope ri ao meu lado.

— Meus cabelos não são tão agradáveis quanto os de Calcíope.

— Os cabelos de ninguém são como os dela.

— Sinto falta dela. — Essa admissão me passa a sensação de estar estendendo os braços naquele vazio escuro e escancarado entre nós, desejando que minha mãe pegue na minha mão.

Quero dizer mais. Quero dizer a ela quanto sinto a falta de Calcíope e como isso é doloroso. Quero saber se a ausência de minha irmã cavou o mesmo buraco dentro de seu peito.

Eu nem pude me despedir.

— Todos nós sentimos a falta dela — responde minha mãe sem interesse, embora eu possa sentir uma mudança em seu toque, seus dedos suavizando enquanto ela começa a prender grampos pesados e enfeitados com joias em meus cachos.

— Até Absirto? — pergunto, deixando minha acusação silenciosa preencher o espaço entre nós.

— *Não* fale mal de seu irmão. Você não tem esse direito.

Quero me virar para encará-la, mas ela segura meu couro cabeludo com uma firmeza surpreendente.

— Ele está do jeito que está agora por *sua* causa — acusa ela.

Suas mãos se afastam e eu a ouço respirar com cautela. Continuo olhando para a parede sem graça na minha frente, traçando a feiura do sorriso de escárnio de Absirto em minha mente.

— Ele ainda tem pesadelos. Com o que você fez — sussurra ela, tão baixo que a princípio não sei ao certo se imaginei.

— Eu... não sabia — é tudo o que consigo pensar em responder.

— É claro que não. Ele é orgulhoso demais para contar a alguém. — Ela faz uma pausa. — Acordo com os gritos dele a maioria das noites. Faço o que posso para acalmá-lo, mas sei que não é suficiente. Não há nada que eu possa fazer para protegê-lo do veneno que *você* plantou em sua mente.

Viro, então, mas encontro sua expressão assustadoramente vazia, inexpressiva. Posso ver apenas o fantasma de uma emoção há muito tempo reprimida na tensão de seu queixo.

— Você não quebrou apenas o corpo dele aquele dia, Medeia, você quebrou também a *alma*. E para quê? Para sua própria diversão?

— Eu nunca quis...

— Terminei — interrompe ela, passando vagamente os olhos sobre meus cabelos. — Vá ver seu pai agora.

— Mãe, eu...

— Vá ver seu pai. — Ela mantém o olhar fixo na parede à frente, recusando-se a olhar para mim.

Eu não digo nada quando me afasto, deixando-a sozinha em meus aposentos.

Um guarda me escolta até a câmara privada de meu pai. É um cômodo onde nunca estive antes.

Não tem a opulência grandiosa de sua sala do trono, pois não é frequentada por visitantes. E me disseram que é onde o rei se encontra com conselheiros, onde decisões importantes são tomadas.

O espaço discreto é dominado por uma mesa de bronze com três pés arredondados esculpidos na forma de patas de aves com garras. A superfície retangular está coberta por várias pilhas de pergaminho e tabuletas de cera, iluminada por lamparinas a óleo tremeluzentes. À nossa volta, as paredes estão cobertas com as cortinas vermelhas de que o rei tanto gosta.

— Medeia, aí está você. Venha. — Meu pai faz sinal para eu entrar.

Eu me obrigo a manter os olhos sobre ele quando entro, embora possa sentir de imediato Jasão ao meu lado. Sua presença é como o sabor rico do trovão no ar antes de uma tempestade — eletrizante.

— Jasão queria te conhecer — prossegue ele, e posso notar uma leve presunção em sua voz. Isso faz minha pele se arrepiar.

Respiro fundo com cuidado. Não preciso olhar para Jasão para saber que seus olhos estão sobre mim; seu olhar penetrante sobre meu rosto exposto parece algo insuportavelmente íntimo.

— Jasão ouviu falar sobre suas... *habilidades*, filha.

Então é por isso que estou aqui. Meu pai está exibindo sua preciosa arma. Como afiar uma espada na frente do inimigo antes de enfiá-la no coração dele.

— Princesa. — A voz de Jasão escorrega por minha pele como uma brisa beijada pelo verão, fazendo os pelos de meus braços se arrepiarem.

Aceno com a cabeça em sua direção enquanto ele faz uma profunda reverência. Quando está se levantando, ele pega minha mão, erguendo o olhar para mim quando seus lábios tocam em minha pele.

Naquele único movimento, sinto o mundo desacelerar até um pulso lento, como se o próprio tempo tivesse ficado consternado com o toque de seus lábios. Ele se demora mais do que ambos sabemos que deveria, a suavidade de sua boca derretendo minhas entranhas. O calor se acumula em todos os centímetros de meu corpo e eu me imagino derretendo sob aqueles lábios, pingando entre seus dedos.

— É verdade, princesa Medeia, o que dizem sobre seus poderes? — pergunta ele quando finalmente se levanta, a pergunta me trazendo de volta à realidade.

— Depende do que dizem.

Encaro seus olhos, saboreando a forma com que eles se enrugam levemente quando ele sorri. São da cor do céu de verão, claros e infinitos. Cheios de inúmeras possibilidades.

— Dizem que você é uma coisa maravilhosa — diz o príncipe, e eu me dou conta de como meu coração está batendo alto.

Será que Jasão também pode ouvi-lo? Será que meu pai pode? Deuses, espero que não.

— Você aprendeu com sua tia? — acrescenta ele.

— Aprendeu. — Meu pai fala por mim, colocando uma das mãos firmemente sobre meu ombro.

Noto então como a língua grega soa feia em sua boca em comparação à riqueza arredondada do sotaque de Jasão.

— Mas então Circe foi exilada naquela ilhazinha patética de Eana. Ela sempre foi problemática, sabe. Então agora eu supervisiono toda a magia de Medeia. Eu a oriento.

De repente, tudo faz sentido.

Exilada?

— Ouvi falar sobre o exílio de Circe — comenta Jasão. — É uma pena seus poderes serem desperdiçados dessa forma.

Meu pai faz um ruído evasivo, voltando os olhos para mim ao perceber seu erro. Ele nunca pretendera me contar isso. Queria que eu continuasse a acreditar que Circe *escolhera* me deixar, que eu fizera algo para afastá-la. Mas era tudo mentira. Ela fora *exilada*, mantida longe de mim contra sua vontade...

Circe não me abandonou.

E meu pai *sabia* disso.

O calor sob minha pele passa de brasas de desejo a chamas de fúria quente e incandescente.

— É realmente uma maravilha canalizar os poderes de Hécate — continua Jasão, embora eu mal possa ouvi-lo sobre minha raiva crescente. — Sei que há muitas pessoas na Grécia que ficariam fascinadas em conhecer Medeia, ver seus talentos. Reis, rainhas, eruditos...

— As fronteiras da Cólquida estão abertas. Se alguém desejar conhecer a princesa, não há nada que o impeça — responde meu pai com firmeza.

— É apenas uma sugestão. — Jasão sorri, depois olha para sua taça vazia com um floreio. — Suponho que você não tenha mais desse vinho, rei Eetes? É realmente delicioso.

— É claro que tenho. — Meu pai vai até o jarro com decoração elaborada sobre a mesa mais distante. — Sabe, dizem que o vinho da Cólquida é o melhor do mundo. Dionísio realmente abençoou nossos vinhedos.

Assim que ele se vira, Jasão se inclina e sussurra para mim:

— Parece errado manter seus poderes trancados dessa forma. — Suas palavras são quentes junto à minha nuca, fazendo um arrepio descer por minha espinha. Sinto esse arrepio ressonando por dentro, acariciando minha raiva, deixando-a se estabilizar em minhas veias. — Eu nunca negligenciaria um dom tão... *belo*.

Meus dedos dos pés se dobram ao ouvir isso.

Ele se afasta e sorri quando meu pai volta para perto de nós, aparentemente distraído. Jasão aceita sua taça cheia com um aceno de cabeça gracioso; seu comportamento é tão calmo e controlado que quase me pergunto se imaginei todo o encontro. Mas ainda posso sentir os resquícios de seu hálito formigando em meu pescoço.

Faço uma prece silenciosa para que meu rosto não esteja tão corado quanto o sinto.

— Então, Jasão. — Meu pai roda a taça vagarosamente na mão. — Me diga, por que está atrás de meu velocino?

— Fui encarregado por meu tio. — Jasão toma um gole lento de vinho.

Vejo o líquido tocar seus lábios e escorregar por sua garganta com uma estranha pontada de inveja.

— E por que ele pediria uma coisa dessas a você?

— É um acordo nosso. Se eu entregar o velocino, Pélias jurou que o trono de Iolcos é meu.

— Ele simplesmente entregaria o reinado a você? — Meu pai arqueia uma sobrancelha.

— Sou o herdeiro legítimo de Iolcos. — Vejo um músculo se contorcendo no queixo de Jasão, embora sua expressão permaneça calma. — Pretendo honrar a vida de meu pai e pegar de volta o que meu tio roubou.

— E acredita realmente que Pélias vai honrar sua palavra? Um homem que matou o próprio irmão para ser rei? — Meu pai inclina a cabeça com um brilho astucioso nos olhos.

— Acho que vamos ver quando eu retornar com o velocino. — Jasão olha nos olhos dele, oferecendo outro de seus sorrisos fáceis. — Mas todos sabem que sou o rei de que Iolcos precisa, o rei que o povo merece.

Meu pai dá uma risadinha aguda e desdenhosa ao ouvir isso.

— Devo admitir, Jasão, estou surpreso por seu tio ter deixado você crescer até essa idade. Ele devia saber que você seria uma ameaça a seu título.

— Na verdade, meu tio acreditava que eu estava morto até recentemente. Ele achava que eu havia morrido na cela de prisão em que trancou minha família. — Jasão toma outro gole de vinho, mas seus olhos ficam levemente sombrios, uma nuvem passando sobre aquele céu de verão. — Mas minha mãe, esperta, conseguiu me tirar da cidade. Eu era apenas uma criança na época… Ela e meu irmão não tiveram tanta sorte.

— Seu tio os matou? — A pergunta me escapa em uma respiração chocada.

Ao meu lado, sinto meu pai enrijecer, como se ele tivesse esquecido que eu estava aqui.

— Eles ficaram doentes durante o aprisionamento e morreram, pelo que me disseram. — Os olhos de Jasão eram gentis enquanto encaravam os meus. Ele então se volta para o meu pai, e eu vejo algo acendendo naqueles olhos. — Então, eu busco o velocino para que possa vingar suas mortes e tomar o que é meu por direito.

— Uma causa nobre. — O rei acena com a cabeça, seu sorriso carregado de condescendência.

— Os deuses também parecem achar. — Jasão deixa sua ameaça não dita pairar no ar por um momento.

Ao meu lado, meu pai permanece impassível.

— Então, esses testes que devo enfrentar amanhã… Estou presumindo que não sejam testes comuns.

— Que isso, Jasão? Você parece ser um homem que gosta de um desafio, não é?

— É claro. Aceito seus desafios prontamente, rei Eetes. Só peço, respeitosamente, que nos deixe partir dessa terra sem conflito quando eu os concluir.

— Quanta confiança. — Meu pai me lança um olhar de soslaio que tento ignorar. — É claro, meu garoto. *Se* você obtiver o Velocino de Ouro, pode deixar a Cólquida livremente. Você tem a minha palavra.

Sua palavra não significa nada.

— Você me honra com sua gentileza. Obrigado. — Jasão segura o antebraço de meu pai, uma tensão silenciosa se estabelece entre eles apesar das palavras amigáveis. — Agora, devo ir ver se meus homens não acabaram com seu bom vinho. O tempo no mar os transformou em animais.

— Ah! Posso mandar os escravizados buscarem mais do que eles desejarem. A noite de hoje é para celebrar nossos estimados convidados!

— Obrigado, rei Eetes... Princesa. — Ele abaixa a cabeça para mim, seus olhos faiscando com palavras não ditas.

Assim que Jasão desaparece, solto um suspiro, sentindo como se finalmente pudesse voltar a respirar. Ao meu lado, meu pai vai até a mesa para encher sua taça de vinho.

— Que tolo — comenta, abafando o riso e gesticulando vagamente para onde Jasão estava. — Que arrogância. Ele se acha mesmo capaz, acha que os deuses estão ao seu lado. Um tolo, de fato.

— Ele vai morrer amanhã. — A percepção se acomoda pesadamente dentro de mim, como uma pedra caindo no fundo de meu estômago.

— É claro que vai. — Meu pai solta uma risada dura. — Ninguém é páreo para o meu poder.

— *Seu* poder? — A pergunta escapa antes de eu conseguir me conter, seguida de uma nauseante onda de arrependimento.

Meu pai fica imóvel, como se todo o seu corpo tivesse se retraído. Quando fala, sua voz é mortalmente calma.

— O que você disse?

— Nada.

Faço um movimento na direção da porta, mas ele agarra meu pulso e me puxa para ficar de frente para ele. Posso ver a raiva familiar contorcendo seu rosto, a violência escrita em seus olhos dourados e odiosos. Eu sabia que não demoraria muito para ver isso novamente.

— Diga, garota — sibila ele, suas palavras cobertas de saliva lançando-se em meu rosto. — Vamos. Diga para mim.

Olho nos olhos dele, mas permaneço em silêncio, sentindo um frio se fechar sobre mim, entorpecendo minhas entranhas. Preparando-me para o que virá em seguida.

Ele golpeia minha face. Sinto a dor cortar minha maçã do rosto, as joias de seus anéis cortando minha pele. Levo a mão à face e vejo o sangue espalhado nas pontas dos dedos, um tom violento de vermelho contra a palidez de minha pele.

— É *meu*, está entendendo, Medeia? — Sua voz está áspera.

Posso sentir a raiva marchando dentro dele, esperando para golpear novamente.

— Você é minha. Seus poderes são meus. Você não é *nada* sem mim. Está me entendendo?

Eu o encaro, deixando meu olhar cortar mil insultos silenciosos no ar entre nós.

— Eu perguntei se *você está me entendendo*.

— Por que não me disse? — sussurro, minha voz tremendo com uma ferocidade silenciosa. — Que Circe foi exilada? Que ela estava presa em uma ilha?

— Porque isso não era importante.

— Mas todo esse tempo...

Ele ergue o punho novamente e eu me encolho. É um movimento mínimo, mas é suficiente. Vejo um sorriso terrível e satisfeito se abrir no rosto de meu pai. É tão raro ele obter uma reação como essa de mim, e posso dizer que a saboreia, ele saboreia meu medo.

Eu me odeio por permitir que tenha essa satisfação, por expor tamanha fraqueza diante dele.

Meu pai estende o braço e eu não recuo dessa vez. Mas, em vez de me ferir, ele simplesmente passa o dedo sobre onde me acertou antes, espalhando o sangue por minha bochecha.

— Que bagunça. — Ele estala a língua. — Não que você fosse muito bonita, para começo de conversa. Vá, saia da minha frente.

— Sim, pai.

9

Volto para o meu quarto sozinha.

Meu pai não se deu ao trabalho de chamar um guarda para me escoltar, distraído demais por sua glória iminente, talvez.

Meu rosto lateja, mas a dor é anestesiada pela raiva que mal consigo conter, como se aquelas palavras ficassem se repetindo...

Você é minha...

Seus poderes são meus...

Você não é nada *sem mim...*

Ainda assim, entranhada nessa fúria, posso sentir uma ideia se desenvolvendo, como um barco lutando contra a tempestade de minha raiva. Por muito tempo, eu havia me sentido perdida dentro dessa tempestade, sem saber como sair. Mas, agora, meu pai inconscientemente esculpiu um destino por meio dessas águas traiçoeiras, enchendo minhas velas de esperança. *Eana.*

Sinto meu plano se solidificar dentro de mim. Um plano de liberdade... e vingança.

Meu rosto arde quando sorrio comigo mesma.

— Você está bem?

Quase tropeço quando a voz me pega desprevenida. Levantando os olhos, vejo a mulher Argonauta parada diante de mim. Ouvi os guardas de meu pai se referirem a ela como "a caçadora", embora eu não saiba que tipo de presa ela caça.

Seus cabelos são da cor de terracota escura e queimada de sol, caindo pelas costas em ondas despreocupadas. Ela é bronzeada e musculosa, sua pele é salpicada por pequenas cicatrizes brancas, sem dúvida cada uma delas tecida com uma história fascinante. A história de uma mulher que realmente *viveu*.

Ela é inegavelmente bela, mas sua beleza é como a da natureza — selvagem, despreocupada, desinibida.

Meus olhos então se movem para suas roupas. Uma pele de lobo está enrolada em seus ombros, por baixo da qual ela veste uma túnica leve que mal cobre sua figura tonificada, deixando os braços e pernas expostos. Eu nunca poderia imaginar vestir algo assim no âmbito privado, muito menos na companhia de outras pessoas.

— Medeia, não é? — pergunta ela, brilhando com uma autoconfiança que vi apenas uma outra mulher ter.

— Você se dá conta de que está se dirigindo à princesa da Cólquida? — Minha voz é afiada como as lâminas em seu cinto de couro, e minha atitude defensiva aumenta. — Você não deveria estar vagando sozinha pelo palácio. O que pensa que está fazendo?

Ela dá de ombros.

— Só estou dando uma olhada. Ouvi muitas histórias sobre esse lugar, e devo dizer que estou um pouco decepcionada. Não vi um único corpo pendurado em uma árvore. — Seu tom é sério, mas seu rosto está iluminado de diversão. — É o que dizem, sabe… que vocês penduram seus mortos nas árvores.

— E você sempre acredita em tudo o que dizem?

Seu sorriso se alarga ao ouvir isso e ela me olha de cima a baixo. Seus olhos então se estreitam ao chegar à minha bochecha latejante, que sem dúvida começou a inchar ao redor do corte. Sinto um filete de sangue quente, mas não me mexo para limpá-lo.

— O que aconteceu aí?

— Eu caí.

Ela cruza os braços fortes, arqueando uma sobrancelha.

— O chão te bate com frequência?

— O que isso importa para você?

— Talvez eu esteja curiosa.

— Talvez não devesse estar.

Ela ri.

— Você é sempre tão irritada?

— Pare de me fazer perguntas.

— Gostaria de me perguntar alguma coisa, então? — Um humor confiante vagueia em seus olhos.

Considero o convite por um instante, olhando para o corredor vazio, avaliando o tempo que passa entre nós.

— Você é um deles? Uma Argonauta? — Ela faz que sim com a cabeça. — Como?

— Eu provei meu valor, como todos os outros. — A caçadora dá de ombros novamente, como se aquele não fosse um feito notável.

— Mas você é mulher!

— Muito observadora, princesa.

Opto por ignorar sua insolência.

— Como você provou seu valor?

— Lutei com os outros... e venci — acrescenta ela com um sorriso. — Sou Atalanta, por sinal.

Olho para ela mais uma vez, meu olhar tropeçando em seus músculos esculpidos.

— Você é amante de Jasão? — A brusquidão da pergunta a faz rir, o som quente e convidativo.

— Deuses, não. Não acredito que Jasão poderia se apaixonar por alguém que não seja ele mesmo.

— O que te faz dizer isso?

— O que te faz se importar? — rebate ela.

Sinto uma onda de calor manchar minhas bochechas, meus olhos correndo para o chão enquanto minha timidez reativa rapidamente se transforma em outra coisa.

— Ele vai morrer amanhã — digo a ela.

— Eu não me preocuparia, princesa. O homem tem muitos talentos. Ele é favorecido pelos deuses.

— Não contra isso, não contra minha magia. — Olho nos olhos dela, sentindo o ar mudar e ficar mais tenso entre nós conforme minhas palavras se encaixam.

O sorriso dela endurece quando considera a ameaça que estou fazendo.

— Só eu posso salvá-lo.

— Você? Salvá-lo? Mas por que *você* faria uma coisa dessas? — Seu olhar vaga pela passagem sombreada e vazia, os olhos focados e alertas. Os olhos de uma caçadora.

— Tenho minhas razões — respondo com cautela. Quando falo de novo, minha voz não passa de um sussurro. — Diga a Jasão que vou até os aposentos dele esta noite e lhe darei o feitiço que vai garantir sua vitória amanhã.

— Mas por quê...

Ouve-se uma risada por perto quando duas figuras embriagadas aparecem no corredor.

— Atalanta, aí está você! — berra um dos Argonautas, suas palavras rompendo a tensão entre nós.

— Apenas diga a Jasão que estarei lá esta noite. Pode fazer isso?

Não espero ela responder antes de sair correndo, derretendo-me no abraço reconfortante da noite.

As palmas de minhas mãos suam enquanto deslizo pela escuridão.

A ala de visitantes do palácio está cheia de guardas esta noite; eles andam ruidosamente pelos corredores, patrulhando as mesmas rotas desgastadas de sempre. Mas eu passei a vida toda me esquivando desses homens; memorizei seus padrões, conheço todos os pontos cegos. Além disso, a atenção deles não está em mim esta noite. Eles estão focados nos Argonautas, os "estimados convidados" de meu pai. Então me esgueirar até a porta de Jasão sem ser detectada até que é fácil para mim.

Sei qual é o quarto dele, pois sei que meu pai o colocaria em nosso quarto de hóspedes mais grandioso. Ele quer impressionar, afinal. Sempre quer.

Quando me aproximo, agarro com mais firmeza a pequena píxide, o recipiente cilíndrico que levo entre as mãos úmidas. O feitiço em seu interior parece quente e vivo. Eu o preparei assim que voltei ao meu quarto, usando o estoque de ingredientes escondidos debaixo da cama. Venho coletando esses ingredientes desde que recebi permissão para voltar a praticar meus feitiços, mas pude roubar apenas pequenas porções por vez, pois meu pai agora monitora todos os passos de meu processo de magia.

Sempre pretendi usá-los em feitiços que auxiliassem minha fuga, mas não acreditava que uma oportunidade surgiria tão cedo. Não havia ousado ter esperanças.

É um presente, esse feitiço, um presente que vai salvar a vida de Jasão. Rezo para ele o aceitar e acreditar que minhas intenções são verdadeiras.

Rezo, também, para ele não recuar diante de minha disposição a trair minha própria carne e sangue.

Minha mente voa para a história de Cila, uma garota que traiu seu pai por amor. Ela roubou sua mecha de cabelo sagrada, a que guardava seu dom de invencibilidade, e a entregou para seu inimigo, o rei Minos. Mas em vez de corresponder às suas afeições, Minos sentiu repulsa por sua traição e puniu Cila por seus atos. Ele amarrou a garota a seu navio e a arrastou até a morte.

Eu me pergunto qual a sensação de se afogar. Ter as ondas salgadas batendo em seu corpo e invadindo todos os centímetros de seu ser. Ser arrastada sob correntes violentas e enviada para uma sepultura aquosa e inútil. Colocada para descansar na cama de Poseidon, com o corpo inchado e em decomposição.

É um fim cruel ser uma alma perdida para sempre em meio a ondas anônimas.

— Você deve ser a bruxa.

Uma voz ecoa das sombras, fazendo-me saltar. Percebo que estou na frente da porta de Jasão, diretamente diante de uma figura alta. Fico tensa, mas não recuo.

Ele vai para a luz, e as tochas que adornam a passagem iluminam seu corpo gigantesco e musculoso. Sua pele é de um marrom-escuro, que enfatiza a palidez de seus olhos verde-oliva. Seus cabelos são da cor de terra fresca e caem de forma desgrenhada até seus ombros largos e parrudos. Na face direita, sua pele se enruga em uma cicatriz pálida em forma de Y.

Eu nunca vi um homem tão grande, mas seu tamanho intimidante é compensado pelo sorriso encantador em seus lábios grossos.

— Vai lançar um feitiço em nós, bruxinha? — O sorriso se alarga, olhos brilhando.

— Meleagro. — Atalanta se materializa como se saísse do nada. — Pare de tentar assustar a garota.

Meleagro. Sei sobre ele. Mesmo do outro lado dos poderosos mares de Poseidon, já ouvimos falar do adorado príncipe de Calidão da Grécia. Destruidor de ossos e corações, é o que dizem.

— Ele não me assusta — respondo, e Meleagro solta uma gargalhada estrondosa.

— Gosto dela — diz a Atalanta. — Me lembra você.

A caçadora olha para mim, ainda com aquele ceticismo pesando nos olhos. Ela é como uma cachoeira, em igual medida bela e forte, serena e perigosa.

— Você veio — é tudo o que ela diz, apoiando-se na parede com os cabelos enrolados sobre o ombro.

À luz de tochas, posso ver pequenos anéis dourados brilhando nas tranças em sua têmpora.

— Você falou com Jasão?

Ela confirma, sua expressão é indecifrável.

— Ele está lá dentro.

Quando vou passar por ela, Atalanta bate com a mão na parede, bloqueando meu caminho. Fico olhando para seus braços elegantes e bronzeados a poucos centímetros de meu rosto. A caçadora se inclina, abaixando a cabeça de modo que seus olhos cinza ficam nivelados com os meus. Ela está tão perto que posso sentir o cheiro da riqueza terrosa de sua pele; o perfume me lembra a floresta depois de uma chuva forte.

— Estaremos bem aqui, princesa — cantarola Atalanta em meu ouvido. — Lembre-se disso.

Um alerta. Compreensível. Eu não lhe dei motivo para confiar em mim, ainda.

Encaro seus olhos, tentando decifrar o que está escrito dentro deles. Há algo além de desconfiança aqui. Curiosidade, talvez? Ela alegou ter ouvido muitas histórias sobre a Cólquida. Fico me perguntando o que ela ouviu sobre mim.

Finalmente, Atalanta recua e aponta com o queixo para a porta.

— Pode entrar.

Olho nos olhos dela um pouco mais antes de entrar.

Quando entro, Jasão está parado diante da lareira, de costas para mim. A luz do fogo inunda o espaço com um brilho quente e convidativo, mas só consigo sentir o frio sussurrante da tensão que envolve meu corpo.

— Medeia — diz ele com suavidade, virando-se.

Meu nome sempre foi um som feio para mim, uma mancha na língua de outras pessoas, sibilado, gritado, proferido com medo. Mas nos lábios de Jasão, ele parece… belo. *Medeia*. A forma como as vogais rolam de maneira tão fluida, como um suspiro gentil. Quero que ele diga meu nome de novo e de novo; quero que ele o grite a plenos pulmões para toda a Cólquida ouvir.

— Jasão.

Seus olhos são tão deslumbrantes que me lembram a Estrela do Cão, Sirius, a mais brilhante de todo o céu noturno. Conforme olho dentro daqueles olhos, sinto que estou na beira de um precipício, com um queda abrupta sob mim. Não consigo ver o que há além, mas sei, com uma certeza arrepiante, que quero dar esse salto cego. Preciso.

— Sabe por que estou aqui?

— Sei.

A luz do fogo treme na expectativa, suas sombras esculpindo a garganta de Jasão, acentuando os traços firmes de seu queixo. Eu me pergunto, vagamente, como deve ser possuir tamanha beleza, ter o mundo derretendo ao seu toque.

— Os deuses falaram comigo — continua. — Eles me contaram que eu não conseguiria sem sua ajuda.

Os deuses? Suas palavras fazem meus pensamentos tropeçarem em si mesmos.

Ele anda em minha direção, então eu enrijeço instintivamente. É apenas uma leve tensão de meus músculos, mas o suficiente para Jasão notar e parar no meio do caminho.

— Está com medo de ficar sozinha comigo? — Sua voz é uma carícia suave. — Posso assegurar que jamais deixaria mal algum te acontecer, princesa.

— Não estou com medo — respondo de igual para igual, aproximando-me.

O movimento faz seus olhos se estreitarem e um talho de preocupação corta seu rosto.

— O que aconteceu?

Ele diminui a distância entre nós com dois passos longos, e eu sinto uma resposta fria endurecendo em minha garganta. *Não aconteceu nada, eu sempre fui assim*. Mas então, para minha surpresa, ele segura meu rosto e sinto seu polegar examinar gentilmente o corte em minha bochecha.

— Nada. — A palavra é apenas um sussurro junto a sua mão quente.

— Quem fez isso com você? — Uma raiva silenciosa sustenta a pergunta. — Seu pai? Vou fazê-lo sofrer se te machucou, Medeia.

— Não é nada.

Viro o rosto e ele abaixa a mão, mantendo os olhos nos meus. A tensão no quarto parece palpável, como se o ar estivesse carregado com alguma estranha energia queimando entre nós. Espero que Jasão possa sentir isso também.

— É mesmo nada? — pergunta ele, estendendo a mão para tocar na minha. Talvez haja algo em meus olhos que o faz acrescentar: — Tem certeza de que quer fazer isso? Se precisar de um momento...

— Sua primeira tarefa vai parecer simples — digo, afastando-me de seu toque e caminhando até a lareira.

Não há tempo para duvidar, não agora. Se vou destruir meu mundo, preciso de ambas as mãos firmes na arma para dar o golpe final.

Os olhos de Jasão seguem meus movimentos, com um questionamento tão evidente no olhar que me faz perguntar:

— O que foi?

— Não deseja saber mais sobre mim antes de oferecer sua ajuda? Ver se acredita que minhas intenções são verdadeiras? — Ele inclina a cabeça, com um sorriso guardado no canto dos lábios.

— As intenções de todos os homens não são as mesmas: bravura e glória e todo o resto? — Dou de ombros e aquele sorriso dele aumenta. Deuses, aquele *sorriso*. Ele é lindamente afável, mas de certa forma perigoso. — Suas intenções não têm importância para mim. Vou te ajudar se você me ajudar.

— Você sempre fala o que pensa tão livremente?

— Não deveria?

— Alguns diriam que não. — Ele acena com a cabeça, indo se apoiar na cama, com as mãos grandes na estrutura.

Tento não deixar meus olhos se demorarem sobre a forma com que as sombras acentuam os músculos definidos de seus braços.

— E o que você diz? — Sinto a garganta apertada e seca ao mesmo tempo.

— Gosto de como sua mente fala. Na verdade, eu te acho um tanto quanto notável, princesa.

Viro as costas para a lareira e contenho um sorriso. *Foco, Medeia, foco.* Pigarreando, digo para as chamas:

— Como primeira tarefa, meu pai vai fazer você arar um campo com dois bois. Parece um desafio simples, mas garanto que não é. — Considero minhas próximas palavras, lembrando da forma como os olhos de Frixo haviam escurecido quando testemunhou a verdadeira extensão de meus poderes. — Enfeiticei os bois, de modo que não são criaturas comuns… Eles cospem fogo.

— Fogo? — Uma fagulha de surpresa surge em algum lugar entre o sorriso e os olhos de Jasão. — Bem, isso complica as coisas, não é?

Um silêncio se segue e posso ver seus pensamentos girando na forma com que seus olhos percorrem o quarto. Ele está considerando sua tática, procurando uma solução que nunca vai encontrar.

Não sem mim.

Acredite em si mesma, como eu acredito. Venho repetindo essas palavras incontáveis vezes em minha mente. Palavras de uma noite, muitas luas atrás, em que aprendi sozinha esse mesmo feitiço e Circe me ensinou a lição mais importante de todas.

Confie em seus instintos.

— Posso ajudar com o fogo. Posso fazer sua pele o repelir. — Seguro a píxide com mais força enquanto Jasão olha para ela.

— Repelir fogo?

Confirmo com a cabeça.

— É uma droga chamada *prometheon*. É feita com a raiz de uma flor que cresce nas montanhas. Dizem que as flores brotaram pela primeira vez do sangue divino de Prometeu, depois que as aves carnívoras cortaram seu corpo.

Jasão respira fundo e cruza os braços.

— Me perdoe por perguntar, princesa, mas como posso ter certeza de que você está me dizendo a verdade?

— Não pode — digo simplesmente. — Não até eu te mostrar.

Removo a tampa do recipiente e tiro uma pequena quantidade de seu conteúdo grosso e arenoso. Então espalho a pasta em minha mão direita, fazendo uma prece para Hécate. O bálsamo é absorvido por minha pele, como aconteceu antes. Mas dessa vez não hesito quando coloco a mão no meio das chamas.

— *Medeia...* — Meu nome é um sussurro preso na garganta de Jasão.

O fogo se curva sob a ponta de meus dedos, seu calor reduzido a uma cócega atenuada contra a magia que zune sobre minha pele. Observo a reação de Jasão, esperando que a aversão e a repulsa desfaçam suas belas feições.

— Está vendo? — pergunto, olhando novamente para as chamas, vendo-as mergulharem e dançarem ao redor de minha mão.

Dentro das brasas, vejo o medo enojado de Frixo luzindo de volta para mim. Mas quando olho para Jasão, seus olhos estão brilhando.

— Incrível — diz ele, e eu sinto a palavra se acender dentro de mim. *Incrível.*

Retiro a mão e a estendo para ele. Jasão se aproxima e a segura, passando a mão sobre minha pele incólume, traçando círculos na palma que provocam até a ponta de meus dedos.

— Não está nem quente — murmura ele.

— Vou possibilitar que você obtenha o velocino, Jasão. Posso te garantir isso. — Afasto a mão dele. — Mas em troca eu te peço uma coisa.

— Pode dizer. Qualquer coisa.

— Você vai me levar junto quando for embora. — Os olhos dele faíscam, mas seu rosto permanece calmo, aberto. — Vai me garantir passagem segura para Eana. Pode fazer isso?

— Eana. Onde está Circe. — Ele concorda devagar conforme compreende meu plano. — Vou te levar até lá, Medeia. Eu juro. Mas devo perguntar... com um dom como o seu, por que precisa de minha ajuda?

Um dom. É como ele vê minha magia. Não uma maldição nem uma doença, mas um dom.

— Eu mal coloquei os pés fora das muralhas do palácio durante toda minha vida — admito, virando o rosto para as sombras. — Há apenas um número limitado de feitiços que posso preparar sem saber o que me aguarda além da Cólquida. Você é um viajante proficiente; conhece os perigos que existem para além de nossas costas. Tenho poder, mas preciso de sua experiência para chegar a Eana.

— Você a terá. — Jasão acena com a cabeça, passando os olhos por mim de cima a baixo de uma forma que faz minha pulsação bater contra minha pele.

Foco.

— Você deve jurar. Jure que vai me lavar para Eana.

— Eu juro, Medeia. Você tem minha palavra. — A voz dele é tão forte, tão reconfortante. E ainda assim... Sei onde a palavra de um homem já me levou.

— Como sei que posso confiar em você?

— Eu poderia fazer a mesma pergunta. Até onde sei, isso poderia ser um dos truques elaborados de Eetes — retruca Jasão, embora sua voz seja gentil, e não acusadora. — Como posso confiar que você esteja disposta a trair seus entes queridos?

— Porque eles não são meus entes queridos — digo de forma impassível. — São minha família de sangue, só isso.

Jasão reflete sobre aquilo por um instante. Se está perturbado com minha traição, não demonstra.

— Acho que simplesmente teremos que dar esse salto de fé juntos, não é? Está disposta, Medeia?

— Estou disposta.

Ele sorri, aquele sorriso belo e perigoso. Doçura e pecado juntos.

— Podemos começar, então?

Faço que sim e me viro para apoiar a píxide. Ao me movimentar, posso sentir seus olhos sobre mim, tornando-me hiperconsciente de qualquer ação, qualquer respiração. Um nervosismo repentino envolve minha mente, fazendo com que eu me atrapalhe com a poção.

— Essas são as roupas que vai usar amanhã? — pergunto, apontando para o peitoral de armadura e a túnica espalhados na lateral do quarto.

Ele assente e eu rapidamente espalho o bálsamo sobre as vestes, repetindo a mesma prece para invocar Hécate.

Deusa, eu te chamo... empreste-me teu poder...

Quando termino, viro-me novamente para Jasão.

— Sua toga. — Aponto para ele com a cabeça, minha voz seca devido ao emaranhado de nervos em minha garganta. — Você precisa removê-la.

Ele ergue uma sobrancelha.

— Isso é muito atrevido de sua parte, princesa.

— Qualquer parte sua deixada descoberta estará vulnerável ao fogo.

— Bem, não queremos isso, não é? Gosto muito de todas as minhas partes — brinca ele, e eu assumo que seja uma tentativa de minimizar meu desconforto.

Mas qualquer tentativa é frustrada quando Jasão abre casualmente o fecho de sua toga, deixando a vestimenta deslizar para o chão e se acumular ao redor de seus pés. Aquele único movimento parece sugar todo o ar do quarto, sufocando meus pulmões.

Enrijeço ao ver seu corpo nu brilhando dourado à luz do fogo. Ele parece tão à vontade diante de mim, quase orgulhoso, e por que não deveria estar? Jasão é perfeito, como uma estátua à qual o artista dedicou horas meticulosas para garantir sua absoluta perfeição.

Passo os olhos por seu peito definido, e o tufo de cachos dourados reunido no centro. Eles então caem para os músculos compactos sobre seu abdômen, descendo ainda mais até seus quadris esculpidos em forma de V, abaixando em direção a...

— Está gostando do que vê? — pergunta Jasão em um tom calorosamente provocador.

Imediatamente volto a olhar nos olhos dele, com as bochechas pegando fogo.

— Está tudo bem, princesa. Demore o tempo que precisar.

Tentando ignorar a diversão em seus olhos, pego a pasta nas mãos e respiro fundo para me acalmar. *Foco, controle.* Circe tinha chamado essas disciplinas de "pilares da magia". Eu me lembro disso enquanto coloco as palmas das mãos em seu peito nu, levantando o olhar para encontrar o dele. Os olhos de Jasão agora são intensos, qualquer indício de humor desaparecendo sob meu toque. Rapidamente viro o rosto, concentrando minha atenção em seu corpo ao esfregar a pasta em sua pele.

Murmuro minha invocação a Hécate quando o cheiro penetrante de magia entra em meu nariz, forte e rico. Então começo a senti-la zunindo sob as pontas de meus dedos, faiscando contra a pele de Jasão. Eu o ouço um pouco ofegante, arregalando os olhos quando sente a magia percorrer seu corpo.

— Está tudo bem? — Olho para ele.

— Está. — Ele treme, mas não de medo.

Ele é quente e forte sob meu toque, como mármore envolvido em seda. Quando movimento as mãos sobre seu corpo, sinto algo novo e desconhecido se desenrolar dentro de mim, uma parte dormente de mim despertando. Minha pulsação começa a latejar por cada centímetro de meu ser, como se meu âmago estivesse derretendo. É uma sensação totalmente nova, ao mesmo tempo prazerosa e torturante.

— Você está bem? — pergunta Jasão com a voz ofegante.

Assinto, as palavras contidas em minha garganta.

O tempo parece tropeçar e desacelerar à nossa volta enquanto minhas mãos percorrem todos os centímetros de seu corpo. Passo às suas costas largas, juntamente com os braços, descendo pelas pernas. Sua respiração acelera quando toco certas partes, fazendo meu coração disparar, assim como a dor em meu âmago aumentar, como se meu corpo estivesse pedindo alguma coisa, necessitando de mais.

Quero que Jasão me toque.

Não me importa como. Ele poderia me bater, como meu pai, e eu não sentiria nada além de prazer com sua pele junto à minha. Quero afundar os dedos em sua carne, puxá-lo para mim e saborear aquele sorriso que se abre tão fácil em seus lábios.

Mantenho o olhar firme quando me posiciono na frente dele mais uma vez, passando as mãos sobre os músculos de seu abdômen. Então coloco as mãos entre suas pernas, a única parte dele que ainda não toquei. Vejo a surpresa surgir em seus olhos com minha ousadia. Aqueles olhos então se reviram quando uma expressão de prazer ondula por seu rosto, enchendo-me com uma satisfação surpreendente.

Quando ele fala, sua voz é irregular.

— Você vai ter que parar de fazer isso.

Puxo a mão, magoada por suas palavras.

— Me desculpe — murmuro, abaixando os olhos.

— Não, não, está tudo bem. É só que... — Ele sorri, inclinando meu rosto para cima com seus dedos gentis. — Não sei ao certo se você percebe o que seu toque está fazendo comigo... ou o que ele me faz querer fazer com você.

— Você pode fazer o que quiser comigo — respondo, ofegante. — Qualquer coisa.

Ele se aproxima, ainda com a mão sob meu queixo.

— O que *quer* que eu faça com você, Medeia?

Eu não sei. Como posso formular esse desejo em algo coerente? Como poderia limitar esse sentimento aos confins opressivos da linguagem?

Então, em vez de usar palavras, faço a única coisa em que consigo pensar.

Eu o beijo.

Minha avidez me torna atrapalhada e desajeitada, meus dentes batendo no dele. Mas Jasão reage perfeitamente, envolvendo minha cintura com os braços e me puxando com suavidade para junto dele. Ele aprofunda o beijo, apertando a boca contra a minha com uma urgência repentina que me deixa sem fôlego.

Posso sentir sua avidez. É uma avidez diferente de qualquer outra que já vivenciei, mas posso senti-la se espalhando por mim, suas raízes se enterrando no fundo.

— Eu te desejei desde o momento em que te vi naqueles degraus — sussurra Jasão junto aos meus lábios.

Ele me *deseja*. *Eu*. A sensação é inebriante, como se eu estivesse embriagada por seu toque, seu desejo.

De repente, Jasão me ergue e me coloca sobre a cama, seu corpo grande se agigantando sobre o meu. Sinto a adrenalina brilhar sob minha pele, faiscando e estalando dentro de mim como um fogo enfurecido.

— Está tudo bem? — murmura ele junto ao meu pescoço.

— Está. — Engulo a palavra.

Sua boca explora minha pele, descendo por meu pescoço, passando por minha clavícula, saboreando-me com uma reverência tão doce. Prendo as mãos em seus cachos dourados enquanto sinto as dele escorregarem entre as dobras de meu vestido, roçando na parte interna de minhas coxas, provocando aquela parte insuportavelmente sensível. Um nervosismo repentino cresce dentro de mim diante dessa intimidade descarada, mas a sensação é perfurada por uma descarga forte de prazer quando Jasão mordisca minha orelha, fazendo-me arfar alto.

Posso sentir Jasão sorrir junto ao meu pescoço enquanto sua mão livre desata as amarras em meus ombros.

Ele me *deseja*.

Mas por que alguém como ele desejaria alguém como eu? Ele, que é adorado por todos à sua volta, até mesmo pelos deuses. Que interesse um herói célebre teria em uma bruxa odiada? Talvez ele não tenha interesse nenhum. Talvez esteja brincando comigo, manipulando minhas emoções fracas.

Você é uma doença.

Você vai destruir tudo o que tocar.

Escuridão chama escuridão.

Violência gera violência.

Não, *não*. Ele me deseja. Ele disse isso.

Mas é tarde demais. Meus pensamentos criaram um pânico silencioso, que foi se transformando dentro de mim. Por um momento, sinto como se não pudesse respirar, como se minha pele estivesse saindo dos ossos. Minha mente então escapa do corpo, derramando-se no ar, observando de cima. Eu me vejo embaixo de Jasão, observando-o se mover junto ao meu corpo enquanto meu rosto olha para fora, sem expressão, sem emoção. Como se eu estivesse morta.

A visão escurece e vejo meu pai sobre mim, sua mão em minha garganta, o punho acertando meu rosto.

Não consigo respirar.

— Espere! — exclamo, ofegante, sentando-me ereta.

Jasão se afasta, de modo que agora está ajoelhado entre minhas pernas. Ele inclina a cabeça em minha direção, seus cabelos dourados caindo sobre os olhos.

— O que foi? — pergunta ele com gentileza. — Me desculpe se eu…

— O segundo teste — eu o interrompo. — Eu não te falei sobre o segundo teste.

— Certo — diz ele enquanto puxo o vestido de volta sobre o ombro.

— Como segunda tarefa, meu pai vai pedir para você semear os dentes de um dragão — revelo.

Jasão se senta na beirada da cama. O pequeno espaço entre nós parece cavernoso, como se minhas palavras estivessem ecoando na superfície.

— Um dragão?

— Sim. Dentes de dragão têm uma magia poderosa. Quando tocam a terra, soldados surgem do solo. Mas eles não são desse mundo. São os cadáveres de homens que morreram há algum tempo.

O rosto de Jasão se fecha em pensamentos enquanto ele se vira para vestir sua toga.

— Esses soldados podem ser mortos?

— Eles devem morrer pelas mãos uns dos outros. São feitos para matar quem fizer o primeiro movimento contra eles. Quando aparecerem, certifique-se de estar escondido e jogue uma pedra no bando. Eles têm corpos de homem, mas não mente. Vão ficar confusos sobre quem deu o primeiro golpe e atacar uns aos outros até não sobrar mais nenhum.

— Então não devo lutar contra eles? — Jasão vai até a lareira, pegando uma uva da mesa baixa situada ao lado dela. Ainda posso sentir a decepção dele comigo como uma acidez no ar.

— Se derrubar um, mais dois surgirão. Será uma batalha infinita que você não é capaz de vencer.

Jasão inclina a cabeça, considerando minhas palavras. Então coloca a uva na boca e eu a ouço estourando, molhada contra seus dentes, antes de ele perguntar:

— E quanto à terceira tarefa?

— Para a terceira tarefa você vai precisar que eu esteja lá. Vou cuidar de tudo.

— Mas o que é...

— Apenas confie em mim. — Ajoelho na beirada da cama, e ele vira o rosto na minha direção, com os olhos decididos. — Esta noite você deve fazer um sacrifício a Hécate sob a lua cheia, para garantir que ela esteja ao seu lado. Pode fazer isso?

— É claro. — Ele deve ter lido alguma coisa em meu rosto, pois o seu se suaviza quando vem sentar ao meu lado. — Medeia, não posso te agradecer o suficiente por sua ajuda, e sinto profundamente se me excedi... Eu não pretendia agir de forma tão impulsiva. É que você tem esse efeito peculiar sobre mim. — Jasão dá uma leve risada, balançando a cabeça. — Não quero que pense mal de mim.

— Mal de você? — Eu o encaro, minha mente procurando as palavras certas para explicar. Mas como posso explicar algo que eu mesma não compreendo? Talvez seja esse palácio. Essa prisão. Talvez eu não possa me permitir ser feliz em um lugar que sempre me causou apenas sofrimento. — Não é culpa sua.

— Medeia. — O olhar dele percorre os ângulos rígidos de meu rosto, seus olhos são suaves o bastante para eu cravar meus dentes neles. — Você é tão linda.

Linda. A palavra canta por minhas veias.

— Ninguém nunca me disse isso antes — admito.

— É porque as pessoas da Cólquida são tolas. Todas elas. Não enxergam que tesouro têm diante delas. — Sinto meu coração inflar quando ele passa o polegar com cuidado sobre meu rosto inchado. — Eu vou te levar para longe desse lugar, Medeia. Você tem minha palavra. Vou te dar sua liberdade.

— Obrigada.

— Você não tem mais que ser triste.

Triste. Parece uma palavra trivial. O que é tristeza? Conheço a forma dela, as arestas frias familiares, como uma quinquilharia com que você já brincou várias vezes e mantém perto do coração. Mas é um sentimento que não difere dos outros. Raiva, solidão, dor — todos acabam tendo o mesmo sabor em sua boca. Amargo. Vazio.

— Senti mais nesses poucos minutos do que já senti em toda a minha vida — confesso.

Meus olhos se voltam para Jasão, esperando para ver o julgamento em seus olhos. Mas ele apenas sorri para mim, um sorriso terno e compreensivo. O príncipe fecha a mão ao redor da minha, e eu sinto, talvez pela primeira vez, que ele está realmente me vendo, vendo as partes escuras, assim como a luz. Espero que se afaste, mas ele permanece imóvel, com a mão sobre a minha. Viro a palma para cima, então nossos dedos se entrelaçam, encaixando tão perfeitamente, como se aquele sempre tivesse sido seu lugar.

Na pequena janela no alto, atrás da cabeça de Jasão, vejo a face reluzente de Selena nos observando, seu luar delicado inundando o quarto com um brilho prateado.

— Você deve ir fazer seu sacrifício a Hécate antes que amanheça — digo, afastando-me de seu toque com relutância. — E eu devo voltar para o meu quarto antes que os escravizados notem que não estou lá.

Jasão levanta e me observa ir até a porta.

— Medeia. — Sua voz me faz parar, e eu viro o rosto para ele. — Obrigado.

— Não me agradeça, ainda não. Não até termos sucesso.

— Vamos ter sucesso, Medeia. — Ele dá um passo à frente, sorrindo. — Como podemos não ter, quando os deuses estão do nosso lado?

Estou vestida de vermelho.

A cor escorre de meu corpo em dobras fluidas, tão escura que parece quase preta em certas luzes. É a cor da morte, penso. Uma cor que meu pai escolheu para eu usar quando me disse que eu estaria presente nos testes de Jasão hoje. Minha presença normalmente não é permitida, mas o príncipe sabe sobre minhas habilidades, então meu pai não tem razão para esconder seu segredo fatal. Em vez disso, quer me brandir ao seu lado, como uma arma.

Fico sentada em meu quarto, olhando para a parede, esperando ser chamada.

Na quietude, vejo minha mente vagando, como acontece com frequência, até Calcíope. O que minha irmã diria se estivesse aqui? Ela entenderia minha traição, até mesmo a apoiaria? Ou acharia que perdi o juízo por confiar minha vida a um homem que acabei de conhecer?

— E você perdeu? — As palavras ondulam atrás de mim, suaves e ricas.

Viro tão rápido que quase caio, meu coração inflando ao ouvir a voz familiar.

— Circe?

Meus aposentos me encaram de volta, o vazio zombando de minha empolgação. Minhas mãos se fecham ao lado do corpo enquanto olho ao redor. As sombras parecem ter engrossado, reunindo-se em dobras pesadas que engolem a luz aquosa da manhã.

— Perdi o quê? — pergunto ao silêncio sinistro.

— O juízo? — Aquela voz surge outra vez, aparentemente vinda de toda parte. Ouvindo-a agora, percebo que é uma voz mais grave e rouca do que a de minha tia. O som parece atrair as sombras para mais perto.

— Quem é você?

— Acho que você já sabe.

Ela então se revela, como se suas palavras soprassem vida na escuridão, moldando-se na forma de uma mulher. Não uma mulher, não… uma *deusa*.

Hécate.

Sua pele é pálida como o luar e parece brilhar com a mesma radiância suave. Mas essa luminosidade não faz nada para dissuadir a escuridão, que a envolve como um manto, com fios esfumaçados enrolando-se em seus membros, acariciando sua pele.

Ela é bela, mas é um tipo de beleza etérea e intimidadora. Suas feições são severas, mas ainda assim estonteantes. Maçãs do rosto altas, tão acentuadas que parecem que podem cortar a pele. Um nariz estreito e pontudo sobre uma boca pequena e carnuda. Um queixo que parece esculpido do mármore mais frio. Imagino que se eu a tocasse, ela pareceria gelo sob meus dedos.

Meus olhos pousam sobre os dela e eu noto como são pretos, como são profundos.

— Deusa. — Eu me curvo, sentindo seu poder vibrando no ar.

Isso faz minha magia se agitar de forma caótica em minhas veias, como um cão de caça puxando na direção de seu verdadeiro mestre.

— Levante-se, Medeia. — Sua voz soa como se outras estivessem entrelaçadas nela.

Hécate inclina a cabeça, os cabelos caindo sobre os ombros. São bem pretos, exatamente como os meus.

No alto de sua cabeça, parece que pontas prateadas se projetam de seu crânio, formando uma coroa sinistra. Nas laterais do corpo, ela segura duas tochas, mas suas mãos permanecem entrelaçadas à sua frente. Quando olho com mais atenção, vejo faces encarando à sua esquerda e direita. São imagens refletidas dela mesma, brilhando como espíritos umbrais, ondulando e refratando a cada movimento. Quanto mais olho para elas, mais elas parecem borradas.

— Então você sabe quem eu sou? — A voz dela não é terna nem fria, mas um espaço liminar e sombrio entre os dois.

— Sei.

— Achei que tivesse esquecido. — Aqueles olhos profundos se estreitam, e a escuridão parece pulsar. — Já que reza tão pouco para mim ultimamente.

— Meu pai me proibiu de fazer isso há muitos invernos — digo com cautela. — Espero que não tenha ofendido você, minha deusa.

O rosto dela parece rolar para o lado, então crepitando e desaparecendo como uma chama enquanto a cabeça à esquerda passa para a frente, ficando mais nítida. Suas feições continuam as mesmas, mas há algo diferente nesses olhos; eles parecem brilhar mais. Seu rosto relaxa com um sorriso e Hécate vira o pescoço, como se o estivesse esticando devido a uma dor.

— Ofendido? — Ela ri, agora com mais leveza na voz, achando graça. — Se eu estivesse ofendida, Medeia, você certamente saberia. Eu não te deixaria lançar seus feitiçozinhos, para começar.

— Você pode fazer isso? — pergunto enquanto a vejo andar pelo quarto, pegando bugigangas aleatórias e as virando nas mãos.

Com uma nova face na frente, todo o seu comportamento parece ter se transformado; ela parece mais relaxada e brincalhona, de alguma forma mais jovem.

— É claro que posso. Sua magia só funciona porque eu permito. — Ela dá de ombros, pegando um pequeno pote e o cheirando. — O que é isso?

— É carvão... As mulheres passam nos olhos.

— Por quê?

— É considerado bonito, eu acho.

— Humanos são tão peculiares. — Ela devolve o pote para o lugar e continua a vagar pelo espaço, as sombras fiéis rastejando atrás dela, brincando com seu vestido.

À sua direita e esquerda, aquelas faces vigiam, suas bordas dançando e se distorcendo como filetes de fumaça. Posso sentir os olhos delas sobre mim, mesmo não podendo ver com clareza para onde olham.

— Posso perguntar por que está aqui, deusa?

— Por que eu não deveria estar? — Ela arqueia uma sobrancelha, uma reação distintamente humana, o que faz com que pareça ainda mais perturbadora em seu rosto imortal.

— Você nunca se revelou para mim antes…

— Ah, sim, mas é porque você era incrivelmente *desinteressante*. — *Desinteressante?* Tento engolir o insulto enquanto a palavra ecoa em mim. — Exceto pela vez que transformou seu irmão em porco. *Aquilo* foi divertido.

— E o que me torna interessante agora? — Obrigo meu tom de voz a permanecer neutro.

— Porque agora, Medeia, você tem uma decisão a tomar. — Ela se vira de novo para mim e, ao fazer isso, seu rosto desaparece outra vez, deixando a versão mais quieta e contida assumir a posição. A suavidade dessa transição é enervante; como se eu estivesse falando com duas deusas totalmente diferentes. — Você está em uma encruzilhada. Qualquer decisão que tomar vai te mandar na direção de um futuro do qual não poderá voltar.

Eu sabia que Hécate era a deusa das encruzilhadas, entre outros domínios, mas sempre acreditei que isso fosse literal. Não as encruzilhadas simbólicas com as quais os mortais se deparam na vida quando estão diante de uma decisão. Na verdade, eu achava que não tínhamos muito controle sobre essas questões, devido ao poder indiscutível das Moiras.

— Certamente os deuses já decidiram meu caminho por mim, não? — pergunto, observando Hécate flutuar ao meu redor, percebendo que eu não havia me movido nem um centímetro desde sua chegada.

Meus pés pareciam enraizados no chão, talvez por medo. Ou talvez seja Hécate me segurando no lugar por meio de algum poder invisível.

— Há muitos mortais neste mundo, Medeia. As Moiras não podem decidir todos os detalhes para cada um deles.

— Não podem?

— Para os mortais importantes, as Moiras dedicam cada nó e fio, sim. Elas vão garantir que estejam atados ao futuro que seu mundo exige deles. Para outras vidas, menos significativas, elas podem ser… mais vagas. Estabelecem o começo e o fim, mas permitem que o meio seja tecido pelo indivíduo.

— Eu nunca soube disso.

— É claro que não. Porque todos os mortais querem acreditar que são importantes, que sua existência tem propósito. Mas a realidade é que muito poucas vidas carregam qualquer tipo de significado. A maioria dos humanos é insuportavelmente desinteressante, não é? Apenas alguns selecionados realmente importam, e não era para *você* ser um deles. Mas eu mudei isso. — A outra face, brincalhona, tremula para a frente quando ela acrescenta: — As Moiras não ficaram satisfeitas quando te presenteei com sua magia. Não era parte do plano delas.

— Mas por que você fez isso? — É uma pergunta que me fiz a vida inteira.

O rosto com um sorriso falso assume o centro, olhos piscando de maneira travessa quando ela diz:

— Tédio, eu acho. A imortalidade pode ser muito entediante às vezes. Eu queria ver o que aconteceria se eu concedesse a um mortal uma gota de meu poder. Nenhum outro deus tentou fazer isso antes.

— Você me presenteou com esse poder por *tédio*? — Não consigo conter a irritação que se infiltra em minha voz.

A terceira face de Hécate salta para a frente, olhos fervilhando com uma raiva fatal. Atrás dela, a escuridão parece se elevar em resposta.

— *Você está questionando minhas ações?* — A voz dela infla ao nosso redor, fazendo o quarto todo tremer.

Enrijeço instintivamente, meu corpo travando com um medo puro e bruto. Mas ela recua, esticando-se e estalando o pescoço de novo como se o fato de se conter lhe causasse dor física. Aquela face furiosa volta para a lateral, deixando a Hécate calma se acomodar mais uma vez.

— Não estou aqui para justificar minhas decisões, Medeia.

— Está aqui para me dizer que caminho devo escolher? — pergunto com cautela, não querendo acionar aquele lado feroz dela outra vez.

— Onde estaria a graça disso? — pergunta ela com um leve sorriso, e eu pareço ter perdido a noção da versão com que estou falando. Falar com Hécate é como ir lentamente à loucura. — A escolha é sua... embora eu saiba que Hera e Atena vão discordar disso.

— O que quer dizer?

— Vamos, você deve ter sentido. Aquela dor horrivelmente doce...
bem aqui. — Ela sorri de leve, tocando o espaço onde seu coração estaria
se deuses possuíssem tal fardo. — Aquelas deusas são muito intrometidas.
Elas vão fazer o que for preciso para garantir que seu querido Jasão seja
bem-sucedido. E elas *amam* levar o crédito pelo sucesso de um mortal.

— Não sei do que você está falando.

Os lábios dela se curvam de maneira deliberada.

— Podemos fingir que o amor não tem nada a ver com suas ações, se
quiser.

Amor. A palavra faz minhas bochechas ficarem quentes.

— Só estou preocupada com minha liberdade — rebato, incapaz de
conter a atitude defensiva. — E minha decisão a respeito dessa questão já
foi tomada.

— Então por que está se questionando?

— Não estou. — Não posso. Pois sei que já dei aquele salto e tudo o
que posso fazer agora é me permitir cair e esperar que a aterrissagem não
me destrua.

— E se eu te disser que está escolhendo o caminho errado?

Meu corpo fica imóvel enquanto a encaro, garras geladas arranham
minha resolução. Ela olha nos meus olhos, sua expressão é completamente
indecifrável.

Quando falo, minha voz é um sussurro.

— Estou?

— Talvez sim, talvez não. — Ela dá de ombros com uma imprecisão
irritante. — Mas quando escolher seu caminho, não poderá dar as costas a
ele. Deve segui-lo até o fim.

— Mas qual é o caminho certo?

— Sabe, acho um tanto divertido — continua ela, como se eu não
tivesse dito nada. — Todo esse alvoroço por causa de um objeto tão inútil.

— Está falando do... velocino?

Ela inclina a cabeça na minha direção, com diversão brilhando no
rosto como as sombras selvagens que dançam entre as chamas.

— Por favor, você deve ter percebido. O velocino é completamente
inútil, Medeia.

Lembro do dia que vi o carneiro, aquele poder inebriante que ele irradiava.

— Mas... a criatura...

— O carneiro era poderoso, sim. Mas seus poderes morreram com ele. — Hécate faz um gesto de desdém com a mão. — Da próxima vez que você tocar no velocino, vai entender.

— Mas... os deuses exigiram que ele fosse sacrificado.

— Eu sei. — Ela ri, o som é tão agudo que parece cortar as sombras à sua volta. — Temos muito senso de humor, não temos? O que é isso, Medeia, você acha mesmo que permitiríamos aos mortais a glória invencível? Uma coisa dessas é perigosa demais para sua espécie tola.

— Mas...

Uma batida na porta rompe o momento, seguida de uma voz grosseira.

— Princesa, está na hora.

Viro para a porta e vejo um guarda parado do lado de fora. Quando viro novamente, a escuridão desapareceu, e Hécate também. Uma luz do sol tímida começa a entrar de volta no quarto, que parece totalmente inalterado. Não há sinal de que ela esteve aqui. Tudo o que permanece da deusa é a dúvida que plantou em minha mente.

E se eu estiver escolhendo o caminho errado?

Cavalgamos até os campos agrícolas depois da cidade.

Somos uma vista magnífica, uma onda reluzente de poder bronzeado surgindo entre as multidões reunidas. Estou em uma carruagem, ao lado de meu pai, acompanhada por Jasão e Absirto em suas próprias carruagens. Atrás de nós, os Argonautas e uma seleção dos melhores soldados de meu pai viajam em carroças menores, muito menos luxuosas.

Faço o possível para não deixar nenhuma parte de meu corpo encostar em meu pai enquanto sacolejamos pela estrada irregular. Felizmente, ele parece ignorar minha presença, embora de vez em quando eu sinta seus olhos se virarem em minha direção. Meu rosto permanece calmo sob o véu, mascarando a tempestade que se forma por baixo.

Fazendeiros param e encaram quando passamos, protegendo os olhos cansados do sol forte. Os filhos se enroscam em seus pés, gritando e acenando com empolgação.

Vejo uma garotinha com cabelos escuros e despenteados lutando com os irmãos, usando gravetos no lugar de espadas. Ela é uma criatura feroz ao se movimentar entre eles, sua "espada" estalando alto contra a dos irmãos. Quando param para nos ver passar, vejo Atalanta acenando para ela.

A garota começa a correr ao lado da carroça deles, apontando para os Argonautas e depois para a caçadora. Ela grita para Atalanta na língua comum da Cólquida:

— Você é um deles?

Atalanta deve entender a natureza da pergunta da garota, pois aponta para si mesma e diz:

— Argonauta!

— Argonauta! Argonauta! — repete a garota, tropeçando nas sílabas.

A criança desacelera no limite do campo de seu pai e nos observa prosseguir, com deslumbramento espalhado no rosto conforme o horizonte se abre diante dela.

Percebo que estou sorrindo de leve ao observar a garota desaparecer a distância.

Finalmente paramos em um campo aberto, indistinto de todos os outros. O pasto escancarado é emoldurado pelas montanhas colquidianas ao longe, como gigantes estoicos vigiando. Quando descemos da carruagem, fico de cabeça baixa, evitando com cautela os Argonautas, que agora examinam a área.

— Será que Eetes quer que Jasão plante alguma coisa? — Meleagro dá risada.

— Os colquidianos estão realmente com tão poucos trabalhadores? — Outro sorri.

A diversão deles me faz sentir uma leve irritação nas têmporas. Não percebem o que está em jogo aqui?

Quero gritar com eles, mas sei que minha raiva está mal direcionada. Foi a conversa com Hécate que me deixou tão nervosa. Há quantos invernos desejei conhecer a deusa, apenas para nosso primeiro encontro ser exasperadamente vago e fugaz? Parecia que ela estava apenas brincando comigo. Mas, também, o que mais eu esperava de um deus?

Tédio. Foi por isso que ela me deu esse dom — essa maldição — que permeou todos os cantos de minha vida, afastando-me de todo mundo. Não porque eu era especial nem destinada a algum propósito elevado, mas porque ela estava simplesmente *entediada*.

Parece tão insignificante agora.

A revelação de Hécate sobre o velocino pesa dentro de mim também. Ele poderia mesmo ser inútil como ela disse? Desde que saí de meus aposentos pela manhã, tenho debatido se devo contar a Jasão, alertá-lo que seus esforços podem ser em vão. Mas se ele não quiser mais o velocino, não vai mais precisar de minha ajuda, e eu não posso perder esta chance de liberdade.

Observo Jasão agora, sorrindo do outro lado do campo com uma confiança silenciosa. Como se sentindo minha presença, seus olhos se voltam para os meus, encontrando-os com facilidade apesar do véu.

Este é o caminho certo.

Só pode ser.

Eu me viro, abaixando a cabeça ao caminhar para ficar ao lado de meu pai e de meu irmão. Absirto sorri para mim, mas a curva de seus lábios mais parece desdém. Ele está vestindo seu traje de batalha, talvez como um alerta silencioso aos Argonautas. A pluma de seu capacete eriça-se ao vento, a linha do maxilar gravada com chifres de carneiro, curvando-se para trás na direção de suas maçãs do rosto e emoldurando aqueles olhos frios e dourados. Eu o ignoro e volto minha atenção ao meu pai, que se aproxima para colocar uma das mãos de forma autoritária sobre o ombro de Jasão.

— E então, meu garoto — diz ele, chamando a atenção da multidão. — Está pronto para sua primeira tarefa?

— Estou. — Jasão sorri com facilidade, como se estivesse aceitando algo tão casual como um convite para jantar.

— Para obter o Velocino de Ouro, Jasão, você primeiro deve… — Ele faz uma pausa para causar efeito, e eu fico grata pelo véu mascarar meus olhos revirando. — Arar este campo.

Um burburinho confuso surge entre os Argonautas e o sorriso de meu pai fica sombrio.

— O velho perdeu o juízo? — Ouço Atalanta murmurar para o homem alto e esguio ao seu lado.

— Nem tudo é o que parece — murmura ele de volta.

Sua voz é quente e fluida, como luz do sol dançando na água. Noto que não carrega uma arma ao seu lado, mas uma lira nas costas. Deve ser Orfeu, o famoso músico. Eu havia ouvido rumores de que ele estava na tripulação de Jasão.

Ao longe, vejo os dois bois pastando. Eles são como eu me lembro de quando meu pai me trouxe aqui várias luas atrás, depois que me disse que desejava criar novos "testes". Parecia que o dragão não era mais suficiente, e ele acreditava que sua ideia de disfarçar uma reviravolta mortal dentro de uma tarefa simples era uma espécie de golpe de gênio. Eu, no entanto, achei que parecia idiota e um tanto quanto repugnante. Ele é como um predador brincando com a comida.

Ainda assim, obedeci a sua ordem de encantar os animais. Que outra escolha eu tinha?

— Há duas condições — continua meu pai. — Primeiro, você deve usar aqueles bois, e segundo, você deve completar sua tarefa sozinho.

Um olhar de compreensão toca o rosto de Jasão.

— Essas são as únicas condições?

— Isso mesmo. E, depois que o campo estiver arado, você só precisa plantar isso. — Ele entrega a Jasão uma pequena bolsinha de couro, fechando a mão ao redor dela e dando um tapinha com firmeza. — Esses são seus dois primeiros testes.

— Bem... — Jasão lança seu olhar sobre o público, cuidando para não olhar para mim. — O que achamos disso, homens?

Os Argonautas rugem, batendo os punhos contra os peitos enquanto Jasão pega o arado e caminha na direção dos bois. Vejo meu pai trocar um sorriso com Absirto e murmurar em seu ouvido algo que o faz rir. Minhas mãos coçam de raiva enquanto os encaro com uma carranca, suas risadinhas arrogantes atormentam cada nervo de meu corpo.

Logo esse deboche desaparecerá de seus rostos.

Volto minha atenção para os Argonautas e pego Atalanta franzindo a testa para mim de maneira questionadora. Aceno bem de leve com a cabeça em resposta, meu véu se agitando. *Confie em mim.*

Ela volta seu foco para Jasão, que agora está perto dos bois, preparando o cabresto do arado. As criaturas estão alheias a ele, abaixando a cabeça para pastar. Não parecem nem um pouco ameaçadoras, mas ainda assim posso sentir seu poder pulsando no ar, refletido nos olhos ávidos de meu pai enquanto ele lambe os lábios.

Não, não o poder deles.

Meu poder.

O boi mais próximo de Jasão balança a cabeça com um lampejo de hostilidade, dilatando as narinas e batendo com a pata na terra seca. Jasão permanece calmo, chegando mais perto da criatura com a mão estendida. Sua boca está se movendo, mas não dá para entender o que ele fala.

Uma onda de fogo brilhante sai de repente das narinas do boi, queimando a pele de Jasão. Sou a única pessoa que não se encolhe; até meu pai recua um pouco.

Ouço os gritos dos Argonautas, que se apressam para puxar as armas. Atalanta já está com seu arco na mão. Mas, depois de um momento, eles as abaixam, pois acreditam que é tarde demais. O corpo de Jasão foi engolido pelas chamas e agora o outro boi se juntou ao ataque, cuspindo torrentes de fogo sobrenatural que o devoram por inteiro.

Mesmo de longe, posso sentir o calor do fogo tocando minhas bochechas. Mas aquele calor se torna frio quando um sussurro de dúvida desliza para dentro da minha mente... *E se meu feitiço não funcionou?*

A descrença pesa no ar quando os Argonautas veem seu brilhante herói queimar diante deles. Olho para o meu pai, odiando a presunção estampada em seu rosto. Mas, enquanto o observo, sinto uma satisfação profunda surgir dentro de mim quando sua expressão se transforma em choque.

Suspiros pontuam o silêncio, seguidos de vibrações altas, e um doce alívio cresce dentro de mim quando vejo Jasão sair ileso das chamas, prendendo o arado nas costas dos bois. As criaturas continuam a soltar seu sopro ardente, mas as chamas mergulham e dançam ao redor do corpo de Jasão, da mesma forma que fizeram na noite anterior com minha mão. Pouco antes de eu passar as mãos em todo seu corpo...

Dedos ásperos me arrancam daqueles pensamentos, puxando meu braço. Olho para o rosto furioso de meu pai enquanto ele me sacode com força, fazendo minha cabeça chacoalhar. No atordoamento de sua raiva, ele só consegue dizer uma palavra, coberta de saliva e desespero:

— *Como?*

— Eu não sei — respondo calmamente, olhando nos olhos dele.

Ele me aperta com mais força, cravando as unhas em minha carne. Seus lábios se contorcem como se ele estivesse prestes a dizer mais, mas então apenas me solta e logo volta a olhar Jasão arando o campo. Ele nos dá um aceno jovial e os Argonautas irrompem em mais aclamações. Ao meu lado, os soldados colquidianos observam, atordoados e em silêncio.

Ninguém nunca teve sucesso nesse teste antes.

— Ele deve ter a ajuda dos deuses — deduz um deles com apreensão.

Quando Jasão completa sua tarefa, uma tensão começa a aumentar entre sua audiência. Os soldados colquidianos conseguem sentir a agitação de seu rei e começam a se movimentar, aproximando os dedos das armas. Olho para os Argonautas, que agora estão girando suas próprias armas e piscando de maneira brincalhona para os soldados, provocando-os.

Há uma tempestade se formando no horizonte.

Quando o campo está arado, Jasão solta os bois e dá um tapinha em seus flancos, fazendo-os correr para longe com chamas saindo furiosamente das narinas. Ele então abre a bolsinha que meu pai lhe deu e segura no alto o item que estava dentro dela. Um único dente, branco como leite, longo e curvo, do mesmo tamanho de uma adaga grande e igualmente afiado.

Um dente de dragão.

Meu dragão.

Jasão coloca o dente no solo e, sem cerimônia, joga um punhado de terra sobre ele. Em seguida, faz uma pausa, observando o chão diante dele, sua mão se agitando sobre o cabo da espada. Sinto uma onda repentina de pânico chiando em minha mente. *Não lute contra eles*, suplico em silêncio. *Faça o que eu disse, Jasão.*

Depois de um momento dolorosamente longo, ele sorri, um sorriso que de alguma forma eu acredito ser reservado apenas para mim, um sorriso que diz *"Não se preocupe, princesa. Vou obedecer a suas ordens"*. Ele então anda rapidamente até o arado descartado e se agacha atrás dele. Tento sufocar meu suspiro de alívio.

— Ele está... *se escondendo?* — Um dos Argonautas diz com um sorriso afetado. — Por que ele...

Suas palavras são interrompidas pelo som do solo rachando e se despedaçando. Um silêncio recai sobre nós quando vemos pequenos montes de terra surgindo em volta de onde o dente foi enterrado. Ouço um suspiro e uma mão eclode, os dedos balançando e se retorcendo. As mãos dos Argonautas se movem para suas armas em resposta, preparando-se para lutar. Um segundo depois, mais uma dúzia surge do chão.

Homens começam a se arrastar para fora da terra, como flores grotescas germinando. Mas esses homens não são mortais. Seus corpos estão podres, a pele cinzenta e flácida descascando dos ossos visíveis. Suas mandíbulas estão frouxas, de modo que os dentes estão permanentemente à mostra, e os olhos pálidos mal estão fixados nas órbitas afundadas.

— Como uma coisa dessas pode ser possível? — sussurra alguém.

É uma visão terrível, fascinante, mas não posso levar o crédito por esse espetáculo. Todos os dentes de dragão estão ligados a esse estranho poder. Quando os dentes descartados tocam a terra, os cadáveres daqueles enterrados ali tornam-se animados por seu poder. Tudo o que meu pai teve que fazer em preparação foi enterrar um pequeno exército nesse campo.

Não quero pensar onde ele conseguiu aqueles corpos.

— Que Hades proteja suas almas — murmura outra pessoa.

Os soldados mortos-vivos começam a cambalear, tentando alcançar as armas embainhadas em suas armaduras enferrujadas e despedaçadas. Eles olham ao redor com olhos inexpressivos e pútridos, procurando por quem ousou acordá-los de seu sono eterno.

Naquele momento, Jasão olha em volta do arado e atira uma pedra nos cadáveres, abaixando de volta depressa para trás de seu esconderijo.

Ele está fazendo exatamente o que eu disse.

A pedra acerta o rosto de um dos soldados, arrancando sua mandíbula deteriorada. O homem sem maxilar solta um grito inumano que faz os pelos do meu braço se arrepiarem. Ele então levanta sua espada, cortando o soldado mais próximo a ele com uma fúria selvagem. Isso desencadeia um ataque frenético quando os mortos-vivos começam a se chocar uns aos outros, uma mistura de metal e ossos.

Como eu previ, não demora muito para eles se matarem, considerando que mal estavam vivos, para início de conversa, unidos pela magia do dragão e carne podre. Seus corpos caem no chão, formando uma pilha amassada, definhando rapidamente e se transformando em pó.

Agora, restam apenas dois corpos. Cada um dá um golpe fatal na cabeça do outro, acertando e caindo em uníssono, enquanto seus corpos se submetem, mais uma vez, à mão da morte.

Depois de um breve silêncio, Jasão reaparece detrás da carroça e se aproxima do público com um humilde encolher de ombros. Todos os olhos se voltam para o rei, que está encarando Jasão com aquela veia grossa pulsando no pescoço. Parece que Absirto vai dizer alguma coisa, mas meu pai levanta a mão para silenciá-lo. Ele então engole em seco, arranjando suas feições em um sorriso tão forçado que parece que pode rachar seu rosto em dois.

— Ora, ora, ora, Jasão. — A voz dele parece calma, mas há uma tensão inegável nela. — Parabéns.

— Obrigado. — Jasão se curva com graciosidade.

— O que te fez atirar aquela pedra? Uma jogada esperta. — Ele tenta ao máximo soar indiferente.

— Intuição, eu acho. — Jasão abre um sorriso fácil. — Agora, qual é a terceira tarefa?

O rei enrijece quando seus lábios se contraem em uma careta. Ele está em pânico, pois não tinha se preparado para isso, não havia pensado que fosse possível alguém passar nesses testes. Isso significa que vai enrolar Jasão, ganhar tempo para planejar sua próxima jogada.

— Tão ansioso! — Sua risada forçada parece áspera na garganta. — Está muito úmido agora para tarefas tão extenuantes, não concorda? Proponho que voltemos ao palácio para refrescos, então eu contarei sobre sua última tarefa lá. O que me diz?

— Muito gentil de sua parte.

Você não pode enrolar para sempre. O pensamento pisca de maneira obscura em minha mente.

Seu destino está chegando, pai. Tão lenta e certamente quanto o último suspiro da morte.

Ele está chegando para todos vocês.

Não há celebrações quando voltamos ao palácio.

O clima jovial da noite anterior evaporou no ar quente e denso, expondo a hostilidade que pulsa por baixo. É um pulso lento e pesado, como os batimentos cardíacos de um predador espreitando sua presa, esperando para atacar.

Quando chegamos ao palácio, meu pai desce da carruagem e sussurra em meu ouvido:

— Para dentro, agora.

Ele nem olha para Jasão enquanto sobe os degraus do palácio às pressas, a túnica ondulando atrás dele. A encenação cordial do rei está finalmente rachando, permitindo que sua verdadeira natureza venha à tona.

Com meu pai longe, levanto parcialmente meu véu. Os olhos de Jasão deslizam até os meus com tanta facilidade, como se seu olhar sempre tivesse pertencido àquele lugar. Ele não sorri, mas há uma suavidade em seu rosto que faz com que minhas entranhas pareçam estar sendo lentamente abertas, expondo as emoções que vivenciei na noite anterior.

Enquanto os homens se agitam à nossa volta, Jasão se move e para ao meu lado. Ele abaixa, fingindo inspecionar o cavalo preso à sua carruagem.

— Você está bem? — murmura ele, alto o suficiente para apenas eu ouvir.

— Estou — sussurro.

Ele se levanta, roçando a mão na minha ao fazer isso. Há tanto perigo em um gesto tão pequeno, tanta coisa que poderia ser exposta.

Arrepios quentes percorrem meu corpo, acumulando-se em meu estômago, enquanto minha mente mergulha na noite anterior... A forma como o corpo nu de Jasão brilhava sob a luz do fogo... A sensação de seus lábios nos meus...

— A terceira tarefa? — murmura ele.

— Confie em mim — digo, obrigando-me a afastar aquelas lembranças quentes.

Eu me viro e sigo na direção do palácio. Atrás de mim, posso sentir os olhos de Jasão em minhas costas. O príncipe não gosta de estar despreparado; quer saber o que o espera. Eu compreendo, mas já o trouxe até aqui — ele não deveria confiar em meu plano a essa altura?

O cheiro de vinho azeda o ar quando entro na sala do trono de meu pai. Ele está em pé, de costas para mim, encarando as sombras indistintas no chão. Apesar da extensão grandiosa da sala, ela parece horrivelmente sufocante.

Meu pai inclina a cabeça para trás, secando a taça de vinho que tem na mão. O silêncio nos envolve enquanto espero que ele diga alguma coisa. De algum lugar nas profundezas do palácio, posso ouvir o ruído delicado de sandálias conforme os escravizados cuidam de seus afazeres.

Quando meu pai finalmente fala, sua voz é mais baixa do que eu esperava.

— Como Jasão fez aquilo?

Ele vira o rosto para o lado, de modo que posso ver os ângulos agudos de seu perfil, a curva adunca de seu nariz e a fragilidade de seu queixo.

— Eu não sei.

— Não minta para mim, Medeia. — Ele arremessa a taça do outro lado da sala, não acertando em mim por pouco.

O barulho do bronze batendo na pedra parece amplificado em meio ao silêncio.

— Ele deve ter tido ajuda dos deuses — digo, vendo um escravizado surgir das sombras para pegar a taça e depois desaparecer. — Dizem que ele é favorecido tanto por Hera quanto por Atena.

— Mas *eu* tenho o velocino. Eu deveria ser *invencível*.

Ele então se vira e agarra meu pescoço, arrancando meu véu. Encaro seus olhos enquanto o sangue incha em minhas têmporas. Meu pai aperta com mais força, e eu posso sentir minha pulsação contra as pontas de seus dedos. Uma escuridão começa a se arrastar sobre minha visão, mas forço meus olhos a permanecerem fixos nos dele.

Depois de um momento, o rei me solta, fazendo um som de repulsa no fundo da garganta, como se eu não valesse nem a energia necessária para ele me machucar.

— Jasão não vai passar do dragão — digo com a voz rouca.

— Como sabe disso? — dispara ele com um pânico selvagem nos olhos. — Se Jasão realmente tem a ajuda dos deuses, o que podemos fazer para detê-lo?

— Conheço um feitiço, um veneno feito com cicuta, infundido em minha própria magia. Se Jasão de alguma forma, por alguma intervenção divina, se esquivar do dragão, vou amaldiçoar o velocino para que todos que toquem nele caiam mortos imediatamente.

— Imediatamente? — Seus olhos brilham, uma língua nervosa correndo sobre seus lábios.

— Sim. — Aceno devagar com a cabeça, sabendo que devo ser cuidadosa com minhas próximas palavras. — Me deixe ir com ele até o Bosque de Apolo e vou garantir que ele não volte vivo.

— Você não pode confiar nela! — A voz de Absirto preenche a sala, roubando a atenção de meu pai.

Respiro fundo pelo nariz, frustrada, virando-me para ver meu irmão se aproximando, sua figura gravada pela luz do sol que entra inclinada por entre as colunas.

— Os únicos venenos dela são as mentiras que derrama em seu ouvido, pai.

— Que outra coisa você propõe? — Nosso pai vai até o trono e senta pesadamente. — Se Jasão é auxiliado pelos deuses, o que podemos fazer para impedir a vontade deles?

— Temos um exército melhor do que qualquer outro que a Grécia tem a oferecer. — Absirto passa por mim e para diante do rei. — Acho que devemos acabar com isso agora. Vamos ver o quão heroicos esses Argonautas são quando estão diante de um exército de verdade.

— Isso é loucura e você sabe, irmão. — Dou um passo à frente, de modo que fico ao lado dele. — Pai, não deixe a arrogância de Absirto te cegar. Esses Argonautas são heróis famosos por suas incontáveis vitórias em batalha.

— É tudo conversa. Belas palavras formando uma melodia vazia. Eles provavelmente pagam aquele cantor deles para inventar histórias grandiosas para espalhar medo dentro dos corações de seus inimigos. — Absirto ri com desdém. — Aquele Jasão é um imbecil frouxo.

Engulo a raiva engrossando em minha garganta, tentando fingir indiferença ao dizer:

— Seria imprudente subestimá-lo.

— Acho que o problema de Medeia é que ela não consegue decidir se quer matar o estrangeiro ou trepar com ele — resmunga Absirto, me olhando com os olhos semicerrados.

— O quê? — Quase engasgo com a palavra.

— Eu vi o jeito que você olha para ele. É como uma cadela no cio.

— Você perdeu o juízo…

— *Basta*. — A voz de nosso pai silencia a sala.

Ele então me encara, o pânico em seus olhos se transformando em algo mais escuro. Seu rosto se contrai enquanto ele considera suas opções, os dedos tamborilando de maneira sinistra contra o trono como um batimento cardíaco. *Tum. Tum. Tum.* Olho nos olhos dele, tentando conter a apreensão que cresce dentro de mim como uma onda terrível. Será que enxergou através de minhas mentiras? Será que Absirto me expôs?

Será que acabei de pôr um fim à vida de Jasão?

Será que acabei com a minha vida?

Tum. Tum. Tum.

Os segundos se arrastam, dolorosamente lentos.

— Você tem confiança nesse feitiço? — pergunta ele por fim, recostando no trono.

Solto o ar em silêncio, lutando para manter minha expressão impassível, enterrando o alívio que brota dentro de mim.

— Tenho.

— Mas, pai…

— Silêncio, Absirto — retruca ele, erguendo a mão, firme. — Medeia, o destino da Cólquida está em suas mãos. Você não pode falhar, está entendendo?

— Sim, pai.

Ele acena devagar com a cabeça.

— Você dois vão com Jasão até o bosque.

— Nós dois? — pergunto.

— Algum problema? — Ele ergue a sobrancelha, desafiando-me a pressioná-lo mais.

— E quanto a você, pai? — Absirto dá um passo à frente, desviando sua atenção. — Será uma demonstração de fraqueza se você não...

— *Silêncio* — resmunga o rei, os dedos se transformando em garras sobre os braços do trono. — Vão. Certifiquem-se de que ele morra.

— Farei isso, meu rei. — Absirto se curva de maneira dramática, enquanto eu apenas aceno com a cabeça ao lado dele.

Tento manter os passos firmes quando saímos do palácio, minha mente tropeçando de forma caótica com uma onda de pânico. Do lado de fora, nuvens carregadas surgiram no céu, engordadas pelo calor e pela tensão carregada no ar.

Debaixo delas, Jasão e seus homens aguardam no pé da escadaria do palácio, cercados por uma muralha dos soldados de meu pai. A atmosfera é palpável enquanto os Argonautas provocam os homens com comentários grosseiros e estalos de dedos, suas armas brilhando.

Vejo Meleagro girando sua lança, fazendo-a parecer metal líquido no ar. Os soldados de meu pai não reagem; eles permanecem fundidos ao chão como estátuas cinza imóveis.

— Venha, irmã. — Absirto sorri. — É hora do último teste.

Partimos na direção da montanha onde fica o Bosque de Apolo. Sobre nós, o céu está nebuloso e pesado com a promessa de chuva.

Absirto e eu vamos na frente, acompanhados por uma seleção dos soldados do rei.

— Se estiver planejando alguma coisa, Medeia, saiba que vai fracassar. — Absirto havia resmungado para mim quando saímos.

Fiquei em silêncio e, misericordiosamente, ele também ficou pelo restante do caminho.

Jasão e seus homens seguem em carroças um pouco atrás, mantendo uma distância segura entre nós. A desconfiança pesa no ar. Posso sentir os soldados olhando rapidamente em minha direção com expressões severas. Eles não compreendem por que seu rei não está conosco.

Quando chegamos ao pé da montanha, os soldados colquidianos recuam.

— Por que eles estão parando? — pergunta Jasão.

— Apenas aqueles que receberam permissão do rei podem visitar o Bosque de Apolo — diz Absirto ao descer da carruagem. — Seus homens devem permanecer aqui.

Posso ver o receio se contraindo ao redor dos olhos de Jasão. Não o culpo — quem estaria disposto a deixar seus homens e acompanhar o inimigo para o sinistro desconhecido? Olho para ele por sob o véu, esperando que minhas palavras de antes estejam ressonando dentro dele. *Confie em mim...*

— Se estiver com medo, Jasão, podemos voltar — sugere meu irmão, com um sorriso sombrio cortando o rosto. — Não há vergonha em reconhecer seus limites. Mas, admito, não acreditava que você fosse um derrotista; você parecia mais…

Meu irmão está tão ocupado provocando, que não nota que me aproximo por trás dele. Com um movimento fluido, cubro sua boquinha nojenta com uma tira de tecido rasgada de meu vestido, embebida em uma mistura que preparei antes.

— Que Hipnos te leve — sussurro em seu ouvido enquanto Absirto se debate contra mim, girando e se libertando.

— O que, em nome de Zeus, você acha que está… — Suas palavras ficam letárgicas na boca. Ele dá um passo na minha direção e cambaleia, caindo no chão com um baque forte.

— Uma droga para dormir feita de sumo de papoula — explico a Jasão, que encara Absirto caído a seus pés. — Ele vai ficar bem. No máximo, vai acordar com um pouco de dor de cabeça.

Ouço o canto ameaçador de espadas sendo desembainhadas quando os homens do rei descem da carroça.

— O que você fez com o príncipe? — grita um deles para mim.

Antes que ele possa avançar, Meleagro já o derrubou no chão. Os outros Argonautas fazem o mesmo, acabando com os homens de meu pai. Eles os desarmam como se estivessem tirando brinquedos de crianças, forçando-os à submissão.

— Não os matem — ordena Jasão. — Fazer isso seria um ato de guerra contra Eetes.

— Jasão, precisamos ir agora. Não temos muito tempo — digo.

— Fique de olho neles. Se o príncipe acordar, *não* o machuquem — ordena ele aos outros antes de se virar para mim. — Mostre o caminho, princesa.

— Você vai sozinho com a bruxa? — interrompe um de seus homens, a pergunta pesa com acusações não ditas.

— Vou.

Jasão acena com a cabeça. Posso sentir o peso da confiança em suas palavras e a embalo dentro de mim como um presente.

— Por aqui.

Ele segue logo atrás de mim enquanto subimos a montanha inóspita. A subida não é longa, mas a rota é implacavelmente íngreme. Em pouco tempo, sinto minha respiração ficar irregular, meus pulmões doem dentro do peito. Ao meu lado, Jasão parece inabalável pelo desafio, pois tem um corpo endurecido pelos elementos, enquanto o meu está acostumado à prisão silenciosa dentro da qual apodreceu.

Depois de um tempo, o caminho afunila até se tornar uma faixa estreita na lateral da montanha, como uma veia fina exposta ao longo da rocha. Escalamos um de cada vez, pisando com cuidado nas pedras soltas. Ao nosso lado, o penhasco cai abruptamente, desaparecendo em um leito de névoa cinza e úmida.

Jasão caminha atrás, estendendo a mão para me estabilizar. Não preciso da ajuda dele, mas aceito a oferta, de qualquer modo, apreciando sua pele contra a minha e a sensação reconfortante de sua preocupação.

Quando nos aproximamos da boca do Bosque de Apolo, o caminho alarga mais uma vez. Sinto Jasão chegar ao meu lado, seu braço roçando no meu.

— Estamos chegando – aviso, mas as palavras são imediatamente engolidas por um grito de arrepiar os ossos que corta o céu.

Jasão desembainha sua espada e para na minha frente. Seu instinto de me proteger faz um calor se acender dentro de meu estômago. Mas, é claro, não sou eu que preciso de proteção.

— Esta não é uma criatura comum — comenta, passando os olhos pelo céu enevoado.

A neblina está perto de nós agora, tão perto que mal dá para enxergar poucos metros adiante. Posso dizer que essa falta de visibilidade está deixando Jasão apreensivo, sua espada empunhada no alto em direção ao perigo desconhecido. Ele então olha para mim e abre um sorriso tenso.

— Talvez seja hora de você me contar qual é a terceira tarefa, princesa.

Sigo em frente, passando pela lâmina de Jasão.

— O velocino é protegido por um dragão.

Um músculo do queixo dele se contrai, o único sinal de que ele poderia estar com medo.

— E como o matamos?

— Não é necessário. O dragão está sob meu poder. Eu posso controlá-lo.

— Tem certeza?

A verdade é que não visitei Amintas desde o dia em que o transformei. Só tive notícias de homens trêmulos que voltaram de sua jornada com o sangue de seus camaradas espalhado sobre suas armaduras. Mas, mesmo à distância, a fera obedeceu a minhas ordens. Ele não levantou voo e desapareceu para outra terra, nem causou estragos na Cólquida, como meu irmão temia que ele pudesse fazer. O dragão permaneceu na montanha e defendeu o velocino, como ordenei que fizesse.

Confie em seus instintos. A voz de Circe cintila em minha cabeça, sustentando minha decisão.

— Tenho certeza — respondo.

Quando chegamos à saliência que se projeta em frente à boca da caverna, o ar finalmente clareia. À nossa volta, picos irregulares de montanhas perfuram a névoa, suas pontas afiadas como dentes se cravando nas nuvens. Jasão se move para dar um passo à frente.

— Espere — ordeno, e ele para ao meu lado.

— O que foi?

Naquele momento, um sibilo arrepiante atravessa o silêncio. O chão sob nós estremece, como se a própria montanha estivesse tremendo de medo. A agitação sob nossos pés se intensifica, fazendo pedras soltas começarem a vibrar e rolar do penhasco.

Olho para Jasão e vejo algo surgir em suas feições fortes: medo, talvez. Mas ele rapidamente canaliza isso em uma adrenalina focada, com a espada preparada nas mãos.

O sibilo se intensifica quando garras gigantes se fecham ao redor da encosta da montanha, provocando estalos que parecem raios. Uma enorme cabeça cheia de escamas se materializa por entre a névoa, a língua bifurcada saltando para fora como se sentisse o gosto de nosso medo manchando o ar.

Sinto Jasão ficar tenso ao meu lado quando o dragão dá um passo à frente, abrindo as asas com orgulho. Ele nos minimiza completamente, seu corpo é uma parede brilhante de escamas de obsidiana, tão impenetrável quanto a própria montanha.

Ele é aterrorizante.

Ele é magnífico.

Ele é meu.

Sem hesitar, eu me aproximo. Em resposta, a criatura gigantesca ergue a cabeça e solta outro rugido. Labaredas saem de sua garganta, incendiando o ar e cobrindo a lateral da montanha de vermelho e fumaça.

Dou mais um passo, sentindo o calor de suas chamas queimando minha pele de leve. O dragão então abaixa a cabeça, seus olhos brilhantes cor de âmbar se fixando nos meus. Olho dentro das fendas pretas de suas pupilas, imaginando que resquícios de Amintas existem dentro daquelas profundezas. Será que ele me reconhece? Será que está zangado pelo que fiz com ele?

O dragão avança, dentes à mostra, brasas escapando de suas narinas. Seus pés batem ao meu lado e posso ver os detalhes belamente intrincados de cada escama brilhante junto com as garras gastas devido ao tempo que ele passou escalando a dura cordilheira. Sua língua bifurcada dispara outra vez, tão perto que posso sentir a agudeza cortar o ar a centímetros de minha pele.

Ele é realmente glorioso.

— Medeia! — grita Jasão de algum lugar atrás de mim.

Levanto a mão, travando os olhos no olhar feroz do dragão.

— Durma — digo. A palavra soa gentil perto do sibilo horrível do dragão. — Eu ordeno que você durma.

Amintas se ergue acima de mim, preparando-se para atacar. Ele começa a bater as asas, levantando a névoa ao nosso redor de modo que quase me derruba.

Mas eu não recuo.

— Eu sou Medeia, Feiticeira da Cólquida, sua criadora, e ordeno que você *DURMA*!

Amintas mostra os dentes novamente enquanto abaixa a cabeça. Suas presas dianteiras são do tamanho de um homem adulto, e eu posso ver minha silhueta refletida em seu brilho fatal. Ele então abre mais a boca, como se fosse me engolir por inteiro, o fedor rançoso da morte saindo de sua garganta cavernosa.

Ele solta um rugido poderoso, o som reverbera por todo o meu corpo, fazendo todos os ossos chacoalharem dentro de mim como se eu pudesse esfarelar e virar poeira.

Ainda assim, não cedo.

— *Durma.* — A palavra está coberta por um rosnado baixo, animalesco. É uma voz que não reconheço.

Faz-se uma longa pausa, como se Amintas estivesse debatendo sobre como melhor me devorar, considerando por qual membro começar, que parte da pele esfolar primeiro. Mas então solta um suspiro profundo e esfumaçado que parece estrondar de suas profundezas. Ele apoia a cabeça pesadamente no chão enquanto seu corpo desmorona, fazendo a montanha tremer sob seu peso.

Amintas solta outro sibilo gentil antes de cair rapidamente em um sono profundo.

— Descanse agora — ordeno, colocando a mão sobre suas escamas. Elas são ásperas e surpreendentemente frias sob meu toque.

Eu me viro para Jasão, de repente com medo de sua reação. Ele parece não ter palavras, sacudindo a cabeça devagar como se achasse difícil processar seus pensamentos.

— Medeia... você é realmente incrível — sussurra enfim.

Eu sorrio e estendo a mão para ele.

— Está pronto para reivindicar o que é seu?

Enquanto conduzo Jasão para o Bosque de Apolo, estou extremamente ciente de sua mão na minha, da força e do calor de sua palma calejada. Mas obrigo minha mente a focar na tarefa que temos diante de nós.

A abertura discreta da caverna leva a uma passagem estreita, o espaço restrito por rochas irregulares como lâminas incrustadas nas paredes.

Aquela escuridão ancestral nos saúda novamente e eu sinto Jasão enrijecendo, sua mão fria e úmida na minha.

— Nunca gostei de espaços confinados — admite. As sombras são tão pesadas que parecem absorver cada palavra, cada som. — Eles me lembram muito da minha infância, daquela cela em que meu tio nos deixou para apodrecer depois que matou meu pai e roubou meu direito de primogenitura... — Ele se interrompe, a voz grossa. — Passei a detestar espaços pequenos e escuros desde então.

Talvez seja o anonimato da escuridão que permite que ele admita tal vulnerabilidade. Ou... talvez ele realmente confie em mim.

— É só um pouco mais adiante — garanto a ele.

Nós avançamos mais até onde o túnel abre. Sinto a mão de Jasão relaxar na minha quando ele vê a luz na outra extremidade da caverna, iluminando o altar e a árvore fina e comprida sobre a formação rochosa.

Eu o conduzo na direção da árvore, encontrando um caminho através das pedras. Jasão está em silêncio ao me seguir, e, quando dou uma olhada para o seu rosto, posso ver seu deslumbramento brilhando na penumbra.

A suave luz do sol é filtrada de cima, mas é o velocino que ilumina o espaço. Mesmo agora que o carneiro está morto, os cachos dourados e firmes ainda emitem um brilho amanteigado próprio. Ele cintila nos cabelos de Jasão, refletindo no peitoral de sua armadura e enviando faíscas de luz que dançam pelas paredes. Ao lado dele, eu estou meio coberta por sombras, observando seus olhos se arregalarem enquanto estuda o velocino diante de nós, pendurado no galho mais baixo da árvore.

As mãos dele brilham quando tenta alcançá-lo. Mas antes que Jasão possa tocar em um único pelo, eu mesma agarro o velocino. Ao afundar as unhas em seus cachos ásperos, percebo que não posso mais sentir aquele poder inebriante, aquele que senti na presença do carneiro… Não sinto nada ao virar o velocino nas mãos.

Da próxima vez que você tocar no velocino, vai entender.

Olho para Jasão, analisando seus olhos esperançosos. Será que devo contar a ele? Admitir que o propósito de toda sua arriscada jornada é tão inútil como uma pele velha? Mas e se ele se voltar contra mim, acreditando que eu o enganei? Nossa aliança é tão nova e delicada, não posso arriscar arruiná-la agora.

Além disso, eu apenas prometi a Jasão o velocino. Nunca lhe prometi sua suposta glória.

— Eu honrei minha parte de nosso acordo — digo com a voz baixa e firme. — Agora você deve me garantir que vai honrar a sua.

A voz dele é terna quando diz:

— Princesa, sou seu humilde servo. Agora e sempre.

— Você vai me levar para Eana. — Não é uma pergunta.

— É claro. Vou te levar para onde desejar ir. Para onde se sentir chamada, princesa. Para o lugar ao qual sente que pertence.

Ele passa os olhos por meu rosto como se tentasse antecipar uma resposta para uma pergunta não feita. Eu me aproximo, desejando atiçar o que quer que possa ver queimando em seus olhos, mas não ousando imaginar o que ele pode estar querendo dizer.

Podemos fingir que o amor não tem nada a ver com suas ações. As palavras de Hécate me sacodem novamente, penetrantes e urgentes. Mas eu as afasto.

Isso não é por amor; isso é por *liberdade*.

E eu vou para Eana, pois é lá que eu deveria estar. Com Circe.

É o lugar ao qual pertenço.

Estendo o velocino a ele, seu brilho dourado iluminando nossos rostos. Mantenho a voz firme quando digo:

— Estou colocando minha vida em suas mãos, príncipe de Iolcos.

Os olhos de Jasão se estreitam quando ele dá um passo à frente e estende o braço, mas, em vez de pegar o velocino, ele fecha as mãos ao redor de minhas bochechas. Um pequeno suspiro me escapa quando ele inclina minha cabeça na direção da sua.

Então ele se abaixa e me beija, e eu sinto meu corpo enrijecer com o choque dessa intimidade repentina, como se meu corpo estivesse se fechando sobre si mesmo. Mas seu toque é tão gentil, tão amável, que começa a abrir aqueles escudos, invadindo-os, até que eu suavizo sob seus dedos, deixando-o moldar meu corpo junto ao dele.

Suas mãos descem por meu pescoço conforme nosso beijo se aprofunda e eu sinto arrepios quentes disparando de seu toque, afundando-se em meu âmago.

Quando ele finalmente se afasta, movimento-me para pendurar o velocino sobre seus ombros largos.

— Obrigado. — Jasão sorri, olhando nos meus olhos. — Você é realmente incrível, Medeia. Estou falando sério.

Quando voltamos, meu corpo fervilha devido à adrenalina do beijo, fazendo com que eu me sinta levemente tonta. Mas são as palavras de Jasão que repasso várias vezes na cabeça, o som delas mais agradável, de certa forma, do que a sensação de seus lábios junto aos meus — *você é realmente incrível.*

Incrível.

— Amigos — grita Jasão para os Argonautas quando finalmente descemos a montanha.

Seus olhos se arregalam quando eles veem o velocino, mas ninguém está mais perplexo do que os homens do rei, que murmuram súplicas silenciosas para os deuses.

— Vamos tirar um momento para rezar para o poderoso Apolo e agradecer a ele por nos permitir passagem segura a seu bosque sagrado.

Meu estômago aperta quando olho ao redor de nosso grupo.

— Onde está meu irmão?

— O principezinho saiu correndo com o rabo entre as pernas — diz Meleagro, visivelmente irritado com o fato. — Não se preocupe, mandamos dois dos nossos em seu encalço. Ele não deve ter ido longe.

— Como vocês deixaram isso acontecer? — É o mais próximo de estar irritado que já vi Jasão.

— Bem, *alguém* disse que não podíamos machucar o príncipe — rebate Meleagro. — Teria sido muito mais fácil contê-lo se pudéssemos machucá-lo um pouco.

— Temos que ir. — Eu me viro para Jasão, um pânico agudo subindo por minha coluna. — Antes que Absirto avise meu pai.

Naquele momento, Atalanta aparece ao nosso lado com a respiração irregular.

— Os homens de Eetes estão posicionados a oeste; estão bloqueando o caminho para o *Argo* — relata. Os outros devem tê-la mandado para explorar a área, sabendo que ela é a mais rápida entre eles a pé. — Parece que há uma luta a bordo do navio. Os homens de Eetes estão tentando dominá-lo. Nossos homens estão segurando, por enquanto.

Um terror gélido se fecha sobre mim. *Ele sabia.* Meu pai sabia que eu o trairia. E sei, com uma certeza fria como a morte, que ele não vai deixar Jasão partir com o velocino. Nem comigo.

— Finalmente, podemos nos divertir um pouco! — grita Meleagro, girando a lança com avidez nas mãos. — Essa visita estava civilizada demais para o meu gosto.

— Onde está Eetes? — pergunta Jasão a Atalanta.

— Ele está liderando o exército que bloqueia nossa passagem.

— Vamos mostrar a esses colquidianos cretinos quem são os verdadeiros vitoriosos! — exclama um Argonauta de cabelos dourados, batendo com o punho contra o peitoral da armadura.

O homem ao lado dele imita o movimento, e eu me dou conta de que eles são completamente idênticos.

— Temos que encontrar outra forma de chegar ao *Argo* — digo a Jasão, apertando sua mão com mais força. — Meu pai vai matar todos vocês antes de deixá-los passar.

— Princesa, sua ajuda foi realmente inestimável. — Ele sorri para mim. — Mas agora você precisa nos deixar cuidar das coisas. Vou argumentar com Eetes.

— Ele não vai te ouvir.

— Ele me deu sua palavra.

— A palavra dele não significa nada — pressiono novamente, tentando conter o pânico em minha voz. — O exército colquidiano é brutal.

— Nós somos mais brutais — interrompe Meleagro, dando de ombros.

— Medeia tem razão.

Fico surpresa ao ouvir a voz melódica de Orfeu ao meu lado, suas palavras tão fluídas que quase parece que ele está cantando. Eu me viro a fim de olhar para seu rosto solene e anguloso enquanto ele continua:

— Eetes não é um rei conhecido por sua moralidade. Se houver outra rota para o *Argo*, talvez devêssemos considerá-la.

— Eu não vou fugir da batalha — responde Jasão, com os olhos brilhando mais do que nunca. — Prefiro arriscar minha vida a fugir sem honra. Não somos *nada* sem nossa honra.

Vejo um vislumbre dele, então, do garoto que testemunhou a morte do pai, que foi trancado dentro de uma cela com tão pouca idade, deixado para morrer na escuridão. Um garoto que conseguiu escapar à custa de sua mãe e irmão, que teve que crescer em segredo, sem família, sem pátria, sem nada além do pensamento de trazer justiça, trazer honra, para seus entes queridos perdidos. Entes queridos esses que ele nunca teve a chance de realmente conhecer.

— Além disso — continua Jasão com um sorriso —, tenho o velocino agora, e não é prometido a todos que o possuem a glória invicta?

Uma vibração irrompe entre os Argonautas enquanto a voz sarcástica de Hécate preenche minha mente. *Todo esse alvoroço por causa de um objeto tão inútil.* Eu me xingo em silêncio por não ter alertado Jasão antes. Mas de que adiantaria contar a ele agora? Apenas arriscaria abalar sua determinação, e Jasão precisa acreditar que sua vitória é possível para termos uma chance contra o formidável exército do rei.

— Você vai estar em segurança ao meu lado. Nunca vou deixar nada acontecer com você — murmura Jasão para mim, estendendo o braço para afastar gentilmente uma mecha do meu cabelo. — Vai confiar em mim, Medeia? Como confiei em você?

Encaro seus olhos, sentindo o desconforto me puxando enquanto assinto com a cabeça.

— Vou.

Descendo das montanhas da Cólquida está o rio Fásis, nomeado em homenagem ao deus que supostamente guarda suas águas cintilantes. O rio leva diretamente ao mar, e é lá que o *Argo* nos aguarda.

Um trecho de campos ondulantes nos separa do Fásis: pastagens planas e abertas que não demorariam muito tempo para serem atravessadas, se não fosse pelo exército de meu pai em nosso caminho.

Conforme marchamos pelos campos, o céu se abre com um ruído estrondoso e uma forte chuva começa a cair. O aguaceiro é denso e quente, como sangue escorrendo de uma ferida. Ele amacia a terra, fazendo o solo se soltar e se movimentar sob os pés.

Deixamos os soldados colquidianos amarrados e desarmados na base da montanha, ilesos, exceto por seus egos gravemente feridos. Jasão tomou a decisão de viajar a pé; alegou que chegar na carruagem de meu irmão pareceria muito hostil. Como se ele realmente acreditasse que evitar derramamento de sangue é uma opção.

Posso sentir a agitação entre os Argonautas, sua determinação cortando o ar enquanto andamos na direção do *Argo*. Na direção da vitória. Mas tudo o que consigo sentir dentro de mim é um medo pesado e opressivo. Jasão acredita que meu pai vai honrar sua palavra, mas eu sei que ele nunca vai deixá-lo levar o que acredita ser seu.

Ao longe, posso ver o rio envolto em dobras nebulosas. À nossa esquerda agiganta-se a cidade, o palácio levantando sua cabeça feia à distância.

Meu lar. Minha prisão. Nesse momento, tenho uma certeza arrepiante de que vou morrer antes de colocar os pés entre aquelas paredes novamente.

Então, eu os vejo. Ou melhor, eu os *sinto* primeiro, o peso de sua presença sinistra, violenta. O exército da Cólquida.

Eles dominam o chão diante de nós, abrindo-se para fora como uma sombra terrível e fatal, parados em formação rígida. Estátuas sombrias de guerra. A chuva bate contra seus capacetes e peitorais brilhantes.

Um arrepio percorre meu corpo quando sinto a promessa de morte sussurrando no ar ao nosso redor. Há *centenas* deles. Olho para os Argonautas ao meu lado. Eles são uma mera fração do tamanho do exército.

— Isso acabou de ficar interessante — murmura Meleagro, olhando para os soldados com um sorriso brincalhão.

— Quantos você acha que consegue derrubar? — Atalanta o desafia.

— Mais do que você, caçadora. — Ele dá uma piscadinha.

— Quer apostar?

Parece que eles são imunes ao medo. Ou apenas imprudentes. Talvez um pouco dos dois.

Alguém grita alguma coisa e o exército se move e recua com um barulho desagradável, revelando um caminho estreito. Sinto o medo se enrolando dentro de mim, como uma criatura pronta para atacar. Mas quando vejo meu pai se aproximando pelo caminho limpo, meu medo endurece e vira outra coisa, algo frio e fatal. Inflexível.

Ele desce da carruagem e anda em nossa direção, parando na terra vazia entre os dois exércitos. Os segundos pulsam devagar enquanto ele espera seu oponente.

Jasão caminha na direção do rei com uma confiança fria, o Velocino de Ouro brilhando, triunfante, sobre os ombros. Não sei se ele está fingindo essa indiferença ou se não está nada abalado pela muralha hostil de morte à sua frente. Ele deve acreditar de verdade na promessa de glória do velocino.

— Rei Eetes. — A voz de Jasão corta claramente a chuvarada. — Estou diante de você como seu humilde convidado. Quando cheguei às suas terras prósperas, eu disse que não iria embora até obter o Velocino de Ouro. Cumpri minha palavra e agora espero que cumpra a sua. Obtive o velocino e assim a garantia de passagem segura para mim e para meus homens.

O rei não responde. Sua atenção nem está em Jasão, mas atrás dele — em *mim*. Há uma violência tão tremenda escrita em seu olhar, que não ouso pensar no que ele faria comigo se estivéssemos sozinhos.

Mas me recuso a lhe dar a satisfação de meu medo, então ergo o queixo um pouco mais e o encaro com igual intensidade. Quero que meu pai veja o ódio em meus olhos enquanto o traio.

Quando o rei não responde, Jasão continua:

— Sou grato por sua hospitalidade, Eetes. Espero que compreenda que isso é muito maior do que nós dois. É meu destino reivindicar este velocino; é a vontade das Moiras.

— Foi vontade das Moiras que você trepasse com minha filha? — pergunta meu pai com uma compostura letal.

Só consigo ver a parte de trás da cabeça de Jasão, mas o sinto enrijecendo diante daquelas palavras, surpreso por sua vulgaridade. Quando o rei volta a falar, ele levanta a voz para se dirigir a mim diretamente.

— Você é patética, filha. Recebe uma migalha de atenção e abre as pernas como uma prostituta.

Sinto minhas bochechas queimarem, mas não quebro o contato visual.

Jasão diz alguma coisa, mas sua voz é tão baixa que não consigo entender. Meu pai solta uma gargalhada estrangulada em resposta.

— Eu falo de minha propriedade como eu quiser... a menos que você deseje roubá-la também?

— Com sua bênção. — Jasão mantém a voz firme, tentando se apegar a qualquer fragmento de civilidade entre eles. — Gostaria de tomar Medeia como minha noiva.

O choque coletivo é como uma faísca palpável no ar. Juro que até os soldados com rosto de pedra respiram fundo.

Noiva? A palavra ressoa em mim, mas qualquer sensação de empolgação é apagada de imediato pelo medo gélido que percorre minhas veias. Sinto minha magia se agitando de leve, de maneira protetora.

Um longo silêncio se segue, o som da chuva parece se intensificar em meio ao silêncio lúgubre. Minhas roupas estão ensopadas, totalmente coladas na pele, quando olho para o meu pai, esperando a explosão iminente.

A tempestade parece quase zombeteira, imitando a tensão crescente sob ela.

De repente, ele solta uma gargalhada. É pesada e forçada na garganta, soando como pedras sendo raspadas no mármore, e me causa calafrios.

— Acha que eu simplesmente deixaria você ir embora com o que é meu por direito?

— Você me deu sua palavra de que teríamos passagem segura se eu passasse nos seus testes — argumenta Jasão com calma.

— Você não passou, seu tolo. Você *trapaceou*! — sibila meu pai. — Usou a feitiçaria de *minha* filha para trapacear e chegar à vitória. Eu soube, no momento em que coloquei os olhos sobre você, que era um ladrão fraco.

— Você nunca disse...

— Você fala da vontade dos deuses, mas a grandiosidade deles é uma mancha em sua língua. Os deuses *me* encarregaram de proteger o velocino de ladrões comuns como você. — Ele chega mais perto de Jasão, então, com as túnicas pesadas e encharcadas. O rei é o único homem aqui que não está vestido para batalha. — Você nunca vai sair dessa terra com o velocino, nem com a minha filha. Eles são meus, e só meus. Mas... — Ele faz uma pausa, analisando seu exército. — Sou um homem generoso, talvez generoso demais. Apesar do desrespeito que me demonstrou, vou te oferecer uma chance de se redimir... Entregue o que é meu, e você e seus homens podem sair da Cólquida ilesos. Você tem minha palavra.

— Da mesma forma que me deu sua palavra ontem à noite?

Meu pai ignora a zombaria, em vez disso se vira para me chamar, sua voz assustadoramente calma ao dizer:

— Medeia, venha aqui. Venha, filha.

Um segundo se passa. Então sigo em frente, cada passo parecendo mais difícil do que o anterior, sobrecarregado pelo mar de olhos me encarando. Todos estão assistindo, até os rígidos soldados colquidianos.

Paro ao lado de Jasão; seu rosto está virado para mim, mas mantenho o foco em meu pai. Ao nosso redor, a chuva continua a esmurrar o chão como punhos zangados e implacáveis. Dentro dessas gotas sibilantes, ouço a voz de Circe sussurrando, *Violência gera violência*.

— Me traga o velocino, filha — ordena meu pai, sua voz desconfortavelmente suave.

Ele estende a mão e eu encaro a palma, imaginando que cada linha é um resquício de sua violência, sua crueldade. Quantas vezes fui ferida por aquelas mãos? Quantas vezes minha pele ficou preta e azul sob aqueles dedos?

Olhando para ele agora, eu me pergunto por que algum dia deixei um homem tão patético me machucar. Este homem, que está parado diante de nós com seus trajes régios e absolutamente nenhuma intenção de lutar sua própria batalha. Este homem, que vai deixar outros morrerem em seu nome sem pensar um único momento no sacrifício deles. Este homem, que vai voltar para casa e espancar sua esposa indefesa e seus escravizados em vez de seu próprio inimigo.

— E então, filha?

Continuo olhando nos olhos de meu pai ao estender o braço e pegar na mão de Jasão, entrelaçando seus dedos nos meus.

Quando a fúria corta o rosto dele, deixo um pequeno sorriso erguer meus lábios.

— Escute aqui, sua vadiazinha desgraçada.

Ele dispara em minha direção, mas Jasão entra na frente, com a mão pairando sobre a espada. À nossa volta, sinto os soldados e Argonautas se preparando para o inevitável.

— Sua batalha não é com Medeia.

— Então, *é* uma batalha que você quer, Jasão? — Meu pai ergue a sobrancelha em desafio.

— Você esquece quem agora possui o velocino. Sua glória pertence a mim. Você não vai querer lutar contra mim, pois sabe que não pode vencer.

— Você o *roubou*; ele não pertence a você. Seus poderes só podem ser passados adiante quando dados voluntariamente, seu tolo — grita ele, seus olhos injetados de sangue esbugalhados.

— Frixo não alegou tal condição para seu poder — interrompo.

— E o que você sabe, garota estúpida?

— Seus insultos estão ficando entediantes, Eetes — responde Jasão. Ele então se vira para mim com um sorriso e diz: — Devemos ir para casa agora, princesa?

Enquanto Jasão está virado para mim, meu pai avança, com uma adaga brilhando nas dobras de suas vestes. Um grito de alerta sobe por minha garganta, mas antes que eu possa fazer qualquer som, algo longo e escuro atravessa o ar, cortando o espaço estreito entre Jasão e eu, e derruba o rei para trás.

Eu pisco, demorando um momento para registrar a lança de Meleagro projetando-se do ombro de meu pai. Ele agora está estendido no chão lamacento, uivando de dor. Jasão olha para a adaga descartada ao lado do rei caído, seu rosto empalidecendo ao olhar para Meleagro, que desembainha sua espada.

— Basta de preliminares — berra Meleagro. — Vamos acabar com isso.

— Fique por perto — instrui Jasão, colocando os braços ao redor de meus ombros quando corremos de volta na direção da linha de Argonautas.

O tempo parece desacelerar quando os soldados colquidianos avançam, como se Cronos estivesse brincando com os segundos, fazendo-os tropeçar à nossa volta. Olho para trás e vejo os soldados levantando as espadas, iluminadas pelos sinistros lampejos de luz branca quando o relâmpago de Zeus corta o céu.

Meus sentidos estão exaltados, amplificados pelo medo faiscando em minhas veias. Posso sentir cada gota de chuva sobre minha pele, cada batida do meu coração ensurdecendo meus ouvidos. Então, de uma só vez, o tempo volta para o lugar quando os soldados e os Argonautas colidem.

Corpos se chocam como agitadas correntes de maré colidindo, suas ondas metálicas avançando. A colisão dos exércitos corta o ar com uma cacofonia que mal consigo processar. Em meio ao caos, o mundo parece perder todos os detalhes, como se as arestas estivessem borradas, uma massa de lama e metal e corpos e sangue.

Eu me concentro no braço de Jasão ao redor de meu ombro, em sua força e calor à medida que me conduz de volta para trás do avanço dos Argonautas. Mas então aquele peso reconfortante desaparece, e eu estou sendo jogada para o lado enquanto Jasão gira para bloquear um ataque, desembainhando sua espada. O medo me entorpece quando o vejo puxar a lâmina para cima com uma força destruidora, derrubando seu primeiro oponente com facilidade, e então girando para bloquear o avanço de um segundo.

— Recuperem a princesa! — Ouço alguém gritar, enquanto três soldados colquidianos começam a correr em minha direção.

— Jasão! — grito para ele, mas ele já está cercado.

Sinto minha magia faiscar quando os três soldados avançam e me xingo por ter usado toda a poção do sono em meu irmão. Se ao menos eu tivesse outro feitiço preparado, alguma coisa, qualquer coisa...

— Fique atrás de mim — diz uma voz calma em meu ouvido, fazendo eu me encolher.

Eu me viro e vejo Atalanta ao meu lado, parecendo tão calma e composta, tão em desacordo com o caos ao nosso redor. Ela estica o arco, deixando três flechas cantarem pelo ar simultaneamente, como rápidos beijos da morte. Ela não erra. Cada uma acerta diretamente a fenda estreita dos capacetes dos soldados, matando-os de forma instantânea.

Ela me empurra para trás de si e prepara outra flecha.

Na sombra reconfortante de Atalanta, vejo a batalha se desenrolar diante de nós. Os colquidianos são meticulosos em seu ataque. Eles se movem como se fossem uma única fera viva, como apenas homens que treinaram juntos por muitos invernos são capazes. Eles estão usando técnicas unificadas que foram treinadas, métodos experimentados e testados que venceram inúmeros oponentes antes.

Mas os Argonautas não são adversários comuns.

Eles são uma lei por si sós, cada combatente é inteiramente único e imprevisível. Conforme os observo, posso finalmente ver por que são lutadores tão renomados e formidáveis. Enquanto os soldados colquidianos empunham suas armas, os Argonautas *se transformam* nelas. Eles são a morte encarnada, cortando as massas com uma paixão tão selvagem que fazem o derramamento de sangue parecer algum tipo de despertar divino.

Os colquidianos são limpos demais, previsíveis demais, enquanto os Argonautas são conturbados e inconstantes. Eles não lutam porque é seu dever para com seu rei; eles lutam porque nasceram para isso, porque está em seu sangue.

A batalha é brutal, mas não consigo desviar os olhos.

É difícil distinguir indivíduos em meio ao aguaceiro, mas consigo identificar Meleagro. Ele é como um furacão, movimentando-se em meio aos soldados com poder caótico. Ele recupera sua lança e a atira no meio da massa, empalando dois oponentes. Ouço seus gritos quando eles caem no chão, sabendo que não vão mais se levantar. Quando volto a olhar para Meleagro, ele tem uma espada em cada mão, movendo as lâminas para cima e abrindo simultaneamente o corpo de seus agressores. Soldados o cercam, mas o príncipe de Calidão parece inabalável, derrubando cada homem com uma precisão hábil. Seus corpos caem aos pés dele um após o outro, e Meleagro pisa sobre eles sem muita consideração.

A seu lado, vejo Orfeu. Ele é fluido como a chuva, deslizando entre os inimigos com uma facilidade hábil. Ele derruba seus oponentes de forma rápida e limpa, sem nenhuma das encenações de Meleagro. Seu rosto é severo, a boca se acomoda em uma linha fina. Dá para dizer que ele não gosta do derramamento de sangue, mas sabe que é necessário. Ele roda e gira com a graça de um dançarino, fazendo o ato de matar parecer belo de maneira desconcertante.

Posso localizar Jasão com facilidade. No meio da confusão violenta, o Velocino de Ouro brilha, um farol flamejante que atrai os agressores para dentro. Mas os Argonautas se posicionaram em volta de seu líder, formando uma barreira impenetrável.

— Adiante! — Ouço Jasão gritar quando ele começa a se mover pelo caminho que os Argonautas estão abrindo para ele. — Para o *Argo*!

— Venha, temos que ir — diz Atalanta.

Confirmo com a cabeça, mas antes que possa dar um passo à frente, sinto braços fortes envolverem minha cintura, forçando o ar para fora de meus pulmões enquanto sou puxada para trás. Eu me esforço violentamente para me libertar, mas os braços são como ferro presos ao meu redor.

Atalanta pega o arco quando outro agressor chega por trás, derrubando-a. Ela urra no chão ao pegar uma espada, jogando-se sobre o soldado com uma fúria assustadora.

— ATALANTA! — grito para ela, mas a caçadora está cercada por soldados e o som de meu desespero é imediatamente engolido pela batalha. — JASÃO!

O soldado me puxa para longe enquanto me debato e chuto, com um pânico arrepiante sufocando meu corpo. Vejo os Argonautas ao longe, seguindo na direção do rio Fásis. Jasão está no comando, seu rosto brilhando em dourado.

Não me deixe.

Tento me virar para olhar para Atalanta, mas meu agressor me segura firme, forçando minha cabeça para a frente enquanto me arrasta para uma linha de árvores à margem do campo de batalha. Aqui, o soldado me joga no chão, meus joelhos batem contra a terra morna e úmida. Dedos grandes agarram meus cabelos, puxando minha cabeça para trás.

— Muito bem. — Ouço uma voz familiar ao sentir a picada de uma lâmina posicionada contra minha garganta.

Das sombras reunidas sob a vegetação rasteira, surge meu pai. Ele segura o braço, que sangra sem parar, manchando sua túnica. Seu rosto parece perigosamente pálido, os lábios arreganhados em uma careta enquanto ele se aproxima.

— Acha mesmo que eu te deixaria partir, filha? — pergunta com a voz áspera.

Um raio corta atrás de mim, iluminando o branco de seus olhos, o brilho de seus dentes marcados pelo sangue. A forma como ele olha para mim, a forma como lambe os lábios enquanto olha para a lâmina em minha garganta.

Sei que ele vai me matar.

— E então? Nada a dizer em sua defesa?

— Fiz o que tinha que fazer — respondo sem fôlego.

— É mesmo? — Seu sorriso forçado é tenso. Onde segura o ombro, posso ver o sangue escorrendo entre seus dedos. — Então você acreditou que *tinha* que trair sua própria família?

— Você não me deu outra escolha.

Atrás de nós, a tempestade é pontuada pelo som da batalha sendo travada, gritos dos moribundos sustentando o bater do metal. Só posso rezar para que não sejam de Jasão.

— Qual é o problema, filha? — Ele inclina a cabeça de lado. — Está surpresa por seu querido futuro marido ter te deixado para trás na sujeira?

Permaneço em silêncio, sentindo a frieza da lâmina junto à minha pele quando engulo.

— Me diga, criança, você o *ama*? — zomba ele. — Ama, não é? E vai dar tudo a Jasão por causa disso. Cada centímetro de você, cada retalho de sua alma patética… mas, acredite em mim, nunca será suficiente para ele. *Você* nunca será suficiente, Medeia.

Ele se aproxima, examinando meu corpo como se inspecionasse uma criatura antes de seu abate, verificando se a carne serve para ele. Vejo seu maxilar se contraindo quando ele contém a dor no ombro; sua pele pálida tem um brilho doentio de suor.

— Vá em frente, então — grito, aproximando-me da picada da lâmina. Sinto-a se afastar de mim antes que possa perfurar minha pele.

— O quê? Nada de feitiços? Nada de truques? — O sorriso dele fica sombrio. — Estou quase decepcionado. Esperava mais de você, filha.

Se ao menos eu tivesse um feitiço para invocar fogo em vez de repeli-lo. Para ferir em vez de curar.

Circe me ensinou feitiços poderosos, mas todos levam tempo e paciência, e ela nunca avançou muito no lado violento da magia. O lado mais obscuro. Sei que ele existe; eu o *senti* se movimentando dentro de mim como uma criatura inquieta. Circe sempre me alertou que essas coisas não valiam o risco… mas, agora, desejo apenas abraçar as partes mais vis e destrutivas de meu poder.

Algumas portas abertas nunca mais podem ser fechadas, ela me disse uma vez.

Bem, quero arrancar essa porta. Que se danem as consequências.

Só queria saber como.

Meu pai então pega a adaga, enquanto o soldado me segura no lugar. Ele passa o lado liso da lâmina em minha garganta, como se traçasse a curva de seu próprio sorriso ali.

— Eu poderia te matar agora mesmo. Poderia cortar sua garganta. Os deuses saberiam que você é merecedora após a traição. Mas… — Ele puxa a adaga de volta e a inspeciona na mão. — Por que eu mataria minha arma mais valiosa? Seria tolice, não seria? Não, não, pretendo manter você segura e bem. Trancada em segurança onde ninguém possa colocar as mãos sujas em você novamente.

— Eu prefiro morrer.

140 . MEDEIA

Ele sorri para mim com as sobrancelhas franzidas.

— O que você *prefere* não me interessa. Como minha propriedade, você vai fazer o que eu quiser.

Algo passa assobiando por minha cabeça, seguido de um *baque* úmido. Eu me viro e vejo o soldado atrás de mim desmoronando aos meus pés, com uma flecha enfiada na garganta, a única parte de carne visível onde seu capacete e a armadura se encontram. Fico olhando para o sangue jorrando do ferimento.

Um momento depois, Atalanta aparece, caminhando pela chuva como uma das Erínias. Seus olhos ardem, o rosto está coberto de sangue que espero que não seja dela. Seu arco está preparado, as penas vibrando junto a seu rosto manchado de vermelho.

— Afaste-se dela — ordena ao meu pai, com a flecha apontada para ele.

— E aqui está a outra prostituta de Jasão — zomba ele, mostrando os dentes. — Me diga, Jasão deixa uma mulher subir a bordo para manter seus homens entretidos? Presumo que eles fiquem um tanto quanto agitados no meio do mar. Eles se revezam como cavalheiros, ou vão todos de uma vez?

— Eu disse, afaste-se dela — repete Atalanta. Ela aponta com a cabeça para o ombro dele. — Meleagro errou seu coração. Eu não vou errar.

O sorriso de meu pai endurece com um leve estremecimento de medo.

— Guardas! — grita ele.

— Seus guardas estão todos caídos com a cara na terra, lutando por seu último suspiro. Achou mesmo que eles tinham alguma chance contra nós? Com ou sem velocino, seu exército não é páreo para os Argonautas — diz ela com desdém antes de voltar os olhos para os meus. — Fique atrás de mim. — Obedeço sem hesitação. — Não quero matar você, Eetes, porque realmente não quero que coloquem um preço em minha cabeça por matar um rei. Então vou contar até cinco e quero que solte a adaga, dê meia-volta e retorne para seu pequeno palácio feio. Está entendendo?

— Eu não sigo ordens de mulheres.

Ela ignora seu desprezo, puxando a corda do arco de modo que ele estala de forma ameaçadora.

— Um…

— Pai, faça o que ela está dizendo — ordeno em voz baixa.

— Dois… Três…

Ele alterna o olhar entre nós duas, com a indignação ardendo em seu rosto enquanto segura a adaga com mais força com a mão boa, cobrindo o cabo de sangue.

— Quatro...

Ele atira a adaga em Atalanta com força surpreendente para um homem ferido. Mas a caçadora a agarra com tranquilidade, a centímetros de seu rosto, enquanto simultaneamente deixa sua flecha voar. Um ruído estranho escapa de minha garganta quando vejo a flecha perfurar meu pai, embora não saiba ao certo se estou com medo de ela errar ou de acertar.

Talvez as duas coisas.

A flecha se aloja em seu ombro, exatamente no mesmo lugar que Meleagro havia acertado, incrustando-se na ferida aberta. É preciso demais para ser um erro.

— Temos que ir, *agora*. — Atalanta agarra meu braço e eu vejo meu pai cair em agonia, pressionando a cabeça no chão como se suplicasse.

Sinto que deveria dizer alguma coisa, fazer alguma última observação mordaz. Mas quando olho para meu pai se contorcendo de forma patética no chão, sinto minha mente totalmente oca, vazia.

Sem dizer nada, viro-me para Atalanta e permito que ela me puxe de volta na direção do campo de batalha.

— Temos que ser rápidas — diz ela quando saímos correndo, o chão úmido, cheio de lama e sangue. — Pegue isso. — Ela me passa uma adaga. — Sabe como usar?

Antes que eu possa responder, uma sombra surge em nossa direção. Atalanta gira, desviando por pouco de uma espada. Ela então joga seu peso para trás, forçando o agressor a se afastar com um chute no peito. O homem cambaleia com o impacto, dando a Atalanta tempo para pegar a espada e cravá-la em seu abdômen.

Ela se vira para olhar para mim, sua lâmina ainda fincada nas entranhas do homem.

— Fique por perto.

Nós avançamos e posso ver que Atalanta quer ir mais rápido, mas ela firma o passo para que eu possa acompanhar. Seus pés são tão velozes e elegantes, é como se ela estivesse deslizando sobre a terra lamacenta. Enquanto isso, eu cambaleio atrás dela, tropeçando nos corpos destruídos espalhados no rastro dos Argonautas. À nossa frente, eles romperam a formação do exército colquidiano e estão se infiltrando em suas fileiras, forçando os oponentes a recuarem na direção do rio.

Sinto uma frágil centelha de esperança surgir dentro de mim.

— Você está bem? — pergunta Jasão quando alcançamos os outros.

Ele está quase irreconhecível, coberto de terra ensanguentada, os cabelos soltos e grudados no rosto devido à chuva e ao suor.

— Medeia? Está tudo bem? — insiste ele quando não respondo, com os olhos selvagens e alertas.

Assinto, simplesmente, ofegante demais para falar. Não corro desse jeito desde que era criança.

Jasão se vira para os outros e começa a gritar:

— Força, homens! Força!

Eu o acompanho enquanto os Argonautas cortam um caminho na direção da margem arenosa do rio. Alguns dos soldados de meu pai começaram a se dispersar e fugir, seu dever se dissolvendo em pânico selvagem ao verem a morte se aproximar.

— Estamos perto.

Ouço Atalanta murmurar, resmungando quando enfia a espada em outro corpo que avança em nossa direção. Apenas aceno com a cabeça em resposta, segurando com mais força a adaga que ela me deu. Ela é fria e pesada em minhas mãos.

A névoa começou a levantar, permitindo que eu finalmente o vislumbre — o *Argo*.

Nunca vi um navio tão grande. É como um monstro colossal e imponente feito de madeira escura e velas ondulantes. Ele range e ronca incessantemente, ávido para sair em mar aberto, atravessando as ondas.

No convés, vejo homens correndo de um lado para o outro, preparando o navio para zarpar. Abaixo deles, corpos flutuam na água turva, um indicativo de que o ataque de meu pai ao *Argo* foi tão malsucedido quanto seu bloqueio.

— Vamos! Vamos! Carreguem os feridos! — grita Jasão.

Pequenos barcos de madeira nos esperam na praia, e os homens sobem neles. A bordo do *Argo*, o restante da tripulação começou a atirar em nossos inimigos, encobrindo nossa fuga. Mal posso ver suas flechas em meio ao caos, mas ouço o assobio e o barulho quando elas acertam em cada alvo, diminuindo o já esgotado exército colquidiano.

— Aqui, bruxinha. — Meleagro aponta para mim com a cabeça, sua mão grande me conduzindo para dentro de um barco a remo.

Entorpecida, eu me sento e Jasão fica ao meu lado.

— Fique de cabeça baixa — instrui ele enquanto os outros começam a remar, nos levando na direção do *Argo*. — Medeia? Você me ouviu?

Faço que sim com rigidez, e os olhos de Jasão vão parar na adaga de Atalanta tremendo entre minhas mãos. Ele gentilmente tira a arma de mim e a guarda em seu cinto.

— Está quase acabando — sussurra. — Apenas aguente firme.

Quando chegamos à base do *Argo*, o casco gigantesco geme como se nos saudasse. Os homens escalam o cordame, movimentando-se como lagartos velozes e ágeis. Sigo atrás deles, sentindo a corda áspera sob as palmas das mãos trêmulas. Meu vestido úmido está colado ao corpo, arrastando-me para baixo enquanto suspendo meu corpo para cima e para cima. Solto um grito quando meu pé escorrega, mas Jasão está lá para me firmar com o braço forte.

Uma vez a bordo, respiro aliviada e trêmula. Sobre nós, um raio corta o céu. Olho para cima, percebendo o quanto estou entorpecida. Não posso mais sentir a chuva, nem o frio no ar.

— Clima perfeito para velejar, Argos — diz alguém.

— Este navio suporta qualquer clima — retruca um homem baixo e de peito largo. Sua voz parece espadas enferrujadas se chocando.

Encosto a mão na de Jasão e ele se vira para mim, como se estivesse me vendo pela primeira vez desde que a batalha começou. Ele parece exausto, seu rosto doce está endurecido pelos resquícios da violência.

— Você está bem, princesa?

— Estou — respondo em voz baixa enquanto Jasão se inclina para dar um beijo em minha têmpora.

— Está vendo? Eu te disse que sempre estaria em segurança ao meu lado. De posse do velocino, nada pode nos deter.

Atrás dele, vejo Atalanta revirando os olhos.

O *Argo* ganha vida à nossa volta quando os homens — os que ainda podem ficar em pé — posicionam-se nos remos e começam a nos ajudar a avançar. Um punhado de outros continua atirando flechas nos soldados que estão na margem do rio, embora pareça que os homens de meu pai começaram a recuar.

Quando olho pelo convés, tenho uma sensação arrepiante de que algo está errado.

É quando eu a sinto. A figura pressionando atrás de mim.

— Olá, irmã. — A voz dele rasteja das sombras. — Está indo a algum lugar?

— Você parece surpresa, irmã. Esperava mesmo que eu fosse perder toda a diversão?

Sua espada brilha nas sombras agitadas da tempestade, o capacete e o peitoral fazendo-o parecer mais alto e mais poderoso do que ele realmente é. Pelas fendas do capacete, vejo seus olhos dourados e odiosos brilhando. Os olhos de meu pai.

À nossa volta, os Argonautas apontavam as armas para ele, formando um círculo amplo. No alto, as nuvens começavam a sumir, como se os deuses estivessem limpando os céus para ter uma visão melhor do que estava acontecendo.

— Ambos os filhos de Eetes pretendem fugir da Cólquida? — Jasão cruza os braços e se aproxima de meu irmão.

A terra ensanguentada que cobre seu corpo parece muito mais assustadora do que a armadura recém-polida e intocada de Absirto. Espero que Jasão consiga sentir o fedor de desespero nele, aquele desejo venenoso de intimidar os outros em uma tentativa de esconder seu próprio coração covarde.

— Eu nunca abandonaria a Cólquida. — As palavras de Absirto são cobertas por um rosnado sombrio enquanto seus olhos se voltam para mim.

— Então você entrou furtivamente em meu navio com qual propósito? Enfrentar meus homens sozinho? — Jasão inclina a cabeça de lado.

— Ouvi dizer que você tem uma autoestima elevada, Absirto, mas certamente não está tão iludido por sua arrogância a ponto de achar que *esse* é um plano inteligente.

— Depois que acordei do *feitiçozinho* de minha irmã, sabia o que estava para acontecer. Planejei esperar aqui por sua chegada. Foi bem fácil embarcar em meio à desordem de sua tripulação.

— Escondendo-se nas sombras enquanto seus próprios homens davam suas vidas? — Jasão arqueia uma sobrancelha. Sob o capacete, posso ver Absirto fazendo cara feia. — Ainda assim, não vejo lógica em seu plano.

— Não estou aqui para lutar — diz ele, removendo o capacete e o colocando embaixo do braço. — Estou aqui para negociar.

Jasão segura o Velocino de Ouro com um pouco mais de força sobre o ombro, mas não é para o velocino que meu irmão está olhando.

Não. Sinto a palavra cair como uma pedra em meu estômago.

— E o que exatamente você tem para negociar? Está em meu navio, cercado pelos meus homens... O que poderia ter para me oferecer?

Vejo o sorriso traçar preguiçosamente os lábios de Jasão e sinto meus próprios lábios se retorcerem diante de sua confiança fria.

— Vire-se, ladrão, e talvez você veja.

Observo Jasão se virar, vendo aquele sorriso congelar em seus lábios e seus olhos se arregalarem de leve. Então acompanho seu olhar até as sombras que se reúnem ao longe, onde a foz do rio se abre para o mar. Não, não são sombras... são navios.

A esquadra colquidiana...

Meu pai havia se preparado para isso.

Ele não tinha apenas posicionado um exército, mas também uma esquadra. Foi por isso que ele me mandou ir com Jasão, para que pudesse preparar seu bloqueio. O rei estivera um passo à frente esse tempo todo.

O *Argo* pode ser o maior navio já construído, mas de que serve se estivermos presos nesse rio? Até os Argonautas, com todo seu poder e habilidades, parecem reconhecer isso. Vejo seus rostos ficarem sombrios quando examinam a destruição que nos aguarda.

Qualquer esperança de liberdade definha dentro de mim. Nós perdemos.

— E então, Jasão, ainda está interessado naquele acordo? — A voz de Absirto transborda de diversão venenosa.

Sinto a raiva queimar meu medo quando me viro para o meu irmão. Se ao menos eu tivesse o feitiço preparado, poderia transformá-lo de novo naquele suíno submisso. Minha magia se agita dentro de mim, mas é inútil no momento, como um arco sem flechas.

Ao meu lado, Jasão parece ter ficado imóvel, como se seu corpo tivesse se fechado sobre si mesmo. Seu sorriso permanece fixo nos lábios, mas seus olhos estão distantes e quietos.

— Eu não vou te dar o velocino. — A voz de Jasão é firme quando ele olha nos olhos de Absirto.

— Eu não quero o velocino. — Os olhos do meu irmão estão sobre mim. — Quero levar minha querida irmã para casa.

Meus batimentos cardíacos titubeiam, mas antes que eu possa falar, Jasão pergunta:

— Por quê?

— Porque ela pertence a nós — diz Absirto, ainda com os olhos pesando sobre mim.

Posso ver a promessa de violência naqueles olhos, posso *senti-la* como uma carícia fria contra minha alma.

— E quanto ao velocino? — pergunta Jasão, ignorando o olhar feio que lanço sobre ele.

— Nunca me importei com esse maldito velocino — zomba meu irmão, passando os dedos sobre a pluma do capacete. — Esse velocino é uma maldição. Desde que entrou em nossas vidas, apenas enfraqueceu nosso pai. Ele só pensa nisso, só se importa com isso. Tenho quase certeza de que isso o fez perder o juízo. Por que mais ele estaria encorajando a *doença* dela? Pegue esse maldito velocino e livre a Cólquida de seu veneno... — Ele aponta para mim, afiando seu sorriso. — Tudo o que me importa, querida irmã, é levar você para casa para poder te ensinar uma importante lição sobre as consequências de seus atos. Você sabe como nosso pai acredita fortemente em punição.

— Eu vou morrer antes de ir com você. — Cuspo nele, dando um passo à frente.

— Vocês todos vão morrer se você não for. — Ele olha na direção da esquadra. — Um sinal meu e o ataque vai começar.

— Mas *você* vai morrer antes de eles nos alcançarem — alerta Jasão.

— Posso não ser capaz de enfrentar todos vocês, mas garanto que posso segurá-los por tempo suficiente. — Meu irmão dá de ombros. — Além disso, temos os melhores arqueiros do mundo a bordo daqueles navios. Eles não vão errar o alvo.

— Acho difícil de acreditar — murmura Atalanta, olhando para a ameaça.

— Vamos matar esse cretino agora mesmo! — Meleagro dá um passo à frente enquanto meu irmão levanta a mão.

— Calma aí, príncipe de Calidão. Meus homens estão observando. Chegue perto demais e eles não terão outra escolha além de atacar. É isso mesmo que vocês querem? Ou preferem entregar a bruxa e deixar esta terra com o velocino e suas vidas? — Meu irmão se vira novamente para Jasão. — Diga-me, a vida dela vale a vida de sua tripulação inteira? Me disseram que você é um homem esperto. É hora de provar se isso é verdade.

Os olhos de Jasão encontram os meus e uma voz fria rasteja dentro de minha cabeça. *Ele vai te entregar.* A respiração fica presa em meus pulmões quando a voz crava as garras mais fundo. *Ele te usou. A palavra dele não significa nada.*

Sua garota tola.

— Entregue ela! — grita um dos Argonautas atrás, sua explosão convidando mais vozes a se juntarem, ávidos por selar meu destino.

— Ela traiu os seus, como podemos confiar nela?

— Ela não vale nossas vidas, Jasão.

— Livre-nos da bruxa antes que seja tarde demais.

— Vamos, Jasão.

Eu conduzi esses homens à vitória e *é assim* que eles retribuem minha ajuda? Uma raiva fria surge dentro de mim, seus dedos grossos agarrando minha espinha.

— *Basta!* — retruca Jasão com uma ferocidade atípica, levantando a mão para interromper seus homens.

Um silêncio mortal cresce ao nosso redor, pontuado apenas pelas águas agitadas abaixo. Ao longe, a esquadra de meu pai observa e aguarda em silêncio, uma mancha escura no horizonte infinito.

Olho nos olhos de Jasão e sinto sua decisão antes mesmo de ele falar.

Não, suplico em silêncio, com os olhos queimando nas órbitas. *Por favor. Não faça isso.*

— Por favor. — A palavra me escapa como um suspiro rachado e quebrado.

Ao meu lado, estou levemente ciente de Absirto abafando o riso.

— Está bem — concorda Jasão, e eu sinto as palavras perfurarem meu coração.

Por um instante, estou certa de que não consigo respirar, não consigo nem pensar. A descrença cega meus sentidos, de modo que consigo apenas ficar olhando calada para Jasão, embora ele agora se recuse a olhar para mim.

— Sábia decisão, Jasão — diz meu irmão, abrindo um sorriso tão largo que dá para ver cada um de seus dentes afiados e tortos.

— Vou entregar a princesa — continua Jasão. Cada palavra é mais uma torção daquela adaga em meu peito. — Mas posso ter um momento a sós com ela... para poder me despedir?

Absirto revira os olhos.

— Seja rápido.

Jasão agarra minha mão e me puxa para o leme do *Argo*. Eu o sigo de forma entorpecida, ainda incapaz de compreender totalmente o que está acontecendo diante de mim. Conforme cambaleio atrás dele, vejo o olhar de Atalanta e sinto sua pena me atingir. Isso me deixa nauseada.

— Por favor. — Finalmente consigo encontrar minha voz novamente quando Jasão para e se vira para mim. — Não faça isso, Jasão, por favor. Ele vai me matar.

— Temos que fazer isso. — A voz dele é objetiva, distante, mas seus olhos estão focados intensamente nos meus.

— Depois de tudo que fiz por você — grito, sentindo a raiva atravessar meu choque. — Você disse que eu poderia confiar em você, disse...

— Shh, princesa. — Ele dá um beijo em minha testa e então me puxa para um abraço, mas mal consigo senti-lo.

Onde seu toque antes produzia uma centelha de vida, agora apenas o vazio ricocheteia através de mim.

Seu braço esquerdo me aperta, mas permaneço rígida sob ele, sentindo a fúria da mágoa coagular por dentro. Jasão então pressiona os lábios em meu ouvido e murmura com a voz baixa e firme:

— Mire na garganta.

Quando ele diz isso, sinto sua outra mão pressionar algo frio e firme em minhas palmas.

Sei imediatamente o que é.

— O quê? — pergunto, ofegante, tentando entender o que ele quis dizer enquanto meus dedos se fecham ao redor do cabo da adaga. É a mesma que ele tirou de mim minutos atrás.

Jasão ignora minha pergunta e guia minha mão para as dobras de minhas saias, escondendo a arma antes de se afastar. Ele olha em meus olhos, sua intenção obscura endurecendo entre nós.

Mire na garganta.

Antes que eu possa processar suas palavras, Jasão me vira pelo cotovelo e me leva de volta para onde Absirto espera.

Com certeza ele não quis dizer...

O chão parece instável sob meus pés, o ar vertiginosamente leve conforme nos aproximamos de meu irmão.

— Você deve prometer que ela não será machucada. — A voz de Jasão parece deformada, como se eu estivesse submersa nas ondas.

— Ela não é mais da sua conta. — Absirto agarra meu braço e me puxa em sua direção. — Olá, irmã.

— Absirto. — O nome dele fica preso em minha garganta. — Não faça isso.

— Eu devo — sussurra ele em resposta.

As palavras ecoam em mim. *Eu devo.*

É claro que ele deve, pois se voltar de mãos vazias para o nosso pai... Será que ele o espancaria como me espanca? Absirto já foi espancado por ele? Eu nunca o vi fazer isso, mas isso não significa que não aconteceu. A pele de Absirto estava sempre manchada com hematomas, mas sempre presumi que fosse de seu treinamento, por ser um garoto jovem e descuidado.

A constatação pesa dentro de mim. Será que compartilhamos as mesmas feridas? Será que os mesmos demônios nos assombram? Minha mente voa para o que minha mãe disse sobre os pesadelos de Absirto...

Ou eu sou seu demônio, o rosto que o mantém acordado à noite, arrancando-o de seus sonhos?

Sou o monstro dele, como meu pai é o meu?

— Tenho sua palavra de que vai nos deixar passar livremente?

Estou levemente ciente da voz de Jasão.

— Me leve até minha esquadra. Quando eu estiver a bordo de meu navio, vou dizer para os homens deixarem vocês passarem.

Absirto me puxa para mais perto dele. Sinto a rigidez de sua armadura afundando em mim, meus olhos pousando em seu pescoço, naquela faixa de pele exposta. Vejo seu pomo de adão se mexer quando ele fala, sua pulsação latejando em uma veia grossa e retorcida.

— Tenho sua palavra? — repete Jasão com os olhos focados.

— Juro pelos deuses.

Volto meus olhos para Jasão, com uma súplica silenciosa vindo do fundo de mim. *Não me obrigue a fazer isso.* Seus olhos são pesados ao encarar os meus. Ele sabe que me deixou diante de uma escolha terrível — acabar com minha própria vida ou com a de meu irmão.

— Tenho certeza de que nosso pai vai ficar contente em te ver. — Absirto puxa de leve um de meus cachos escuros. — Sem dúvida ele já está esperando ansiosamente o nosso retorno.

Quando tiro os olhos de Jasão e encaro meu irmão, um ódio selvagem, animalesco, brilha em seus olhos. Eu me pergunto, então, se algum dia ele realmente deixou de ser o animal em que o transformei.

— É culpa minha você ser assim? — sussurro.

Vejo algo surgir naqueles olhos, uma centelha de algo belo, vulnerável, algo humano. Mas desaparece quase tão rapidamente quanto surge. Ele então abre a boca para dar qualquer resposta áspera e desdenhosa que tenha preparado.

Mas não lhe dou essa chance.

Afundo a adaga em sua garganta. Exatamente como Jasão me disse para fazer.

Os olhos de Absirto saltam enquanto ele me encara com incredulidade. Sua mão se fecha sobre a minha, dedos trêmulos tentando puxar a adaga, mas seguro firme. Ele solta um grito gutural, com sangue escorrendo pelos lábios e pulsando na garganta.

Absirto cambaleia para a frente, então cai pesadamente. Desabo com ele, nossas mãos ainda entrelaçadas ao redor da lâmina, até estarmos ajoelhados no chão. Seus olhos se erguem lentamente para encontrar os meus e vejo seu choque dar lugar ao medo quando a percepção toma conta dele. Ele vai morrer.

Sinto a sombra fria da morte recair sobre nós. Absirto abre a boca para dizer alguma coisa, mas tudo o que escapa é um som úmido asfixiado e outro jorro de sangue, que cobre nossas mãos, pegajoso e quente contra minha pele fria.

Ele parece tão assustado.

Permaneço em silêncio enquanto vejo a luz se esvair de seus olhos. Depois de um momento, seu rosto fica frouxo e eu afasto um cacho loiro de sua testa, pensando no quanto ele parece muito mais jovem quando suas feições estão suaves dessa forma.

Um arrepio percorre meu corpo, como se eu pudesse sentir sua alma se afastando suavemente para aquele lugar além. Sinto suas mãos ficarem frouxas e caírem ao lado do corpo, a cabeça pendendo para a frente contra a minha, de modo que nossas testas estão se tocando.

O mundo fica paralisado.

Silencioso.

Vazio.

— Medeia.

Levanto os olhos para Jasão e sinto um frio me sacudir, ficando preso entre meus ossos e se enraizando ali. Estremeço, apesar do calor no ar.

— Ele está morto. — É tudo o que consigo pensar em dizer.

Jasão coloca a mão em meu ombro.

— Eu sei. — Ele acena com a cabeça, sua voz é como um abraço morno. — Medeia, temos que agir depressa. A esquadra está se aproximando.

Puxo a adaga de volta e uma nova onda de sangue espirra sobre minhas mãos enquanto Absirto cai para a frente. O peso de seu corpo quase me derruba, mas Jasão está lá para segurá-lo.

— Tirem a armadura dele. — Ele grita a ordem. Para quem, eu não sei.

— A armadura? — Minha voz soa estranhamente vaga, distante. Como se nem fosse minha voz. — Por quê?

— Porque ainda precisamos sair daqui vivos.

— Isso nunca vai dar certo.

O Argonauta, que agora sei que se chama Télamo, olha através do capacete de meu irmão. A armadura serve perfeitamente nele, a armadura que ainda está quente devido à vida que acabou de ser contida nela.

— Vai ter que dar — diz Jasão.

Fico ao lado dele, olhando fixamente para o sangue espalhado no peitoral da armadura de meu irmão. Télamo acompanha meu olhar e tenta limpar o sangue com a mão, mas acaba espalhando-o em círculos escuros.

Os outros Argonautas voltaram a remar, seus esforços e bufadas entrando em uma estranha harmonia com o barulho das ondas enquanto deslizamos na direção da esquadra de meu pai.

Na direção da morte ou da liberdade. O tempo dirá.

Vejo os navios se aproximando, mas em minha mente tudo o que posso ver é Absirto caído no depósito sob o navio, esfriando mais a cada minuto. Mas não é mais meu irmão. É apenas um corpo, apenas carne e osso.

Afasto o pensamento quando sinto Télamo agarrar meu braço, encenando o papel do príncipe mimado e cruel. O velocino está pendurado sobre seus ombros, sua luz dourada iluminando a palidez de minha pele.

Olho para minhas mãos, agora limpas, mas o sangue ressecou sob minhas unhas como luas crescentes vermelhas.

Quando pisco, posso ver o medo nos olhos de Absirto queimando sob minhas pálpebras fechadas. Acreditava que nada podia ser pior do que o desprezo arrogante que ele sempre exibia. Mas vê-lo tão assustado, tão indefeso…

Ele mereceu, lembro a mim mesma em silêncio. *Ele atraiu isso para si mesmo.*

— Colquidianos! — A voz de Jasão ecoa quando estamos perto o suficiente do navio que lidera a esquadra. — Fiz um acordo com seu príncipe. Ele vai retornar com Medeia e o velocino, se vocês nos concederem passagem livre para fora da Cólquida.

— Príncipe Absirto, isso é verdade? — pergunta uma voz.

— É verdade — grita Télamo, a voz abafada pelo capacete que cobre seu rosto. Ele imitou o sotaque acentuado de meu irmão, acompanhado de um resmungo arrogante. — Abram caminho.

Uma pausa tensa. Então ordens ecoam pela esquadra e os navios começam a ganhar vida e recuar, como ondas se abrindo para o próprio Poseidon.

— Isso não pode estar realmente funcionando. — Ouço Meleagro murmurar atrás de mim. — Eles não viram a bruxa cortar a garganta dele?

— Vamos agradecer aos deuses por terem dado uma visão ruim aos colquidianos — sussurra Atalanta em resposta.

O *Argo* começa a avançar pelo espaço que os navios colquidianos abriram para nós. Um caminho para o mar aberto.

Sinto meus batimentos cardíacos acelerarem quando passamos pela pesada parede de navios. Olhos hostis nos examinam, centenas de flechas apontadas para cada Argonauta, prontas para serem disparadas se fizermos um único movimento errado.

Suor se acumula em meu pescoço, escorrendo pelas costas. No alto, a tempestade recuou, as nuvens se curvam para trás na direção da Cólquida. Adiante, o céu está limpo e transparente, com a extensão clara de azul nos chamando para seguir em frente.

Os segundos parecem intermináveis conforme rastejamos rumo ao horizonte, a liberdade tão próxima que posso saboreá-la... mas ainda assim, ela é estranhamente ácida em minha boca.

Quando nos aproximamos da última embarcação da formação, os soldados colquidianos preparam uma ponte para colocar entre os navios. Olho para Jasão, esperando seu próximo passo enquanto a prancha de madeira abaixa em nossa direção.

A qualquer minuto, eles vão descobrir nossa artimanha.

A qualquer segundo, aquelas flechas serão lançadas.

Mas a liberdade está tão próxima...

— AGORA! — berra Jasão.

Os Argonautas agarram seus escudos e Télamo joga o dele sobre mim, obscurecendo minha visão, de modo que só consigo ter um vislumbre de

Jasão e os outros atirando alguma coisa sobre o convés. Vejo um braço, uma perna, uma cabeça.

A cabeça de meu irmão.

Não pode ser.

Passo pelo escudo de Télamo, correndo na direção da beirada do *Argo*. Abaixo, vejo as ondas cruéis brincando com meu irmão, jogando seus membros de um lado para o outro, como crianças brincando com um brinquedo novo.

O corpo de meu irmão.

Não. *Pedaços* de seu corpo. Cortados e espalhados no mar.

— MEDEIA! — Atalanta se choca contra mim, jogando seu escudo sobre nós à medida que uma onda escura de flechas sobe aos céus, encobrindo o sol.

Elas chovem sobre o navio em uma tempestade de sílex e fúria. Ao nosso redor, posso ouvi-las caindo com um baque nauseante, batendo no escudo de Atalanta. Ela chia quando uma das flechas corta seu ombro exposto.

Atrás de nós, a esquadra colquidiana entra em desordem quando soldados começam a pular no mar, desesperados para recuperar os pedaços de seu príncipe caído.

— Para os remos! *Agora!* — Jasão grita.

Há uma onda de movimento, e de repente estamos ganhando impulso, avançando enquanto flechas continuam a chover do alto. O *Argo* se move com uma velocidade incrível, e os homens vibram quando vemos os navios de meu pai desaparecendo atrás de nós.

A esquadra colquidiana não nos persegue. Os homens estão ocupados demais revirando a água, procurando o corpo de Absirto.

Os pedaços dele.

Permaneço em silêncio ao espiar atrás do escudo de Atalanta, vendo os restos mortais de meu irmão sendo arrastados e cuspidos pelas ondas, batendo de um lado para o outro.

Depois de um longo momento, quando a esquadra já desapareceu além do horizonte, sinto um braço pesado sobre meus ombros.

— Você está bem, Medeia. Você está em segurança.

Jasão.

— Você o cortou em pedaços? — sussurro.

Ele se inclina e dá um beijo em minha têmpora.

— Fizemos o que foi preciso para sobreviver, Medeia. Nós dois fizemos.

Os deuses estão zangados conosco.

Ninguém ousou dizer essas palavras em voz alta, mas é uma certeza que se fortalece a cada ondulação e quebra das ondas impiedosas.

A tempestade nos acompanhou desde a Cólquida, intensificando seu domínio feito mãos apertando nossas gargantas. É uma tempestade sobrenatural; diferente de tudo que os Argonautas já viram, eles alegam. Ondas colossais diminuem o *Argo*, altas como montanhas, jogando-nos de um lado para o outro. São como gigantes, feras míticas guerreando à nossa volta, todas ávidas pela chance de nos engolir com suas mandíbulas traiçoeiras e aquosas.

Qualquer outro navio já teria sido destruído a essa altura, sua tripulação perdida sob as águas furiosas. Felizmente, o *Argo* não é uma embarcação comum. Ouvi os homens dizendo que a própria Atena, deusa da Sabedoria e da Guerra, ajudou em sua construção.

— O navio vai aguentar — grita repetidas vezes o construtor de navios sobre os ventos uivantes. — Ele é capaz de suportar qualquer tempestade.

Mas isso não é apenas uma tempestade; é um alerta. Nós irritamos os deuses e eles querem que saibamos disso.

Apesar disso, Jasão segue em frente, forçando seus homens a remarem durante a noite, em meio à exaustão e à fome.

— As esquadras de Eetes já devem estar em nosso encalço — alerta ele. — Temos que aumentar a distância entre nós e a Cólquida.

Espera-se que mesmo aqueles que foram feridos na batalha permaneçam em suas posições e eu observo enquanto os Argonautas drenam cada grama de força que lhes resta. Alguns desmaiam de exaustão, embora retornem à sua tarefa cansativa assim que a consciência os encontra novamente.

Jasão aconselhou que eu me refugiasse sob o convés, onde é mais seguro, mas assim que vi o chão manchado de sangue, soube que não poderia ficar ali. Preferia me arriscar lá em cima a ficar sozinha no escuro ao lado do sangue ressecado de meu irmão. Então, em vez disso, eu me encolhi na popa, concentrando-me em não esvaziar meu estômago a cada onda violenta e balanço do navio.

Além do timoneiro, Tífis, o único Argonauta que não pega um remo é Orfeu. Em vez disso, ele toca sua lira ao meu lado, suas melodias cortando a tempestade com precisão, por meio de algum dom presenteado pelos deuses.

A princípio, eu me perguntei por que Orfeu não usava sua energia para remar com os outros, pois eu o havia visto em batalha e sabia que ele tinha força para isso. Mas, ao escutar, eu me dei conta — sua música é o batimento cardíaco do *Argo*. Ela anima os homens, levantando seus espíritos quando seus corpos estão quebrados, preenchendo-nos com luz quando somos engolidos pelo mar escuro. Até mesmo eu posso sentir o poder de suas melodias. Eu me vejo me concentrando em cada nota, em cada dedilhado de suas cordas e na letra suave em seus lábios. Deixo a música estabilizar meus nervos, afogar meus medos. Ela se torna minha corda de salvação, à qual me agarro desesperadamente. Embora eu saiba que a música de Orfeu, apesar de toda sua beleza divina, não pode nos salvar dessa provação.

Eventualmente, o tempo começa a perder todo o sentido, as horas se desenrolando no caos da tempestade. Poderíamos estar remando há dias ou semanas; não sei dizer. Penso na punição eterna de Sísifo no Submundo, forçado a rolar uma pedra gigante repetidas vezes morro acima, apenas para vê-la rolar de volta para baixo sempre que se aproximava do topo. É isso que essa viagem parece: uma batalha perdida perpétua, sem fim à vista. Sei que a tripulação sente isso também; posso sentir sua motivação se desintegrando sob o peso da desesperança. Embora eles nunca admitam a derrota. São orgulhosos demais, teimosos demais.

Mas uma tempestade enviada pelos deuses não é uma batalha feita para ser vencida.

— Precisamos encontrar terra firme — digo a Jasão quando não consigo mais suportar. Preciso gritar para impedir que os ventos cruéis roubem minha voz. — Temo que esta tempestade seja coisa de Hécate; ela está zangada porque não lhe agradecemos a ajuda.

— Ainda estamos perto demais. — Ele se esforça no remo ao responder, falando por entre dentes cerrados. — Temos que avançar mais.

— Esta tempestade não vai abrandar até a apaziguarmos, Jasão. Olhe à sua volta, nem mesmo o *Argo* consegue lutar contra essas condições por muito mais tempo.

Ele diminui o ritmo, minhas palavras atravessam sua névoa de determinação. Seus olhos exaustos observam seus homens, como se ele os visse direito pela primeira vez desde que içaram as velas. Vejo a decisão como uma luta em seu rosto pálido e castigado.

— Medeia tem razão — anuncia ele com firmeza, ecoado pelos gemidos de alívio. — Temos que encontrar terra firme. Temos que apaziguar Hécate.

A adaga é pesada em minha mão.

Não gosto da sensação familiar que ela me passa, nem da forma como se molda com facilidade em minha palma, como se sempre tivesse me pertencido. Olhando para a lâmina, eu a vejo piscar para mim de maneira conspiratória à luz do fogo: *Olá novamente, lembra de mim?*

À minha frente, os Argonautas esperam com expectativa, marcados pela fogueira que construíram. Eles não me apressam, mas posso sentir sua impaciência aumentando no ar. Estão famintos, cansados e com nenhuma disposição para minha hesitação.

Nós nos refugiamos em uma pequena ilha. Embora "ilha" provavelmente seja um termo grandioso demais para esse pequeno trecho de terra desolada. É óbvio o motivo de ser inabitada, pois tudo nesse lugar parece inóspito, desde as rochas íngremes e salientes até os pequenos arbustos afiados e desagradáveis que se agarram a elas. Mas não nos importamos; o chão firme sob nossos pés era tudo o que desejávamos.

Eu me virei para olhar para o javali ao meu lado. Foi Atalanta que o caçou, pelo que me disseram, embora alguns dos Argonautas tenham tentado contestar esse fato. Meleagro foi rápido em silenciar o ceticismo deles.

Olho para o sol perfurando as nuvens pesadas e tristes. Parece errado fazer um sacrifício a Hécate sem ser sob a luz da lua, como sei que ela prefere. Mas Jasão disse que não podíamos demorar.

Meu foco volta ao javali, vendo seu focinho tremer de medo. Olho então para seu pescoço, aquela faixa de carne grossa. Chego mais perto, e meu movimento repentino faz a criatura recuar, grunhindo alto. O som de seu pânico me invade, revivendo a náusea que tomou conta de mim no mar.

— Eu cuido disso — diz Meleagro, segurando a criatura que se debate e forçando sua cabeça para cima. — Faça agora. Vamos. Faça o sacrifício.

Suas ordens ecoam em meu peito, bagunçando meus batimentos cardíacos enquanto encaro aquela garganta exposta esperando por minha lâmina. Algo repuxa dentro de mim, pesado, afiado. Ou será que é Meleagro me puxando?

— Faça agora! Agora!

— Vamos!

— Rápido!

Em minha cabeça, ouço os gritos furiosos dos Argonautas encorajando Jasão a me entregar de volta ao meu irmão, de volta à minha prisão e talvez à minha morte. Eles foram tão rápidos em me descartar depois de tudo o que dei a eles.

A sensação dentro de mim se intensifica, alimentada pela lembrança da injustiça deles. É como se alguém estivesse me puxando para a frente. Ao meu redor, sombras pressionam. Mais perto, mais perto...

Chegue mais perto.

— Medeia, está tudo bem. — A voz de Jasão é suave em meu ouvido. — Deixe que eu faço.

Não percebo o quão intensamente minhas mãos estão tremendo até sentir os dedos firmes de Jasão estabilizando os meus. Ele tira a adaga das minhas palmas úmidas, acenando com a cabeça para que eu me afaste.

Não olho quando Jasão crava a lâmina na garganta do animal, mas, mesmo com os olhos bem fechados, não consigo fugir do derramamento de sangue. Ainda posso vê-lo, ainda posso *senti-lo*, as visões violentas queimando atrás de minhas pálpebras fechadas. Vejo a ferida aberta e fresca e os olhos arregalados de um homem que sabe que vai morrer; sinto o peso de um corpo sem vida caindo sobre mim, o sangue quente manchando minha pele. Ouço meu irmão gritando meu nome, desesperado, suplicando — *Medeia... Medeia...*

— Medeia? — Levanto os olhos e vejo Jasão diante de mim, suas mãos vermelhas brilhando. — Pode conduzir a oração a Hécate?

Faço que sim, minha garganta está seca como folhas quebradiças.

— É claro.

Ele coloca uma tigela em minhas mãos, aquela que tinha sido usada para conter o sangue do javali. Olho para o líquido escuro e viscoso, sentindo-o quente em minhas palmas. Meu estômago embrulha novamente.

— Hécate, deusa do submundo, peço que ouça minha prece — declaro enquanto derramo o sangue no fogo.

As chamas chiam e cospem com avidez. Quando a tigela esvazia, coloco as palmas abertas na terra.

— Seu poder divino nos levou à vitória na Cólquida. Reconhecemos seu generoso auxílio, grande deusa, e pedimos que aceite este sacrifício como sinal de nossa eterna gratidão.

Quando termino, os Argonautas começam a desmembrar o animal. A gordura e os ossos serão queimados para Hécate, enquanto a carne será dividida entre a tripulação.

Observo em silêncio enquanto eles cortam o javali, arrancando sua pele, desmembrando e separando pedaços de carne do osso...

A náusea me encontra novamente, e dessa vez não luto contra ela; não consigo.

Saio correndo, caindo em um emaranhado de sombras para esvaziar o pouco conteúdo de meu estômago. Vomito e vomito até não restar mais nada, até estar vazia por dentro. Oca como uma urna.

Quando termino, não volto para os Argonautas. Não suporto ver aquela carne sendo passada de um lado para outro, devorada por lábios gordurosos e famintos. Então, em vez disso, fico andando pelo estreito pedaço de costa, vendo o mar marchar inquieto ao meu lado.

Eu não tinha percebido o quanto, felizmente, minha mente estava vazia durante nossa terrível viagem até aqui. Agora, uma parte obscura de mim deseja ser jogada de volta naquelas tempestades, acolhendo a distração daquelas ondas aterrorizantes, deixando o medo apagar todos os outros pensamentos de minha mente agitada.

Mas talvez seja tolice desejar tal autodestruição.

— Então foi para cá que você veio. — Eu me viro e encontro Atalanta ao meu lado.

— Aqui, guardei um pouco para você.

Ela estende uma tigela de madeira e eu olho para os pedaços gordos de carne dentro dela.

— Não estou com fome.

— Quando foi a última vez que você comeu? — pergunta ela, sem se deixar abater por minha hostilidade. Não digo nada. — Você precisa comer. Precisa de energia.

— Estou bem.

— Está? — A pergunta corta mais fundo do que Atalanta pretendia, e ela deve ter lido isso em minha reação, pois seu rosto suaviza. — Coma, Medeia. Vai te fazer bem.

Ela tenta me entregar a tigela novamente, mas eu a ignoro.

— Você não estava presente no sacrifício — mudo de assunto e Atalanta oferece um sorriso provocador.

— Não estava?

— Onde você estava?

— Estava ocupada.

— Fazendo o quê?

— Talvez eu te conte se você comer. — Seu sorriso aumenta enquanto ela se empoleira sobre uma pedra, colocando a tigela a seu lado.

Observo em silêncio quando ela ajusta a atadura improvisada ensanguentada que comprime seu ombro. Sei que ela sofreu aquele ferimento por minha causa, por causa de minha tolice quando fugi da cobertura sob a saraivada de flechas dos colquidianos. Se ela não estivesse lá com seu escudo, eu certamente teria sido derrubada, e talvez nunca mais me levantasse. E se ela não tivesse intervindo aquela hora com meu pai...

Quero agradecer por ela ter salvado minha vida, mas em vez disso me pego dizendo:

— Você deveria me deixar dar uma olhada nisso.

— É só um arranhão. — Ela dá de ombros.

— Você não deveria remar, vai ficar reabrindo a ferida — alerto.

Mas Atalanta apenas ri em resposta.

— Se eu parasse de remar, eles nunca mais me deixariam em paz. — Ela aponta com a cabeça na direção dos outros. — Já estão convencidos de que não consigo acompanhar os *homens grandes e fortes.*

Observei Atalanta remando durante a tempestade e sei que seu ritmo acompanhava o dos outros Argonautas, mesmo com seu ferimento.

— Se você está ferida, eles compreenderiam. Não é? — pergunto, indo sentar ao lado dela. — Todos viram como você lutou com coragem.

Ela faz um muxoxo e dá um sorriso afiado.

— Não funciona assim, pelo menos não para mim.

— Por que não?

— Porque não nasci com algo mole e patético pendurado no meio das pernas. — Ela balança o dedo mínimo na minha direção e ri novamente, embora o som tenha um quê de amargura. — Eu sei, eu sei que não faz sentido. Não é desconcertante como os homens conseguiram enganar todo mundo, fazendo-os pensar que são o sexo mais inteligente?

Abro a boca para responder, mas as palavras evaporam em minha língua quando Jasão aparece ao nosso lado. Sua presença me faz levantar rapidamente, com uma avidez infantil crescendo dentro de mim.

— Aí está você. Eu estava te procurando, Atalanta. — Essas palavras fazem uma pontada de inveja perfurar minhas entranhas. — E então? Você fez?

— Fiz. — Não sei ao certo se imaginei a tensão na voz de Atalanta.

— Venha, então, vamos conversar.

Jasão aponta com a cabeça para mais adiante na costa. Seus olhos normalmente brilhantes estão sombreados e pesados, seu belo sorriso transformado em uma careta tensa.

— Medeia deveria ouvir o que tenho a dizer — responde Atalanta, não fazendo nenhum esforço para se mover.

Jasão então se vira para mim, como se registrasse minha presença de repente, e eu amo a forma como seu rosto suaviza de imediato.

— Medeia, por favor, perdoe meu humor. Essas tempestades são incrivelmente irritantes. Você está bem? Comeu? — Antes que eu possa responder, ele se vira de novo para Atalanta. — Não deveríamos perturbá-la com isso. Ela já passou por muita coisa.

— Ela tem o direito de saber — repreende a caçadora. A tensão em sua voz agora é inegável.

Vejo algo piscar no rosto de Jasão, mas desaparece rápido demais para eu decifrar. Ele cruza os braços e vira o rosto para o horizonte imenso.

— Muito bem. Diga-nos, então, o que Ártemis tinha a dizer?

Ártemis?

Mais cedo, quando Atalanta capturou o javali para o sacrifício, ouvi os homens trocando rumores sobre ela. Disseram que tinha sido criada por Ártemis, depois que seu pai a abandonou na floresta quando bebê. A deusa, disfarçada de ursa, havia encontrado Atalanta e deixado a bebê mamar nela como se fosse seu próprio filhote, assim alegavam as histórias.

Tendo visto Atalanta em batalha, não acho difícil de acreditar que ela possa ter sido criada pela poderosa deusa da caça em pessoa.

— Ela confirmou suas suspeitas, Jasão — diz Atalanta. Suas palavras carregam o peso de uma solenidade atípica. — Não foi a ira de Hécate que provocamos.

— Então de quem foi? — pergunto, alternando o olhar entre eles.

Atalanta suspira, parecendo estar escolhendo com cuidado suas próximas palavras. Quando fala, ela se dirige a mim.

— De Zeus, entre outros. Eles estão zangados porque você tirou a vida de seu irmão e derramou sangue dentro de sua própria linhagem.

Zeus? O Rei dos deuses?

Sinto a náusea crescendo dentro de mim outra vez e agradeço por não ter mais nada no estômago. Olho para Jasão em busca de apoio, mas seu foco está totalmente voltado para Atalanta.

— Então, a preocupação deles é com Medeia?

— Não apenas Medeia. — Atalanta corta de volta para ele, seu tom endurecendo. — Os deuses te consideram responsável também, Jasão. Por seu papel nisso.

Jasão parece ofendido e pressiona a mão ao peito.

— *Meu* papel? O que você quer dizer com *meu* papel?

— Só estou repetindo o que a deusa me contou. Ela alertou que essas tempestades enviadas por Poseidon são apenas uma amostra da ira deles. Vocês devem se purificar do assassinato imediatamente. *Vocês dois.*

— Como? — pergunto, ofegante, sentindo um frio familiar se fechar sobre mim.

— Você deve recorrer à sua tia; ela pode absolver vocês dois da morte de Absirto.

— Circe? — Pisco, perplexa.

Ao meu lado, Jasão acena avidamente com a cabeça.

— Devemos ir para Eana de uma vez.

Eana. A palavra faísca dentro de mim, convidando uma centelha quente de alívio. Mas posso sentir uma outra coisa lá dentro também, um temor pesado que rasteja sob minha pele, apertando meu coração.

Pedir a ajuda de Circe significa que devo primeiro admitir a ela tudo o que fiz...

— Mas como vamos chegar até lá? — pergunta Jasão a Atalanta, evitando olhar nos meus olhos. — Dizem que a ilha é como um fantasma, constantemente desaparecendo e reaparecendo em outro lugar.

— Ártemis me disse o caminho. Não estamos longe, um dia de navegação, no máximo. — Atalanta olha para o horizonte. — A deusa vai nos conceder passagem segura, mas é a única ajuda que vai nos oferecer. Devemos ir agora, antes que ela mude de ideia.

Pela tensão em sua voz, posso sentir que a caçadora está desconfortável por pedir tais favores à sua deusa. Fico me perguntando que submissão ela terá que oferecer em troca. Pois os deuses nunca dão sem receber.

— Essa é uma notícia excelente, Atalanta! Vamos fazer um sacrifício a Ártemis para prestar nosso agradecimento e zarpar de uma vez.

Jasão está sorrindo agora, todos os sinais de tensão desaparecendo na curva fácil de seus lábios. Ele então se vira para mim, pegando minhas mãos, envolvendo-as com suas palmas quentes e calejadas.

— Medeia, por favor, não fique tão preocupada — acrescenta ele. — Tudo vai ficar bem. Eu prometo.

Eu me obrigo a sorrir de volta quando Jasão leva minhas mãos aos lábios, dando um beijo suave nelas. O príncipe não demonstrou muita intimidade desde que saímos da Cólquida, e quero me sentir encantada por seu toque terno, mas algo está me impedindo.

— É melhor eu ir e informar os homens sobre nosso plano — anuncia Jasão antes de desaparecer.

Quando sai, fico olhando para o espaço vazio onde ele estava, minhas mãos de repente parecem muito mais frias na ausência das dele.

— Eu acho estranho — murmura Atalanta para si mesma — que Jasão seja favorecido tanto por Hera quanto por Atena, e ainda assim *me* use como sua mensageira para os deuses.

Eu não digo nada, mal a escutando sobre a percepção que continua me incomodando, forçando-se a subir até meus lábios.

— Jasão não sabia onde ficava Eana.

Não é uma pergunta, mas Atalanta responde assim mesmo.

— Não. Ninguém sabia.

— Ele nunca mencionou isso antes.

Ela suspira, inclinando-se para pegar minha comida intocada e se levantar.

— Ele tem mania de fazer isso.

— O quê?

— Distorcer a verdade de acordo com sua vontade — diz ela, pressionando a tigela em minhas mãos. — Agora, coma. Você vai precisar de força se for enfrentar sua tia.

Posso sentir Eana antes de vê-la.

Um poder vibra no ar, entrelaçando-se com a brisa do mar, fresca e efervescente. Sinto-o zunir sob minha pele, fazendo minha magia se agitar em minhas veias.

Circe? É você?

Ao meu lado, Jasão analisa minha expressão, com a testa franzida em uma pergunta silenciosa.

— Estamos perto. — Aceno com a cabeça para Atalanta, que está transmitindo a rota de Ártemis a Tífis, o timoneiro.

Vou para a proa do navio. Abaixo, as ondas estão calmas e estáveis, como a deusa da caça prometeu que estariam. Fechando os olhos, sinto o poder de Circe me chamando. Imagino minha própria magia se enroscando com a dela na brisa, como dedos entrelaçados, segurando com força... mas então algo se rompe e aquele poder no ar recua às pressas, como se tivesse sido chamuscado.

Eu me encolho e abro os olhos para vê-la. Eana.

A ilha aparece de repente, seu manto de névoa desaparecendo como se tivesse sido criada do nada.

— Ali, adiante! Vejam! — exclama a tripulação com uma recém--encontrada adrenalina faiscando entre eles, acelerando seu ritmo.

Quando olho para Eana, tenho a sensação peculiar de que ela também está olhando para mim. Tenho a sensação de que a ilha tem nos observado há um tempo, debatendo se deveria ou não se revelar.

Um fantasma — foi assim que Jasão a chamou. Posso ver o porquê.

Sinto-o se mover e parar ao meu lado, apoiando a mão na parte inferior de minhas costas. Seu toque é leve e casual, mas ainda assim gera uma faísca que sobe por minhas costas, ondulando por meus ossos.

— Que reencontro feliz vai ser — diz ele com um sorriso. — Posso ver que você está animada, não está?

Afasto meu medo, deixando a mentira escapar com suavidade de minha língua.

— É claro.

O olhar dele se volta novamente para Eana, e posso ver os pensamentos girando em seus olhos. Gostaria que ele os compartilhasse comigo. Há tanta coisa que não dissemos, palavras que não tivemos tempo de proferir, ou talvez não saibamos ao certo como fazer. Posso senti-las se formando entre nós, criando um vazio terrível. Se ao menos Jasão expusesse sua mente para mim, para deixar eu me banquetear com cada pensamento seu, por mais obscuro que seja. Quero todos eles.

Ele então estende o braço, como se ouvisse meu desejo silencioso, e roça os ossinhos da mão em meu rosto. É incrível como um movimento tão pequeno pode acalmar minha mente, como chamas cruéis sendo extintas com um único sussurro.

Quando ele fala novamente, sua voz é suave como uma pena, embora seus olhos estejam brilhantes e intensos.

— Queria te dizer uma coisa antes de desembarcarmos. Poderia ouvir?

— Sim. — Engulo a palavra.

Ele se inclina sobre mim, lábios tocando em meu ouvido enquanto murmura:

— Era sério quando eu falei sobre te tomar como minha esposa. Eu faria de você minha rainha, Medeia.

Meus olhos se arregalam quando Jasão se afasta, aquele seu sorriso devastador saudando minha expressão chocada.

— Pense nisso — diz ele, antes de eu ter a chance de desenrolar meus pensamentos confusos. — Não tenha pressa. Quando estiver pronta, podemos discutir.

Eana pode ser a prisão de Circe, mas certamente é uma prisão muito bonita.

Enquanto caminho em direção à praia, fico cativada pela riqueza da ilha, que *transborda* vida e é dominada por ela. Plantas vibrantes, arbustos, flora, árvores, até onde a vista alcança. Nunca vi a natureza tão ferozmente abundante, tão assumidamente selvagem. É magnífico.

Nada nunca pôde crescer livremente nos pátios de meu pai. Qualquer coisa que tentava era cortada. As flores e árvores eram podadas com tanta frequência que ficavam fracas e sem vida, forçadas a criar a ilusão de perfeição com que meu pai era obcecado.

Mas *isso*, aqui... É como a natureza deve ser.

Rebelde. Livre.

Jasão fica ao meu lado, inspecionando a costa. A areia brilha como ouro em pó. Acima, um céu noturno cor de pêssego cobre a ilha, pintando o mar com faixas de um laranja intenso.

Enquanto Jasão está distraído, tiro um momento para olhar para ele, minha mente ainda girando devido à sua oferta. Tento imaginar ser sua esposa. Sua *rainha*.

— É aqui que Circe está exilada? — pergunta ele, franzindo a testa de leve.

— É lindo.

— Lindo, sim. Mas não tem nada aqui. — Ele acena com desdém para a nossa volta. — Imagine passar a vida toda aprisionada nessas praias. Você não perderia a cabeça?

Suas palavras acabam com meu deslumbramento, fazendo-me olhar para a ilha de maneira mais crítica. Suponho que Jasão tenha razão: não há nada aqui em termos de civilização — não há cidades, pessoas, nem estruturas feitas pelo homem. Apenas natureza pura e intocada. Mas isso, por si só, é um presente, que explode com uma magia tão potente que posso sentir seu sabor adoçando a brisa.

Atrás de nós, os Argonautas estão ocupados puxando o *Argo* para a praia. Noto a forma com que seus olhos examinam a ilha, tentando avaliar que ameaça ela representa. Sem dúvida, eles ouviram as histórias sobre minha tia, então não os culpo por serem cautelosos. Afinal, a ameaça de Circe é desconhecida para eles. Em batalha, eles são destemidos, pois conhecem os parâmetros das habilidades de seus oponentes, confiando que sua força e capacidade podem superar qualquer mortal. Mas contra magia? É um poder desconhecido e indeterminado para eles.

Talvez seja por isso que eles também mantêm distância de mim.

— É ela ali? — pergunta Jasão, fazendo-me virar.

Circe dispara em nossa direção, os cabelos claros balançando na brisa e se emaranhando ao redor de sua cabeça como serpentes douradas e sinuosas. Seus passos são urgentes e poderosos, alimentados por uma intensidade que me intimida, fazendo minha pulsação acelerar junto à pele.

Ela para bem perto de Jasão e de mim, bela como sempre. Mas sua beleza é mais fria do que eu me lembrava; de alguma forma mais violenta. O sorriso afiado e sábio que antes agraciava seus lábios agora é um corte raivoso em seu rosto. Aqueles olhos que sempre brilharam com tanta ternura agora faíscam com uma selvageria desconhecida. Sua magia também parece diferente, crepitando ao redor dela como um lobo de pelo eriçado.

Circe olha para mim, avaliando minhas diferenças como avalio as dela. Sob seu escrutínio, sinto-me tão pequena, como uma criança novamente, suplicando por sua aprovação. Seus olhos descem por meu vestido, ainda manchado com o sangue de meu irmão.

Nosso silêncio coletivo abafa o ar, interrompido apenas pelo quebrar das ondas. Quando não suporto mais, ouso dar alguns passos na direção dela.

— Circe? Sou eu.

Sem aviso, ela me agarra pelo pulso e me puxa em seus braços. Seu abraço é firme e apertado, arrancando o ar de meus pulmões. A surpresa percorre meu corpo enquanto a envolvo em meus braços. Circe não é uma pessoa afetuosa, pelo menos não fisicamente. Posso contar em uma das mãos o número de vezes que nos abraçamos assim. Tento aproveitar o momento, confortar-me nele. Mas, por algum motivo, só consigo sentir a rigidez de seus braços, a tensão em seus ombros, todas as arestas duras e pontiagudas de seu corpo me cortando como vidro.

Mas então me deparo com aquele seu cheiro familiar e sinto uma nostalgia pesada doer em meu âmago.

Como se sentisse minha emoção, Circe se afasta e me mantém a distância. Seus olhos se voltam para os Argonautas, depois retornam para mim.

— Os deuses estão zangados com você — diz ela na língua nativa da Cólquida. — Eles me disseram o que você fez.

Uma onda de culpa surge em meu peito, ameaçando me arrastar para baixo da maré violenta que cresce dentro de mim. Mas eu afasto o sentimento, forçando minha cabeça a permanecer acima dessas correntes.

— Eu posso explicar — digo, acompanhando o dialeto que ela escolheu.

— Foi por isso que você veio, para me pedir que limpe o sangue de suas mãos? — Seu tom acusatório faz o peso dentro de mim aumentar.

— Eu vim porque queria ver você.

Os lábios de Circe tremem de maneira quase imperceptível ao ouvir isso, a única emoção que ela deixa escapar na companhia de estranhos. Abro a boca para dizer mais, mas a voz de Jasão ecoa atrás de mim, forte e imponente.

— Grande feiticeira Circe, é uma honra conhecer-te. Ouvimos coisas maravilhosas de sua sobrinha, Medeia. Viemos como humildes hóspedes buscando abrigo em sua bela ilha. Espero que não sejamos um fardo para você.

Circe fixa o olhar em Jasão quando ele se aproxima. O Velocino de Ouro brilha sobre seus ombros, fazendo seus músculos bronzeados cintilarem. Mesmo usando apenas uma túnica, ele é heroico de tirar o fôlego, como um deus que desceu do Olimpo. Sinto meu coração inchar quando seus olhos encaram os meus.

— Quem é esse imbecil? — Circe me pergunta, suas palavras são feias e frias. — Por que trouxe esses homens para minhas praias?

— Este é Jasão, filho de Esão, e príncipe de Iolcos — respondo em grego, mantendo a voz firme. — Ele me trouxe até aqui, até você.

Jasão pega na minha mão e vejo os olhos de Circe se estreitarem, focando em nossos dedos entrelaçados. Seus lábios se retraem em um leve sorriso de desdém.

— Sua sobrinha salvou minha vida — diz Jasão. — Ela é um milagre.

Circe ergue seus olhos dourados e penetrantes de volta para ele, mas não diz nada. Eu já a vi fazer isso inúmeras vezes antes, forçando adversários a se contorcerem sob o peso desconfortável de seu silêncio.

— Jasão e eu fugimos da Cólquida juntos. Tínhamos um acordo — explico, e meu desespero familiar por sua aprovação deforma minhas palavras. — Trabalhamos como aliados.

— Um acordo? — ela repete, finalmente mudando o dialeto de volta para o grego. — O que você ganhou com esse *acordo*, Medeia?

Jasão responde por mim:

— Ela me ajudou a obter o Velocino de Ouro, e em troca eu a trouxe até aqui, até Eana. Até você.

— Que conveniente que este desvio para minha ilha também beneficie você, Jasão, filho de Esão — provoca ela, e eu estremeço com a dureza de seu tom. — É interessante que neste *acordo* vocês dois tivessem algo a ganhar, mas apenas *um* de vocês pagou o preço.

Os olhos dela se fixam nos meus novamente, carregados de reprovação. Houve um tempo em que eu teria me estilhaçado sob esse olhar, mas agora me sinto endurecendo contra ele, minha resistência ardendo.

— Minha liberdade valeu qualquer preço — digo com calma.

— Você acha que *isso* é liberdade? — dispara Circe, suas palavras pingando veneno congelado. — Você será para sempre considerada uma pária, uma traidora, uma *assassina*. — Ela se vira para Jasão. — Você parou para pensar nisso quando deixou que ela destruísse sua vida por você? Ou isso simplesmente não importou?

Eu recuo, mas Jasão é rápido em repreendê-la com a voz firme e inabalável.

— Fizemos o que foi preciso para sobreviver.

— Foi sobrevivência que o moveu? Ou seu desejo ganancioso de glória? — Circe aponta com a cabeça para o velocino, dentes à mostra.

Eu nunca a vi desse jeito. Circe sempre demonstrou suas emoções com muita destreza, revelando apenas vislumbres cuidadosamente escolhidos de seus verdadeiros sentimentos. Mas agora é como se alguém tivesse desvendado aquele exterior calmo e controlado, revelando uma selvageria que eu nunca soube que existia.

— Conheço seu tipo, Jasão. Você é um *sanguessuga* — continua ela, chegando mais perto. Atrás dela, o sol poente brilha, marcando sua forma alta com um brilho vermelho sinistro. — Você se cerca de pessoas poderosas, sugando todo o valor que elas têm para você, e quando termina simplesmente as descarta, joga-as fora como se não significassem nada para você.

— Você não o conhece — interrompo, surpresa pela força em minha voz. — Você não sabe nada do que está dizendo.

— Não, Medeia. É *você* que não sabe nada. Você é uma tola por deixá-lo te cegar com seu charme vazio. — A severidade dela me silencia. Ela nunca falou comigo assim antes.

Circe estuda minha expressão, um filete de algo suave e triste surge em seus olhos, mas logo desaparece quando ela se vira de novo para Jasão.

— Quero você fora de minha ilha e bem, *bem* longe de minha sobrinha.

— O quê?! — exclamo, ofegante. — Você não pode...

— Eu te garanto que posso. — Ela acena com a cabeça, sua raiva endurecendo em uma compostura fria e firme. — Vá embora agora, príncipe de Iolcos. Não me obrigue a pedir de novo.

Eu me viro para Jasão, vendo sua mente acelerar, tentando decifrar uma solução, pesando a ameaça que minha tia representa. Vejo sua mão tocar de forma distraída o cabo da espada. Atrás de nós, sinto os Argonautas imitando seu movimento.

Circe vê também, seus olhos se estreitando enquanto arqueia uma sobrancelha.

— É assim que você deseja resolver essa questão? Quanta tolice.

Ela dá um passo à frente, e eu posso sentir sua magia se unindo ao movimento, intensificando-se no ar com uma ferocidade fatal, como uma tempestade prestes a cair.

Ouço os Argonautas desembainhando as espadas.

— *Pare!* — A palavra escapa de meu peito e eu me jogo na frente de Jasão. — Você não vai feri-lo. Eu não vou permitir.

Circe para de imediato, e sua magia se cala entre nós.

— Você fica contra mim por *ele*? — pergunta ela em um tom de voz letalmente calmo.

— Eu fico contra mais derramamento de sangue; já foi derramado o bastante. — Aceno para Jasão com a cabeça e sua mão se afasta da espada. Virando novamente para Circe, continuo: — Você não vai machucá-lo, tampouco qualquer membro de sua tripulação. Viemos até aqui pedindo por sua hospitalidade. Pelas leis divinas da xênia, você deve nos obsequiar.

Circe fica excepcionalmente imóvel enquanto me encara, a frieza em seus olhos aos poucos dá lugar a algo mais obscuro, mais pesado.

Parece uma pequena eternidade até que ela fale novamente.

— Quero eles fora daqui pela manhã. — Sua voz é vazia de uma forma intimidante. Atrás de mim, ouço o suspiro coletivo de alívio da tripulação. — Não vou gratificá-los com comida e abrigo. Vocês mesmos podem encontrar isso. Mas... — ela suspira, virando o rosto para a luz do sol que sangra no horizonte. — Posso oferecer cura para aqueles que precisam. Tenho uma morada sobre a colina; os feridos são bem-vindos lá.

— Obrigada — digo, aproximando-me dela.

Mas Circe se afasta instantaneamente, dando meia-volta e marchando para as sombras densas da floresta.

— Como você está?

— Eu já te disse; é só um arranhão.

Atalanta e eu estamos sentadas em um dos dois quartos vagos na casa de Circe. É um espaço simples, as paredes são feitas de tijolo de barro com vigas de madeira escura que vão até o teto. A luz do sol do entardecer entra por pequenas janelas altas, revelando o céu escuro além.

Fiquei surpresa, a princípio, ao ver como a casa de Circe era pequena e modesta, e ainda mais quando testemunhei o caos em seu interior. Tabuletas de cera empilhadas, poções semifinalizadas espalhadas por todas as superfícies, a única decoração vinda de curiosas manchas e marcas de queimadura desenhando os pisos e as paredes.

Mas gosto da casa, apesar da bagunça. Os cômodos aconchegantes e amontoados proporcionam uma mudança bem-vinda em relação aos corredores vazios e ecoantes do palácio de meu pai.

Essa casa tem personalidade, tem alma. O palácio não tinha nada disso.

Atalanta permanece em silêncio quando examino o corte profundo e feio que atravessa seu ombro. Ela olha para ele e dá de ombros, como se dissesse, *Já passei por coisa pior.*

— Esse é um bálsamo curativo — digo enquanto espalho o unguento entre as mãos. — Vai ajudar com a dor e acelerar a recuperação.

Ela concorda, virando-se para me dar um acesso melhor a seu ombro.

Estando tão perto da caçadora, não posso deixar de admirar seu corpo musculoso. Antes de nos conhecermos, eu achava que esse tipo de físico só podia ser obtido por homens, enquanto mulheres deveriam ocupar o mínimo espaço possível. Que noção tola.

— Milefólio é o principal ingrediente — explico enquanto aplico gentilmente o bálsamo. — A erva é muito poderosa, mesmo sem o auxílio de minha magia.

— Tem certeza de que sua tia não colocou algum tipo de maldição nisso? — Ela sorri, parecendo indiferente à dor.

— Eu mesma preparei. Circe só me forneceu os ingredientes.

Há um fragmento de amarga decepção cravado dentro de meu peito. Está lá desde que chegamos, doendo toda vez que penso em minha tia e em nosso reencontro desastroso. Por quantos invernos eu estivera sonhando com aquele momento? Noites intermináveis passadas gravando cada detalhe em minha mente — o amor no sorriso de Circe, o calor de seu abraço, o orgulho em sua voz quando ela me recebeu em casa. Mas a realidade destruiu esse sonho.

Você é um sanguessuga. As palavras de Circe atazanam minha mente sem parar. *Apenas um de vocês pagou o preço.*

— Você está indo bem — digo a Atalanta para me distrair. — Meleagro uivou feito um animal selvagem quando usei esse bálsamo nos ferimentos dele.

— É porque Meleagro é um bebezão. — Ela sorri.

— Como está? — Aponto para o braço dela.

— Melhor, na verdade, bem melhor. — Ela acena com a cabeça, girando o ombro em pequenos círculos. Posso sentir seus olhos sobre mim enquanto pego as ataduras que Circe deixou. — Como *você* está?

— Estou bem — respondo automaticamente, com a voz entrecortada.

— Levante o braço.

— Seria normal… se você *não* estivesse bem — diz ela enquanto me obedece.

Evito seu olhar, concentrando-me em enrolar a atadura em seu ombro.

— Eu sei.

— Não foi culpa sua… a morte de seu irmão. — Minha mão enrijece e vacila, um aperto repentino tira o ar de meus pulmões. — Você não teve escolha. Ele nunca honraria aquele acordo.

— Eu tive escolha. Eu escolhi matá-lo.

Eu escolhi viver.

— Você nos salvou, Medeia. Lembre-se disso.

— Por que está dizendo tudo isso?

— Porque sua tia disse coisas bem cruéis. Sei que deve ser difícil ouvir. — A suavidade em sua voz me pega desprevenida. — E eu também sei como eles vão contar essa história. Acontece o mesmo com qualquer mulher que desafia seu lugar no mundo. Jasão será o herói, e você? Ou vão te transformar em sua donzela adorável e apaixonada, ou vão te transformar na vilã. São os únicos papéis que eles se sentem confortáveis que nós ocupemos.

Considero as palavras dela enquanto aperto a atadura.

Quando volto a falar, minha voz está mais baixa, quase um sussurro.

— O que você disse antes… sobre Jasão distorcer a verdade de acordo com sua vontade. Está dizendo que não confia nele?

Atalanta suspira enquanto tira um pouco de terra seca dos joelhos descobertos.

— Olha, eu sempre terei uma dívida com Jasão por ele me conceder um lugar em sua tripulação. Isso é algo que poucos homens jamais sonhariam em permitir a uma mulher. Mas isso não significa que sempre tenho que concordar com ele ou com os… *métodos* que usa para conseguir o que quer.

— Você acha que é isso que eu sou?

Ela dá de ombros enquanto experimenta a atadura, admirando meu trabalho manual.

— Isso importa agora? Vocês dois conseguiram o que queriam com seu acordo, não conseguiram? Já está feito, terminou.

Terminou. A palavra magoa, mesmo eu sabendo que essa não é sua intenção.

— Mas… ele ainda deseja me transformar em sua noiva — admito.

Atalanta faz um muxoxo, o som agudo e reprovador.

— Você sabe que "noiva" é só mais uma palavra para "propriedade", não sabe?

— Não é desse jeito com Jasão.

— É *sempre* desse jeito. — Ela revira os olhos. — Você acabou de ganhar sua liberdade, Medeia. Quer mesmo abrir mão disso? E quanto à sua vida aqui, com sua tia. Não era isso que você queria?

Evito as perguntas dela, ocupando-me de lavar minhas mãos no balde ao meu lado. O sangue do ferimento de Atalanta gira na água, enrolando-se em plumas escuras e vermelhas. Sobre mim, eu a ouço suspirar.

— Jasão é ambicioso. É uma de suas melhores características, mas também uma das piores. — Levanto os olhos e a vejo me observando, seus olhos repentinamente intensos. — Ele não tem medo de pisar nos outros e deixá-los de lado para conseguir o que quer. Já o vi fazer isso antes.

— Quando?

Noto que ela olha para a porta antes de continuar, abaixando a voz.

— Você sem dúvida ouviu dizer que Héracles fazia parte de nossa tripulação quando zarpamos para a Cólquida. Durante nossa viagem desde Iolcos, o companheiro de Héracles, Hilas, desapareceu. Ele e Héracles tinham um laço muito *especial*, se é que me entende. — Não sei se entendo, mas assinto mesmo assim. — Héracles não deixaria seu amado para trás e insistiu que Jasão enviasse uma equipe de busca. Mas Jasão se recusou. Já estávamos atrasados e Jasão deixou bem claro que não colocaria seu futuro em espera por ninguém, nem mesmo pelo filho de Zeus.

— O que aconteceu?

— Deixamos Héracles para trás. — Suas palavras são cobertas de culpa. — Em última instância, acho que isso favoreceu Jasão. Ele sempre teve a paranoia de que os homens queriam Héracles como seu líder em vez dele.

Essa informação gera um desconforto dentro de mim, e então me levanto, andando de um lado para o outro no quarto em uma tentativa de afastar a sensação. Vou até a pequena mesa, brincando de forma distraída com as ervas que Circe deixou espalhadas sobre ela. O aroma distinto do milefólio perfura o ar, pungente e doce como agulhas de pinheiro frescas.

— Medeia, não cabe a mim te dizer o que fazer. — Os olhos cinza de Atalanta acompanham meus movimentos agitados, sua intensidade puxando meu foco de volta para ela. — Só preciso que você entenda que Jasão tem uma visão *bem* clara de seu futuro, e ele vai moldar todos que estão a seu redor para garantir que se encaixem perfeitamente nele. E aqueles que não se encaixarem, ele simplesmente vai deixar de lado.

— Mas e seu eu *quiser* me encaixar nesse futuro?

Ela me encara por um longo momento, e eu vejo algo piscar em seu rosto. Tristeza, talvez? Ou decepção.

— Apenas se certifique de que é a *sua* decisão, Medeia. E de mais ninguém.

Minha decisão. Tal conceito é estranho para mim. Minha vida toda foi ditada pelos outros, até mesmo o vestido que eu usava ou a comida que eu podia comer.

Vejo Atalanta seguir para a porta. Seus movimentos me lembram os de um leão da montanha — elegantes e poderosos. Ela para na soleira, apoiando a mão no batente ao se virar de novo para mim.

— Obrigada. — Ela aponta para o ombro. — Pela bruxaria.

— Obrigada por salvar minha vida… duas vezes.

Ela sorri e aquela alegria retorna a seus olhos.

— Foi um prazer, princesa. Mas, da próxima vez… tente não correr na direção da chuva de flechas. Está bem?

Não consigo dormir.

A escuridão parece viva, distrativa. Quando encaro a penumbra, juro que consigo senti-la vazando como uma ferida aberta. Ela se infiltra em mim, sussurrando junto aos meus ossos em uma linguagem que não consigo entender, mas a que meu corpo parece reagir. Magia se agita em minhas veias, uma vibração constante que começa a crescer como se a noite a alimentasse. Parece uma pressão inchando, uma onda poderosa preparando-se para me atingir.

Devo me afastar dela.

Saio da cama e vou até o cômodo central da casa de Circe. Com mãos trêmulas, acendo a lareira e sinto um sopro de alívio quando as chamas ganham vida, inundando a sala com um brilho âmbar e afastando a escuridão furtiva.

Observo o fogo se alimentar da lenha e me aproximo mais das chamas, embora seu calor não descongele o frio que agarra minhas entranhas.

A culpa caminha nos cantos de minha mente, exatamente como as sombras a meu redor. Ela está esperando que eu baixe a guarda, que minha determinação enfraqueça, para que possa me invadir e me despedaçar, como abutres dando voltas sobre um animal moribundo.

Mas não posso deixá-la entrar. Não vou deixar.

Em vez disso, repito para mim mesma várias vezes: *Eu escolhi viver.*

Queria que Jasão estivesse aqui.

Sua presença sempre alivia esse peso dentro de mim, acalma minha mente. Ninguém nunca teve esse mesmo efeito antes.

Ele vai moldar todos que estão a seu redor...

Minha conversa com Atalanta me importuna. Ainda assim, a cada eco, sinto suas palavras se desfazendo um pouco mais.

O alerta da caçadora teve a intenção de me afastar de Jasão, mas, na verdade, apenas demonstrou como ele e eu somos parecidos — duas pessoas dispostas a fazer o que for preciso pelo futuro que merecemos.

E, juntos, veja o que conquistamos até agora.

O que mais poderíamos realizar se eu permanecesse ao seu lado?

Queria poder falar com Jasão a sós. Mas, como Circe instruiu, ele permaneceu na praia com sua tripulação. Até mesmo os feridos estão dormindo do lado de fora; acredito que estão com medo demais de minha tia para passar uma noite sob seu teto. Depois do que viram, eu não os culpo.

Eu disse que passaria a noite com Jasão, mas ele insistiu que eu ficasse no quarto vago na casa de Circe.

— Você precisa de uma boa noite de sono — disse ele com um sorriso.

Uma boa noite de sono. Como se isso fosse possível.

Jasão não sabe que o deus Hipnos apenas concede sono aos que estão em paz e aliviados?

Na quietude, vejo minha mente alcançando cantos escondidos, como dedos cutucando uma ferida, testando sua dor. Penso em Calcíope, e a lembrança de seu sorriso faz todo o meu corpo parecer impossivelmente pesado. Se ao menos eu pudesse explicar a ela o que aconteceu, fazê-la entender o motivo.

Mas eu matei seu irmão.

Como ela poderia entender isso? Como eu poderia esperar que entendesse?

Recuo diante da pergunta e minha mente se volta para Jasão mais uma vez.

Eu faria de você minha rainha.

Uma pontada de empolgação surge dentro de mim, tênue e frágil, mas inegavelmente doce. Eu a protejo como uma pequena chama no meio de uma enorme tempestade.

— Você está acordada. — A voz de Circe chama minha atenção para a porta, onde ela está.

Sua figura está marcada pelo luar prateado, fazendo seus cabelos parecerem quase brancos sob seu brilho fantasmagórico.

— Não consegui dormir — admito quando ela se aproxima.

O frio da noite se encolhe atrás dela, junto com uma tensão aguçada e desconfortável. Sinto-a se acomodar com relutância entre nós enquanto Circe se aproxima da mesa de madeira no centro da sala. Seus olhos estão distantes quando ela coloca sobre a mesa as ervas que colheu em seu modesto jardim nos fundos, um pequeno santuário de curiosas plantas que eu nunca vi antes. Estava esperando que me mostrasse, que me ensinasse suas propriedades mágicas como costumava fazer. Mas ela não ofereceu, e eu não pedi.

Circe vem mantendo uma certa distância desde nosso confronto mais cedo. Nossa troca mais longa foi quando ela me entregou algumas roupas limpas e me disse para queimar meu vestido ensanguentado. As vestes que ela me deu são de um amarelo tão claro que parecem quase brancas. Depois de passar dias coberta de sangue, essa cor parece estranha junto à minha pele. Errada, de certo modo.

— É hora de conversarmos — anuncia.

Sinto o nó em meu estômago apertar quando ela se senta ao meu lado. Seus olhos dourados absorvem a luz do fogo, as sombras brincando com as arestas de seu rosto. Circe tem um aspecto mais suave agora, mais parecida com a tia de que me lembro. Aquela de que tanto senti falta.

— Hécate apareceu para mim — digo, em uma tentativa de preencher o silêncio tenso.

— Ela me contou. — Circe acena com a cabeça. — O que ela te disse?

— Não muito. Foi vaga e um pouco… irritante. Falou que me deu meu poder porque estava entediada.

Um leve sorriso toca os lábios dela, mas desaparece antes de tomar forma.

— Isso é mesmo do feitio de Hécate.

— Senti você me chamando — digo, inclinando-me para a frente em meu assento. — Quando estávamos nos aproximando de Eana. Pude sentir sua magia.

— Senti a sua também. — Ela acena de novo com a cabeça, a cautela crescendo em seus olhos. — Pude sentir a mancha da alma de Absirto sobre ela.

Suas palavras me fazem estremecer.

Permaneço em silêncio, esperando Circe falar novamente. Vejo-a filtrar seus pensamentos enquanto considera o que dizer. Se ao menos eu pudesse abrir aquele lindo rosto e ver seus pensamentos com meus próprios olhos, entender o que se esconde dentro dela.

— Você sabe quantas vezes imaginei matar seu pai? — pergunta ela, de repente encarando as chamas.

Não digo nada, incerta sobre como responder.

— Sempre o odiei, desde que erámos crianças. Aquela noite que você e eu nos conhecemos, quando vi o que ele tinha feito com você, o que ele vinha fazendo com você, com uma *criança*… Nunca quis tanto matá-lo quanto naquele momento. Mas não matei, pois conhecia as consequências. — Ela olha de volta para mim. — Consequências que agora você deve enfrentar.

Sinto meus sentidos se aguçarem sob seu escrutínio.

— Fiz o que tinha que fazer.

— Não, Medeia. Você fez o que Jasão te disse para fazer. Não confunda sua ação com a manipulação dele.

— Você não o conhece.

— É claro que o conheço. — Sua voz é sustentada por aquela fúria selvagem exposta mais cedo, um lado dela que eu nunca soube que existia. — Já encontrei inúmeros homens como ele. São todos iguais.

— Você está errada. Jasão me *salvou*. — Cerro as mãos em punhos apertados, minha raiva feia de repente surge dentro de mim. — Ele não me deixou para apodrecer naquela prisão como *você* fez. Ele nunca me abandonaria dessa forma.

— Abandonar? — Circe mostra os dentes diante da palavra. — Acha que escolhi estar exilada aqui? Ficar presa a esta ilha miserável pelo resto de meus dias? Sentir minha mente se desfazendo lentamente?

O fogo tremeluz ao nosso lado, como se tremesse sob a ira de Circe. Vejo as sombras se agitarem pelo chão, minha própria fúria se acalmando em minhas veias, curvando-se à dela.

— Sinto muito — murmuro, apertando as mãos sobre o colo.

Ela respira fundo, virando-se para o fogo. Vejo a raiva se dissipar em seu rosto, substituída por um leve toque de tristeza. Espero ela responder, mas minha tia não diz nada.

— Eu não sabia que você tinha sido exilada, só soube recentemente. Meu pai disse que você foi embora porque... se cansou de mim.

Circe fecha os olhos por um breve momento, respirando devagar. Quando fala, sua voz é mais calma, suavizada por um toque melancólico.

— Não, Medeia, não foi essa a razão. Está bem longe disso. Eu quis falar com você, explicar. Mas... Bem, você estava trancada em sua prisão, e eu estava trancada na minha. — Ela gesticula vagamente ao redor da sala, com um sorriso triste se contorcendo em seus lábios.

— Eu esperei por você — sussurro nas sombras. — Todos os dias, eu esperei.

— Não pense nem por um segundo que nossa separação também não me feriu, Medeia. Fiquei acordada noite após noite, atormentada por pensamentos de você sozinha naquele palácio... — Ela balança a cabeça, como se tentasse afastar aquelas visões de sua mente. — Meu maior fracasso foi deixar você sob o comando de meu irmão... e é por isso que também carrego o peso da morte de Absirto.

— O quê? — Arregalo os olhos. — *Não*. Você não fez nada... nada errado.

— Exatamente. Eu não fiz nada. Deveria ter estado lá para te orientar. Deveria... — Ela se interrompe, olhando para as palmas das mãos apoiadas sobre o colo. — Eu vou te absolver da morte de Absirto. Vou garantir que nenhuma maldição recaia sobre você.

— E Jasão?

Circe suspira.

— Se eu te absolver, ele também será purificado.

Quero dizer *obrigada*, mas a palavra parece fraca e vazia em minha boca, inadequada para o presente monumental que Circe está me dando. O presente do perdão e da proteção contra quaisquer punições futuras que os deuses prepararam para mim. Tamanha gratidão não pode ser colocada em palavras. Então, em vez disso, não digo nada.

Quero me sentir tranquila, aliviada, mas naquele espaço em que meu alívio deveria estar florescendo, tudo o que consigo sentir é decepção.

A morte pode realmente ser descartada tão facilmente?

Então eu a sinto, a escuridão se movendo ao nosso redor, espreitando como criaturas vivas. Estremeço e me aproximo do fogo. Circe nota minha reação, passando os olhos pela sala como se também pudesse sentir.

— Você está sentindo isso, não está? — sussurra ela. — Pode sentir essa presença.

— O que é?

Observo enquanto ela se inclina e coloca outra tora na lareira, fazendo o fogo chiar e crepitar de maneira agitada. Quando se vira de volta para mim, vejo um quê de relutância nublando sua expressão.

— A morte é um fardo terrível para qualquer um carregar — começa. — Mas quando uma feiticeira tira uma vida, é... diferente.

— Diferente como?

— Você se lembra quando te contei sobre magia obscura?

— Você disse que dominá-la exigia dar em troca algo que nunca mais poderíamos pegar de volta.

Ela confirma.

— A magia da terra deriva de Gaia, da vida que cresce dentro dela... flor, fauna, raízes e arbustos. Mas a magia obscura é... outra coisa. Ela deriva do mundo inferior, alimentada pela morte, pela escuridão e por todo tipo de espíritos malévolos. Hécate me disse uma vez que podemos canalizar aquele poder do Submundo, mas para abrir aquela porta, aquela conexão, deveríamos dar algo em troca.

— O quê? — suspiro, embora já saiba a resposta antes de ela dizer.

— Devemos dar uma alma humana, Medeia. — Circe faz uma pausa, permitindo que o peso de suas palavras amadureça antes de continuar: — Os espíritos da morte têm um canal para chegar até você agora e vão puxar esse vínculo; tenho certeza de que já os sentiu. Eles vão desejar que você os liberte, para alimentar seu poder e deixá-los fazer suas vontades malignas. Eles prosperam com destruição e morte.

— Hécate permitiria que eu utilizasse tal poder?

— Você esquece que Hécate é um ser do Submundo. Essas criaturas são feitas do mesmo material que ela. Há bondade em Hécate, mas os espíritos da morte... eles são sombras dos elementos mais malignos de nosso mundo.

Penso na batalha na Cólquida, em como me senti indefesa no meio de tudo. O que eu poderia ter feito se tivesse os espíritos da morte sob meu comando naquele momento?

— Como eu... como eu os invocaria? — pergunto, e sinto o olhar de Circe cortar para mim.

— Não é preciso fazer feitiços como na magia da terra. Os espíritos têm sua conexão com você e virão se você os invocar... mas, Medeia, me *ouça*. — Ela se inclina para a frente, todo o seu corpo coberto com uma tensão acentuada. — Quando praticamos magia da terra, usamos a natureza como mediador, para facilitar nosso poder. Mas, com magia obscura, você não tem aquela barreira. O poder vai fluir por você; vai se alimentar de *você*, de sua mente, de sua alma. Você compreende o que estou dizendo? Você *não* deve invocar esse poder, aconteça o que acontecer. Não vale o risco.

Enquanto Circe fala, mudo meu foco para além dela, para onde a escuridão se move, como uma mão chamando. *Venha brincar conosco...*

— Você já fez isso? Já matou alguém?

— Não. Nunca quis arriscar abrir esse canal.

— E se eu pudesse aprender a controlá-lo? E se eu pudesse...

— Você *não pode* — dispara ela antes de eu deixar a ideia tomar forma entre nós. — É perigoso demais, Medeia. Eu proíbo. Está me ouvindo?

Proíbe. A palavra faz as sombras incharem e se agitarem.

Permaneço em silêncio, pesando o alerta de Circe em minha mente, virando-o de um lado para o outro, como se examinasse uma quinquilharia, tentando adivinhar seu valor.

Se Circe nunca havia aberto aquela conexão com o Submundo, então como podia ter certeza das consequências? Todos os seus ensinamentos anteriores vieram de sua própria experiência, mas isso é território novo e inexplorado. E não foi a própria Circe que disse que magia era "tentativa e erro"?

— Por que nunca me falou sobre isso antes? — pergunto.

— Eu considerei. Mas, para ser sincera, fiquei... apreensiva.

— Por quê?

Ela hesita. A reação é extremamente atípica.

— Achei que você pudesse ser seduzida pelo poder que a escuridão promete.

Fico em silêncio enquanto absorvo a acusação não dita que reveste suas palavras.

Circe realmente achava que eu seria capaz de *matar* por poder?

É realmente assim que ela me vê?

— Medeia. — Meu nome é um suspiro pesado, muito diferente da forma como Jasão o diz. — Hécate te abençoou com um dom incrível. Mas sua magia sempre foi... volátil. Quando criança, você fazia feitiços que deveria ter levado muitos invernos para dominar. — Seu olhar fica à deriva, perdendo-se em memórias distantes. — Sempre foi diferente para mim. Eu levei muito tempo. Estudos intermináveis, disciplina, paciência, foco. Mas para você... veio tão naturalmente, tão facilmente. Perigosamente.

— Você acha que sou perigosa?

— Acho que você é poderosa, Medeia. Mais do que imagina. — Ela estende o braço e pega na minha mão. — Só precisa garantir que esteja sempre no controle desse poder.

Olho para seus dedos finos e perfeitos em comparação às minhas garras horríveis e manchadas. Sob minhas unhas, juro que ainda posso ver as manchas secas do sangue de Absirto. Esfreguei as mãos até quase esfolar e ainda posso senti-lo ali, me maculando, me tornando uma homicida. Uma assassina.

— Eu tinha que sair de lá — sussurro, sentindo a emoção escorrer de mim como uma ferida gotejante. — Não aguentava mais.

— Eu sei. — Ela aperta minha mão com mais força. — Você vai ficar em segurança aqui, Medeia. Quando os Argonautas partirem, podemos retomar nossas aulas. Também posso te ensinar formas de silenciar os espíritos da morte. Mas vai levar tempo. Precisaremos ter cuidado.

Meu coração se contrai no peito quando penso em Jasão, quando penso nele indo embora, saindo de minha vida para sempre.

— Mas Jasão... — As palavras vacilam quando Circe se afasta de mim, puxando as mãos das minhas.

— O que tem Jasão?

— Ele quer me tornar sua noiva.

— Então você vai recusar.

— Mas...

— Medeia. — Ela me lança um olhar penetrante. — Você vai recusar a oferta. Entendido?

— *Mas eu o amo.* — As palavras escapam de mim em uma onda desesperada, chocando até a mim mesma.

No silêncio que se segue, sinto a percepção tomar conta de mim; uma percepção que eu estava com medo demais para assumir para mim mesma: eu amo Jasão.

Profunda, irrevogável e insuportavelmente.

Circe movimenta a mão no ar como se afastasse a ideia.

— Você não o ama, Medeia. É uma paixão, só isso. Vai passar.

— Eu o amo — repito mais uma vez, minha voz endurecendo. — E ele me ama.

— Ele ama o que você pode *fazer* por ele, como um rei deve amar seu ouro. Mas o que reis vorazes fazem com aquele ouro? Eles o gastam. Cada moeda, até não restar nada.

— Você não compreende.

— Acredite em mim, Medeia, eu compreendo. Mais do que você imagina.

Algo em seu tom de voz chama minha atenção, aquele fio forte de dor entrelaçado em cada palavra. Isso faz minha indignação vacilar dentro de mim.

— O que quer dizer com isso?

Circe suspira, seus olhos ficam sombrios, afundando em memórias que ela jamais compartilhou comigo. Percebo então como sei pouco de sua vida fora de nossas aulas, o quanto manteve em segredo.

Quando Circe finalmente fala, noto que seu corpo todo está tenso, como se ela estivesse se equilibrando em um precipício, tentando permanecer firme.

— Seu nome era Glauco. Ele era mortal, marinheiro de profissão. Era belo e charmoso de todos os modos óbvios e banais... Mas havia algo nele, ou talvez houvesse algo na forma como ele fazia eu me sentir. — Ela levanta da cadeira, como se as lembranças a tivessem expulsado dela.

Eu a vejo andar até a mesa e começar a se ocupar com as ervas que colheu, empilhando-as e empilhando-as novamente em montinhos inúteis.

Ela continua sem levantar os olhos.

— Fiquei indiferente quando nos conhecemos. Ele era um rosto bonito, só isso. Mas Glauco lentamente me venceu pelo cansaço, como ondas sobre um penhasco inflexível. O homem tinha uma paciência impressionante, isso eu preciso admitir. — O sorriso dela é uma coisa murcha e amarga em seu rosto. — Então, um dia, tive aquela terrível percepção de que havia *me apaixonado* por ele. Esse mortal, que eu estava apenas usando para aquecer minha cama, havia de repente consumido meu coração, minha mente, todos os meus pensamentos. Foi como se uma doença tivesse me invadido, me cegando para a lógica e a razão, separando minha dignidade de meu corpo… E então fiz o que todas as pessoas apaixonadas fazem: confessei meus sentimentos para Glauco, jurando que faria tudo por ele, tudo mesmo. — Ela arranca uma flor e a esmaga no punho cerrado. — Ele me pediu que o transformasse em um deus.

O ar fica parado em meus pulmões.

— Você poderia fazer uma coisa dessas?

Ela assente, desenrolando os dedos e olhando para as pétalas enrugadas em sua mão.

— É um feitiço muito longo e complicado, possível apenas devido à divindade em minhas veias. Mas primeiro tive que pedir a bênção dos olimpianos. Eles se recusaram. Mas Glauco era um mestre com as palavras. Elas eram sua maior arma, sabe, capazes de cortar mais profundamente do que qualquer lâmina letal. Ele ficava me lembrando de sua mortalidade, de como sua vida era curta, de como ele logo morreria e eu carregaria o fardo de passar o resto de minha eternidade sem ele. Depois de um tempo, eu cedi e lhe dei o que ele queria.

Circe enfim se vira na minha direção, embora seus olhos dourados estejam totalmente engolidos pela noite. Ela permite que um segundo pesado se passe entre nós.

— O que aconteceu… depois?

Ela dá de ombros, deixando aquelas pétalas caírem no chão.

— Ele conseguiu o que queria e terminou comigo. Arranjou uma nova amante logo depois e me jogou de lado para que eu enfrentasse a ira dos olimpianos sozinha. Eles ficaram furiosos, é claro. Deificar um mortal sem seu consentimento? Crimes como esse são levados a sério. — Ela acena com a mão ao redor da sala. — E então, cá estou.

— É por *isso* que você está exilada? Porque transformou Glauco em um deus?

— Porque eu me deixei manipular por um homem fraco — corrige ela com severidade, embora eu possa sentir que sua fúria está desfigurada por uma pontinha de humilhação.

Ela me observa enquanto assimilo tudo o que admitiu.

Mal posso compreender a ideia de que Circe, minha tia brilhante e formidável, pôde ser enganada por um homem mortal comum. Em minha mente, ela sempre foi tão gigante, uma força indômita que estava acima de todas as outras, uma ídola que adorei desde o dia em que entrou em minha vida.

Olhando para Circe agora, ela nunca pareceu tão… *humana* para mim.

É como ver uma bela estátua finalmente iluminada pela luz dura do dia, revelando suas pequenas rachaduras e fissuras, aquelas falhas que eu fui ingênua em acreditar que nunca existiram.

— Sinto muito — finalmente digo no silêncio. — Pelo que ele fez.

— Meu amor por Glauco me levou a fazer coisas horríveis, coisas tolas, Medeia. Não posso deixar isso acontecer com você. Não posso deixar você cometer os mesmos erros que eu.

Franzo a testa.

— Mas… Jasão não é assim. Ele não faria isso comigo.

— Ele *já* está fazendo. — Circe solta um longo suspiro, pressionando um dedo delicado na têmpora. — Sei que é difícil enxergar. Eu *compreendo*, de verdade. E é importante que você saiba que não é culpa sua ter caído na rede dele. Você tem apenas uma fração de minha idade, e eu ainda fui capaz de ser enganada por tais mentiras venenosas.

Suas palavras sopram vida nas inseguranças feias dentro de mim, dando àqueles pequenos pensamentos desagradáveis a força para agarrar minha mente, cavando cantos vazios onde minhas dúvidas podem ganhar novas formas.

Não. Eu me recuso a deixá-la arruinar isso, tirar isso de mim. Sei o que sinto quando estou com Jasão, sei o que vi queimando em seus olhos no Bosque de Apolo. Era amor.

— *Pare*. — A palavra me faz levantar. — Isso não é justo. Você não pode tentar manchar meu amor por Jasão só porque entregou o seu para o homem errado.

— Medeia, por favor, ouça…

— Não, *ouça você*. Jasão não é Glauco. Ele é um bom homem; sei que é. Posso sentir, aqui dentro. — Levo a mão com firmeza ao peito. — Não foi você que me ensinou a confiar em meus instintos?

Os olhos de Circe estão inexpressivos, seu rosto está cansado. Eu nunca a vi com essa aparência antes. Não exatamente exausta, mais para… derrotada.

— Não sou mais criança, Circe — digo, dando um passo na direção dela. — Você não pode simplesmente me dizer o que fazer e esperar que eu obedeça como antes.

— Você tem razão, Medeia. Você não é mais criança. Mas seu coração ainda é o mesmo. Ainda perdido. Ainda procurando um propósito. Mas, acredite em mim, Jasão não é a resposta. Vocês vão se destruir.

— Como você pode saber isso?

— *Porque você é fraca, Medeia*. — A severidade repentina de seu tom me surpreende, fazendo com que eu recue. Circe permanece imóvel quando continua: — E Jasão sabe disso. Ele vai pegar cada pedaço avariado de você e transformar em armas para seus próprios desejos, até não restar mais nada de você. Não consegue ver isso?

Fraca. A palavra me perfura, estilhaçando minha alma.

Eu a encaro por um longo momento, meus olhos parecem vidrados em minha cabeça, como se pudessem rolar para fora das órbitas e se espatifar no chão entre nós.

— Você… acha que eu sou fraca?

Circe não diz nada, e seu silêncio é pior do que qualquer resposta que ela poderia dar.

— Você é exatamente igual aos outros. Tem medo de mim, do que posso fazer.

— Eu estava errada em ter tais preocupações? — rebate Circe com uma voz dolorosamente suave. — Ou preciso te lembrar de quem é o sangue em suas mãos?

Uma dor lancinante e opressiva cresce dentro de mim, e eu sinto que não consigo respirar, não consigo nem pensar. Minha magia surge junto, me rasgando, queimando minhas entranhas, tão quente que sinto como se pudesse realmente pegar fogo.

Tenho que sair. Não posso ficar aqui. Não suporto ficar nem mais um segundo nessa sala sem ar, com os olhos cruéis e críticos de Circe.

Tenho que ir até Jasão.

A única pessoa que não olha para mim como um fardo, uma doença, uma mancha, um constrangimento, como *fraca*.

— Não vou deixar você me envenenar com sua amargura. — Jogo as palavras nela e disparo na direção da porta. — Não vou deixar você tirar a *única* coisa em minha vida que eu mesma escolho.

— Posso ver aonde esse caminho leva. — Circe agarra meu pulso.

Tento me desvencilhar, mas seus dedos seguram firme, cravando as unhas com urgência em minha pele.

— Não siga por ele, Medeia. Por favor.

— Você não pode me obrigar a viver na sombra de *seus* arrependimentos.

Minhas palavras parecem abalar algo dentro de Circe; vejo isso se acomodando em seu rosto como poeira se acomoda sobre um campo de batalha derrotado. Ela recua, soltando-me.

Não olho para trás enquanto caminho para a noite convidativa.

A casa de Circe fica sobre um monte íngreme.

Durante o dia, dá para ver toda Eana de sua porta. Mas esta noite sua ilha dorme sob a escuridão pesada, seus detalhes vibrantes reduzidos a formas volumosas e empretecidas.

De onde estou, no topo do monte, posso distinguir o mar prateado envolvendo a ilha, as ondas iluminadas pela lua contornando suas margens desgastadas.

Até agora, não havia me dado conta do quanto Eana é *pequena*. Eu poderia percorrer toda sua extensão em um dia, até menos. Essa percepção aperta dentro de meu peito, tirando o ar de meus pulmões. Atrás de mim, ouço Circe chamando meu nome de novo.

Preciso ir embora.

Começo a correr, descendo a encosta íngreme do monte até onde sua margem gramada desaparece na vegetação rasteira. Quando cheguei nessa ilha, achei a natureza convidativa, mas agora parece que essa mesma natureza está se voltando contra mim. Em toda parte, galhos se esticam como mãos tateantes, rasgando meu vestido, minha pele, meu cabelo, tentando me puxar para trás, me derrubar. Mas meu ritmo não diminui. Luto contra aquelas garras, forçando-me a seguir adiante até cambalear em uma ampla enseada arenosa.

Não hesito quando caminho pela costa na direção do acampamento improvisado dos Argonautas.

Alguns deles ainda estão acordados, sentados ao redor da fogueira, seus rostos cintilando enquanto passam um jarro de vinho. Noto pelas marcas distintas na lateral da garrafa que é vinho da Cólquida.

Posso sentir os olhos cansados dos Argonautas sobre mim, mas os ignoro enquanto me aproximo de Jasão. Fico diante dele com a respiração ofegante. Ele está no meio de uma conversa com Orfeu, mas se afasta do músico para me oferecer um de seus sorrisos casuais.

— Você não deveria estar dormindo, princesa?

— Precisamos conversar — digo, lutando para manter a voz estável.

Antes que ele tenha a chance de responder, sigo na direção da praia, ignorando a onda de risadinhas dos Argonautas e os olhos curiosos de Atalanta.

A margem se inclina para cima em direção à densa floresta. Aqui, as árvores não me arranham, mas abaixam a cabeça em discussão solene, seus galhos banhados pela luz sussurrando uns com os outros como conspiradores na noite.

Não verifico se Jasão está me seguindo enquanto sigo meu caminho, deixando a escuridão me guiar. O ar está impregnado com o fedor enjoativo da terra, como se eu pudesse sentir o cheiro do que apodrece dentro do solo, a morte entrelaçada com a vida. Isso me faz pensar em Absirto.

As partes dele ainda estão soltas no mar, submersas em um túmulo aquático?

— Medeia, vá mais devagar — a voz de Jasão diz de algum lugar atrás de mim.

Finalmente paro em uma pequena clareira para recuperar o fôlego, olhando para o céu no alto. As estrelas brilham como joias minúsculas tecidas no dossel profundo e sedoso. Lembro de minha mãe nos dizendo uma vez que cada estrela era uma alma colocada pelos deuses, um presente de imortalização. Agora, sempre que olho para o céu noturno, só consigo pensar em olhos mortos me observando.

Mãe. Pensar nela me faz sentir meu peito vazio.

Como ela reagiu quando soube da morte de seu único filho? Da traição de sua filha? Com Calcíope casada, não lhe restaram mais filhos. Ela vai ficar sozinha com meu pai...

O pensamento faz uma onda de náusea percorrer meu estômago vazio.

Mas eu a afasto, forçando-a cada vez mais para baixo...

Eu escolhi viver. Eu escolhi viver. Eu escolhi viver.

— Medeia? — A voz de Jasão acaricia meu pescoço. — Medeia, olhe para mim.

Devagar, eu me viro para ele, minha respiração ofegante ao ver seu belo rosto delineado pelo luar.

— Você falou com sua tia? Ela vai nos absolver, princesa?

Princesa. Não sou princesa. Não mais. Tirei esse título de mim mesma.

Jasão se aproxima de mim.

— Medeia? Sua tia, ela concordou em fazer isso?

— Concordou.

Ele sorri.

— É uma boa notícia, não é? Medeia... o que aconteceu?

Ergo meu olhar para os olhos mortos que me observam de cima.

— Você não sabia onde ficava Eana. — As palavras escapam como um sussurro, pegando-me de surpresa.

Eu me viro de novo para Jasão, vendo suas sobrancelhas franzidas em confusão.

— Eu... não sei bem se entendi, princesa.

Cruzo os braços. Não era essa a conversa que eu queria ter com ele, não aqui, não desse jeito. Mas as acusações de Circe fizeram eu me sentir exposta, vulnerável. Sou como uma criatura ferida atacando para me defender, mordendo qualquer mão que apareça em meu caminho.

— Quando você prometeu que me levaria para Eana, nunca me disse que não sabia onde ficava — esclareço.

O sorriso de Jasão retorna e ele balança a cabeça, com seus cachos dourados dançando. Ele então coloca as mãos na cintura e faz um gesto teatral de observar a floresta à nossa volta.

— Estou confuso. Esta não é Eana?

— É.

— Bem, isso é um alívio. — Ele inclina a cabeça e seu sorriso se alarga. — Então, eu *te trouxe* para Eana. Não trouxe?

— Sim.

— Então está tudo bem. Não está?

— Você *mentiu* para mim. — *Como todos os outros.*

A expressão de Jasão fica séria ao ouvir isso, todos os traços de humor desaparecendo.

— Nunca menti para você, Medeia.

— Quando fizemos nosso acordo, você nunca disse...

— Quando fizemos nosso acordo, eu estava preparado para fazer *tudo o que fosse necessário* para te trazer para cá. Talvez eu tenha ocultado algumas informações, como você fez comigo. Mas nunca menti para você, nem uma única vez. — Sua voz é tão grave e intensa, que é como se eu pudesse senti-la envolvendo meu coração, fixando-se ali. — Eu te dei minha palavra, Medeia, e não teria descansado até honrá-la. Eu teria escalado o Monte Olimpo e exigido que os próprios deuses me dissessem onde ficava Eana, se fosse preciso.

Um pequeno sorriso se contorce em meus lábios.

— Isso parece um pouco dramático.

Jasão ri, sua tensão se aliviando com o som.

— Talvez. Mas eu teria feito isso… por você. — Ele se aproxima e sua voz se transforma em um sussurro. — Olhe à sua volta, Medeia. Veja onde estamos… Eu não honrei minha palavra, como disse que faria?

Enquanto ele fala, não posso impedir que meus olhos mergulhem em seus lábios, lembrando da sensação deles nos meus. Minha garganta aperta quando confirmo com a cabeça.

— Está vendo, princesa. Não há motivo para ficar chateada, há? — Ele ajeita um cacho atrás de minha orelha, e eu instintivamente me aproximo do calor de sua palma.

— Circe quer que eu fique aqui, com ela — murmuro junto à pele dele.

— É isso que você quer?

— Eu não sei.

Jasão retira a mão, virando-se para as sombras enquanto considera minhas palavras. Sinto o rosto frio e incompleto sem seu toque.

— Se é isso que deseja, Medeia, você deveria ficar aqui. Só quero que você seja feliz. Mas… posso ser sincero? — Ele se volta novamente para mim, com fragmentos de luar tocando seus olhos. Faço que sim com a cabeça. — Acredito que seria um terrível desperdício ir de uma prisão para outra… Esta ilha nunca será suficiente para você. Nós dois sabemos disso. Você é grande demais para esse lugar. Quanto a Circe… ela te trata como uma criança, querendo tomar decisões por você, ditar seu futuro. Ela veio falar comigo mais cedo… Ela te disse isso? É claro que não.

— O que ela disse?

— Ela tentou me ameaçar, me obrigar a partir em segredo sem você.

Algo formiga dentro de mim enquanto absorvo suas palavras. Talvez seja raiva, embora pareça mais doloroso do que isso.

— Circe diz que devo continuar meu treinamento. Ela me disse… Ela acredita que eu… que eu preciso ser consertada.

Fraca. Fraca. Fraca, a escuridão cospe enquanto anda à nossa volta.

— Consertada? — Jasão franze a testa, colocando as mãos em meus ombros. Seu toque tem um peso reconfortante. — Medeia, não vê o que aquela bruxa está fazendo? Ela está tentando te derrubar, fazer você duvidar de si mesma. Sabe por quê? Porque está com *inveja* de seu poder.

— Eu não acho que ela esteja com inveja.

— É claro que você não acha. — Ele suspira. — É porque você está muito acostumada a deixar as pessoas se aproveitarem de você.

— Se aproveitarem?

— Eu disse a ela que a decisão deveria ser sua — prossegue Jasão, chegando mais perto, de modo que nossos lábios estão a apenas um suspiro de distância. Ele tem cheiro de fumaça de fogueira, o aroma preenchendo minhas narinas a ponto de eu quase sentir o gosto das cinzas no fundo da garganta. — Medeia, se você realmente acredita que essa vida aqui, com Circe, é suficiente para você, vou apoiar seus desejos. Mas, se você se tornar minha esposa, minha *rainha*, quero que saiba que nunca vou deixar você duvidar de si mesma novamente. Nunca vou deixar ninguém se aproveitar de você. Vou te adorar; vou te idolatrar; vou te *cultuar* como uma deusa. — A cada declaração, seus lábios traçam beijos por minha bochecha, por meu pescoço, fazendo meu coração disparar no peito, batendo contra minhas costelas como se tentasse escapar de sua jaula. — O mundo vai ser nosso e eu vou ser seu... Isso não parece melhor do que passar uma eternidade nesse pequeno trecho de nada com uma bruxa velha invejosa?

Ele se afasta e sinto minha pele formigar na ausência de seu toque, enquanto aquele desejo familiar percorre meu corpo, deixando um fogo líquido subir. Mas, sob aquele desejo, posso sentir a escuridão se agitando. Aquela escuridão sobre a qual Circe me alertou. Sinto-a incitando uma pergunta vinda de minhas profundezas ocas e gélidas.

— Por que você... me obrigou a matá-lo?

— Te obriguei? — Jasão recua, como se ferido por minha acusação. — Medeia, eu não te *obriguei* a fazer nada. Todos fizemos o que era necessário para garantir que saíssemos vivos. Você fez sua escolha, e eu nunca vou te julgar por isso, mas deve se responsabilizar por sua decisão.

Ele está certo. É claro que está.

— Me desculpe — sussurro.

Ele suspira, puxando-me para perto e envolvendo minha cintura com seus braços fortes. Eu me inclino para seu abraço, não me dando conta até este momento do quanto precisava desesperadamente ser abraçada.

— Lembre-se, você não deve ter vergonha do que fez. Você teve que tirar a vida dele para poder viver a sua, para podermos ter um futuro, *juntos*.

Eu o analiso, os belos ângulos de seu rosto, o brilho em seus olhos, a facilidade de seu sorriso. Um homem defendido por heróis, idolatrado por todos à sua volta. Se alguém como Jasão poderia me amar, certamente eu não era tão fraca como Circe considerava nem o monstro que minha família acreditava que eu era.

— Medeia?

Eu o beijo, então, jogando os braços ao redor de seu pescoço, segurando como se ele fosse a única coisa que me mantinha à tona no meio de um mar revolto.

Depois de um momento de surpresa, o corpo dele reage ao meu, uma das mãos apertando minha cintura, a outra subindo até meus cabelos para segurar minha nuca. Nossas respirações se misturam entre os beijos, lábios urgentes e ávidos, como se estivéssemos famintos um pelo outro há muito tempo.

Em minha mente, tudo o que consigo pensar é: *Não pare. Não pare. Não pare.*

Preciso que ele me queira. Preciso que continue me beijando, como se cada toque de seus lábios me despisse da garota que fui um dia. Aquela garota que se permitia ser uma prisioneira, ser odiada, ser usada, ser abusada, ser espancada e machucada.

Jasão começa a me inclinar para trás, e eu percebo que ele está me conduzindo para o chão. Cambaleio e deito de costas enquanto ele se posiciona sobre mim, com o peito encostado no meu. Seus beijos se aprofundaram e eu sinto minhas entranhas derreterem quando suas mãos começam a explorar meu corpo. Sob mim, a aspereza do chão da floresta machuca minhas costas, mas não me importo.

— Está tudo bem? — murmura ele junto ao meu pescoço.

— Sim.

Não pare. Não pare. Não pare.

Não sei exatamente o que está acontecendo, mas meu corpo parece responder aos movimentos do corpo dele, como se o instinto estivesse assumindo o comando.

Envolvo-o com os braços, arranhando suas costas com uma severidade repentina que, ao mesmo tempo, surpreende e agrada a Jasão. Ele imediatamente muda para corresponder à minha ferocidade, toda a ternura e o amor desaparecendo. É como se ele fosse um animal voraz e meu corpo fosse a carne que ele come.

Ótimo.

Não quero que ele seja gentil.

Quero que ele a machuque, destrua aquela Medeia. Arranque-a de meu corpo. Extraia-a de minha alma.

Não seja terno com ela, não seja gentil.

Ela não merece.

Em algum momento, ele começa a separar minhas pernas e a forçar meu vestido para cima, ao redor da cintura. Ignoro minha confusão enquanto ele entra dentro de mim, confiando em meus instintos, confiando nele... Então uma dor repentina e aguda percorre meu âmago.

Um som escapa de mim como um grito estrangulado, cortando a noite. Mas Jasão não para. Meus gritos parecem estimulá-lo, enquanto ele penetra em mim com mais força, mais rápido, sua respiração ofegante na garganta.

A dor é quase insuportável.

É como se ele estivesse me incendiando. Imagino as chamas consumindo meu corpo, me queimando. Aquela garotinha solitária, fraca e odiada.

Queima-a. Queima-a toda. Transforme-a em cinzas belas e irrevogáveis.

E deixe uma nova Medeia surgir dessas cinzas.

Abro os olhos e vejo a luz do sol fraca brilhando em meio às nuvens.

Ao meu lado, Jasão cochila, seu rosto é suave e pacífico enquanto ele desfruta do alívio profundo do sono. Seus cabelos estão desgrenhados, cheios de detritos da floresta devido às nossas atividades na noite anterior. Sorrio ao tirar uma folha de um cacho dourado, girando-a entre os dedos e vendo a luz iluminar seus veios finos e sinuosos.

Não dormi bem.

Cada vez que fechei os olhos, senti como se estivesse me afogando, sendo rasgada em pedaços por ondas ávidas. Mas quando acordei e vi Jasão dormindo profundamente ao meu lado, senti uma calma recair sobre mim, trazendo-me de volta ao limite de minha consciência. Mesmo que apenas por um instante.

A exaustão se agarra ao meu crânio, fazendo o mundo parecer nebuloso à minha volta. Passo a mão por meus cachos embaraçados, meus olhos pesados nas órbitas.

Ao observar Jasão dormindo, lembro-me de uma história que a ama de leite de Calcíope nos contou uma vez, a respeito de como humanos costumavam andar sobre a Terra com dois de tudo: cabeças, membros, órgãos. Mas os deuses temeram que essas estranhas criaturas ficassem poderosas demais, então as separaram, cortando sua alma na metade no processo. Desde então, humanos têm caminhado sobre a Terra procurando pela outra metade de suas almas, procurando por eles mesmos.

Desconsiderei a história quando a ouvi, enquanto Calcíope riu da ideia peculiar de um humano de duas cabeças. Mas agora fico me perguntando se é verdade, se Jasão é minha outra metade, a peça que falta e que poderia me tornar inteira. Será que ele é a resposta para aquele vazio que sempre senti dentro de mim?

Passo os olhos pela floresta à nossa volta e vejo insetos sonolentos abrindo caminho pela vegetação exuberante. Ao longe, posso ouvir um coro de cigarras saudar o sol nascente, enquanto uma brisa doce desliza sobre as árvores.

Sei que há uma versão de mim que poderia ser feliz aqui. Vivendo uma existência calma ao lado de minha tia, preenchendo nossos dias com magia e natureza, saboreando a solitude de Eana. Mas aquela Medeia nunca teria conhecido Jasão, nunca permitiria que seus sonhos crescessem, nunca experimentaria o que é realmente *viver*. Essa vida seria suficiente para ela apenas porque não conhecia nenhuma outra.

E eu não sou essa garota. Não mais.

— Por que você está me olhando dormir? — murmura Jasão com a voz áspera.

— Porque gosto de olhar para você.

Eu me apoio no braço e passo o dedo sobre seus traços, desfrutando da liberdade simples de ser capaz de tocá-lo quando quero. Traço uma linha invisível de sua testa, descendo entre seus olhos fechados, ao longo do comprimento de seu nariz até os lábios carnudos que se abrem em um sorriso. De brincadeira, ele morde a ponta do meu dedo e depois a beija, fechado a mão ao redor da minha.

— Você me ama? — Minha voz é delicada como a luz do sol da manhã. Nunca me senti tão vulnerável, tão exposta.

— É claro — responde Jasão, estreitando os olhos ao abri-los para olhar para mim, com seus longos cílios cobrindo aquelas íris perfeitas e azuis.

Ele estende o braço para segurar meu rosto, e eu me inclino para junto de seu toque.

— Eu faria qualquer coisa por você — sussurro na palma da mão dele, como uma oração. — Qualquer coisa que você me pedisse. Eu faria.

— Eu sei disso, meu amor.

Meu amor. Aquelas palavras me enchem com tanta felicidade que acho que vou explodir. Eu poderia ouvir Jasão dizer aquelas duas palavras por uma eternidade e ainda assim nunca me cansaria de ouvi-las.

— O que você quer? — pergunto, enquanto mergulho em cada centímetro de sua beleza natural, no brilho de seus olhos, na curva de seus lábios, no ângulo de seu nariz.

— O que eu quero? — Ele brinca com a pergunta enquanto apoia a cabeça no braço dobrado. — Quero ser rei de uma grande terra, com você como minha rainha… e quero filhos homens.

— Filhos? — A ideia me atinge, pungente e inquietante.

— Sim. Muitos filhos. — Aquele sorriso preguiçoso se alarga.

Não sei por que estou tão surpresa; é perfeitamente natural que Jasão queira filhos. Mas nunca imaginei isso para mim mesma. Achei que ninguém desejaria que eu tivesse seus filhos. Também nunca me imaginei do tipo materno; esse sempre foi o domínio de Calcíope, pois ela é doce, gentil e carinhosa. Mesmo quando éramos bem pequenas, ela costumava ninar bonecas em seus braços, falando com elas com vozes bobas. Era como se ser mãe fosse tão natural para ela como respirar. Eu nunca brinquei com bonecas; nunca vi sentido nisso. Por que cuidar de um objeto sem vida feito de madeira e trapos?

Um filho.

Reviro a ideia na cabeça, depois a deixo se acomodar e criar raízes lentamente. Imagino um menino com cabelos dourados e brilhantes e olhos azuis como Jasão, sorrindo e tentando me alcançar com mãos pequenas e ansiosas. Do mesmo jeito que Calcíope costumava fazer. Eu me imagino pegando a criança no colo, enquanto Jasão nos envolve em um abraço, nos beijando na testa. Nosso filho. Nossa família.

A visão é tão nítida e bela que faz um nó de emoções surgir em minha garganta.

— Eu sempre quis uma família, depois de ter perdido a minha tão cedo. — A voz de Jasão interrompe meus pensamentos.

— Eu vou te dar um filho. — Viro-me para encará-lo novamente, meus olhos decididos. — Juro para você.

Ele me puxa para perto e me beija. Eu o sinto sorrir junto aos meus lábios enquanto diz:

— Minha rainha.

Estendo o braço para agarrar seus cabelos, sentindo o beijo aprofundar conforme ele passa as mãos em meus quadris, a avidez retornando ao seu toque. Quando Jasão se move para tirar meu vestido, seguro aquela visão na cabeça, do garotinho rindo em meus braços, olhando para mim como Calcíope fazia, com amor e maravilhamento nos olhos...

Um filho.

Meu filho.

Quando voltamos para a tripulação de Jasão, eles estão se preparando para partir.

O trecho de praia fervilha de atividade conforme eles reúnem seus poucos pertences e os colocam a bordo do *Argo*. Outros estão sentados ao redor do que resta da fogueira, devorando sua última refeição antes da longa viagem que têm pela frente.

O horizonte é cinza e sombrio, o céu enevoado sangrando no mar escuro; não dá para dizer onde um termina e o outro começa. Mas pelo menos as ondas parecem calmas por ora, rastejando para a praia e pintando o ar com uma neblina salgada.

— Os homens estão ansiosos para ir embora — diz Jasão. — Eles não confiam em Circe.

Como se suas palavras a invocassem, vejo minha tia aparecer, o vento brinca com sua túnica escura enquanto ela caminha em nossa direção. Vejo os homens enrijecerem quando ela passa, como se paralisados em seu rastro desafiador.

Quando olho novamente para Jasão, Orfeu está lhe entregando o Velocino de Ouro. Não fico surpresa que o músico tenha sido o Argonauta em quem Jasão confiou para cuidar dele.

— Posso ouvir a tristeza dela na brisa — murmura Orfeu para ele, apontando com a cabeça na direção de Circe. — E a fúria que vibra sob ela... é uma melodia assustadora.

— Fique atento. — Ouço Jasão responder ao pendurar o velocino nos ombros.

Circe para diante de nós, seu rosto é como um raio de sol do inverno: friamente belo. Ela olha para Jasão de cima a baixo com uma repulsa escancarada. Sei que seu ódio é mal direcionado, nascido da crueldade de outro. Uma crueldade que foi deixada apodrecendo dentro dela pelos últimos cinco invernos em isolamento.

Sinto uma onda repentina de tristeza por minha tia, mas então Jasão aperta minha mão, focando meus pensamentos.

— Vocês estão partindo. — Não é uma pergunta.

— Estamos — responde Jasão assim mesmo.

Ela volta sua atenção para mim, a voz afiada como seu olhar quando diz:

— Suponho que ainda deseje que eu os absolva de seus crimes.

— Sim. — Mantenho o tom de voz firme. Não vou suplicar. Não mais.

— Ajoelhem-se. — Jasão hesita diante de sua ordem direta. Circe registra sua reação, retorcendo os lábios em um sorriso. — Qual é o problema, Jasão? Seu orgulho é frágil demais para se ajoelhar diante de uma mulher?

Sinto minha magia começar a fervilhar em minhas veias, aquecida pela irreverência de Circe. Sinto pena de sua amargura, mas isso não significa que aceito seu comportamento errôneo em relação a Jasão. Olho de soslaio para ele, observando enquanto considera as palavras dela. Ele olha para Orfeu, que acena devagar com a cabeça, e Jasão cede, pegando minha mão enquanto nos abaixamos no chão.

Circe olha para nós por um longo momento, saboreando a visão de Jasão ajoelhado diante dela. Talvez esteja tentando atiçar a raiva dele. Fico me perguntando se é mesmo Jasão que ela vê à sua frente ou o homem que roubou seu coração. Glauco.

Felizmente, Jasão não morde a isca.

Circe abre bem os braços e o vento se intensifica à nossa volta, fazendo seus cabelos dourados dançarem em um frenesi selvagem. As ondas começam a crescer e se agitar e o mar se torna revolto.

— Medeia. Jasão. — A voz de Circe corta o vento. — Eu, Circe, feiticeira e filha de Hélio, absolvo-os de seus crimes contra nossa linhagem.

Ela então abaixa e pega uma de nossas mãos em cada uma das suas. Sua pele parece gélida junto à minha e, quando olho nos olhos dela, vejo um vislumbre de tristeza piscando atrás da raiva.

— Que os deuses me ouçam e saibam que eu os absolvi de suas ofensas. Purifico suas mãos do feito — continua ela enquanto uma onda sobe para nos saudar, ávida e impaciente. Circe mergulha nossas mãos na água com uma força repentina, o frio mordendo nossa pele. Após um instante muito breve, ela solta, e sua voz é vazia quando anuncia: — Suas mãos estão limpas.

Olho para minhas palmas. Elas ainda parecem as mesmas, não *sinto* nada diferente. Mas o que mais eu esperava?

Jasão levanta e estende a mão para mim. Eu a pego.

À nossa volta, os Argonautas parecem nervosos. Até Meleagro tem um quê de desconforto que gera um vinco entre as sobrancelhas. Apenas Orfeu parece curioso em vez de assustado, seus olhos se arregalando, os lábios se movendo de leve, como se ele estivesse imaginando que melodia poderia capturar esta cena incrível diante dele.

— Obrigado, Circe. Agradecemos muito sua gentileza — diz Jasão, abaixando a cabeça.

Enquanto seus olhos estão abaixados, Circe estende o braço e gira um cacho do Velocino de Ouro em volta do dedo. Ela o encara por um momento, arqueando uma sobrancelha.

— Todo aquele esforço por uma coisa tão inútil. — Ela olha nos meus olhos e eu sei que ela também sente o nada embotado.

— Você está enganada. — Jasão se afasta do toque dela. — Este velocino é um presente dos deuses. Ele promete glória para quem o reivindicar.

— Se ele promete glória, como você derrotou Eetes?

As palavras de Circe fazem um nervosismo percorrer meu corpo quando olho para Jasão, vendo a indignação arder em seus olhos.

— Talvez Eetes nunca tenha sido digno de sua glória — rebate ele, com um tom de voz tenso. — Mas eu garanto que sou.

— Suponho que o tempo dirá... Falando em tempo, você e seus homens já usaram muito do meu. Devem sair de minha ilha agora mesmo. — Ela então direciona sua atenção a mim. — Se você for com ele agora, Medeia, nunca mais será bem-vinda aqui. Está entendendo? Você jamais deve retornar. Posso perdoar o que veio antes, mas não posso perdoar se escolher acompanhar este homem depois do que ele te obrigou a fazer. — Uma tensão paira no ar conforme suas palavras se acomodam dentro de mim. O tom de Circe suaviza, apenas uma fração, quando ela sussurra: — Só estou tentando te proteger.

A dúvida vacila dentro de mim, mas então eu penso no rosto daquele menino. O filho de Jasão. *Meu* filho. Posso imaginá-lo com tanta clareza — nossa família, nossa felicidade — e sei que essa vida com Circe nunca será suficiente, pois será para sempre obscurecida por esse futuro que vejo com Jasão. Um futuro que farei o que for preciso para proteger.

De leve, posso ouvir a antiga Medeia gritando comigo. Mas ela já se foi. Eu a deixei para trás na terra quando me entreguei a Jasão.

— Obrigada por sua hospitalidade, tia. — Imito o comportamento de Jasão. — Foi bom te ver de novo.

O rosto de Circe se contrai. Quando ela responde, sua voz é fria como um dos invernos rígidos de Deméter.

— Muito bem.

Ela estende o braço e coloca uma pequena bolsa de couro em minhas mãos. Sei, sem olhar, que contém ingredientes para feitiços. Então, para minha surpresa, Circe me abraça, com os braços firmes ao redor de meus ombros.

— Você vai se arrepender disso — sussurra em meu ouvido.

Permaneço rígida em seu abraço, apertando a mão ao redor da bolsinha. Depois de um momento, Circe se afasta e, quando a encaro, percebo que ainda posso ver aquele julgamento em seus olhos.

— Está na hora, Medeia — diz Jasão com gentileza ao meu lado, pressionando a mão em minhas costas.

Eu me viro para ele e sorrio devagar.

— Sim, meu amor.

Circe alterna o olhar entre nós, depois se vira bruscamente e sai com raiva. Enquanto a observo ir embora, tenho certeza de que há uma única lágrima brilhante manchando seu rosto.

Eu nunca mais a verei. A percepção me atinge, ecoando por aqueles espaços vazios que minha tia abriu dentro de mim. Mas então olho para Jasão e, quando ele sorri, sinto-me inteira novamente.

— Me leve para casa — sussurro.

A viagem para Iolcos é longa e desagradável.

Agora que o fim da jornada dos Argonautas está à vista, sua impaciência pesa no ar, a exaustão coletiva se transforma em irritação intensa. Os homens estão ansiosos para chegar a suas casas, suas famílias, com jantares caseiros e camas quentes.

Pelo menos as tempestades cederam, a raiva dos deuses finalmente se apaziguou

Durante o tempo que passamos juntos no mar, aprendi o nome de alguns membros da tripulação e, o mais importante, quais deles evitar. Parece que muitos ainda estão incertos em relação a mim, e às minhas intenções para com Jasão. Ouvi seus rumores. Eles acreditam que seu líder está enfeitiçado, sua mente aprisionada por um de meus feitiços. Outros parecem convencidos de que vou traí-los da mesma forma que traí minha própria família.

Não me importo com a hostilidade deles; estou acostumada com essas coisas. E, o mais importante, Jasão também não parece incomodado com a opinião de sua tripulação sobre mim. Na verdade, sua atenção parece estar em outro lugar. Eu o vejo com frequência olhando para longe, acariciando o velocino ao redor dos ombros. Fico me perguntando se as palavras de Circe se reviram em sua mente.

Sei que deveria lhe contar o que sei sobre o velocino, mas Jasão precisa acreditar em si mesmo para liderar seus homens em segurança para casa. Quando chegarmos a Iolcos, devo revelar a verdade a ele.

— Posso me juntar a você? — A voz musical de Orfeu interrompe meus pensamentos. Ele é um dos poucos Argonautas que suporta minha companhia.

Eu me debruço na beirada do *Argo*, vendo a proa cortar as ondas douradas pelo sol. Normalmente fico sozinha durante nossas longas horas no mar. Sendo fraca demais para remar e malvista demais para puxar conversa, aprendi rapidamente que é melhor ficar fora do caminho.

— É claro.

Os longos cabelos castanhos de Orfeu estão trançados nas costas e eu os observo balançar ao vento. Os olhos do Argonauta, sempre tão calmos e contemplativos, acompanham a água abaixo como se estivessem lendo um padrão oculto que apenas ele pode ver. Quando estou perto de Orfeu, sempre sinto que ele está meio perdido nas melodias que cria continuamente na cabeça.

Fiquei sabendo recentemente que Orfeu é um velho amigo de Jasão. Atalanta me contou que o músico usou sua intrincada rede de bardos para garantir que a notícia da jornada de Jasão se espalhasse por toda a Grécia, atraindo o interesse de indivíduos ávidos por glória para alimentar sua fama. Sem Orfeu, Jasão jamais teria reunido uma tripulação tão formidável, segundo a caçadora.

— Eu gostaria de te perguntar uma coisa, se for possível. — A voz de Orfeu é como uma carícia, tão elegante e gentil; fico me perguntando se alguém lhe negou alguma coisa no mundo. Quando assinto com a cabeça, ele diz: — Como ela funciona… sua magia?

Considero a questão enquanto uma onda sibilante atinge a popa e um borrifo de sal cobre de leve nossos rostos.

— Não quero me intrometer — continua Orfeu. — Eu só estou… fascinado por isso. Por você.

Não assustado nem enojado, mas *fascinado*.

Orfeu fica em silêncio enquanto espera minha resposta. Abro a boca, perguntando-me por onde começar, quando meu foco é roubado por uma ilha curiosa ao longe, suas montanhas brilhando como se fossem feitas de ouro puro.

— O que é aquilo? — Aponto, e Orfeu acompanha meu olhar.

Quando chegamos mais perto da ilha, aqueles peculiares picos brilhantes começam a se mexer, como se respirassem.

— É possível? — murmura Orfeu consigo mesmo, inclinando-se para a frente.

Eu pisco, tentando entender o que está acontecendo.

— VOLTE! — grita Atalanta atrás de nós, quando a montanha parece criar um poderoso braço de bronze, com um pedregulho entre seus dedos brilhantes.

— VIRE O NAVIO! — grita outra voz quando aquele braço balança em nossa direção.

Mas é tarde demais; o pedregulho já colidiu com o *Argo*. Ele bate na amurada de madeira atrás do navio, sua força me joga no chão enquanto fragmentos de madeira se espalham pelo convés. A dor atinge meu rosto quando meu maxilar se choca com o chão.

— VIRE O NAVIO! — Jasão ecoa a ordem e Orfeu me ajuda a me levantar.

À nossa volta, os Argonautas se esforçam nos remos com toda a força para virar o navio e o afastar do inimigo fatal. O *Argo* começa a obedecer, rangendo em protesto à mudança de curso repentina e extrema. Ele vira lentamente, devagar demais, enquanto a montanha se prepara outra vez. Ela levanta, erguendo-se sobre duas pernas metálicas e reluzentes.

— Talos. — Ouço um Argonauta murmurar. — É o gigante Talos! Protetor de Creta!

Eu poderia ter acreditado que era o próprio Poseidon, não fosse por seu corpo totalmente feito de bronze reluzente e deslumbrante. Mas antes que eu possa captar sua magnificência assustadora, Talos atira outro pedregulho. Ele arqueia no ar e não acerta o *Argo* por pouco, caindo nas ondas ao nosso lado, fazendo a água cascatear sobre nossas cabeças.

— Medeia. — Jasão aparece ao meu lado, a voz tensa com pânico. — Você consegue fazê-lo adormecer?

— O quê?

— Como o dragão! Lembra? — insiste ele, e eu sinto a pressão de sua esperança desesperada sobre mim. — Ordene que ele durma.

— É diferente, o gigante…

Antes que eu possa continuar, somos jogados para o lado. É como se a ira de Talos tivesse de alguma forma vazado para o mar, as ondas começando a crescer e a rugir, subindo como mãos espumosas que arranham, rasgando a popa, fazendo o *Argo* inclinar e tremer. Outra onda vem da lateral, derrubando alguns dos Argonautas e ameaçando sugá-los para as profundezas da água.

— Procurem abrigo! — grita uma voz enquanto outro pedregulho chega por cima, bloqueando brevemente o sol.

Um momento depois, sinto o corpo de Jasão pressionado contra o meu, protegendo-me dos fragmentos de madeira.

— Está ferida? — pergunta Jasão. — Medeia?

Medo e confusão obstruem meus pensamentos enquanto observo os homens lutarem para retomar o controle de seu navio. Mas então eu a sinto... a mão calmante e envolta em noite que acaricia meus pensamentos, silenciando-os. Uma escuridão sedosa ondula sob minha pele, fria e imponente, chamando minha magia...

Medeia... diz a voz obscura. *Deixe-nos ajudar.*

Encaro o gigante. Seus olhos são como brasas fumegantes incrustadas sob uma fronte pesadamente esculpida. Seu pescoço é grosso e contraído, coberto de músculos metálicos salientes. Vejo a morte refletida no brilho de seu corpo de bronze e minha magia se ergue, ansiosa para encontrá-la.

À minha frente, Atalanta se aproxima da popa, preparando uma flecha, seus movimentos calmos destoam do barco que se agita sob ela. Observo enquanto ela alinha, em sua mira, a garganta reluzente de Talos. Ela respira devagar, preparando os músculos firmes de seus ombros, antes de disparar a flecha.

Não erra.

Mas também não atinge o alvo.

Em vez disso, a flecha apenas resvala na pele de metal de Talos, como um galho roçando na encosta de uma montanha. Cerrando os dentes, Atalanta rapidamente prepara outra flecha. A caçadora dispara de novo e de novo, mas Talos rebate as flechas como moscas e solta um rugido arrepiante.

— Medeia?

Eu me viro para Jasão, sentindo sua esperança pesando em meu nome.

No caos ao meu redor, ouço os alertas de Circe: *vai se alimentar de você, de sua mente, de sua alma...* Mas de que essas coisas importam se estivermos todos mortos? Não é um sacrifício válido por nossas vidas, nosso futuro? Eu nunca mais vou me permitir me sentir tão inútil como naquele campo de batalha na Cólquida. Prefiro arriscar minha própria alma a deixar o inimigo obrigá-la a ir para o além.

Não, Talos não vai me mandar para o Submundo.

Pois vou levar o Submundo a ele.

— Medeia, desça!

Ouço Jasão gritar enquanto caminho na direção da popa do barco, onde está Atalanta, ainda disparando corajosamente suas flechas inúteis. Ela se vira e me vê ao seu lado, com um olhar de pânico surgindo no rosto, os lábios de contorcendo como se ela murmurasse uma prece silenciosa aos deuses. Nunca a vi tão assustada.

Faço sinal para ela sair da frente. Depois de uma hesitação muito breve, ela faz o que peço, permitindo que eu me posicione no ponto mais distante do navio, diretamente em frente ao gigante assassino que paira diante de nós. Ele se inclina para arrancar a ponta da montanha ao seu lado.

Minha magia surge, faiscando em minhas veias, incendiando cada centímetro de meu corpo, e eu percebo, nesse momento, que o único que deveria ter algo a temer é Talos.

Pois por mais que sua ira seja imensa, a minha é muito mais poderosa.

Abro bem os braços, como se cumprimentasse o terrível gigante. Esticando os dedos, viro a palma da mão para o mar, para a terra abaixo e para as profundezas do Submundo que espreitam dentro de seu núcleo. Posso sentir a escuridão pulsando ali, o batimento cardíaco firme e sinistro sob a existência de nosso mundo. Parece *poder* puro, bruto. Um poço infinito dele, do qual posso extrair, posso utilizar. Quando me agarro a ele, ouço aqueles espíritos da morte uivando. Eles estão me chamando, suplicando para serem soltos.

Pois escuridão chama escuridão.

Poder responde ao poder.

— Espíritos da morte, em nome de Hécate, eu os invoco.

Caio de joelhos enquanto eles me rasgam, usando meu corpo como seu canal para o mundo dos vivos. Sua malevolência destruidora de almas gela meu sangue, mas eu me fortaleço contra ela, deixando aquele mal incendiar minha magia, harmonizando-a com a minha, de modo que eu possa exercer nosso poder como um só.

Jogo as mãos para a frente, deixando aquela escuridão verter de minha alma junto com toda a raiva, o ódio e a mágoa que coagularam dentro de mim durante toda a minha vida, arremessando essa bola contorcida de dor e poder na direção de Talos enquanto ele atira sua pedra em nós.

Mas eu o atinjo com mais força.

A escuridão preenche o ar, como filetes de fumaça saindo de meu corpo. Ela ondula sobre as ondas, transformando-as em ônix brilhante. O céu fica mais denso quando aquelas sombras velozes começam a tomar forma, com pés batendo e dentes rangendo.

Os espíritos da morte vieram.

Há um zumbido estremecedor quando aqueles espíritos atingem Talos, cantando por seu corpo de bronze, fazendo-o cambalear para trás. Então, eles desaparecem em uma nuvem de fumaça. Talos olha para baixo, incapaz de entender o que acabou de atingi-lo.

Um silêncio recai ao meu redor, mas minha mente está longe de estar quieta.

Sinto os espíritos da morte dentro da cabeça de Talos; por meio deles, posso sentir os pensamentos frios e animalescos do gigante. *Proteger. Lutar. Matar.* Sua mente é tão simples de invadir, tão fácil de destruir.

Faço um sinal silencioso para os espíritos, e eles iniciam seu ataque. Eles destroem a mente de Talos, partindo seus pensamentos, despedaçando sua sanidade. *Proteger. Lutar. Matar.* Esse caos é espelhado dentro de minha própria mente, uma insanidade que parece uma tempestade furiosa. Só que eu estou sobre essas ondas frenéticas, enquanto Talos está se afogando nas correntes impiedosas abaixo.

O gigante cambaleia, erguendo as mãos para arrancar os olhos, uma tentativa de se cegar diante das imagens cruéis com que os espíritos o estão atormentando. Ele ruge em pânico e fúria, o som é como o clangor do metal reverberando no horizonte, fazendo o *Argo* tremer sob meus pés.

Os espíritos sorriem para o tormento dele, ou talvez seja eu sorrindo — é difícil distinguir um do outro no momento.

Virando-me, vejo os Argonautas observando em um choque silencioso e imóvel. Até mesmo o próprio mar parece ter acalmado para assistir ao espetáculo.

Olho para Jasão e meu sorriso se alarga diante da admiração estampada em seu belo rosto.

Está vendo o que sou capaz de fazer, meu amor? Está vendo o que posso fazer por você. Por nós.

Os espíritos da morte estão se espalhando pelo corpo de Talos, abrindo caminho por ele. Eles estão à caça, procurando por uma falha em seu ser impenetrável da qual possamos tirar vantagem. Não demora muito para encontrarem. Posso sentir os espíritos da morte me chamando, atraindo o meu foco para baixo, para o tornozelo direito de Talos. De onde estou, no leme do *Argo*, vejo um parafuso saliente ali, uma fraqueza.

Agora, os espíritos estão tomando posse de um fragmento dos pensamentos de Talos — *matar*. Eles repetem isso várias vezes em sua mente estilhaçada, *matar, matar, matar, matar*, empunhando isso como uma arma que percorre todo seu corpo, infectando cada músculo, cada respiração, cada batimento cardíaco metálico.

Matar, matar, matar...

Talos uiva ao arrancar aquele parafuso de seu tornozelo, fazendo sangue denso escorrer para o mar como metal derretido.

— Seu sangue vital está se esvaindo de seu corpo — comenta Orfeu.

— Não pode ser possível; o próprio Hefesto forjou o gigante para proteger essas terras. Acreditava-se que ele era invencível.

— Claramente não é o caso. — É tudo o que respondo.

Os espíritos da morte se alvoroçam quando o gigante morre; eles se deleitam na sensação de sua vida saindo do corpo enquanto lentamente arrastam sua alma para o Submundo, reivindicando-a como uma recompensa. Eu me pergunto que tormentos eles têm reservados para Talos em seu reino.

Os olhos do gigante escurecem até virarem pedaços opacos de carvão enquanto seu sangue continua a escorrer espessamente pelas ondas, obstruindo o mar com ouro cintilante. É ao mesmo tempo terrível e belo. Na sequência de seu ataque, o silêncio da morte de Talos parece amplificado. O único som vem das ondas cobertas de sangue que batem no *Argo*.

Solto outra respiração lenta quando sinto os espíritos da morte desaparecendo, saindo do meu corpo.

— Medeia? *Medeia!*

Alguém grita meu nome, mas parece que está gritando debaixo d'água. Tento me virar, mas estou levemente ciente de meu corpo desmoronando sob mim, caindo sobre algo quente e firme.

Outra voz grita, mais alto agora, mais urgente, e aquele peso quente se move ao redor de minha cintura, me levantando.

— Alguém me ajude a levá-la para baixo do convés — ouço Atalanta dizendo. — Vamos. Qual é o problema de vocês?

— E se ela nos amaldiçoar?

— Você viu aquela fumaça preta... Veio de *dentro* dela.

— Ela invocou criaturas do Submundo. — Estou certa de que foi Orfeu.

— E isso *salvou nossas vidas* — retruca Atalanta. — Tudo bem. Eu a carrego sozinha.

— Saiam da frente! Medeia? *Medeia!* — Jasão. Ele preenche meus sentidos, obscurecendo todo o resto à minha volta. — Me dê ela. Medeia? Olhe para mim, Medeia. Vamos!

Tento abrir os olhos, mas minha visão embaça e dança. Sinto-me tão cansada, cansada demais...

— Tem algo errado.

— Ela está morta?

— *Não.* Ela vai ficar bem. Medeia? Meu amor? Abra os olhos. Abra os olhos para mim.

Sob a exaustão que infectou meu corpo, resquícios do poder obscuro dos espíritos ainda vibram dentro de mim, enrolando-se em minha alma, deslizando sobre meus ossos. Concentro-me nisso, desejando que aquele poder se infiltre em minhas veias, entre em meu coração e queime essa fraqueza venenosa.

Deixe-o me rejuvenescer, deixe-o me consumir.

Deixe-o se tornar *meu* poder.

— Medeia?

Uma mão forte segura meu rosto e as bordas de minha visão começam a entrar em foco. Vejo Jasão me encarando, cabelos dourados emaranhados sobre aqueles olhos azuis brilhantes.

— Aí está você. — Ele suspira, encostando gentilmente a testa na minha. — Você nos deixou preocupados por um momento. Consegue se levantar?

Assinto com a cabeça enquanto Jasão me ajuda a ficar de pé. Ao nosso lado, Atalanta oferece a mão para me equilibrar, seus olhos cinza repletos de preocupação.

— Como está se sentindo? — pergunta ela.

— *Poderosa*. — Meus lábios se curvam ao redor da palavra.

A caçadora não corresponde ao meu sorriso.

— Você foi incrível, meu amor — diz Jasão com entusiasmo, pegando em minha mão. — Nunca vi nada parecido.

Sem responder, aperto os dedos ao redor de sua mão e o puxo para os fundos do *Argo*. Ignorando os olhares incrédulos dos homens, conduzo meu amor para um pequeno depósito na parte de baixo. Quando chegamos lá, puxo Jasão com brusquidão em minha direção, deixando o poder dentro de meu corpo se misturar com o prazer do corpo dele enquanto os homens na parte de cima do navio nos colocam de volta no curso, na direção de Iolcos. Na direção do meu futuro.

O futuro que eu conquistei.

O futuro que ninguém jamais ousará tirar de mim.

22

— É melhor eu voltar para os meus homens.

Estamos emaranhados no chão do depósito, o pequeno espaço coberto por um calor pegajoso misturado com o cheiro delicado de suor. Minha cabeça está apoiada no peito de Jasão enquanto ouço o ritmo estável de seu coração, sabendo que cada batimento é meu.

Por que não utilizamos a privacidade desse depósito antes? Sinto que havia um motivo, mas não consigo encontrá-lo agora. Estou distraída demais, meu corpo brilhando com o resultado de nossa sessão de amor.

O alerta de Circe incomoda dentro de minha mente. *Você não deve invocar esse poder, aconteça o que acontecer.* Mas o que ela sabe sobre os espíritos? Ela só estava com medo deles e deixou aquele medo impedi-la de compreender todo o seu potencial.

Mas sua covardia não vai me segurar. Não mais.

— Fique mais um pouco — sussurro, enquanto traço os raios de sol espalhados por seu peito.

— Talvez os homens tenham razão. Talvez você tenha me enfeitiçado — murmura ele, e posso sentir a curva de seu sorriso junto à minha pele. — Pois não consigo me afastar de você.

— Então não se afaste.

Ele dá uma risada áspera e eu saboreio o som, deixando-o se infiltrar em meus ossos.

— Você é mesmo uma maravilha, Medeia. O que fez com aquele monstro... — Ele se interrompe, acariciando meu queixo com o polegar.

— Eu havia ido à Cólquida em busca do velocino como minha recompensa, mas acredito que saí de lá com uma ainda maior.

Suas palavras se expandem dentro de mim, preenchendo todos aqueles espaços vazios, fazendo com que eu me sinta *inteira*.

— Sempre achei que as Moiras me detestavam — continua Jasão. — Acreditava que aquelas velhas se deleitavam com meu sofrimento. Depois de tudo o que passei, nascendo naquela cela de prisão, perdendo meus pais, meu irmão, meu trono… Mas agora sei que estava errado. Pois como as Moiras poderiam me odiar quando me abençoaram com você?

— Elas abençoaram nós dois. — Sorrio.

Minha mão roça em uma cicatriz grossa que atravessa o lado direito da caixa torácica de Jasão, branca como osso em contraste com sua pele bronzeada.

— É de quando eu era menino — diz ele, enquanto a ponta de meus dedos segue a curva enrugada do ferimento antigo.

— Quando seu tio te aprisionou?

— Não, não, isso veio depois. Quando fui tirado de Iolcos escondido, fui levado para Quíron, que se tornou meu tutor. Ele me ensinou tudo o que sei. — Seus olhos se suavizam em memórias distantes. — Dizem que ele é o melhor professor que já existiu.

— Como ele era?

— Rabugento como qualquer centauro. — Ele ri. — Mas extremamente brilhante.

— Me conte mais.

— Bem, o que você gostaria de saber?

Tudo. Cada pensamento, cada lembrança, cada fio individual que compõe a bela tapeçaria de quem ele é. Quero isso tudo.

— Qual a sua lembrança mais antiga?

Uma tristeza toca o sorriso de Jasão quando ele diz:

— Minha mãe. Sua risada.

— Você vai me falar sobre ela?

Em vez de responder, Jasão vira a cabeça na direção da porta do depósito, ficando com o corpo inteiro tenso.

— O que é…

Ele me silencia imediatamente, depois aponta para o ouvido: *ouça*.

É quando ouço, ou melhor *não ouço*... nada. Nem um mísero som. Até as ondas ficaram completamente em silêncio, o mar prendendo a respiração.

Jasão rapidamente veste a túnica e vai para a porta. Vou atrás dele, colocando o vestido que havia descartado.

Do lado de fora, uma névoa arrepiante desceu, envolvendo o *Argo* com seu abraço lúgubre. A bruma é tão pesada que mal dá para ver as ondas silenciosas diretamente à nossa frente. Os homens estão alerta, passando os olhos pela neblina sinistra, mãos a postos sobre as armas.

Rochas se projetam da névoa, dedos em garra perfurando as pesadas dobras cinzentas. O silêncio anormal continua a se movimentar ao nosso redor, terrivelmente ensurdecedor em seu vazio. Minha magia ataca como pederneira contra meu desconforto, acendendo para a vida em minhas veias.

Então, finalmente, ouço um som... uma mulher cantando.

Sua voz melódica dança na inquietude como flocos de neve, delicada mas arrepiante. Não consigo vê-la, mas sua canção ecoa à nossa volta, atravessando a névoa.

Corajosos heróis, nós os chamamos,
Venham buscar a segurança em nossa costa.
Prestem atenção em nossas palavras, ó queridos,
Tudo o que desejam logo será seu, não é uma aposta.

Nunca ouvi uma voz tão bela e tão perturbadora.

Outras vozes sem corpo começaram a acompanhá-la, suas melodias se mesclando sem esforço, tecendo uma teia assustadora que se enlaça com força ao redor do *Argo*.

Eu me viro para Jasão e vejo que seus olhos estão vidrados, sua boca levemente aberta. Não parece ele mesmo, é como se um estranho irracional tivesse entrado em sua pele.

— Jasão? — Ele me ignora e caminha na direção da beirada do *Argo*, na direção das vozes.

Viajantes cansados, venham descansar um pouco.
Vamos encher suas barrigas, aquecer suas camas.
Abaixem as armas, ó doces amados,
E sigam nossa voz dentro de suas cabeças que agora vos chama.

Olho em volta e vejo outros Argonautas com olhos igualmente vidrados em rostos embasbacados. Em transe, eles abandonam seus postos e armas e se debruçam sobre a beirada do *Argo*, estendendo as mãos na direção das ondas silenciosas abaixo.

— Deuses, o que eles estão *fazendo*? — Atalanta aparece ao meu lado. Parece que ela é a única pessoa a bordo que continua com juízo.

— Sereias — digo.

Minha tia me contou sobre elas. Suas vozes atraem homens para um túmulo aquático. Mas não vou deixá-las fazer isso.

Sinto a escuridão crescer, os espíritos da morte uivando, desejando que eu os liberte mais uma vez. Envio um pulso de poder ondulando para fora, afastando a névoa, fazendo-a chiar e recuar. É quando as vemos, vemos *quantas* delas nos cercam, encarapitadas sobre pedras como sombras terríveis de morte.

Seus corpos são flexíveis, a pele sarapintada é da cor de corpos em decomposição. Asas curvadas coriáceas se abrem atrás delas, com veias finas e vermelhas serpeando pela pele esticada. Mas seus rostos são os mais aterrorizantes de todos — horríveis e esqueléticos, com olhos afundados totalmente sem alma. São como feras cuspidas das profundezas mais escuras do Tártaro.

A canção se intensifica, suas vozes tão penetrantes que a letra parece chacoalhar meus ossos.

Não precisa ter medo,
Quando possuímos os segredos dessas águas traiçoeiras.
Deixe-nos sussurrar em seu ouvido qual onda
Pode levá-los até suas filhas e parceiras.

Preparo meu poder, sentindo-o subir cada vez mais, me rasgando enquanto o navio vira sob nós. Estranho, eu não percebi que o *Argo* ainda estava se movendo.

Cambaleio de lado, enquanto todo mundo permanece em pé.

— *Pare.* — Atalanta agarra meu braço, me equilibrando.

— O que você está fazendo? — resmungo, e ela segura meu queixo e passa a mão sobre meu rosto.

— *Veja.* — Ela mostra seus dedos ensanguentados. — É isso que você está fazendo consigo mesma. Não percebe?

Toco meu nariz e afasto a mão, olhando para o sangue que cobre as pontas de meus dedos. *Meu* sangue. Mas ele parece diferente, de alguma forma. Mais escuro, muito mais escuro.

— Você precisa parar, Medeia. Seja lá qual for o poder que estiver extraindo, ele está te matando.

— Eu deveria deixar aquelas criaturas me matarem em vez disso? — retruco.

Atalanta solta um rosnado de frustração.

— Não temos tempo para discutir a respeito disso.

— Então me deixe resolver.

— Elas são *muitas*. Não posso permitir que você desmaie e me deixe... — Um arranhão agudo nos interrompe, o som rasteja sobre minha pele.

As sereias começaram a subir rapidamente pela lateral do *Argo*, seus dedos finos e afiados arranhando na direção dos homens que, como tolos, se abaixam para saudá-las. Enquanto isso, sua canção arrepiante continua:

Doce presa, você não vai embora,
Pois por ti nossas almas estão em chama.
Deixem-se pegar pelas garras de nossa melodia.
Suas vidas são tudo o que nosso desejo clama.

— Sua tia — diz Atalanta com a voz surpreendentemente calma. — O que mais Circe te contou sobre as sereias? Ela disse como podem ser derrotadas?

Tento me concentrar, mas os espíritos gritam comigo, suplicando para serem libertados. Eles chacoalham meus ossos como se fossem as barras de sua jaula.

Uma lembrança antiga então surge em minha mente, tentando respirar. Foi um dos primeiros verões que Circe passou comigo, quando ela me ensinou sobre as criaturas míticas.

— Ela disse que sereias só podem ser derrotadas por um poder equivalente ao delas — digo enquanto meus pensamentos se encaixam no lugar. — Você não vê? Apenas meu poder é capaz de detê-las. Devo fazer isso.

Faço menção de me mover, mas Atalanta agarra meu braço.

— Um poder equivalente ao delas — repete a caçadora baixinho enquanto observa nossas inimigas. Seus olhos então se arregalam e ela me aperta com mais força. — Orfeu! Pegue a lira de Orfeu!

— *O quê?*

— Confie em mim, Medeia. Por favor.

Sem esperar minha reação, ela sai correndo, passando no meio dos homens. Eu a vejo lutar contra as criaturas que chiam e gritam quando ela arranca as mãos delas de seus camaradas, derrubando-as com punhos e cotovelos. Uma avança sobre ela, mostrando bem os dentes irregulares e podres. Atalanta a agarra pelo pescoço, a mandíbula rangente a poucos centímetros de seu rosto.

— A lira! — grita Atalanta novamente enquanto luta contra a fera que tenta mordê-la. — *Medeia!*

Faço o que ela manda, ignorando as garras escuras que arranham freneticamente dentro de mim enquanto corro para pegar o instrumento.

O músico está debruçado sobre a beirada, seu rosto gentil agora inexpressivo e apático, os olhos vazios. Eu o puxo para trás, pressionando a lira em suas mãos frouxas. Seus dedos se contorcem com a sensação familiar do instrumento.

Atrás de mim, ouço Atalanta gemendo quando finalmente pega sua arma, atravessando a sereia com ela. A criatura solta um grito penetrante e seu sangue grosso e preto espirra no convés.

Ver a sereia abatida faz as demais entrarem em um frenesi selvagem. Elas inundam o *Argo* como uma onda terrível de carne cinzenta e dentes estalando, seu foco agora voltado para Atalanta. Mesmo durante o ataque, elas continuam cantando, sua melodia se transformando em uma cacofonia de berros que gela meu sangue.

Vejo as sereias cercarem Atalanta, deixando os Argonautas esquecidos em seu rastro. Elas se movimentam com uma mobilidade perturbadoramente estranha, como se seus membros estivessem quebrados de formas múltiplas e anormais.

— Venham, então, seus peixes crescidos — resmunga ela, reajustando a pegada na espada.

— Orfeu, preciso que você toque. — Afasto o olhar de Atalanta enquanto o instruo. O rosto do músico permanece extremamente inexpressivo, ainda perdido em seu estranho estupor. — Orfeu!

Atalanta solta um rugido enquanto sua espada atravessa uma parede de corpos se contorcendo.

— O que está esperando, Medeia?

Respirando fundo, deixo aqueles dedos de escuridão examinarem a mente de Orfeu, exatamente como fiz com Talos. Mas dessa vez meu domínio é cuidadoso e preciso, como um cirurgião segurando um bisturi. Sinto o transe pesado das sereias encobrindo seus pensamentos e concentro toda minha energia em cortar seu domínio sem prejudicar a mente presa dentro dele.

— *Orfeu, eu ordeno que você toque.*

Uma centelha de reconhecimento surge em seus olhos quando ele olha para a lira, piscando devagar.

— *Agora!*

Orfeu começa a dedilhar o instrumento, deixando uma canção doce e hesitante subir para os céus. Conforme as notas aumentam, ele se acomoda na melodia e, a cada movimento de seus dedos talentosos, Orfeu parece rejuvenescer. A consciência retorna lentamente para seus olhos e ele coloca todo o seu coração na música, percebendo que nossas vidas dependem disso.

Sua melodia harmoniza sem esforço com o chamado das sereias e então o sobrepuja, desfazendo aquele domínio inebriante.

Eu me viro para Atalanta, que agora está com a respiração pesada, ensopada de sangue preto. As criaturas ao redor dela paralisaram, seus rostos horríveis virados para Orfeu, sua própria canção fatal morrem em seus lábios enquanto elas escutam.

A canção de Orfeu se intensifica, tão bela que quase fico presa em meu próprio estupor. Sinto-a percorrendo meu corpo como uma corrente, acalmando a escuridão que ruge em minhas veias, deixando-a se acomodar nas profundezas de minha alma.

À nossa volta, os Argonautas se movem, balançando a cabeça como se acordassem de um sonho estranho. Quando registram as criaturas terríveis que os cercam, puxam as armas com mãos trêmulas.

As sereias se dispersam rapidamente como sombras ao amanhecer, deslizando de volta para baixo das ondas ou subindo aos céus.

— Não posso acreditar que deu certo — digo.

— Nem eu — admite Atalanta, soltando uma risada sem fôlego.

Respiro fundo quando meus olhos encontram Jasão entre os Argonautas. Ele parece extremamente confuso, esfregando o rosto em uma tentativa de recobrar seu domínio da realidade.

Um barulho alto chama nossa atenção quando alguém grita:

— *Meleagro!*

Uma das sereias que escapou empurrou o príncipe para fora do navio. Antes que eu possa reunir minha magia, vejo Atalanta largar a espada de lado e se jogar nas ondas.

Corro para a beirada do *Argo* bem a tempo de ver a caçadora desaparecer na água infestada de sereias. A canção de Orfeu continua a nos envolver, embora a beleza de sua música pareça zombar da cena horrível que se desenrola.

— Alguém precisa ir atrás dela — digo, sentindo um pânico apertar meu peito.

— E arriscar perder um terceiro homem? — argumenta alguém. — Que bem isso faria?

— O que você está fazendo? — Sinto Jasão agarrar meu braço quando me suspendo na lateral do navio.

— Ela salvou minha vida. Não posso deixá-la morrer.

— Medeia, não seja tão tola. — Seu rosto se contrai junto com seu aperto. Olho para as ondas agitadas abaixo. — Você ao menos sabe nadar?

Não importa. Vou mover o próprio mar se for preciso, mas não vou deixar Atalanta morrer.

— Me deixe ir.

— *Eu te proíbo.* — Essas palavras são aguçadas por uma raiva incomum. Isso me faz vacilar, a força de sua fúria, e Jasão parece sentir meu choque, pois sua voz rapidamente suaviza. — Meu amor, não posso arriscar te perder.

Um grito desvia meu foco. Quando volto a olhar para a água, vejo um lampejo de cabelos castanho-avermelhados como fogo se acendendo sob as ondas.

Meu coração alivia quando Atalanta rompe a superfície, com Meleagro cuspindo água sobre seu ombro. Ao meu redor, os homens entram em ação, jogando uma corda para içar seus camaradas.

Quando sobe a bordo, Atalanta derruba Meleagro no convés com um baque alto e úmido. O príncipe rola de lado e vomita um bocado de água do mar.

— O que aconteceu? — pergunta ele com a voz áspera, o rosto mais pálido que eu jamais havia visto. Atalanta apoia as mãos nos joelhos e diz:

— Sereias.

— Confie em Meleagro para mergulhar para a morte correndo atrás de uma mulher — brinca um dos Argonautas.

— Vocês todos estavam prestes a mergulhar para a morte, seus idiotas sem cérebro — retruca ela, virando-se novamente para Meleagro. — Você está ferido?

— Apenas… me lembre de ficar longe de mulheres por um tempo — diz ele com um leve sorriso.

Atalanta solta um suspiro que se transforma em risada.

— Apenas você, meu amigo, poderia cantar melhor do que uma sereia. — Jasão bate no ombro de Orfeu e ele se curva profundamente, sem errar uma única nota. — Devemos a vida a você. Todos nós aqui estamos em dívida com você.

Ao meu lado noto a mandíbula de Atalanta ficando tensa. Abro a boca para interromper, mas ela balança a cabeça de leve para mim: *nem se dê ao trabalho.*

— Certo, homens, de volta às suas estações. Precisamos sair desse trecho de mar amaldiçoado. Orfeu, aconteça o que acontecer, não pare de tocar.

Quando os homens se dispersam, observo o rosto calmo de Jasão, procurando por resquícios daquela raiva de antes. Meus olhos então avistam Meleagro enquanto Atalanta o ajuda a se levantar.

— Obrigado, caçadora. — Eu o ouço murmurar baixinho, com a mão no braço dela. Por um momento, parece que Atalanta vai se aproximar de seu toque, mas então ela se afasta e vai embora.

O príncipe de Calidão a observa ir, com a melancolia suavizando os contornos fortes de seu belo rosto. Ele me vê encarando e olha em meus olhos com um sorriso, aquela fagulha de travessura nunca distante de seus olhos, embora eu possa sentir algo pesado demorando-se sob ela.

— Você a ama — digo a ele. A brusquidão de minhas palavras parece surpreendê-lo, mas aquele sorriso não vacila.

— Você pode me culpar, bruxinha?

23

A noite é animada, com música, risadas e vinho.

É a última noite dos Argonautas juntos antes de chegarmos à cidade portuária de Iolcos amanhã, marcando o fim de sua jornada. Ao chegar, os membros da tripulação lendária de Jasão seguirão seus caminhos, cada um em seu rumo de glória individual esculpido pelas Moiras.

Estamos sentados ao redor de uma grande fogueira na costa de uma ilha que desconheço. Os homens estão passando o que restou do vinho entre eles, enquanto Orfeu pinta a cena com sua bela música. O fim iminente fez a exaustão coletiva florescer em um clima jovial e terno, como se todos estivessem saboreando esses últimos momentos como irmãos de armas.

Há algo mais no ar, algo que brilha como uma faísca tangível entre os Argonautas. É o reconhecimento de que eles acabaram de fazer história. Pois esses homens sabem que as aventuras do *Argo* serão cantadas por gerações futuras, seus nomes perdurarão muito depois de darem seu último suspiro.

Essa jornada os imortalizou, pelo menos em memória.

Eu me pergunto se também serei lembrada. Porém, quando eu estiver morta, por que deveria me preocupar se o mundo canta sobre mim ou não?

Permaneço em silêncio enquanto observo a farra. Desde a batalha com Talos, notei que os homens ficaram cada vez mais cautelosos perto de mim. Eles cuidam para manter distância, às vezes proferindo orações aos deuses quando me veem passando. Parece absurdo pensar que eles possam ter medo de mim, quando fui eu que os salvei poucos dias atrás.

— Bruxinha — diz Meleagro para me cumprimentar quando vem se sentar ao meu lado. Ele é um dos poucos que me trata com qualquer tipo de cordialidade.

Meleagro passa os olhos pela tripulação embriagada enquanto me entrega um jarro de vinho comunitário, seu sorriso brilhando com centelhas de dourados e vermelhos ardentes. Eu nunca gostei de vinho. Meu pai demonstrou o que esse líquido venenoso pode fazer com uma pessoa, como ele pode tirar sua dignidade. Mas gestos de boa vontade são raros, então aceito a oferta de Meleagro.

— Graças a Dionísio nós paramos naquela cidade portuária; haveria um motim a bordo se o vinho acabasse — diz ele quando engulo o líquido morno e ácido.

— Isso tem um gosto horrível. — Estremeço com a acidez que recobre minha língua, limpando os lábios com o dorso da mão.

Ele solta uma gargalhada quando devolvo o vinho, vendo-o tomar um belo gole.

— É melhor do que o que o seu povo faz. Você deveria ir a Calidão. *Nós* sabemos como fazer um verdadeiro vinho grego…

— Aquele não é o meu povo — interrompo, em um tom de voz repentinamente embotado. — Não sou colquidiana. Não mais.

— Eu não quis ofender, bruxinha — defende-se ele, levantando as mãos em submissão. — Você não vai me transformar num peixe ou coisa parecida, vai? Até que gosto do meu corpo como ele é.

— Acho que você daria um camundongo adorável — interrompe Atalanta, tirando o vinho das mãos de Meleagro. Vejo os olhos verde-oliva dele brilharem como sempre acontece perto da caçadora. — Deuses, isso é mesmo horrível.

— Então, se você não é colquidiana, o que acha que é? — Argos resmunga ao lado de Meleagro, sua voz rouca ecoando sobre o fogo.

Abro a boca para responder, mas encontro minha mente vazia.

— Ah, jogue-se aos corvos, Argos. — Atalanta o dispensa, revirando os olhos.

— É só uma pergunta, caçadora.

— Ela vai ser minha rainha. — Jasão aparece, jogando o braço ao meu redor. — Rainha de Iolcos.

— Eles nunca vão aceitá-la como sua rainha — resmunga Argos.

— O que você disse? — Sinto o braço de Jasão apertar em volta de minha cintura. À nossa volta, os Argonautas ficaram quietos, surpresos pelo tom frio nada característico de Jasão.

— Você me ouviu — diz Argos, aparentemente inabalável. — Seu povo nunca vai aceitar uma bruxa como sua rainha, principalmente uma estrangeira que mata gente de sua própria família. Eles são muito tradicionais. Muito orgulhosos... Vamos, você é um homem inteligente. Certamente já se deu conta disso.

Meu rosto fica quente como o fogo — se de raiva ou vergonha, não tenho certeza.

— Faça-me um favor, caro amigo, e se concentre em construir navios. Deixe a política de meu reino para mim. — Há humor na resposta de Jasão, mas ainda assim todos nós podemos ouvir a aspereza por trás dela.

Argos inclina a cabeça em concordância, voltando para seu vinho, com um sorriso presunçoso nos lábios.

— Não era para isso ser uma celebração? — pergunta Jasão para a tripulação silenciosa. — Orfeu, pode fazer as honras, por favor?

O músico concorda e começa a tocar uma música mais rápida e animada, cada nota arrancando a tensão do ar. Alguns dos Argonautas começam a vibrar e bater palmas, enquanto outros se levantam para dançar, suas sombras selvagens se espalhando pela praia arenosa. Alguém puxa o braço de Jasão e, com relutância, ele se deixa ser levado para sua dança embriagada e caótica.

Fico sentada nas sombras enquanto vejo a celebração acontecer, suas figuras cobertas de dourado à luz do fogo. Parece que estou muito distante, observando de um outro mundo. Tento me envolver no calor de sua alegria contagiante, mas as palavras de Argos perturbam meus pensamentos: *Seu povo nunca vai aceitar uma bruxa como sua rainha.* Eu nem havia parado para pensar nisso.

Mas não fiz o suficiente para provar que sou leal a Jasão? Ou eles me verão com os rumores que mancham meu nome... Uma bruxa... Uma traidora...

Uma assassina.

— Parece que você precisa disso.

Levanto os olhos e vejo Atalanta se acomodando ao meu lado. Ela me entrega um jarro de vinho e eu tomo um longo gole.

— Uau, então você precisa *mesmo* disso. — Ela ri enquanto engulo o líquido desagradável, deixando-o queimar minhas dúvidas. — Você deveria ignorar o que Argos disse, sabia? Ele não passa de um cretino miserável.

— E se ele estiver certo? — murmuro, passando as unhas sobre a pintura descascada do jarro.

Atalanta se inclina para a frente, apoiando os antebraços nas coxas, os cabelos trançados caindo sobre os ombros fortes.

— Desde que aceitou essa jornada e reuniu os Argonautas, o povo de Iolcos adora Jasão, que é o herói deles. — A caçadora afunda os pés na areia, criando ranhuras profundas. — Eles vão te amar porque Jasão te ama.

Do outro lado da fogueira, vejo Jasão rindo de algo que Meleagro disse. Engulo outro gole de vinho, rezando para que ele extinga essas preocupações feias que crescem dentro de mim.

— Como está o nariz? Teve mais algum sangramento? — pergunta Atalanta e nego com a cabeça. — Você deveria ficar de olho nisso. Quaisquer que fossem os feitiços que estava usando, eles claramente não eram bons para você.

— Acho que Meleagro quer que você dance com ele. — Mudo de assunto. — Ele não para de olhar para você.

— Aquele tonto não se toca — murmura ela, com diversão estampada nos olhos.

— Acho que ele está apaixonado por você.

Ela enterra mais os pés na areia.

— Isso é problema dele.

Volto a olhar para o príncipe de Calidão, que conversa animadamente, sua forma musculosa acentuada pelas sombras tremeluzentes.

— Há pretendentes piores.

Atalanta dá de ombros.

— Pode ser. Mas ele não é exatamente minha... *preferência*.

— Como assim?

O canto da boca de Atalanta se curva para cima em um leve sorriso, mas, antes que ela possa responder, Meleagro se aproxima de nós, curvando-se de maneira teatral.

— Poderia me dar a honra?

Atalanta revira os olhos para mim ao oferecer a mão a Meleagro, deixando-o puxá-la e arrastá-la para o meio dos corpos selvagens dançantes. Vejo o príncipe de Calidão girar a caçadora em círculos vertiginosos, fazendo-a rir. Ao lado deles, os homens se aglomeram ao redor de Jasão, vibrando enquanto ele bebe um jarro inteiro de vinho. Eles gritam de alegria quando Jasão termina, erguendo o recipiente vazio no ar como um prêmio poderoso.

Gostaria de poder me juntar a eles, mas essa alegria despreocupada de que eles desfrutam é distante e estranha para mim. Minha felicidade sempre teve um preço; nunca foi descomplicada, como a deles parece ser. Posso imaginá-la no entanto, a versão de mim mesma que se levantaria e dançaria e riria e cantaria. Ela cintila em minha mente, uma visão além de meu alcance. Como Tântalo preso no Submundo, para sempre tentando alcançar aquela poça de água, sua superfície sedosa sempre ficando fora de seu alcance, zombando da sede que ele nunca vai saciar.

— Veja só. — Uma voz alta perfura meus pensamentos.

Olho e vejo a cara feia de Télamo, com seu sorriso de reprovação habitual. Ao lado dele, estão sentados dois outros Argonautas que engolem seu vinho como leitões famintos.

— Meleagro conseguiu mesmo dançar com a caçadora. — A voz de Télamo é bajuladora e desagradável.

— Acha que ele *finalmente* vai entrar entre as pernas dela esta noite? — pergunta um dos outros.

— Pfff, sem chance — fala o terceiro, abafando o riso.

— É melhor um de nós transar com ela, senão qual o sentido de trazê-la, para início de conversa?

— Jasão diz que Ártemis nos cozinha vivos se alguém tocar nela. Ela gosta de suas mortais preferidas *puras*, lembra?

— Você acredita nessa bobagem? Jasão só disse isso para todos se comportarem.

— De qualquer modo, Atalanta nunca deixaria você chegar perto dela. Télamo dá de ombros.

— Às vezes é mais divertido quando elas resistem.

— Realmente acha que *você* é capaz de pegá-la?

— Deuses, não. Teria que ser um esforço em equipe. O que dizem, rapazes? Nós todos teríamos vez.

Eles riem disso, e eu sinto os ossinhos de meus dedos saltando nos punhos cerrados. Em resposta, a escuridão da noite me toca.

Não penso duas vezes quando me levanto e ando até eles, gostando de ver sua diversão murchar instantaneamente aos meus pés. Paro diante dos homens, deixando o silêncio pesar entre nós, apreciando a forma com que os três se esquivam sob ele.

Quando finalmente falo, minhas voz é fria e inflexível como a própria morte.

— Se *alguma vez* vocês voltarem a falar assim de Atalanta, ou mesmo *pensar* nela dessa maneira, vou infestar suas mentes com uma loucura tão poderosa que seus cérebros vão apodrecer dentro dos crânios e sangrar pelos ouvidos. Estão entendendo?

A escuridão cresce, encantada.

— Jasão não vai gostar de saber que vo-você está nos ameaçando — gagueja um deles como uma criança.

— Bem, *eu* não gosto de vocês ameaçando minha amiga.

Amiga. A palavra sempre me pareceu estranha, e ainda assim sai tão facilmente de minha boca.

— Você acha mesmo que Atalanta é sua *amiga*? Que trágico — debocha Télamo, contendo o riso, o vinho claramente alimentando sua bravata.

— Ela está cumprindo seu dever com Jasão, isso não é óbvio? Ela vai se livrar de você assim que tiver chance, bruxa. Espere para ver.

Fico tensa com sua crueldade, sentindo minha magia se agitar em resposta. Ela está tão diferente de antes, não é mais um brilho efervescente em minhas veias, mas uma rica e turbulenta poça de poder jorrando de meu âmago como noite líquida.

— Pensando bem, talvez eu deixe seus cérebros intactos e faça apodrecer outra parte mais *íntima* de vocês. — Olho para o colo deles, arqueando uma sobrancelha. — Que tal?

Sorrio diante de seu silêncio horrorizado antes de me virar para ir embora, deixando minha pergunta não respondida os apertando como se estivessem sendo estrangulados.

Peço licença para me ausentar das celebrações quando o som da festa começa a irritar minha pele.

Jasão não questiona quando lhe digo que vou ver que ervas e flores esta pequena ilha tem a oferecer. Talvez se estivesse sóbrio ele ficasse menos inclinado a me deixar vagar sozinha por uma terra desconhecida, ou talvez saiba que eu mesma posso lidar com quaisquer ameaças que essa ilha tenha a oferecer.

Depois de passar tanto tempo confinada em um navio apertado e sujo com estranhos, é bom passar algum tempo sozinha. Enquanto perambulo pela praia inundada pelo luar, tiro um segundo para apreciar o silêncio, percebendo que não havia tido um momento de calma sozinha desde que se iniciaram os testes de Jasão. Mas as palavras de Télamo logo me perseguem, mordiscando meus calcanhares, arruinando minha solitude pacífica.

Eu fui mesmo tão tola de pensar em Atalanta como minha amiga? Eu não sabia, pois além de Calcíope nunca havia tido uma amiga antes. Mas nosso laço foi forçado sobre ela pelas circunstâncias, um laço sanguíneo que ela não podia mudar.

Calcíope.

Afasto-a de meus pensamentos, como fiz desde que fugi da Cólquida. Mas o silêncio pesado alimenta minha mente, enchendo-a de lembranças que venho tentando enterrar dentro de mim. Eu as afasto à força novamente, me concentrando então no brilho delicado de Selena. Mas na face pálida e bela da deusa, vejo apenas ela. Minha irmã.

Será que ela já sabe o que eu fiz?

Será que me odeia por isso?

Eu não a culparia se odiasse.

Volto para junto dos outros mais cedo do que esperava. Sua jovialidade pode ser irritante, mas pelo menos serve para abafar os pensamentos que ainda não estou pronta para encarar.

Quando volto, os Argonautas estão sentados em volta da fogueira, com os irmãos que conheço como Castor e Pólux em pé diante deles. Os gêmeos dourados são idênticos em todos os aspectos, mas supostamente só um é descendente de Zeus. Mas eles nunca dizem quem é e quem não é. Fico me perguntando se eles realmente sabem, ou se ambos acreditam ser o filho divino.

Conforme me aproximo em silêncio, parece que Castor e Pólux estão apresentando uma espécie de peça. Reencenando as aventuras dos Argonautas, com Orfeu acompanhando na lira.

— A primeira parada dos corajosos Argonautas — vocifera Castor — foi a ilha de Lemnos, onde acredito que *todos* nós nos divertimos. Não foi? — Seu público responde com aclamações e assobios, um batendo nas costas dos outros. — A ilha foi de fato um lugar agradável, pois estava cheia das mulheres mais belas e *frustradas*. Elas tinham matado todos os homens de Lemnos e às pobres donzelas restaram camas frias e vazias...

Não posso deixar de ficar impressionada. É tão raro ouvir histórias de mulheres triunfando sobre os homens. Claramente, as mulheres de Lemnos quiseram reivindicar aquela narrativa, assim como sua terra.

— Mas elas precisavam de ajuda para *repovoar*! — continua Pólux, de cabelos dourados, e com isso os homens soltam um grito de alegria obsceno. Vejo Atalanta revirar os olhos na direção de Orfeu, que reflete o sentimento. — Mas um indivíduo fez um trabalho melhor do que os outros.

— JASÃO! — berra alguém, e todos se matam de rir.

— Eu estava fazendo alianças *diplomáticas*. — Ouço Jasão dizer de seu lugar, no meio do público.

— Ah, então você chama "foder" de "alianças diplomáticas"? — provoca Meleagro, fazendo um gesto obsceno.

A pergunta faz com que uma frieza tome conta de mim. Recuo alguns passos para o abraço da escuridão que me oculta, com os olhos fixos em Jasão.

— Por favor, homens, temos uma mulher presente. Vamos manter a compostura — diz ele, apontando para Atalanta, que não parece nada impressionada.

— É claro, é claro. — Castor se curva.

Atrás dele, Pólux jogou um trapo velho sobre a cabeça e está piscando os olhos.

— Ah, Jasão! — diz ele com uma voz estridente, tirando mais risadas dos homens.

— Digamos apenas — continua Castor — que a rainha se interessou profundamente por nosso Jasão.

— Parece mais que ele se interessou *profundamente* por ela — comenta alguém, rindo.

— Ah, Jasão, você é tão belo e tão forte, e tão... — Pólux desmaia naquele canto agudo enquanto finge se agarrar entre as pernas de seu irmão gêmeo. — Tão *grande*! Minha nossa!

— Eu sei — diz Castor imitando a voz suave de Jasão.

— Me possua! Me possua agora!

Estremeço quando Pólux deita no chão e abre bem as pernas. Mas os homens apenas uivam como lobos enlouquecidos quando Castor o coloca em posições vulgares. Desvio os olhos, mas dentro de suas sombras giratórias posso ver Jasão entrelaçado com a bela rainha, seus lábios sobre a pele macia dela, as mãos dela agarrando seu corpo bronzeado... Fecho os olhos, tentando apagar as imagens da mente.

Não sou tão ingênua a ponto de acreditar que Jasão não havia estado com outra mulher, mas pensar que ele havia se deitado com alguém apenas algumas semanas antes de chegar à nossa costa... com uma bela *rainha*... e que todos sabiam, todos haviam rido disso. Será que eles me viam da mesma forma, como uma espécie de entretenimento da realeza para Jasão aproveitar em suas aventuras?

— Estou ficando cansada de Lemnos — interrompe Atalanta, cruzando os braços. — Podemos seguir em frente?

Castor e Pólux rapidamente transformam a cena em mais das aventuras dos Argonautas, mas consigo me concentrar apenas parcialmente. Minha mente queima com a imagem de Jasão e aquela rainha juntos.

Considero ir embora; já vi demais. Mas uma espécie de curiosidade autodestrutiva me enraíza no lugar.

Eu me obrigo a me concentrar nos gêmeos enquanto eles contam uma história sobre o poderoso Héracles lutando contra um enxame de gigantes de três braços pouco antes de abandonar a viagem deles. Eles então continuam com uma história sobre uma luta de boxe com um rei e algo sobre pedras mortais.

— E então chegamos à Cólquida — anuncia Castor, as palavras afastando meus pensamentos de visões provocantes do corpo nu de Jasão, das belas curvas de uma rainha estrangeira. — Onde outra moça da realeza se interessou por nosso adorado Jasão.

Risos abafados ecoam entre a multidão e alguns homens olham em volta, verificando se a bruxa não está testemunhando seu pequeno show. Fico imóvel às margens do grupo, a escuridão obediente se envolvendo com firmeza ao redor de meu corpo, ocultando-me.

— Mas essa não era uma moça comum — continua Pólux, colocando o pano sujo na cabeça novamente. — Pois eu sou a bruxa Medeia, senhora das poções, destruidora de homens!

— Destruidora de homens? — Castor imita um Jasão arrogante. — Parece um desafio para mim.

Os Argonautas assobiam e vibram com isso, e eu até ouço Jasão rindo, murmurando alguma coisa para o homem sentado ao seu lado.

Permaneço imóvel enquanto Castor e Pólux encenam nosso encontro, Castor representando um Jasão valente e heroico, e Pólux, uma versão apaixonada e frágil de mim. Outro Argonauta se junta a eles como um sagaz Eros acertando Pólux com sua flecha ardente do amor.

É realmente assim que me veem? Depois de tudo o que fiz por eles. Tudo o que dei, tudo o que perdi… Eles me reduziram a um estereótipo afetado.

Sinto uma raiva começar a se agitar dentro de mim quando mais dois Argonautas se juntam a eles, assumindo os papéis de meu pai e meu irmão. Eles cambaleiam como dois tolos estúpidos, tropeçando várias vezes um no outro para incitar risadas baratas do público.

— Jasão, conheço um feitiço que vai te ajudar a derrotar os bois que soltam fogo! — grita Pólux, tateando na direção de Castor. — Mas você tem que me deixar esfregar esses seus músculos fortes!

— Esfregar meus músculos? — Castor franze a testa de forma exagerada. — Tem certeza de que é assim que a magia funciona, princesa?

— É claro que tenho certeza! Agora, tire as roupas! — retruca Pólux, e com isso os Argonautas assobiam e gritam com satisfação.

A humilhação me invade quando vejo Pólux passar as mãos por todo o corpo de Castor, fazendo comentários e gestos obscenos. Sinto como se as brasas da fogueira estivessem incrustadas em minhas bochechas, acendendo minha pele. Quase desejo que seja verdade — assim eu poderia simplesmente queimar e desaparecer.

Pólux então alcança a virilha de Castor e exclama alto:

— Ah, Jasão, *precisamos* garantir que isso permaneça intacto!

— Cuidado, amor, você não sabe o que seu toque está fazendo comigo. — Castor ri, as palavras são repugnantemente familiares. — Ou o que ele me faz querer fazer com você.

— Ah, Jasão, você pode fazer o que quiser comigo! Qualquer coisa!

Esse momento. Ele era para ser *nosso*, de confiança e vulnerabilidade... mas Jasão o havia compartilhado com seus homens. Pior do que compartilhar, ele o havia reduzido a uma anedota provocadora, uma piada.

O canal para o Submundo se estica dentro de mim como uma pergunta sendo feita — *você deseja nos invocar?* Tento ignorá-lo, mas minha magia sacode em uma resposta ansiosa, como um cavalo selvagem puxando suas rédeas.

Atalanta diz algo a Pólux, mas não consigo escutá-los. Nem consigo me concentrar conforme a performance continua. Só consigo ouvir as risadas. Aquelas risadas terríveis e feias. Elas chacoalham meus ossos. Sufocam minha mente.

Não consigo mais suportar.

Avanço rapidamente, a escuridão desaparecendo de minha pele quando me materializo no centro da multidão. O fogo treme e se intimida com minha presença, enviando sombras que deslizam como demônios escapando na noite. Os homens fazem silêncio à minha volta.

ROSIE HEWLETT . 239

Eles me observam com olhos cuidadosos, o humor removido de seus rostos. Noto alguns deles alcançando suas armas.

— Meu amor, aí está você. — Jasão se levanta, inabalável. Ele é todo sorrisos, toda doçura. — Que bom que está aqui. Não queria que perdesse a diversão.

— Eu vi — digo, fervilhando.

— Qual é o problema? — Ele tenta pegar na minha mão, mas eu a afasto. — Medeia?

A escuridão dentro de mim puxa novamente, dessa vez com mais firmeza… Eu poderia fazer isso… Poderia libertá-la… Poderia dilacerar suas mentes como suas risadas dilaceraram a minha.

— O que é isso, meu amor…

Eu me afasto, o frio da noite me envolvendo de maneira tão orgânica que é como se eu sempre tivesse pertencido àquele lugar.

Eu esperava que Jasão chegasse antes do que chegou.

Parece que se passaram horas enquanto espero na beira da praia, olhando para as estrelas, aqueles olhos mortos observando.

— Medeia. — A voz dele rompe o silêncio.

Ele está parado ao meu lado, com o rosto virado para o céu, o leve brilho da lua iluminando seus olhos. Dá para ver que está bêbado.

— Por que você foi embora? — Sua voz levemente arrastada confirma minhas suposições.

Eu nunca vi Jasão bêbado antes e noto como isso o transforma em uma versão que não conheço, seu rosto disforme e estranho.

— Não gostei do… espetáculo — digo, cruzando os braços com firmeza.

— Você não deveria negar diversão aos homens. — As sombras ao redor dele se movem quando ele dá de ombros. — Eles tiveram uma jornada difícil; rir dessas coisas os ajuda. Não pode permitir isso a eles?

— Permitir que riam de *mim*? — Eu o sinto tenso com a dureza de minha voz.

— Ninguém estava rindo *de* você, meu amor. Estávamos desfrutando das lembranças de nossa viagem juntos, como camaradas.

— Eu não faço parte de sua tripulação — argumento, afundando os dedos nas costelas. — Não sou sua *camarada* nem deles.

— Não, mas você logo vai ser minha esposa. Minha rainha. — Ele descruza meus braços e me puxa em sua direção. Seu hálito está azedo.

— E quanto à sua outra rainha? — Sinto algo feio formar um nó em meu estômago quando digo isso. — A rainha de Lemnos?

— Hipsípile? — Odeio o som do nome da rainha na língua dele. — O que você ouviu sobre ela?

— Ouvi o suficiente.

— Deuses, Medeia. Sério? — Jasão se afasta. Ele nunca disse meu nome desse jeito antes, coberto de irritação. — Quando se tornou tão paranoica? Você está parecendo seu pai, sabia?

Sinto uma dureza familiar se fechando sobre mim, minhas defesas se erguendo.

— Você fodeu ela também, então?

Mesmo bêbado e recoberto pelas sombras de Nix, ainda posso ver seus olhos se estreitarem ao ouvir minha linguagem vulgar.

— Você está passando tempo demais com homens de boca suja — comenta ele, embora sua voz esteja desprovida de seu humor fácil habitual. — Uma rainha não fala assim.

— Você não respondeu a minha pergunta.

— E o que isso importa? — Ele solta um suspiro encharcado de vinho, passando a mão pelos cabelos. — Eu não fiz perguntas sobre seu passado, fiz? Então por que não pode me oferecer a mesma cortesia?

Quero dizer que não há nada digno de nota em meu passado, mas as palavras ficam presas em minha garganta. Cruzo os braços diante do corpo outra vez, cravando as unhas mais profundamente nas laterais, sentindo-as machucar minha pele. Sei que vão deixar pequenas marcas em forma de lua crescente, resquícios físicos da dor invisível.

— Medeia, não há motivo nenhum para ficar chateada. — Ele suspira.

— Você contou a eles coisas que compartilhamos em *particular*, Jasão. — As palavras saem mais fracas do que o pretendido, cobertas por um sussurro trêmulo.

— O que você esperava? Eu *tinha* que contar a eles o que se passou entre nós, senão jamais teriam confiado em você. Suas vidas dependiam de nossa aliança; eu não podia esconder isso deles.

— Mas eles estavam *zombando* de mim...

— Me deixe entender uma coisa, Medeia — ele interrompe. — Meus homens não podem fazer piadas inofensivas, mas *você* pode ameaçá-los abertamente. É isso?

Enrijeço diante da dureza de sua pergunta. *É claro,* Télamo foi correndo para Jasão na primeira oportunidade. Imbecil covarde.

— Minhas ações não foram desmotivadas. Eles estavam dizendo coisas sobre Atalanta. Coisas horríveis.

— E?

— E eu disse para eles pararem.

— Não, Medeia, você os *ameaçou* — retruca Jasão, abrindo bem os braços.

— Mas as coisas que eles estavam dizendo...

— Elas *não importam*. Sabe por quê, Medeia? — Ele chega mais perto, engolindo meu espaço. — Porque você não deve lealdade a Atalanta. Você supostamente deve lealdade a *mim*.

— Eu *sou* leal a você.

— Sabe, você realmente demonstrou sua imaturidade esta noite — murmura ele na escuridão.

Estremeço quando suas palavras se alojam dentro de mim, pressionando feridas antigas e fazendo minha raiva se transformar em uma dor pesada e embotada.

— Por favor, não diga isso, Jasão — sussurro.

— Meu amor.

Fico aliviada ao ouvir sua voz suavizar quando ele se vira de novo para mim. Ele coloca as mãos em meus ombros, inclinando o rosto para baixo de modo a olhar diretamente em meus olhos.

— Não importa o que veio antes de nós. Tudo isso está no *passado*, e só o que me importa é o futuro. *Você* é meu futuro. Não consegue entender isso?

Suas palavras são tudo o que eu quero ouvir, e desejo que elas suavizem a dor distorcida dentro de mim, e ainda assim... ainda consigo sentir a humilhação bruta pulsando na boca de meu estômago, como um batimento cardíaco moribundo.

— Vamos, meu amor. Não vai dar um sorriso?

— Não quero que riam de mim daquela forma. Nunca mais. — Sinto minha vulnerabilidade se abrindo para ele como uma flor buscando a luz do sol.

Ele dá um beijo em minha boca, o movimento é desajeitado, seus dentes batendo nos meus. Ele então pressiona a boca em meu ouvido, sussurrando com gentileza:

— Você fica linda sob o luar.

Quero me sentir satisfeita por ele me desejar tão profundamente depois de tudo o que disse, mas não consigo deixar de pensar em como ele desconsiderou tão depressa meus sentimentos em nome de sua própria luxúria.

Antes que o pensamento possa tomar forma, ele me beija de novo. Fico dura quando seus lábios descem por meu pescoço, esperando o desejo se agitar dentro de mim, mas ele não vem. Só consigo ouvir as risadas ecoantes dos Argonautas, misturadas com as palavras de Jasão: *você está parecendo seu pai.*

— Quero você — murmura ele, começando a mexer em meu vestido. — Quero sentir seu gosto.

— Não estou com vontade, Jasão. — Eu me afasto dele.

— Sério? — Ele recua, me encarando com a testa franzida. — Você vai ser assim? Tudo por causa de um pouco de diversão inofensiva.

Posso senti-la, então, aquela autodepreciação familiar que eu pensei que tinha arrancado de meu corpo. Claramente, não arranquei. Resquícios da antiga Medeia ainda permanecem dentro de mim, ainda lutam para respirar.

Mas não posso permitir.

Preciso sufocá-la. Expurgá-la.

Preciso que ela *se vá* para que eu possa ser a mulher digna do amor de Jasão. A mulher merecedora de felicidade.

Tento alcançar Jasão e ele me puxa em sua direção, pressionando os lábios contra os meus. Travo os braços ao redor de seu pescoço enquanto ele meio que nos derruba no chão, rapidamente levantando meu vestido, as mãos desajeitadas com uma cobiça embriagada.

Eu me agarro aos fios do desejo dentro de mim, tentando trazê-los à vida, desejando que eles me puxem para aquela felicidade ardente. Mas não consigo escapar da dormência que me envolve enquanto Jasão se mexe sobre mim, sua respiração encharcada de vinho ofegante em meu pescoço.

Enquanto ele age junto a mim, estou apenas levemente ciente da dor. Puxo novamente aqueles fios do desejo, com mais firmeza dessa vez, mas ainda assim não tenho resposta. É como puxar as rédeas de um cavalo morto.

Mas não quero que Jasão pare, porque eu não conseguiria suportar a decepção em seus olhos se lhe pedisse isso.

Fico encarando as estrelas sem expressão, aquelas almas mortas presas na escuridão infinita, enquanto Jasão se satisfaz com meu corpo. Na calma beijada pela noite, juro que posso ouvir o eco das risadas deles. Provocando-me.

Mas afasto a ideia, contraindo a mente, permitindo que haja espaço para um único pensamento. Um pensamento que eu repito para mim mesma várias vezes, como uma prece silenciosa — *sou digna desse amor.*

Sou digna desse amor.

24

Os Argonautas são recebidos como deuses.

O povo de Iolcos se agrupa no porto, desesperado para ter um vislumbre dos heróis vitoriosos. Eles oscilam e se chocam uns contra os outros como as ondas que enfrentamos, preenchendo o ar seco da manhã com uma urgência febril.

Quando desembarcamos, Jasão segura o Velocino de Ouro para cima e a multidão explode, seus gritos tão altos que vibram no chão, ecoando em meu peito. Ele então se vira para mim e pressiona os lábios em meu ouvido.

— Sorria, meu amor. Esse é seu povo agora.

Caminhamos em uma longa procissão na direção do palácio de Pélias, com Jasão na frente, erguendo o velocino sobre a cabeça como um farol dourado. Multidões ocupam todas as ruas, irrompendo de cada esquina. Avisto até grupos de crianças de pernas finas trepando em telhados para tentar ter uma visão melhor de nós.

Pequenas bugigangas e flores são jogadas aos nossos pés enquanto caminhamos. Ao nosso redor, mãos tateiam a esmo, desesperadas para tocar os Argonautas, ter a chance de sentir sua grandeza sob as pontas dos dedos, talvez esperando obter um pouquinho dela.

O clima é diferente de qualquer coisa que já tenha vivenciado. É claro, eu já participei de cerimônias públicas antes, mas nada se compara a esse nível de êxtase fanático. As pessoas estão agindo como se os próprios olimpianos tivessem acabado de agraciar suas costas. Será que os gregos são sempre tão empolgados?

No entanto, ao olhar além dos rostos frenéticos, fico impressionada com a similaridade entre Iolcos e a Cólquida. É claro, existem diferenças — a pele levemente mais escura das pessoas, por exemplo, e suas roupas mais soltas e simples. Os prédios são visivelmente menores, menos adornados, e a terra em si parece mais seca, o chão empoeirado e rachado sob nossos pés. Ainda assim, apesar disso, os ossos dessa terra me parecem os mesmos. Acho que eu deveria esperar por isso. Afinal, quando Hélio deu a Cólquida para meu pai governar, sei que ele esculpiu intencionalmente seu novo reino com as influências de sua criação grega.

À minha frente, Jasão se deleita com a adoração de seu povo, florescendo sob ela. O príncipe acena e joga beijos, estendendo o braço para apertar mãos e tocar ombros. Ele tem um talento natural para isso, capaz de agradar seu povo sem ser levado por suas correntes, navegando pelas hordas enquanto continua avançando.

Quando vejo aquelas mãos desesperadas tentando alcançá-lo, imagino cada uma tirando um pedaço dele para si, roubando-o de mim. Até agora, eu não tinha parado para pensar como seria compartilhar seu amor e atenção com tanta gente.

Caminho alguns passos atrás de Jasão, com os Argonautas posicionados de cada lado. Essa formação protetiva não é por acaso. Jasão decidiu que é mais seguro assim, manter-me separada do povo, até ele ter a chance de me anunciar formalmente como sua rainha. No entanto, de vez em quando minha parede de proteção se rompe de leve e eu me vejo cruzando olhares com espectadores próximos. Noto a forma como seus rostos parecem enrijecer com o reconhecimento, e seus sorrisos desaparecem.

— *Lá está ela* — sussurram. — *A bruxa da Cólquida.*

Digo a mim mesma que estou imaginando a hostilidade em suas vozes e volto minha atenção para Jasão, para o palácio que se aproxima e no calor árido e implacável que arranha minha pele.

— Será que Jasão tem um plano? — Ouço Castor murmurar. — Ou ele realmente acredita que Pélias vai simplesmente lhe entregar o trono?

— Ele diz que seu tio fez um juramento aos deuses — responde Pólux ao aceitar a flor de uma criança pequena, cheirando-a de forma teatral.

— Esse é o mesmo tio que matou seu pai e aprisionou sua família, certo?

— Certo.

— *Certo.*

Eles trocam um olhar que eu tento ignorar.

Estou muito familiarizada com o pouco valor que a palavra de um rei pode ter. Mas se Jasão acredita na integridade de seu tio, então eu também deveria acreditar.

Para meu alívio, a multidão se dispersa quando chegamos ao palácio. O edifício gigantesco se avulta diante de nós, e seus pilares pintados com cores vibrantes brilham sob o sol da tarde. Quando nos aproximamos, as colunas colossais parecem se erguer para a frente, como se nos inspecionassem.

Ao encarar o palácio, ele me parece perturbadoramente familiar.

— É melhor vocês esperarem aqui fora — Jasão instrui os Argonautas, levantando a voz devido ao ruído da multidão atrás de nós. — Fiquem de olho nos guardas de Pélias. Se eu precisar de vocês, mandarei um sinal.

Mas os Argonautas não pareciam estar ouvindo, sua atenção vagando pelas inúmeras bancas de comida e tavernas que acenavam de longe para eles. Quando olho em volta, percebo que alguns já desapareceram, levados pela agitação das ruas, ou talvez atraídos por seus fãs adorados.

Olho novamente para Jasão, vendo uma ruga se formar entre suas sobrancelhas. Está claro que seu domínio sobre os Argonautas está diminuindo. Sua jornada chegou ao fim, e com ela o poder de Jasão sobre eles.

— Vocês me ouviram? — insiste Jasão, recebendo alguns acenos de cabeça indiferentes como resposta. — Medeia, você vem comigo.

— Não é mais seguro Medeia esperar aqui conosco? — pergunta Atalanta.

— Não. — A voz de Jasão transmite certa tensão. — É *mais seguro* Medeia permanecer ao lado de seu futuro marido.

— Mais seguro para quem? — murmura a caçadora, e Meleagro solta uma risada estrondosa.

Se Jasão ouve, ele finge não ouvir. Dá meia-volta e entra no palácio, com o velocino acomodado de maneira triunfante sobre os ombros. Faço menção de segui-lo, mas alguém me puxa para trás. Virando, vejo os olhos cinza de Atalanta nos meus, os dedos entrelaçados em meu pulso.

— Lembre-se, você vai ser esposa dele, não sua arma — diz ela com a voz tão firme quanto sua pegada.

— Eu sei disso.

— Eu sei que *você* sabe. Mas e quanto a ele?

A atmosfera dentro do palácio é sinistra.

O espaço é mal iluminado, as janelas bloqueadas. Espero ver escravizados ocupados com suas tarefas diárias, mas tudo parece vazio, os cômodos enormes parecem cadáveres eviscerados e dourados.

Depois de toda a comoção do lado de fora, o silêncio dentro do palácio é ensurdecedor.

— É sempre assim? — pergunto a Jasão, minha voz rompendo o silêncio denso.

Ele nega com a cabeça.

— De jeito nenhum.

— Onde está todo mundo?

— Ouvi rumores de que a saúde de Pélias se deteriorou desde que parti para a Cólquida. Ele sempre foi enfermo; acredito que seja punição divina pelo que fez com minha família... Talvez não queira que ninguém veja o quanto está fraco. — Ele passa os olhos pela passagem desolada. — A sala do trono é logo ali.

Seguimos em frente, os passos de Jasão são lentos e deliberados, cada um deles alimentado por um propósito calmo. É o andar de um vencedor, o andar de um rei. Nessa luz, o velocino parece ainda mais brilhante, fazendo Jasão parecer um deus entre meros mortais.

Ao seu lado, imito seu equilíbrio, seu orgulho, embora a luz do velocino pareça se afastar de mim, perseguida pelas sombras que seguem em meu rastro, aproximando-se, sussurrando junto à minha pele.

No fim do corredor, o espaço se abre para fora, e meus olhos focam o trono diante de nós e o traidor sentado sobre ele. Pélias. Tio de Jasão.

O homem que tirou tudo dele.

Em minha mente, eu havia imaginado Pélias aos moldes de meu pai, alto, cruel e feio. Mas quando nos aproximamos da plataforma, fico surpresa ao ver que o homem que está sentado à nossa frente é... *velho*. Sua pele enrugada parece fina como asas de borboleta e seus cabelos são tão ralos que dá para ver o couro cabeludo manchado sob eles. Olho para Jasão para ver se ele exibe a mesma surpresa, mas seu rosto permanece impassível.

Paramos diante do trono. Nenhum de nós se curva.

Quando encaro Pélias, sinto a tensão dentro de mim diminuir um pouco. Alguém envolveu seu corpo murcho em túnicas caras para tentar lhe dar a ilusão de estatura, mas só serviu para enfatizar o quanto ele parece pequeno e frágil, o tecido grosso o engolindo como uma criança experimentando as roupas do pai.

Atrás do rei, quatro mulheres estão nas sombras. Seus rostos estão obscurecidos por véus claros, as mãos entrelaçadas na frente do corpo. Se não fosse pelo leve subir e descer de sua respiração, elas poderiam ser confundidas com estátuas de mármore. Presumo que sejam as adoradas filhas de Pélias, sobre as quais Jasão me contou. Ao que parece, elas adoram profundamente o pai, sua devoção tão resoluta que todas se recusaram a se casar para poderem permanecer ao lado dele.

Não sou capaz de compreender tal desejo.

Depois de um silêncio longo, Pélias finalmente pigarreia para falar. Quando faz isso, sua voz é dolorosamente fina em meio ao silêncio.

— Meu querido sobrinho. Bem-vindo de volta.

— Obrigado, tio. É bom ver você.

— E bem-vinda você também, Medeia. — Pélias vira os olhos para mim e eu noto que eles são exatamente da mesma cor que os de Jasão. Embora os dele estejam envoltos em rugas grossas e cinzentas, eles ainda mantêm um estado de alerta brilhante. — Eu havia ouvido falar que Jasão estava voltando com uma noiva.

— Uma rainha — corrijo, e meus lábios se curvam para cima com firmeza.

Ao meu lado, posso sentir Jasão imitando meu sorriso.

Pélias não diz nada, mas noto como suas mãos retorcidas e nodosas apertam os braços entalhados do trono.

— Preciso perguntar, você está bem, tio? Está um pouco… pálido. — As palavras de Jasão estão carregadas de sarcasmo.

— Obrigado por sua preocupação. — Se sua voz fosse mais forte, eu poderia ter acreditado que o tom de Pélias era defensivo. — Mas posso garantir que estou com boa saúde.

Jasão deixa passar um segundo, o silêncio é afiado como um dedo acusatório. *Mentiras.*

— Muito bem. Então devo começar. — Ele dá um passo desafiador à frente, pigarreando. — Na última colheita, estive diante deste mesmo trono e reivindiquei meu direito de me sentar nele, um direito concedido a mim por meu pai. Você, Pélias, garantiu que o trono seria meu *se* eu recuperasse o famoso Velocino de Ouro para provar meu valor. E eu fiz exatamente o que você pediu, reunindo a tripulação mais poderosa que esse mundo já viu. Heróis de toda a Grécia se uniram a mim, incluindo Héracles, o filho do próprio Zeus. Todos ficaram sabendo de minha jornada e acreditaram que minha causa era digna.

Jasão levanta a voz ao continuar:

— Eu liderei os Argonautas em uma jornada tão ambiciosa que será cantada por gerações. Você não é capaz de mensurar os inimigos que enfrentamos, as adversidades que sofremos, as batalhas que vencemos. Tudo por isso. — Ele segura seu prêmio na frente do corpo. — O Velocino de Ouro. Conforme prometido.

Outro segundo de silêncio se passa enquanto Jasão aguarda suas congratulações.

— E onde estão seus famosos camaradas agora?

A mandíbula de Jasão fica tensa com a resposta insípida de Pélias, mas ele mantém a voz firme quando diz:

— Estão esperando lá fora. Mas, acredite em mim, tio, eles não vão esperar por muito tempo. Tiveram uma viagem longa e difícil e desejam desfrutar do que sua bela cidade tem a oferecer.

Não há como negar a ameaça por trás das palavras de Jasão, embora Pélias permaneça inabalável.

— Assim como você, sobrinho. Você deve estar exausto. — Ele sorri de leve.

— Estou. Gostaria muito de sentar e descansar as pernas, mas acredito que você está em meu assento. — Jasão olha para o trono enquanto passa a mão sem perceber nos cachos do Velocino de Ouro. Ele então alterna o olhar para nossas espectadoras silenciosas. — Algumas de minhas adoráveis primas gostaria de ajudá-lo a se levantar?

Atrás de Pélias, suas filhas permanecem imóveis, exceto pela mais alta, que se agita, fazendo seu véu estremecer, o material ondulando como luz estelar líquida.

— Veja como fala com seu rei. — A voz de Pélias endurece.

Parece que a insolência de Jasão injetou alguma vida de volta nos ossos do velho.

— Talvez você tenha ficado confuso em seu... estado *delicado*. Então me permita esclarecer. Eu recuperei o velocino e provei meu valor. Então agora o trono é meu por direito, como acordamos.

Pélias se inclina para a frente e eu não tenho certeza se o rangido vem do trono ou de seus ossos frágeis.

— Nós acordamos, Jasão, que se retornasse com o velocino, você se tornaria meu *herdeiro*. Você pode se tornar rei quando eu estiver pronto para passar o título adiante.

Jasão enrijece, sua voz abaixando quando diz:

— Você não alegou tal condição antes.

— Você achou mesmo que eu simplesmente entregaria meu trono, garoto? Depois de tudo o que fiz para garanti-lo? — Pélias recosta, com uma risada rouca ecoando em seus pulmões. O som arranha meus nervos.

— Nós tínhamos um acordo. Você fez um juramento aos deuses.

— Eu jurei te declarar meu herdeiro. Tenha um pouco de paciência, sobrinho. O trono será seu, com o tempo.

Com o tempo. As palavras pairam frouxas e sem vida no ar, tão insignificantes quanto qualquer outro voto que eu tenha ouvido um rei fazer. Pélias não tem intenção de entregar seu trono a Jasão; claramente nunca teve.

Quando olho para o rei, sinto meu poder ondular por mim, aquelas ondas escuras batendo em minha alma, lentas e calmantes.

Pélias está tão fraco, tão fácil de destruir…

Afasto o pensamento da cabeça instantaneamente.

— Me dê isso, então. — Pélias estende a mão. — Nosso acordo era você trazer o velocino para *mim*, não? A menos que não deseje mais honrar sua parte da barganha.

— Não sou eu que estou desonrando nosso acordo — rebate Jasão, seu tom endurecendo apenas um pouco, mas o suficiente para fazer a sala parecer sufocante.

Com minha visão periférica, posso ver guardas armados se materializando, as mãos pairando sobre os cabos das espadas. Jasão segura o velocino com mais força, a mandíbula travada com uma resolução fria.

Minha ligação com o Submundo fica tensa, sentindo o perigo à nossa volta.

— Entregue, Jasão. — A voz de Pélias, embora debilitada, tem um quê ameaçador.

Os segundos passam, cada um parecendo mais pesado que o anterior. Os guardas dão um passo decisivo mais para perto — um alerta silencioso para Jasão obedecer a seu rei.

No silêncio, posso ver aquilo se desenrolando em minha mente — um pequeno sinal de Pélias, e os guardas do palácio vão avançar, cercando Jasão. Ele vai chamar os Argonautas para o ajudarem, mas nenhum vai aparecer. Jasão não vai ceder, no entanto, mesmo abandonado por sua tripulação. Pois ele nunca mais vai se permitir ser prisioneiro neste palácio. Ele preferiria escolher a morte.

Visualizo Jasão atacando violentamente com sua espada, fazendo um esforço valente contra as hordas de guardas do palácio. Mas não vai ser o bastante. Eles serão muitos e Jasão vai estar cansado e fraco demais depois de nossa longa viagem. Eu estarei lutando ao seu lado, é claro, meu poder derrubando qualquer homem que fique contra meu amor. Mas vai bastar uma lâmina rápida em suas entranhas ou um corte em sua garganta para Jasão cair, com o velocino escorregando de seus ombros enquanto ele desmorona.

Estremeço diante da imagem em minha mente, de Jasão ofegante em uma poça de seu próprio sangue.

— Meu amor. — Eu me viro para ele, minha voz perfurando a tensão que sufoca a sala. — Por favor, permita-me.

Tento pegar o velocino, e Jasão o segura com mais força. Seus olhos ardem com tanta ferocidade que posso ouvir a pergunta não dita chiando através de seu olhar: *O que você está fazendo?*

Confie em mim, Jasão, suplico em silêncio, enviando um pulso de meu poder na direção dele, aliviando sua indignação. *Por favor. Este é o único jeito.*

Depois de um longo momento, ele finalmente cede, com o velocino flácido nas mãos como se incorporasse seu desânimo. Quando pego o velocino dele, não consigo deixar de notar mais uma vez como ele parece banal e inútil sob as pontas de meus dedos.

— Parece que sua futura esposa tem mais modos do que você, Jasão — comenta Pélias quando me aproximo do trono. Seu sorriso é um corte fino atravessando o rosto envelhecido. — Claramente os colquidianos não são tão bárbaros como dizem. Obrigado, Medeia.

— É uma honra — digo ao colocar o velocino a seus pés.

Pélias olha para ele e eu posso ver uma avidez intensa refletida naqueles olhos, revelando um vislumbre do rei ganancioso e implacável que existe dentro de seu corpo decrépito.

Ele se inclina para a frente e tenta alcançar o velocino. Seus movimentos são lentos, a mão treme enquanto os dedos nodosos se esticam a centímetros dos cachos dourados. Eu o vejo se empenhar e não faço esforço nenhum para ajudá-lo.

Uma sombra se agita ao meu lado e eu levanto os olhos e vejo uma de suas filhas se abaixando para pegar o velocino. Ela o coloca com delicadeza no colo do pai e depois segura seu rosto com a mão fina e pálida. O movimento é fugaz, porém repleto de amor.

Acho estranho testemunhar essa adoração entre pai e filha.

— Obrigado, Alceste. — Eu o ouço murmurar.

Antes de se virar para sair, sua filha olha para mim e eu consigo distinguir o contorno sombreado de seu rosto atrás do véu. Sinto seu olhar perfurando o material ondulado e o medo que queima dentro dele. Mas há alguma outra coisa também, uma espécie obscura de curiosidade que a atrai em minha direção como uma mariposa sendo atraída na direção de uma chama. Aceno com a cabeça para ela, que se encolhe em resposta antes de correr de volta para as irmãs.

— Se eu serei seu herdeiro, o que vai acontecer com seu filho? — pergunta Jasão.

— Acasto está no exterior no momento, mas vou explicar tudo a ele quando retornar.

Jasão abaixa os olhos para o velocino no colo de Pélias. Ele engole em seco antes de abrir um sorriso tenso.

Suas próximas palavras são forçadas entre dentes cerrados.

— Entendido, tio. Peço desculpas por qualquer... hostilidade de minha parte. Como eu disse, fizemos uma viagem longa e difícil e estamos desesperados para descansar e fazer uma refeição quente, se puder fazer a gentileza de nos acomodar.

— É claro. — Pélias acena com a mão fina e dois escravizados aparecem como se o gesto os tivesse criado das sombras. — Acompanhe nossos hóspedes até seus aposentos, por favor. E peça a nosso cozinheiro que prepare comida e vinho, em grandes quantidades. Temos que comemorar a feliz notícia de seu casamento iminente, não é?

Jasão confirma com a cabeça sem olhar para mim.

Os homens trocam mais algumas palavras, mas são palavras vazias. Os dois são como inimigos circulando em um campo de batalha, aguardando seu precioso momento, esperando para atacar assim que o outro baixar a guarda.

— Se precisarem de alguma coisa, não hesitem em pedir — diz Pélias ao recostar no trono, colocando as mãos sobre o velocino. — E, por favor, fiquem à vontade. Afinal, somos família, não somos?

25

O palácio de Pélias passa a mesma sensação de falta de alma que o do meu pai passava.

Um labirinto de corredores, tetos altos e cômodos amplos. Espaço infinito e sem sentido, sufocado por decoração extravagante em uma tentativa preguiçosa de transmitir poder.

Minha mente volta para a casa de Circe. Aquele minúsculo refúgio caótico perdido no canto do mundo. Não tinha me dado conta, até agora, do quanto havia gostado de lá, de como me senti em casa.

Não que algum dia aquele vá ser meu lar.

Não que algum dia eu o verei novamente.

Afasto o pensamento quando entramos em nossos aposentos. O quarto não é tão opulento quanto os da Cólquida, mas parece o luxo do Monte Olimpo se comparado às condições do *Argo* e às noites passadas dormindo no chão duro.

Um suspiro de alívio me escapa, meus membros suplicando para desmoronar sobre as peles empilhadas ao nosso redor. Eu me pergunto como será finalmente me deitar com Jasão em uma cama de verdade, sentir o toque de nossa pele desnuda naquelas peles macias...

— *Eu deveria saber.*

Um estrondo estilhaça meus pensamentos quando uma tigela circular grande cai aos meus pés, derrubando maçãs no chão. Levanto os olhos para Jasão, observando seus ombros largos se elevando e sua respiração pesada e irregular. Seus olhos são os mais escuros que já vi, como nuvens de tempestade passando sobre um céu de verão.

— Meu amor…

— *Não* — ele rosna para mim, chutando a mesa sobre a qual estava a tigela descartada. Estremeço quando ela vira, batendo no chão. — Eu deveria saber que aquele desgraçado tinha *mentido*. — Seu rosto se contorce com uma fúria tão bruta que fica quase irreconhecível.

Eu me sento sobre a cama e ele afasta o rosto de mim, apoiando as mãos contra a parede mais distante. Mantenho os olhos fixos nos contornos fortes de suas costas, vendo-os tremular com a raiva ondulando sob sua pele. Ele soca a parede e eu sinto todos os músculos dentro de mim se encolhendo.

— E *você*. — Ele se vira para mim. — Por que entregou o velocino a ele? O que você estava *pensando*?

— O velocino é inútil — afirmo.

— *O quê?*

Uma quietude tensa se estabelece entre nós enquanto sustento o olhar furioso de Jasão.

— O velocino é inútil — repito, com os punhos cerrados sobre o colo. — Acha mesmo que eu daria a Pélias o presente da glória eterna?

A careta de Jasão escurece.

— Do que está falando? Como você sabe?

— Hécate me disse, e Circe confirmou com seu comentário em Eana.

— Elas podiam estar mentindo.

— Não estão. — Balanço a cabeça. — Não consigo sentir, Jasão.

— Sentir o quê?

— Seu poder. Se estivesse lá, eu sentiria alguma coisa.

Ele considera a informação por um momento.

— Há quanto tempo você sabe?

— Hécate me contou na manhã de seus testes.

Ele massageia o queixo, sua raiva dispersando-se em uma confusão aturdida. Balança a cabeça enquanto se ajusta ao peso dessa percepção se acomodando sobre ele.

— Todo esse tempo?

— Eu devia ter te contado antes — admito. — Mas não tinha certeza se as palavras de Hécate eram verdadeiras, não até segurar o velocino em minhas próprias mãos. E fiquei com medo que você perdesse a confiança em si mesmo sem ele... Mas percebe o que isso significa, Jasão? Significa que sua glória pertence a você. Suas vitórias não aconteceram por causa de um objeto divino; elas aconteceram por *sua* causa. — Observo enquanto ele considera minhas palavras, sua raiva diminuindo.

— O velocino é inútil — repete ele para si mesmo.

— Você está... zangado comigo? Por não ter te contado antes?

— Zangado? — Ele se vira para mim e, para a minha surpresa, um sorriso gigantesco se abre em seu rosto, afastando qualquer resquício daquele comportamento odioso. — Medeia, você não percebe? Isso é brilhante! Pélias agora acredita que é invencível. Ele não me vê mais como uma ameaça, o que vai nos fazer ganhar tempo para tomar o trono.

Encaro os ossinhos ensanguentados de sua mão, repassando em minha mente como a fúria havia consumido todo o seu corpo com tanta rapidez, desfigurando aquele belo rosto. É como se a imagem tivesse sido queimada em meus olhos. Não consigo ignorar.

Isso lembra meu pai.

Gostaria que não lembrasse.

Jasão olha para eles, então solta uma risada trêmula enquanto passa as mãos pelos cabelos.

— Parece que perdi a educação por um momento. Peço desculpas. Devo estar cansado demais da viagem... Medeia, meu amor, por que está me olhando assim? Está tremendo. Venha aqui. Vamos. — Ele caminha até a cama, percorrendo a distância com alguns passos fáceis, e senta-se ao meu lado. Eu me encosto com rigidez em seus braços abertos. — Por que está tão assustada? Qual é o problema? Meu amor, não faça eu me sentir mais miserável do que já me sinto. Por favor, não pense mal de mim. Eu não poderia suportar isso.

— Não — digo, olhando para ele. — Eu jamais poderia pensar mal de você.

— É que ver aquele homem salienta o pior de mim. Quando penso no que ele tirou de mim, no que fez com minha família... — Jasão fica em silêncio, deixando as palavras não ditas se acumularem nas sombras.

Penso em sua mãe e irmão, trancados naquela cela, deixados para apodrecer. Se alguém tivesse feito algo assim com Calcíope, nem sei dizer a severidade da punição que eu teria aplicado a essa pessoa.

— Eu compreendo — digo, segurando seu rosto triste.

— Talvez eu seja um tolo por pensar que Pélias cumpriria sua palavra.

— Você não é tolo. É um homem que acredita em honra, e há muito poucos como você nesse mundo. — Jasão olha para mim e eu saboreio a forma como sorri ao ouvir minhas palavras, a luz que devolvo a seus olhos. Ele dá um beijo suave na palma de minha mão. — Então você não está mesmo zangado comigo?

— Eu nunca poderia ficar zangado com você, Medeia. Na verdade, nunca liguei para o velocino. Ele era apenas um meio para eu reivindicar meu trono. — Ele sorri. — E eu terei aquele trono. Aconteça o que acontecer. Minha mãe e meu irmão morreram para que eu pudesse viver, para que eu pudesse vingar meu pai. De que serviria seu sacrifício se eu fracassasse agora?

— Você será rei — garanto a ele. — Pélias está morrendo; você viu a condição em que ele está. O trono será seu em breve.

— Ele não vai me indicar como seu herdeiro. — Seus olhos ficam sombrios de repente. — Sempre demonstrou que é um homem sem honra. Assim que seu filho, Acasto, retornar, ele vai dar um jeito de se livrar de mim.

— Mas é *você* que o povo quer; você os viu lá fora. Você e Acasto não podem chegar a um acordo? Talvez ele honre a palavra de seu tio?

— Medeia, não vou ficar esperando para ser insultado novamente… — Ele se interrompe e suspira, afastando o rosto de meu toque. — Achei que você entenderia. Talvez eu tenha sido tolo de pensar isso também.

— Eu entendo — afirmo, pegando na mão dele. — De verdade.

— Então vai me ajudar a reivindicar o que é meu de direito? — Ele inclina a cabeça para trás, os olhos percorrendo nossas mãos entrelaçadas.

— É claro. — Confirmo com a cabeça enquanto ele beija nossos dedos unidos. — Mas e os Argonautas? Eles também não poderiam ajudar? Certamente o exército de Pélias não é páreo para eles.

— Não posso tomar o trono exterminando os soldados de Iolcos. As pessoas não vão aceitar um rei que matou seus filhos, irmãos, pais. Além disso, mesmo que eu *quisesse* fazer isso, não acredito que os Argonautas arriscariam a vida por mim de novo. Você viu como eles estavam hoje; acreditam que seu trabalho está concluído. — Ele balança a cabeça e começa a traçar pequenos círculos na palma de minha mão. Seu toque é tão terno que é quase provocador. — Precisamos ser mais inteligentes do que isso. Mais espertos. Mais... *mágicos.* — Ele acrescenta a última palavra com um sorriso astuto.

— Mágicos — repito, vendo-o passar o dedo em minha pele, deixando um rastro de faíscas pelo caminho.

— Eu estava pensando... que você poderia lançar um de seus feitiçozinhos.

— Talvez... eu possa.

— Você faria isso? — Ele aproxima o rosto do meu e posso ver a intenção obscura piscando nas profundezas de seu olhar. — Por mim?

Sinto a escuridão rastejando em meu interior, aquele canal se abrindo devagar, a avidez dos espíritos da morte se acumulando em minha mente. Mas a sensação é amortecida pela voz de Atalanta.

Você vai ser esposa dele, não sua arma.

— E se o povo se voltar contra mim por usar minha magia contra seu rei?

— Se for discreta, como eles vão saber que foi você?

— Acho que você tem razão...

— É claro que tenho. Você não percebe? Pélias acredita que é invencível agora que está com o velocino. Sua guarda vai estar completamente baixa, graças a você... Você é tão esperta, meu amor. — Ele se aproxima e beija minha clavícula, seus lábios gerando um pulso de prazer sob minha pele. Ele então segue com a boca por meu pescoço, fazendo-me inclinar a cabeça para trás. — Vamos, Medeia — sussurra ele entre beijos. — Você não disse que faria tudo por mim? Qualquer coisa?

— Sim... mas...

— Mas? — Ele se afasta um pouco. — Não quer que eu seja rei? E você minha rainha?

Quero dizer a ele que nunca me importei com esses títulos, mas as palavras parecem ficar presas em minha garganta quando ele me encara com aqueles olhos brilhantes.

— Quero ser sua esposa — digo.

— E você será, meu amor… quando eu for rei. — Ele fecha as mãos sobre as minhas sobre meu colo. — Não podemos desistir agora, Medeia. Temos que continuar lutando por nós, por nosso futuro.

Aquela visão surge novamente em minha cabeça — o garotinho em meus braços. Jasão rindo ao nosso lado. Uma gota perfeita e brilhante de felicidade permeando todos os meus pensamentos. Seguro-a com cuidado na mente, como se a embalasse com mãos invisíveis, mantendo-a em segurança. Nosso futuro. Nosso lindo e perfeito futuro.

Vou lutar por ele.

Vou fazer o que for preciso.

— Talvez se nós solicitássemos uma audiência particular com Pélias amanhã…

— Nós? — Jasão se afasta. — Medeia, você deve perceber que não posso estar aqui quando isso acontecer.

— Mas…

— Não posso arriscar que nenhuma culpa recaia sobre meu nome. Devo ser inocente nisso; é fundamental que eu mantenha o povo do meu lado para garantir o trono. Você compreende isso?

Será que compreendo isso? É justo que minhas mãos tenham que estar ensanguentadas para que ele possa permanecer limpo? Ele diz que precisa do povo do seu lado, mas e quanto a mim? E se o ódio deles recair sobre meus ombros?

Jasão pega nas minhas mãos, pressionando os lábios em meus dedos.

— Por favor, Medeia. Confie em mim, assim como confiei em você na Cólquida.

— Eu confio em você.

Ele olha nos meus olhos.

— Então, você vai fazer?

Minha mente revira essas palavras e a pergunta não feita que existe dentro delas — *você vai matá-lo?*

A cada segundo que passa, sinto as sombras chegando mais perto, ávidas por ouvir minha resposta. Sua escuridão é um sussurro em minha alma; elas são impacientes, vorazes. Embora às vezes seja difícil saber onde acaba o desejo delas e começa o meu...

Porque eu *quero* que Pélias sofra, como fez Jasão sofrer.

Ele matou o pai de Jasão, deixou sua mãe e irmão para morrerem em uma cela e deixaria Jasão enfrentar o mesmo destino se ele não tivesse escapado. E, depois de tudo isso, ele ainda tem a audácia de negar a Jasão o trono que lhe pertence por direito, mesmo depois que Jasão retornou com o Velocino de Ouro para provar seu valor.

Por isso, Pélias deve morrer.

Ele merece essa punição, e eu sempre acreditei em punição.

— Vou fazer — digo, minha voz queimando com uma convicção silenciosa. — O que quer que você me peça. Eu vou fazer.

Jasão sorri e me beija profundamente, sussurrando em nosso hálito compartilhado:

— Minha rainha.

Na manhã seguinte, Jasão levanta cedo.

— Preciso reunir os Argonautas, ou o que restou deles depois de uma noite de farra na cidade — diz ele enquanto se veste.

— Vai pedir que permaneçam em Iolcos até você garantir o trono?

— Essa é minha intenção. Mas eles vão precisar ser convencidos... Terei que encantá-los com meu charme. — Ele sorri para mim com uma piscadinha. — Também vai ser bom eu mostrar minha cara para o povo. Lembrá-los de seu amado herói. Se o povo estiver do meu lado, a transição para o poder vai ser mais fácil.

Seu rosto está tão iluminado, os olhos praticamente brilhando, queimando quaisquer resquícios de sua fúria da noite anterior. Isso faz com que eu me pergunte se imaginei a severidade de sua raiva; talvez minha mente tenha exagerado a memória, borrando-a com pesadelos feios de meu passado. Ainda assim, seus ossinhos da mão cortados e machucados me dizem o contrário.

— Posso ir junto? — Sento na cama, vendo Jasão prender a túnica nos dois ombros.

Seu sorriso suaviza.

— Eu adoraria que o povo conhecesse sua futura rainha… mas preciso que você fique aqui e cuide de nosso pequeno plano.

— Que tal veneno? — pergunto em voz baixa, fazendo os olhos de Jasão correrem para a porta. — O homem está tão frágil que não precisaria muito para…

— Medeia — Jasão me interrompe, erguendo a mão para me silenciar. Ele senta na cama, pegando minhas mãos. — Pode haver olhos e ouvidos em qualquer lugar aqui.

— Mas o que você acha? — Abaixo a voz para um mero sussurro.

Jasão considera minhas palavras por um momento, depois se aproxima e murmura:

— Veneno é muito óbvio, muito previsível. Dedos serão apontados para nós antes mesmo de seu corpo esfriar. Precisaríamos de provas que apontassem para outro suspeito, para evitar qualquer controvérsia em relação à minha reivindicação do trono. — Ele faz um movimento suave no ar com nossos dedos entrelaçados. — Podemos conduzir a lâmina, mas precisa parecer que ela estava em outra mão. Você compreende?

Viro as palavras com cuidado em minha mente, sentindo uma ideia se formar.

— E se ele fizesse isso?

— Ele quem? — Jasão franze a testa.

— E se o próprio Pélias empunhasse a lâmina?

— Me diga, Medeia, por que eu deveria confiar em você?

Estou nos aposentos pessoais de Pélias, composto por três cômodos interligados, cada um dos quais aberto para um pátio central privado. O espaço é surpreendentemente modesto para um rei. Móveis esparsos ficam esquecidos nos cantos do cômodo, cobertos com uma fina camada de poeira. Estátuas pintadas foram deixadas para rachar e descascar, revelando o mármore branco por baixo. Tudo parece cansado e gasto, como se a condição de Pélias tivesse permeado seus arredores.

Minha atenção se fixa na parede mais distante, onde um afresco retrata a poderosa derrota dos Titãs por Zeus. Apesar da história antiga que ela conta, essa pintura é ironicamente a única coisa no cômodo que não parece desgastada pelo tempo. A cena foi criada com detalhes requintados, com o artista usando toques ousados de cor que se destacam com uma violência estranhamente bela.

Na frente dela, Pélias está sentado em uma cadeira grande e adornada, parecida com a que está em sua sala do trono. Seu rosto está virado para o pátio, onde o céu está opaco e sombrio, uma cobertura cinza drenando toda a vitalidade do mundo lá fora.

— Você diz que pode me curar — continua Pélias com aquela sua voz fina. — Então, me diga, por que eu deveria acreditar nessa alegação?

Respiro fundo, notando o leve cheiro de açafrão no ar.

— Não apenas curar, meu rei. Eu posso rejuvenescer seu corpo, sua mente. Fazer com que volte a ser jovem.

Ofereço um sorriso educado e afável, como o que Calcíope teria dado se estivesse aqui. Mas o dela seria genuíno, como são todos os seus sorrisos.

Calcíope. Pensar nela faz minha mente titubear, esbarrando em lembranças arraigadas bem no fundo de mim. O que ela acharia de meu plano, minha trama traiçoeira para tirar uma vida? Será que entenderia?

Não, é claro que não. E como eu poderia esperar que entendesse?

Conforme minha tristeza jorra, sinto algo frio e suave pulsar através de mim, ondulando das profundezas do meu ser. Uma sombra beijada pela noite que envolve meus sentidos, sufocando a dor como a mão macia que cobre uma boca, privando-a de ar.

Respiro fundo novamente para me acalmar, acolhendo o torpor. É muito mais fácil transitar por seu vazio do que pela tempestade tumultuada de minhas emoções. Mas naquele espaço vazio onde estava a dor, sinto uma outra coisa começando a se agitar. Sussurros gentis e sedutores ecoam pelo canal.

Os espíritos da morte me chamam.

Pois sabem o que estou planejando.

— Você realmente possui tais habilidades? — Pélias inclina a cabeça e as rugas ao redor de sua boca ficam mais profundas quando ele franze a testa.

— Meus poderes me foram presenteados pela própria Hécate.

Eu poderia matá-lo agora mesmo.

Com um único comando, poderia deixar os espíritos da morte se banquetearem com seu corpo enfraquecido. Eu poderia levar sua mente à loucura, fazê-lo cortar a própria garganta com a adaga que vi escondida em sua túnica.

Mas há guardas por toda parte, e eles sabem que eu solicitei uma audiência com seu rei. Então, se Pélias de repente tirasse a própria vida enquanto estávamos sozinhos…

Não. Preciso ser mais esperta do que isso.

— Não espero que confie em mim, meu rei — continuo. — Mas posso provar que falo a verdade. Por favor, permita-me mostrar o feitiço. Então você vai poder decidir se necessita de meu auxílio.

Pélias se mexe sob as camadas de peles de animais que foram empilhadas sobre ele apesar da umidade da manhã.

Ele respira de forma agitada antes de falar:

— E por que, Medeia, você estenderia minha vida quando minha morte garantiria o direito de Jasão ao meu trono?

— Porque eu reconheço poder verdadeiro quando vejo.

— É mesmo? — Posso sentir seu ego ardendo, atiçado por minhas palavras.

Homens são tão previsíveis.

— Poder chama poder, e eu sinto grandeza em você, Pélias. — Ele permanece em silêncio enquanto considera minhas palavras. — Por que outro motivo eu teria lhe entregado o velocino?

— E seu futuro marido?

— Eu respondo apenas a Hécate, e ela nunca me colocou no caminho errado.

— Então alega que a deusa te disse para me auxiliar? — Confirmo com a cabeça, sem deixar de olhar nos olhos dele. — Por que ela faria isso?

— Não cabe a nós questionar o desejo dos deuses — retruco.

Pélias esfrega o dedo torto sobre o queixo, e eu vejo as engrenagens de sua mente girando. Ele claramente não acha difícil acreditar que eu realinharia minhas lealdades tão rapidamente. Afinal, sou a princesa estrangeira que traiu toda sua família por um estranho.

Está claro, também, que o rei não confia em mim; ele não tem motivos para isso. Mas sua guarda está baixa, como eu sabia que estaria. Com o velocino em seu poder, ele acha que é invencível. Exatamente como meu pai achava.

Que tolos são esses reis.

— Você é uma criatura curiosa — murmura ele.

— Prefiro o termo "feiticeira". — Sorrio.

Somos interrompidos por um ruído repentino de passos urgentes, seguido de uma voz estridente.

— O que *ela* está fazendo *sozinha* com você, pai?

As filhas de Pélias entram no quarto. Sem os véus, agora posso ver seus rostos. As duas mais velhas são quase idênticas, seus rostos dominados por grandes olhos castanho-escuros um pouco separados demais, desequilibrando suas feições de uma forma estranhamente fascinante. A única diferença entre elas é que a irmã mais alta — Alceste, creio eu — está com os longos cachos castanhos soltos e as madeixas da outra estão trançadas em forma de coroa ao redor da cabeça.

— Quem permitiu isso? — É a filha de cabelos trançados que fala, com a voz recoberta com uma fúria fria.

Atrás delas, estão as duas irmãs mais novas.

Um temor frio surge em meu peito. Não era para elas estarem aqui; isso não fazia parte de meu plano.

Talvez, no entanto, eu pudesse usar isso a meu favor.

Pélias adora suas filhas, e se elas o amam tanto quanto Jasão diz, sem dúvida vão apoiar minha oferta de curar suas enfermidades. Fico imaginando qual deve ser a sensação de ser amada por um pai dessa forma. Deve ser um tipo único de laço... do qual eu poderia tirar proveito.

Mas a morte de Pélias as arruinaria, principalmente se acreditassem que foram cúmplices no ato. Essas garotas são fracas demais para carregar esse tipo de fardo em suas almas frágeis.

— Medeia alega que pode me curar. — Eu o ouço dizendo às filhas com uma nota de ceticismo pesando em suas palavras.

— Pode mesmo? — pergunta Alceste.

Foi ela que me analisou na sala do trono. Posso sentir aquela curiosidade agora, como uma gavinha delicada se afastando da tapeçaria alinhada e ordenada de seus pensamentos. Tudo o que preciso fazer é puxar aquele fio solto e deixar o restante começar a se desfazer...

Mas estou realmente preparada para fazer isso?

Pélias é merecedor desse destino, mas suas filhas são inocentes. Seu único crime é ficar no caminho de minha felicidade com Jasão.

Estou preparada para arruinar o futuro delas para assegurar o meu?

Acredito que sei a resposta antes de estar disposta a admitir.

No entanto, se aprendi uma coisa na vida é que *ninguém* vai te entregar sua felicidade. Pois felicidade não é um presente para ser dado livremente, mas um prêmio a ser reivindicado.

E eu estou pronta para receber o que me é devido.

— Pode? — insiste a princesa.

— Sim. — Confirmo com a cabeça. — Eu posso.

— Ela está mentindo, Alceste — sussurra sua irmã. — Como podemos confiar nessa bruxa?

— Componha-se, Pelópia — alerta o rei.

— Conheço um feitiço de rejuvenescimento que não apenas vai curar o rei, mas soprar vida nova em seu corpo — declaro, minha voz dominando o espaço.

Tecnicamente, é verdade: sei que tal feitiço existe. Apenas nunca o fiz antes... e nem o farei hoje.

— Por que acreditaríamos em uma bárbara? Uma assassina? — resmunga Pelópia.

Assassina. A palavra faz as sombras crescerem ao nosso redor, aproximando-se.

Seria tão fácil... libertar aqueles espíritos do Submundo novamente, deixá-los se alimentar das mentes dessas garotas, deixá-las loucas como Talos...

Não. Elas não são minhas vítimas, e eu não sou uma assassina insensível.

Mas elas prefeririam a morte ao que estou prestes a fazê-las testemunhar?

— Posso mostrar a vocês — digo, voltando minha atenção para Pélias. — Se me permitirem, posso demonstrar o feitiço... Mas primeiro devemos ir a algum lugar com garantia de privacidade. Só vou permitir que aqueles que forem dignos testemunhem meus dons.

Pélias olha para suas filhas e uma conversa sem palavras se passa entre eles.

— Muito bem. — Ele acena com a cabeça. Apenas Alceste sorri.

Garota tola, a escuridão cantarola.

Corto a garganta do carneiro de maneira rápida e limpa.

Não há necessidade de teatralidade.

As irmãs se encolhem, recuando quando o sangue escorre pelo chão da cozinha. Este foi o local que Pélias escolheu, a cozinha de seu palácio, um espaço que ele me assegurou que garantiria privacidade e os equipamentos necessários para executar o feitiço.

As mais novas não conseguem ver a criatura morrer. A forma como seguram nas mãos das irmãs mais velhas suscita lembranças de quando meu pai nos obrigava a observá-lo bater nos escravizados e Calcíope recorria a mim para se confortar. Essas lembranças são tão viscerais que parece que posso sentir a mão dela na minha, seu corpo frágil encostado no meu...

Calcíope nunca mais vai procurar conforto em mim. E nem deveria.

Enquanto encaro o sangue que cobre meus dedos, sinto meu corpo se abrir, permitindo que minha mente se separe e deslize no ar. Pairando logo acima de minha cabeça, eu me vejo segurando a criatura moribunda. Mas não é mais o carneiro em meus braços, mas meu irmão. Ele grita junto ao meu peito, suplicando que eu pare, mas eu não paro... Não posso...

A escuridão sorri à minha volta. O sussurro dos espíritos se intensifica. Eles estão prontos para outra morte. Outra alma.

— Não compreendo — diz Pélias com a voz áspera. O velocino está enrolado em seus ombros para proteção. — Matar o animal ajuda em quê?

A voz dele me aterra de volta em meu corpo. Esfrego o queixo com a mão, percebendo que o sangue agora está espalhado em meu rosto. Não me dou ao trabalho de limpá-lo.

— Morte e vida caminham de mãos dadas — digo a ele. — Está pronto para começar?

Afrouxo a rédea dos espíritos reunidos à minha volta só um pouquinho, de modo que as pontas de seus dedos invisíveis possam alcançar meu público. Posso senti-los querendo mais, ávidos para ser totalmente libertados. Mas aperto meu controle sobre eles, como cachorros acorrentados.

Vocês respondem a mim, lembro a eles.

Conforme eles transbordam do Submundo através de mim, posso sentir nossos poderes se misturando e envolvendo o cômodo. A sensação é inebriante.

Circe temia esse tipo de magia, mas não sabia que poder glorioso o Submundo poderia nos dar. Um poder belo e infinito.

À nossa volta, a escuridão parece se fechar para dentro, as sombras ficando mais densas à medida que os espíritos vão ficando impacientes. Deixo aquelas sombras se infiltrarem em meu público, enrolando-se em seus pensamentos. Não é uma invasão violenta, como aconteceu com Talos, mas uma carícia gentil, pintando imagens que escolhi cuidadosamente para elas.

Elas ficam boquiabertas quando seus olhos mentem para elas, fornecendo-lhes visões que os espíritos da morte plantaram. Elas veem o carneiro morto se contorcendo, faíscas de luz brilhando em sua pele. As irmãs mais novas se encolhem de medo, mas as mais velhas estão petrificadas. Até mesmo Pélias parece maravilhado com as visões que cegam seus olhos.

Sinto a escuridão se sacudindo contra o meu domínio, desafiadora, inquieta. Os espíritos da morte querem *mais*. Preciso de praticamente toda minha força para contê-los, impedi-los de destroçar aquelas mentes frágeis.

Não, sussurro em silêncio.

Eles obedecem, mas posso sentir sua sede de sangue com tanta potência como se fosse minha.

Enquanto Pélias e suas filhas estão distraídos pelas visões, arrasto a criatura morta para fora do cômodo pelas pernas traseiras. Não é tarefa fácil, e eu amaldiçoo em silêncio o tempo que estou perdendo. Se ao menos Jasão estivesse aqui, ele poderia ter tirado o carneiro de lá com um mínimo esforço.

Feito isso, pego o carneiro jovem que escondi antes, tirado do rebanho pessoal de Pélias. Enquanto a criatura fareja o sangue no chão, deixo as visões se soltarem, puxando as rédeas da escuridão que obstrui a mente de meu público. Os espíritos se rebelam de início, ainda insatisfeitos, mas depois se acomodam nas sombras à nossa volta. Esperando.

Sinto um calor familiar pingando de meu nariz e rapidamente limpo o sangue.

Pélias e suas filhas piscam devagar, como se acordassem de um sonho estranho. Eles então encaram o carneiro que está diante deles — jovem, saudável e bem vivo.

— Estão vendo? — pergunto enquanto eles olham, boquiabertos.

— Ela conseguiu. Ela *rejuvenesceu* o animal, ela o tornou jovem de novo! — diz Alceste, ofegante, tomada pela empolgação.

— Então está dizendo que nosso pai deve se *matar* para você o curar? — Sua irmã Pelópia franze a testa para mim, embora haja um leve tremor de maravilhamento em sua voz.

— Como eu disse, morte e vida caminham de mãos dadas. Um feitiço de rejuvenescimento deve começar com morte. — A mentira gira com facilidade em minha língua. — Se Pélias levar a faca à garganta, garanto que ele volta como um homem forte e jovem.

— Ele é tão jovem — sussurra Alceste, abaixando para olhar para o carneiro.

Ela acaricia a parte de baixo de seu queixo com uma gentileza que raramente vi pessoas demonstrarem a animais.

— Como você será, Pélias — digo a ele.

Ele observa o carneiro por um bom tempo, as sombras exagerando a palidez de sua pele. Quando ele fala, parece cansado.

— Devo admitir que estou impressionado com seus dons, Medeia. Mas não vou colocar minha vida em suas mãos. Já ouvi coisas suficientes sobre você e sua terra natal para saber que seria uma decisão insensata.

— Você confia mais em rumores do que na verdade que vê à sua frente?

— Confio em meus instintos — argumenta ele, embora sua voz frágil torne a afirmação menos convincente. — É contra a vontade dos deuses estender a expectativa de vida nos dada pelas Moiras. Serei grato e aproveitarei o tempo que me resta.

— Você tem apenas dias — alerto, dando um passo em sua direção. — Tem noção disso?

— Pai. — Alceste se vira para ele. — Por favor, considere o que ela está oferecendo. Lembre-se que tem a proteção do velocino.

— E você deve se lembrar de seu lugar, filha — alerta ele com irritação. Pélias se vira novamente para mim. — Você não vai me assustar para usar sua magia, Medeia. Permiti que fizesse sua pequena demonstração e tomei minha decisão.

Aceno com a cabeça, fingindo indiferença enquanto um desespero repleto de pânico aperta meu peito.

— Muito bem. Se não deseja minha ajuda, o problema é seu.

Não vou ter chance de ficar sozinha com Pélias de novo e não posso voltar para Jasão como um fracasso. Não consigo suportar a ideia de ver a decepção pesando em seus olhos.

270 . MEDEIA

Meu olhar se volta para onde Alceste ainda está agachada, atônita com o carneiro. Noto que ela está brincando com a adaga que eu descartei. A lâmina ainda está pegajosa com o sangue do animal.

Ela olha para mim e posso ver em seus olhos, como se estivesse vendo seu futuro transcorrer dentro deles. Sei no que ela está pensando. Sei o que ela está disposta a fazer. Ela ama tanto seu pai que mataria por ele.

Como eu mataria por Jasão.

Um amor tão ofuscante e inabalável.

Ela está ali, naquele mesmo precipício em que estive. Bastaria um pequeno empurrão...

— É uma pena — digo enquanto vejo lágrimas rolarem por seu rosto belo e iluminado. — Eu poderia ter lhes proporcionado muitos outros lindos verões com seu pai.

Ela levanta devagar, seus olhos ainda fixos nos meus. À nossa volta, a escuridão rasteja para mais perto, os espíritos praticamente vibrando com sua avidez violenta.

Um minúsculo empurrão...

— Aproveitem esse tempo — digo com calma. — Ele tem tão pouco...

Alceste se movimenta com mais rapidez do que eu esperava, cravando a adaga no coração de seu pai. Pélias fica boquiaberto, seus olhos se arregalam quando olha para a filha, que ainda tem lágrimas escorrendo pelo rosto.

— Sinto muto, pai — sussurra ela. — Mas não posso te perder. Ainda não.

Uma dor de cortar o coração começa a tomar conta de Alceste, suas mãos tremem com tanta violência que ela é capaz de derrubar a lâmina. Mas Pelópia fecha a mão sobre a da irmã, segurando a adaga com firmeza. Elas se encaram por um longo momento. Então as mais novas começam a fazer o mesmo, de modo que agora as quatro irmãs afundam a adaga mais profundamente no coração do pai.

— Sinto muito — lamentam elas.

A traição no rosto de Pélias quase as destrói, mas as filhas aguentam firme até a luz desaparecer dos olhos dele.

Misericordiosamente, o rei morre rápido, pois seu corpo está frágil demais para resistir.

Quando sucumbe à mão da morte se fechando sobre ele, sinto a escuridão à minha volta regozijando-se, disparando em minhas veias. Então, de uma só vez, aquela corda esticada afrouxa quando os espíritos da morte recuam, deixando um espaço vazio dentro de mim.

Em sua ausência, meu corpo todo parece entorpecido, tão sem vida como o cadáver de Pélias que agora está caído no chão.

Talvez uma parte de mim tenha morrido com ele.

Talvez eu já esteja morta e minha alma tenha sido devorada por aqueles espíritos.

— Agora, faça. Traga-o de volta. Faça *agora* — exige Alceste, com o corpo tomado por soluços de choro quando se vira para mim. — Por favor, traga-o de volta.

— Vamos — ordena Pelópia. Seu rosto é calmo, embora eu possa ver a culpa já supurando sob sua pele.

— Por favor — pede a irmã mais jovem, chorando em silêncio, ajoelhando-se sobre o pai.

O silêncio nos envolve conforme a presença pesada da morte se acomoda no cômodo. Olho para a mão das garotas, todas cobertas com o sangue do pai. É uma mancha que elas nunca conseguirão lavar…

— Sinto muito — digo, olhando nos olhos vermelhos e inchados de Alceste. — Mas não posso.

— *O quê?* — Pelópia se vira para mim, segurando a adaga. — Traga-o de volta, senão eu vou…

— Fazer o quê? — pergunto com calma. — Acho que o novo rei não vai gostar de você ameaçando sua futura rainha.

— *Você não é a futura rainha* — resmunga Pelópia, mostrando os dentes como um animal selvagem encurralado.

Ela aponta a adaga para mim, mas suas mãos começam a tremer violentamente.

— Seu pai está morto. Jasão é o herdeiro escolhido por ele e eu sou sua futura esposa. — Meu sorriso parece frio nos lábios.

— Não, não, não. — Alceste cobre o rosto, soluços cortando seu peito. — Não faça isso, por favor. Você pode ficar com o trono, ficar com o que quiser… Por favor, apenas o deixe viver. Não o deixe morrer. Não faça isso.

— Você nos enganou! — acusa Pelópia, fervilhando, o pânico endurecendo seu rosto.

— Pai, não, não... por favor... Deuses, por favor, poupem-no. Eu suplico. — Alceste cai de joelhos, segurando o corpo do pai, balançando seu cadáver flácido para a frente e para trás, o sangue se acumulando ao redor de suas saias, ensopando o Velocino de Ouro inútil. — Eu não pretendia fazer isso. Eu não pretendia. Me perdoe...

A visão faz o vazio dentro de mim afundar ainda mais, e de repente não estou vendo Alceste, mas me vendo segurando o corpo de Absirto, seu sangue se acumulando junto ao meu peito enquanto choro e choro e choro...

Eu não pretendia...

Enquanto as irmãs chorosas abraçam o pai morto, Pelópia avança em minha direção. Seus olhos ardem com um ódio tão cruel que eu o imagino queimando minha pele, deixando uma marca permanente.

— Você é uma criatura vil e desalmada. Não vai escapar dessa. Vou contar a todo Iolcos o que você fez, vou... — Ela para abruptamente, fazendo um som de engasgo quando as palavras parecem ficar presas em sua garganta.

Atrás de Pelópia, as súplicas chorosas de suas irmãs também silenciaram, e eu as vejo tentar gritar, mas nenhum som escapa.

Os espíritos da morte roubaram suas vozes, silenciando-as de modo que nunca possam comunicar o que testemunharam aqui.

— Sinto muito por ter precisado ser dessa forma — digo a Pelópia enquanto ela arranha a garganta sem poder fazer nada, sufocando em seu silêncio. — Mas nunca vou deixar ninguém tirar meu futuro de mim.

— Pare de reclamar!

— Eu *não* estou reclamando!

As vozes de Atalanta e Meleagro vêm do cômodo ao lado, sua provocação aquecendo meus novos aposentos. Os aposentos da rainha.

— Sim, está. Você parece uma criança.

— Essas roupas elegantes irritam minhas bolas.

— Essa foi uma imagem mental de que eu realmente *não* precisava, Meleagro.

— Não aja como se nunca tivesse pensado em minhas bolas antes, caçadora.

— É, você tem razão... Já pensei muito em como seria *satisfatório* meter meu pé nelas.

— Orfeu, você ouviu isso? A caçadora pensa em minhas bolas!

— Vocês são um pior do que o outro. — Uma voz melódica atravessa a brincadeira deles.

— Pelo amor de Zeus. — Ouço Atalanta suspirar. — Ah, Medeia.

Paro na porta, envolta em tecidos grossos. Contraio-me, pois minha presença desencadeia uma tensão palpável, roubando todo o humor e ternura do ar. Pareço ter esse efeito sobre qualquer cômodo em que entro agora. É isso que rainhas deveriam fazer? Não sei. Mas ainda não sou rainha, não até Jasão e eu nos casarmos oficialmente. Ele me prometeu que seria logo, mas há outros assuntos urgentes para resolver primeiro.

Faz apenas três dias da morte de Pélias, mas tudo pareceu um estranho borrão, como se eu tivesse desprendida do próprio tempo, assistindo de um espaço liminar que mais ninguém pode alcançar.

Depois que as princesas cravaram a adaga no coração de Pélias, alertei os guardas, que chegaram à cena com Jasão. Eles ficaram atônitos ao verem as garotas silenciadas e ensanguentadas debruçadas sobre o cadáver do pai, Pelópia ainda segurando a adaga. Jasão não perdeu tempo para assumir o controle da situação, gritando instruções rápidas e firmes com uma voz forte e autoritária. A voz de um rei. Os guardas estavam tão confusos que pareciam incapazes de fazer qualquer coisa além de obedecer às suas ordens, independentemente de as considerarem certas ou não. Mas a obediência absoluta é a segunda natureza deles; eles respondem à autoridade, e Jasão exerceu a sua sem hesitação.

Jasão alegou que foram os deuses que deixaram as princesas loucas, como punição por Pélias não honrar seu juramento de lhe entregar o trono. É uma mentira plausível — os deuses são frequentemente propensos a tais atos cruéis —, embora eu ainda não saiba se o povo acreditou.

Durante os últimos dias, Jasão promoveu jogos fúnebres em homenagem ao tio. Ele disse que o clima em Iolcos estava sombrio e esperava que os jogos levantassem os ânimos e facilitasse sua transição ao poder. De maneira nada surpreendente, os Argonautas — aqueles que permaneceram aqui — dominaram a competição. Até Atalanta teve permissão para participar, vencendo uma luta. Foi o que me disseram… Eu não andei me sentindo bem o bastante para comparecer.

Foi uma bênção, na verdade, porque eu queria ser deixada em paz.

— Olá. — Aceno para eles com a cabeça, tirando um momento para registrar sua aparência.

Nunca os vi vestidos de maneira formal. Orfeu está envolto em tecidos verde-escuros que fluem de um ombro e ondulam por seu corpo. O músico combina com o modelo luxuoso, enquanto Meleagro, ao seu lado, parece quase cômico, com sua forma gigantesca e musculosa praticamente rasgando a túnica carmesim.

— Eu estava… com dificuldade com o fecho — digo, apontando para o broche em meu ombro direito.

— Venha cá, me deixe ajudar. — Atalanta se aproxima de mim com uma expressão cautelosa.

Suas vestes são douradas como a luz do sol diluída, e embora eu saiba que a caçadora está desconfortável com elas, parece uma deusa flutuante. Suas mãos se fecham sobre as minhas enquanto me ajuda com o fecho; sua pele é morna e tem um perfume terroso, rico, como o de uma floresta próspera. Seus cabelos castanho-avermelhados estão soltos, e é a primeira vez que os vejo sem estarem presos em tranças firmes. Tiro um instante para admirar os cachos acobreados espalhados sobre seus ombros.

Atalanta parece digna de ser uma rainha.

— Está se sentindo melhor? — pergunta ela.

Faço que sim com a cabeça enquanto ela prende o broche.

— Você está... linda — digo.

— Me sinto tola — admite ela. — Não sei como você usa esses vestidos o tempo todo... Há tanto... *tecido*. O que acontece se você quiser correr? Lutar? — As palavras dela são amigáveis, mas noto que está tendo dificuldade em olhar em meus olhos.

— Ninguém vai lutar hoje. — Orfeu a censura com gentileza. — Precisamos nos comportar para o discurso de Jasão para seu povo.

— Todos saúdem o novo rei — murmura ela, torcendo os lábios em uma careta. — Pronto.

Atalanta se afasta e olha para o meu vestido de um roxo-escuro com detalhes em dourado. Ele me lembra de um traje que minha mãe usaria.

— Meleagro, em nome de Gaia, o que você está fazendo? — resmunga Orfeu.

Atalanta e eu nos viramos e vemos Meleagro rasgando a parte de cima da túnica e a amarrando na cintura, desnudando seu torso largo. Não consigo impedir que meus olhos deslizem sobre seu corpo esculpido, marcando o peito largo salpicado por cachos escuros e um abdômen todo definido. Ao meu lado, vejo que Atalanta também está reparando. Vejo o movimento de sua garganta quando ela desvia os olhos rapidamente.

— Pronto. Muito melhor. — Ele sorri.

— Você não é um príncipe, Meleagro? Não deveria estar acostumado com essas vestes? — Orfeu revira os olhos, embora haja humor neles também. Mesmo quando ele está fingindo estar irritado, sua voz é tão bela quanto qualquer melodia.

— Por que você acha que aproveito qualquer chance possível para fugir de meus deveres principescos? — Meleagro ri, colocando as mãos na cintura.

— Acho que combina com você — afirmo.

Meleagro olha em meus olhos, mas não há nada da ternura travessa habitual neles.

— Obrigado — responde ele, mas a palavra é pesada e desajeitada.

Meleagro acha que sou um monstro. Não por causa da morte de Pélias; ele e todos os outros Argonautas odiavam o rei por não cumprir sua palavra. É por causa de quem eu obriguei a empunhar a arma, cujas mãos inocentes cobri de sangue.

Jasão me disse uma vez que Meleagro tem muitas irmãs, às quais adora profundamente, então suponho que seu ressentimento faça sentido. Mas dói mais do que deveria, sentir essa frieza dele. Eu não havia me dado conta antes do quanto apreciava a cordialidade de Meleagro. Agora ele mal consegue olhar para mim.

— É verdade? — dispara ele, como se não conseguisse mais segurar a pergunta. Sinto Atalanta e Orfeu ficando tensos. — Que as filhas de Pélias estão sendo mantidas nas celas do palácio? As mesmas em que a família de Jasão ficou?

— Elas mataram o rei; seu aprisionamento é obrigatório até Jasão decidir o que fazer com elas. — Minha voz é firme.

O rosto de Meleagro enrijece e ele parece ficar momentaneamente sem palavras, talvez pela primeira vez na vida. Então, finalmente diz:

— O rei estava morrendo. Você não podia ter esperado alguns meses, até mesmo semanas, para conseguir o que queria? Estava tão desesperada para se tornar rainha?

Ele pensa que fiz isso por *mim*, para que *eu* pudesse me tornar rainha?

— Você não sabe nada a respeito do que eu quero — digo, minha voz mortalmente baixa.

Um silêncio perigosamente tênue se estende ao nosso redor enquanto sinto um fio de violência se desenrolando em minha alma. O príncipe de

278 . MEDEIA

Calidão pode ser forte, mas sua força não é nada contra o tipo de poder que posso exercer.

Ele poderia quebrar meu corpo, mas eu quebraria sua mente antes.

— É melhor irmos. Não queremos deixar o novo rei esperando — interrompe Orfeu, sua voz cortando o desejo sangrento dentro de mim.

Viro as costas para Meleagro, com uma vergonha ácida se acumulando em meu estômago.

— Vão vocês. — Atalanta os dispensa. — Eu vou logo mais.

Meleagro sai furioso do quarto. Atrás dele, Orfeu segue como uma sombra calmante, olhando nos meus olhos. Há uma tristeza em seu olhar, tingida com uma leve preocupação. Quando olha para mim, parece que está olhando para uma fera enjaulada, da qual tem pena, mas não ousaria libertar. Ele suspira ao desaparecer atrás de Meleagro.

Quando eles saem, sinto o peso da atenção total de Atalanta sobre mim. Não ficamos sozinhas desde a morte de Pélias.

Atravesso o quarto, meu vestido roçando no piso de pedra. Esse quarto parece sufocante, com toda a mobília dourada e decoração com pintura chamativa. Eu daria tudo para estar do lado de fora, em meio à natureza, sentindo a magia que sopra dos pulmões de Gaia… magia da terra. Ela parece tão mais limpa, tão mais pura do que o que posso sentir pulsando através de mim agora.

— Não leve as palavras de Meleagro a sério — diz Atalanta de forma gentil.

— Não vou levar. — Dou de ombros e vou até onde Jasão deixou joias para mim.

As peças brilham como estrelas caídas espalhadas sobre a mesa. Pego uma aleatoriamente e a viro nas mãos. Ela tem a forma de uma flor, com pedras grandes e volumosas se abrindo em leque, formando cada pétala.

— Ele passou a manhã toda de mau humor — continua Atalanta. — Recebeu notícias de seu pai sobre um javali gigante fazendo estragos em sua terra natal.

— Um javali?

— Uma punição enviada por Ártemis, é o que dizem… Alguns de nós vamos com ele caçá-lo. — Atalanta se aproxima e para ao meu lado, pegando uma das joias e olhando para ela com repulsa. — É claro que Jasão não vai. Ele está *muito* ocupado com seus próprios interesses.

— É um momento delicado para Iolcos — digo. — Jasão precisa estar aqui, com seu povo.

Ela joga a joia sobre a mesa como se fosse qualquer pedra ordinária.

— Partimos amanhã.

— Amanhã? — A palavra arranha em minha garganta, meus dedos tateando os anéis brilhantes. Algo pesado afunda em meu estômago, mas meu rosto permanece impassível.

Ela vai se livrar de você assim que tiver chance.

Télamo estava certo; é claro que estava. A gentileza de Atalanta comigo sempre foi impulsionada apenas por seu dever para com Jasão. Ela tem uma dívida com ele; ela mesma me contou.

Tento ignorar a pesada decepção que dói em meu peito enquanto mexo com uma pulseira dourada, meus dedos desajeitados sob o peso do escrutínio de Atalanta.

— Então, Jasão vai anunciar o casamento hoje — diz ela para preencher o silêncio. — Por que agora, eu me pergunto, depois de te manter trancada pelos últimos três dias…

— Ele não me manteve trancada — retruco. — Ambos decidimos que a notícia deveria ser anunciada depois do funeral de Pélias.

— Assim como ambos decidiram matá-lo? — A pergunta é tão direta, tão descarada, que faz meus pensamentos titubearem e vacilarem. Por um momento, só consigo encará-la.

Ninguém ousou proferir tal acusação Nem mesmo Jasão e eu discutimos o que eu fiz. Eu tentei, na noite da morte de Pélias, mas Jasão simplesmente respondeu: "As princesas mataram o rei. Não há mais nada a ser dito."

Não falamos mais disso desde então.

— Eu não sei do que você está falando — finalmente respondo.

— Sim, você sabe.

Coloco a pulseira sobre a mesa com muita força, e o barulho que ela faz trai minha compostura.

— O rei foi morto por suas filhas — respondo, suavizando a voz para uma de indiferença entediada.

— Você não espera que eu acredite nisso, não é?

— Acredite no que quiser. — Dou de ombros. — Eu não me importo.

Tento alcançar outra pulseira, mas a mão de Atalanta avança e agarra meu pulso, puxando-me de modo que sou obrigada a olhar para ela. Sustento seu olhar severo, aqueles olhos cinza e tempestuosos filtrando seus pensamentos. Odeio o julgamento que arde dentro deles; o mesmo julgamento que vi no olhar de Meleagro, no de Circe...

Antes que possa me conter, eu me ouço sussurrando:

— Fizemos o que tivemos que fazer.

— Como quando Jasão te obrigou a matar seu irmão? — Suas palavras são como garras arranhando minhas entranhas, fazendo meu peito se contrair.

— Jasão não me *obrigou* a fazer nada. — Solto meu pulso da mão dela.

— Eu o vi colocar a adaga na sua mão, Medeia — diz ela, com a voz baixa, porém firme. — Jasão ia deixar Absirto te levar. Ele te forçou a decidir entre sua vida e a do seu irmão. Você nem ao menos percebe o quanto isso foi cruel?

Balanço a cabeça.

— Você não entende.

— Não? — Ela se aproxima e nos olhamos feio por um longo momento, nossos rostos a um sopro de distância. Aquela raiva familiar começa a pulsar em minhas veias mais uma vez. Abro a boca, mas ela me corta com um sussurro. — Venha comigo.

Suas palavras me pegam desprevenida, me deixando em silêncio.

Venha comigo. Não é um pedido; é uma súplica.

— Amanhã, quando partirmos para Calidão, venha comigo — esclarece ela, dessa vez mais devagar, com mais firmeza.

— Por quê? — É tudo o que consigo pensar em perguntar.

— Porque posso ver o que ele está fazendo com você — responde Atalanta, as palavras perfurando algo bem no fundo de mim. — E temo o que vai acontecer se você ficar com ele.

Balanço a cabeça, afastando-me dela.

— Eu sou leal a Jasão.

— E ele é leal a você?

— *Não faça isso* — sussurro, a escuridão aumentando à nossa volta, extinguindo quase toda a luz do quarto, de modo que apenas os olhos brilhantes de Atalanta permanecem. — Não fale assim dele.

Eu poderia destruí-la com um único pensamento.

Ela não teria nenhuma chance contra mim.

— Você não percebe? — Atalanta aponta para a escuridão que serpeia à nossa volta como uma fera viva. — Ele traz à tona o que há de pior em você, Medeia… E ele sabe disso, e *encoraja* isso.

— Não. Você está errada. Jasão me vê como eu sou. Ele enxerga meu valor, meu *poder*.

— Ele te vê como uma arma. — Atalanta permanece calma, sua voz é irritantemente firme. — Ele não te merece, Medeia. Nunca mereceu. Ele vai…

— *Pare*. Não fale mal dele. — Meu poder pulsa para fora, ondulando sobre a pele dela. É um alerta. Uma promessa de violência subentendida.

Atalanta o ignora, aproximando-se de mim novamente.

— Ou o quê, Medeia? Você vai me ferir? Me *matar*? É realmente isso que você é? É nisso que Jasão te transformou…

A escuridão ataca, fechando-se ao redor da garganta de Atalanta, silenciando suas palavras venenosas como fez com as filhas de Pélias.

— Eu nunca vou deixar *ninguém* tirar Jasão de mim — juro enquanto a vejo sufocar com meu poder.

Posso ver as veias de seu pescoço saltando conforme ela luta por palavras, por ar.

Um medo bruto preenche seus olhos; essa visão atravessa minha fúria, estilhaçando-a instantaneamente.

Liberto Atalanta e a vejo cambalear na direção da mesa, apoiando as mãos sobre o móvel. Ela abaixa a cabeça enquanto se recompõe, os ombros subindo e descendo com o movimento de suas respirações instáveis.

A culpa se acumula no espaço vazio que minha raiva deixou.

— Atalanta, eu…

Ela se vira bruscamente, com olhos pesados e frios. Não são mais os olhos de uma amiga.

Minhas palavras definham sob seu olhar, e eu não posso fazer nada além de observar Atalanta seguir na direção da porta. Na soleira, ela para, flexionando as mãos e as cerrando em punho nas laterais do corpo.

Ela não se vira para dizer:

— Um dia você vai vê-lo como ele é, Medeia. Só rezo para que não seja tarde demais.

Encaro o povo de Iolcos.

E eles também me encaram.

Um mar de rostos, todos diferentes, e ainda assim há um fio de tristeza tecido entre eles, manchando cada um com a mesma escuridão cinzenta.

A mudança na multidão é surpreendente. Toda aquela alegria e empolgação com que nos receberam poucos dias atrás haviam sumido de seus rostos, esmagadas pelo peso da tristeza. O que permanece agora é o resíduo amargo de seu luto, manchado por algo um pouco mais acentuado.

Eles ainda estão lamentando a morte de seu amado rei. Será que Jasão sabia que Pélias era tão adorado? Se ele está perturbado pela escuridão coletiva, não deixa transparecer.

— Meu povo, sinto sua dor. — A voz de Jasão transita com facilidade pela multidão, rica e calorosa como um abraço reconfortante. — Eu também estou profundamente triste com a morte trágica de meu tio.

Estamos sobre uma plataforma elevada diante da multidão. Atrás de mim, posso sentir a sombra do palácio pesando sobre meus ombros.

Jasão está resplandecente em seus trajes elegantes, com o Velocino de Ouro fixado com orgulho sobre os ombros, iluminando-o. Não sei como ele conseguiu tirar todo o sangue de Pélias do velocino. Fico olhando para aqueles cachos pequenos, esperando avistar um gota vermelha acusatória.

— Pélias era um bom homem, um pai e rei adorado — continua Jasão, sua voz é tão forte, tão segura. Como as mentiras rolam com facilidade de sua língua. — Como todos vocês sabem, Pélias quis que eu provasse meu mérito como seu herdeiro, como qualquer rei diligente faria. Então reuni a melhor tripulação da história para reivindicar o Velocino de Ouro das terras bárbaras da Cólquida.

Bárbaras. A palavra arranha minha pele. Olho para Jasão, seus olhos são tão claros e brilhantes; ele sempre fica tão vivo quando está diante de um público.

Ele passa a mão sobre os cachos brilhantes do velocino enquanto continua:

— Eu fui bem-sucedido em minha tarefa, e Pélias me declarou seu herdeiro de direito. Então agora estou diante de vocês, meu caro povo, como seu novo rei. Garanto que seguirei os passos de meu tio e serei um governante digno dessa grande terra.

Há uma onda de murmúrios e rudimentos fracos de aplauso. Uma reação desanimada. Sei que não era isso que Jasão esperava, mas ele esconde a decepção com um de seus sorrisos deslumbrantes. Meu próprio sorriso parece rígido ao redor de meus lábios enquanto passo os olhos sobre aqueles rostos sombrios e cautelosos. Seus olhos tocam os meus — frios, críticos — e percebo que eles não estão olhando para Jasão...

Estão me encarando. Todos eles.

Notando isso, Jasão se vira para mim com a mão estendida e a palma para cima.

— Permitam-me lhes apresentar esta bela, incrível e incomparável mulher — diz ele, e eu sinto um calor se espalhar por meu corpo quando ele pega na minha mão, minha tensão desaparecendo ao olhar para seu rosto adorável. Ele me conduz para a frente e anuncia: — Apresento-lhes minha futura esposa e sua rainha.

— *Bruxa!* — Uma voz corta a multidão.

Olho para Jasão, cujo sorriso não hesita. Meus olhos então se voltam para onde Atalanta, Meleagro e Orfeu estão, na frente da multidão. Estão analisando o público com um foco cauteloso. Ao lado deles, os guardas do palácio fazem o mesmo, tentando localizar a fonte do ataque. Mas a multidão se acalmou.

— Devemos nos casar depois de amanhã — continua Jasão, a alegria em sua voz agora soando um pouco mais forçada. — Desejo que todo

Iolcos participe das festividades, pois esse é de fato um momento para comemoração e...

— Onde estão as princesas? — A pergunta interrompe o discurso de Jasão, silenciando-o momentaneamente.

Ele pigarreia e responde:

— Minhas primas estão sendo punidas por seu crime.

— Mentira! Ele está mentindo! — Uma nova voz atravessa a multidão, cortando a tensão e espalhando a raiva coletiva no ar.

— Foi ela!

— Traidora!

— A culpa é dela!

— A bruxa!

— Homicida!

— Assassina!

A multidão cresce, alimentada pela indignação que essas palavras acendem dentro dela. Eles começam a empurrar, agitados como um mar furioso. Jasão tenta falar, mas os insultos e vaias veementes o abafam.

Quando olho para seus rostos raivosos, as palavras de Argos sussurram em minha mente: *seu povo nunca vai aceitar uma bruxa como sua rainha...*

Noto que a mão de Jasão ficou frouxa na minha. Olho para ele, observando a perplexidade estampada em suas belas feições. Ele está completamente aturdido, como se nunca tivesse considerado que isso pudesse acontecer, como se apenas sempre tivesse esperado que seu povo me amasse como ele.

Seus insultos me atingem como golpes físicos. *Bruxa, assassina, bárbara, vadia, traidora, puta... Foi ela, foi ela, foi ela...* Cada palavra me corta, chacoalhando meus ossos. Minha mente ecoa as provocações, tão alto que não consigo pensar, não consigo me concentrar.

— Por favor, meu bom povo, ouçam... — As palavras inúteis de Jasão são tragadas pelas ofensas, que ficaram mais altas agora que os guardas interferiram.

Eles empurram a multidão para longe da plataforma, mas o uso da força apenas alimenta a raiva das pessoas.

Sinto minha pele fria e úmida, a boca seca. Olho para Jasão, minha tábua de salvação, mas algo em seu comportamento mudou. Aqueles belos olhos azuis ficaram distantes, à medida que uma percepção toma conta de seu rosto, endurecendo suas feições. Ele olha para mim, mas não há nada de sua ternura ou amor habitual naquele olhar. É como se aquelas palavras odiosas tivessem me desnudado e Jasão agora estivesse me vendo como realmente sou, e ele não gosta de quem está na sua frente.

Abro a boca para dizer alguma coisa quando uma voz atravessa a multidão:

— *JASÃO!*

A aglomeração fica sombriamente quieta. O grupo de corpos se move com obediência para trás, abaixando a cabeça enquanto uma figura caminha em nossa direção. Ele é alto e esguio e familiar de um modo irritante.

Pélias?

Como pode ser? O rei morto levantou do túmulo e está andando em nossa direção com uma juventude recém-adquirida injetada nele, como se o feitiço que eu fingi lançar tivesse se transformado em realidade.

— Acasto. — Jasão abaixa a cabeça em saudação.

— Jasão. — Ele profere o nome como uma maldição.

— Olá, primo. — A voz de Jasão é calma e contida, mas ainda assim posso sentir um tom cortante em suas palavras. — Não esperava que você retornasse tão rapidamente. Havia ouvido falar que você estava viajando por terras distantes. Sinto muito por ter perdido o funeral de seu pai.

Acasto para diante da plataforma. Ele é tão parecido com o pai que é perturbador.

— Poupe sua civilidade venenosa, primo. Você enganou meu pai e ele acreditou que poderia confiar em você, mas não vai me enganar.

Diante de nós, a multidão silenciada observa a troca com olhos arregalados e ávidos. Até os guardas se afastaram, parecendo divididos enquanto alternam o olhar entre Jasão e Acasto.

— Você está chateado; posso entender isso. É difícil perder um ente querido. — Jasão acena com a cabeça com seriedade. Noto que ele mudou sua postura, está um pouco mais aprumado, estufando o peito. — Suas irmãs...

— Minhas irmãs são inocentes — resmunga Acasto por entre dentes cerrados. — Elas nunca fariam mal a um único fio de cabelo de meu pai; todo Iolcos sabe disso. Assim como sabe que a culpa é *dela*. — Ele aponta o dedo para mim ao dizer isso, e a multidão solta um grito de concordância. Jasão abre a boca para argumentar, mas Acasto continua: — A bruxa da Cólquida que traiu sua família e *assassinou* o próprio irmão para garantir sua fuga. Todos ouvimos falar de seus poderes malévolos: conjurar criaturas do Submundo para cumprir suas ordens perversas.

— Você está enganado. — Ouço uma leve oscilação na voz de Jasão quando a multidão devora suas palavras vivas, seus insultos ecoando o sentimento de Acasto.

— O sangue de meu pai está nas mãos *dela*. A culpa é *dela*. E você ou é tão depravado quanto ela, Jasão, ou está sob um de seus feitiços do mal.

A fúria da multidão se infiltra em mim, seu ódio puxando aquela conexão com o Submundo, esticando tanto que parece que pode realmente se romper. Sinto os espíritos da morte chiando enquanto rastejam por aquela corda, alimentando-se do medo, da raiva e do ódio da multidão, tanto ódio... Montes e montes dele... Isso aumenta dentro de mim até eu mal conseguir conter...

Deixe-nos sair, eles cantarolam, *deixe-nos mostrar a eles o que você é de verdade...*

Em meio ao caos, ouço Acasto gritando:

— E então, qual das duas alternativas, Jasão? Diga para nós. Você vai mesmo ficar ao lado desse monstro desalmado?

— *Basta!* — A palavra sai num rompante, uma explosão de poder pulsando para fora.

A fúria deles me inundou e agora eu a solto de volta sobre eles, permitindo que a escuridão escorra de minha alma em grandes ondas. Ela cobre o céu, engolindo a cidade.

A multidão fica em silêncio. Horrorizada.

— Está vendo? — berra Acasto, embora um tremor de medo transpareça em sua voz. — Está vendo a magia que ela executa? Ela é um demônio das profundezas do Tártaro.

— *Silêncio.* — Dou um passo à frente, um fio de escuridão atravessando Acasto, fechando-se em volta de sua garganta, estrangulando aquelas palavras odiosas.

Ele tenta capturar as garras invisíveis do espírito cravadas em seu pescoço. À sua volta, a multidão começou a recuar, aterrorizada com as sombras a cercando.

Vejo Acasto lutar para respirar, vejo o pânico se estabelecer em seus olhos.

— Medeia, *pare*! — Jasão agarra meus ombros, forçando-me a olhar para ele. O movimento tira meu foco de Acasto, soltando meu domínio de modo que ele cai de joelhos, tentado respirar. — Basta.

— Estou fazendo isso por você — digo, confusa com a raiva que queima o rosto de Jasão.

— Você está *piorando* as coisas.

— Vou fazer eles te obedecerem — digo a ele. — Vou fazer eles se curvarem, vou...

— Medeia, *pare*. — Ele me sacode, fincando os dedos em minha pele. — Quero que meu povo me ame, não que tenha medo de mim. Não consegue entender isso?

— Mas... eles nunca vão me amar.

Jasão abaixa os olhos, seus ombros caindo quando a percepção o arrasta para baixo.

Ele sabe que eu estou certa.

— Jasão, me deixe...

— Entre, Medeia — ordena ele.

— Mas...

— Para dentro. *Agora.* — Sua voz está irreconhecível, falando comigo como um mestre deve gritar com um escravizado. — Não me faça pedir de novo.

Eu o encaro por um longo momento, sentindo-me esmagada sob o peso daquela decepção terrível. Lutando para respirar, olho novamente na direção da multidão, para aquelas pessoas encolhidas e assustadas. Pessoas *inocentes* que eu pretendia machucar.

Meus olhos focam Atalanta. Ela está parada ao lado de Acasto, com o arco erguido, porém sua flecha não está apontada para ele, mas para... *mim*. A ameaça, o inimigo.

O que eu estou fazendo?

O que eu fiz?

Reforçando meu controle sobre a escuridão, eu a obrigo a recuar, rompendo aquele vínculo com o Submundo. Uso toda a minha força para fazê-la responder ao meu comando.

Você deve sair...

Você deve parar com isso...

Parece que estou arrancando uma parte de mim. A tensão faz minha cabeça parecer leve, meus pensamentos soltos e embaralhados, deixados para ziguezaguear de maneira selvagem dentro de meu crânio... mas em meio ao caos, há algo incomodando dentro de mim, algo exigindo ser conhecido. Tento me concentrar, mas minha cabeça está latejando, fazendo surgirem faíscas em minha visão.

— Medeia. — Meu nome é um alerta na boca de Jasão. Odeio esse som.

Tento dar um passo na direção dele, mas cambaleio de leve. Instintivamente, levo a mão à barriga. Assim que meus dedos fazem contato, uma visão corta minha confusão.

Uma visão do futuro...

Nosso futuro...

Posso vê-lo... nos ver... ver *ele*.

E ele é exatamente como eu imaginava que seria.

— Medeia, pare. — Jasão está segurando meus braços agora, embora eu esteja apenas levemente ciente de seu toque. — Pare com isso, *agora*.

— Eu...

A visão queima diante de meus olhos e depois desaparece, como uma chama sendo apagada. A escuridão me envolve antes que eu alcance o chão.

Acordo com chamas crepitantes e em lençóis quentes.

Minha mente parece pesada dentro do crânio, os pensamentos obstruídos. Eu me ergo um pouco na cama, percebendo que estou em um dos aposentos de hóspedes do palácio. É noite lá fora e uma figura está sentada ao lado de minha cama, com a cabeça dourada apoiada nas mãos. *Jasão*. Ele parece prostrado, como se as sombras reunidas estivessem sobrecarregando todo seu corpo.

Pensamentos puxam as costuras de minhas lembranças, revelando a nebulosidade dando nós em minha mente. Fechando os olhos, posso ver os acontecimentos se desenrolando — a multidão insultando, Acasto provocando, minha escuridão se soltando sobre todas aquelas pessoas inocentes. A vergonha toma conta de mim, fresca e bruta.

Levo a mão à barriga, sentindo aquela visão se agitar novamente, junto com mais alguma coisa.

— Medeia? — sussurra Jasão, e eu me dou conta de que ele agora está olhando para mim.

Seus olhos estão pesados, o rosto abatido. Ele parece um fantasma de si mesmo.

— O que aconteceu?

— Você desmaiou — diz ele com a voz grossa. — Chamei o médico para te examinar. Ele disse que você está bem.

— Eu não queria te preocupar.

— Eu sei — diz ele, mas seus olhos permanecem desolados. Ele abaixa o olhar.

— O que aconteceu… depois? — Ele parece relutante em falar. — Jasão?

Sua voz não passa de um sussurro.

— Acasto me desafiou para um duelo pelo trono.

— Um duelo?

— Eu perdi.

Eu me sento ao ouvir suas palavras, minha mente se aguçando em meio a névoa de meu sono.

Como Jasão pôde perder? Ele nunca perde…

— Você está ferido?

— O povo está com ele — Jasão continua como se eu não tivesse falado. Sua voz está repleta de emoção e sua mão aperta a minha. — Eles nos culpam pela morte de Pélias.

Balanço a cabeça.

— Mas você reivindicou o trono, você é rei agora. Com certeza ele chegou tarde demais.

— Você não me ouviu, Medeia? — retruca ele. Há um aspecto bruto e doloroso em sua raiva. — Eu perdi. Eu *fracassei*. Eu me envergonhei na frente de todo Iolcos.

Ele se afasta de mim, apoia os cotovelos nos joelhos e segura a cabeça entre as mãos. Na parede, a sombra de suas costas fortes e curvadas tremeluz como uma fera se transformando.

— Jasão...

— Tudo o que fiz foi por esse trono. *Tudo*. É tudo o que eu sempre quis, tudo pelo que vivi desde criança. Foi por ele que minha mãe morreu. — Seus dedos se curvam como garras junto ao rosto enquanto ele balança a cabeça com violência. — Eu estava tão perto. — Ele levanta a cabeça, seus olhos cintilam com lágrimas.

Eu nunca o vi chorar antes. A visão faz meu coração doer.

— Mas Pélias nomeou você como seu herdeiro; você tem o velocino.

— Você não compreende? — A voz dele endurece quando ele levanta e começa a andar de um lado para o outro. — Mesmo que eu tivesse vencido o duelo, o povo não me *quer*. Eles acham que sou culpado. Acham que sou um traidor por causa do que *você* fez com Pélias, com suas *queridas* filhas... E sua explosão mais cedo não ajudou nessa questão. O que, em nome de Hades, você está pensando, Medeia? Agindo daquele jeito, quase matando Acasto na frente de seu próprio povo. Você é louca?

Desço da cama e me aproximo dele, estendendo a mão para acalmar seus passos inclementes.

— Eu fiz o que você me pediu — digo com cuidado.

— Eu nunca pedi para você fazer aquilo. — Ele balança a cabeça para mim enquanto continua a andar de um lado para o outro pelo quarto.

— Mas... você me pediu que matasse Pélias. Foi sua...

— *Eu não te pedi isso.* — Suas palavras cortam as minhas, sufocadas pela raiva. — Eu pedi a você que me tornasse rei.

Encaro Jasão, sentindo as desculpas murcharem dentro de mim sob o peso de sua raiva.

— É minha culpa — continua ele. — Esperei muito de você. Eu já deveria saber. Nunca deveria ter te envolvido.

Suas palavras são como um soco no estômago, tão viscerais que me fazem recuar.

— Não há nada que possamos fazer? — sussurro, cruzando os braços diante do corpo. — E os Argonautas? Atalanta, Meleagro…

— Eles já partiram para Calidão.

Eles *partiram*. Por quanto tempo eu fiquei inconsciente? Sinto uma pontada de dor ao pensar em Atalanta partindo sem mim, mas sei que é um pensamento tolo. Eu nunca teria ido com ela. E nem ela desejaria isso, não mais.

— E se nós…

— É tarde demais. — Jasão vira o rosto para o fogo, as sombras distorcendo suas feições. — Acasto convocou o duelo em nome dos deuses. Seria ímpio não aceitar sua vitória… Acabou, Medeia. O trono pertence a ele de direito agora.

— Mas podemos tomá-lo de volta. Me use, Jasão, use meu poder, eu poderia…

— *Basta*, Medeia. Você não pode resolver todos os seus problemas com derramamento de sangue. — A acusação dói. Observo em silêncio Jasão apoiar as mãos na parede ao seu lado, abaixando a cabeça. — Acasto nos exilou. Devemos deixar Iolcos amanhã ou encarar a morte.

— Exilou?

— Acabou. Acabou tudo.

Acabou tudo. As palavras me amedrontam. Ele não poderia estar falando de *nós*, poderia?

— Jasão… — Dou um passo na direção dele, estendendo a mão com hesitação.

— Sou um fracasso — murmura ele para si mesmo, com lágrimas silenciosas escorrendo por seu rosto. Nunca o vi tão abatido. — Que sentido há em continuar vivendo?

— Jasão, não fale assim. — Coloco a mão sobre o braço dele. — Por favor.

— Você não entende. — Ele passa as mãos sobre o rosto, os olhos estão vermelhos e brilhantes. — Como você pôde? Você traiu seu próprio povo voluntariamente. Às vezes eu acho que você gosta disso, de ser odiada. Esse é o motivo de você encorajar isso.

Engulo a dor de suas palavras e sussurro:

— Isso não é justo.

— Você ao menos reconhece as consequências de seu pequeno ataque de raiva? Você virou todos eles contra mim. Você *arruinou* tudo.

Minha paciência se rompe como uma corda, deixando minhas palavras voarem para cima dele.

— Se sou mesmo tão terrível, então por que você ainda está aqui? Você poderia ter partido com os outros; teve sua chance perfeita de me abandonar. Mas ainda assim, você está aqui, Jasão. *Por quê?* Ou você ficou só para me dizer o quanto me despreza?

Jasão fica imóvel por um longo momento, e eu vejo a raiva se estilhaçar em seu rosto, substituída por um sofrimento tão agudo que posso senti-lo perfurando meu peito.

— Desprezar você? Como pode dizer isso? — sussurra ele com a voz falhando. — Você é tudo que me resta, Medeia.

Para o meu choque, Jasão cai de joelhos diante de mim, segurando minhas mãos. As lágrimas são densas e rápidas quando as palavras seguintes irrompem dele:

— Medeia, por favor, não me olhe assim. *Por favor*, eu suplico. Não posso te perder também. Você é tudo o que eu tenho.

— Não, Jasão, não tudo — sussurro, pegando sua mão e a pressionando sobre minha barriga. Minha voz está tensa devido à emoção quando continuo: — Você perguntou qual era o sentido, Jasão? Este. Este é o sentido.

— O quê? — Ele olha para mim com olhos úmidos e brilhantes.

— Seu filho.

— Co-como... como você sabe?

ROSIE HEWLETT . 295

— Tive uma visão antes de desmaiar. Eu o vi… nosso filho… — Estendo o braço com cuidado e ajeito um cacho atrás da orelha dele. — Ele é lindo, Jasão. Assim como você.

— Um filho? Você tem certeza? — As palavras são tão delicadas, tão cruas que fazem meu coração doer.

— Tenho. — Confirmo com a cabeça enquanto ele pressiona a testa em minha barriga. — Isso é prova de que não acabou; um presente dos deuses. Um sonho acabou, mas outro acabou de começar… Esse pode ser um novo começo, *nosso* novo começo.

— Meu filho.

— Seu filho. — Eu sorrio quando a visão brilha em minha mente.

— Ele… ele vai ser filho de um exilado — diz Jasão, levantando-se.

— Ele vai ser o filho de um grande homem. — Seguro seu rosto entre minhas mãos, forçando-o a olhar em meus olhos. — Você é o homem que levou os Argonautas à vitória, que lutou pelo mundo e reivindicou o Velocino de Ouro, que derrotou os exércitos da Cólquida.

— O que significa tudo isso se não posso ser rei? — Seu rosto cai em minhas mãos. — Foi tudo em vão.

— *Não* foi em vão. Você construiu um legado, Jasão. Um legado que viverá por gerações, muito além de Acasto ou Pélias. Você será lembrado pela história, eles não.

— Mas ainda assim ele está sentado no trono e eu não.

— Você ainda pode sentar em um trono, Jasão. Iolcos não é a única terra que você poderia governar. — Algo nos olhos de Jasão parece acender ao ouvir isso, então eu atiço mais essas chamas. — Quando eu perguntei o que você queria, lembra o que disse? Você disse que queria ser rei de uma grande terra. Isso ainda é possível. Iolcos não é sua única opção.

Ele se inclina para a frente para encostar a testa na minha, apoiando a mão sobre minha barriga. Posso sentir o calor de suas lágrimas em meu rosto quando olho para seus olhos cintilantes.

— Você realmente acredita que ainda posso ser rei? — sussurra ele, e eu assinto.

— Se é isso que deseja.

— Eu poderia governar um reino maior que Iolcos — reflete ele consigo mesmo. — Poderia plantar o legado de meu pai em uma nova terra e tornar nosso filho o herdeiro de um reino muito mais poderoso.

— Poderia.

— Mas para onde poderíamos ir? — Ele se afasta com um sorriso aquecendo seus lábios, embora os olhos continuem pesados. — Onde poderíamos conquistar?

— Qualquer lugar. Qualquer lugar que você desejar. Não importa. Contanto que estejamos juntos... você e eu... e nosso filho. É tudo o que importa. *Isso* é tudo o que importa.

Ele me beija com carinho, sussurrando junto aos meus lábios:

— Nosso filho.

— Nosso filho — murmuro em resposta.

— Eu serei rei, Medeia. — Ele jura para mim.

— Será. Mas, Jasão... — Eu me afasto por um momento, analisando seu rosto. — Eu vou fazer tudo o que estiver ao meu alcance para te dar o que você quer, mas... eu acho... que eu não deveria usar minha magia enquanto estou grávida... Não acho que seja seguro.

Em algum lugar dentro de mim, ouço os espíritos da morte urrando de frustração, agitando a magia em minhas veias. Devo fechá-los, expulsá-los. Não vai ser fácil, isso eu sei, mas vou fazer o que for necessário por ele. Por meu filho.

— Eu compreendo. — Jasão segura minhas mãos. — E eu te perdoo, Medeia. Por tudo o que você fez.

Franzo a testa ao ouvir aquelas palavras. Eu não me lembro de ter pedido desculpas nem solicitado o perdão de Jasão.

— Eu te amo — diz ele antes que esses pensamentos possam tomar forma.

Permito que Jasão me puxe para perto dele, colocando os braços em volta de minha cintura. Enquanto ele me abraça, sinto minha visão brilhar diante de nós, tão clara e bela, ofuscando a escuridão que sombreia nosso caminho.

— Eu também te amo — sussurro em resposta.

DEZ ANOS DEPOIS

Sou observada constantemente aqui.

Murmúrios ecoam a cada passo, sussurros pontuam cada respiração. Posso ouvi-los nas paredes, nas sombras. Em toda parte, aqueles olhos julgadores me perseguem.

Dez invernos e eu nunca fui deixada em paz.

Elas estão me observando agora, o bando de mulheres reunidas em frente à nossa casa. Parece que as esposas de Corinto não têm nada melhor para fazer do que passar seus dias fofocando. Em vez de tecerem em seus teares, elas tecem com a boca, fiando histórias ridículas cobertas com feios fios de ódio e medo. Elas fingem estar cuidando de seus afazeres diários, mas na verdade só vêm aqui para espiar, tramando novos fios para amarrar em sua tapeçaria de mentiras. Odiosas historinhas sobre a estrangeira que vive entre elas. A assassina.

Sou a culpada por todo seu sofrimento.

Desde que nos estabelecemos em Corinto, fui considerada a catalisadora dos infortúnios da cidade. Se uma criança fica doente, ou se plantações morrem, ou se uma doença se espalha, a culpa é minha. Eles tecem essas mentiras sem sentido como teias de aranha que cobrem a cidade, delicadas em sua substância, mas capazes de se amarrarem em todos os cantos escuros, obstruindo o próprio ar até todos os cidadãos estarem sufocados em suas mentiras, engolindo-as como fatos.

Não importa que eu não tenha praticado minha magia há muito tempo; tempo demais. Pois, aos olhos deles, eu sempre serei apenas sua vilã.

Tentei falar com as pessoas uma vez. Apenas queria colocar algum juízo dentro da cabeça delas, mas de alguma forma alguém acabou gritando. Não consigo me lembrar quem. Poderia ter sido eu. De qualquer modo, Jasão me aconselhou a não sair mais de casa.

Então eu fico de guarda.

Observo aquelas mulheres me observando, olhos sobre olhos sobre olhos. Poderia ficar aqui durante horas, envolvida na sombra dos pilares da entrada de nossa casa. Eu ficaria aqui durante dias, se fosse preciso, uma vigilância incansável. Afinal, é meu dever proteger minha casa, meu lar, meus filhos.

Porque é isso que uma boa mãe faria.

Estou aqui agora, sob a luz do fim do dia, olhando as mulheres enquanto elas se movimentam como uma corrente borbulhante em frente à nossa casa.

Em meio às suas fofocas, posso ouvir outras vozes também. Embora sejam mais baixas do que eram antes, elas estão sempre ali, sempre esperando…

Por muito tempo, tentei cortar minha conexão com a escuridão abaixo, mas o laço perdura.

Um grito me tira de meu dever focado.

A princípio, não sei se o grito é em minha cabeça, mas então ouço o barulho de sandálias batendo no chão e vejo Pheres, meu caçula, cambaleando pelo corredor. Ele passa correndo por mim e se joga nos braços de Mirto, a escravizada. Ouço os soluços ecoando de seu pequeno peito enquanto ele enterra o rosto vermelho nas saias dela.

Digo a mim mesma que não dói vê-lo buscar conforto em outra.

— Agora, me diga o que aconteceu, pequeno mestre? — pergunta Mirto com sua voz calmante.

Há um carinho sem esforço em Mirto. Acho enervante a facilidade com que essa amorosidade chega para alguém que passou a vida toda sendo possuída como um bem. Ela não deveria ser repleta de amargura? Como alguém tratada tão mal pode ser tão cheia de gentileza? Talvez seja fingimento. Mas se for o caso, meus filhos certamente são enganados pela mulher. Eles adoram Mirto e não é difícil entender o porquê. Ela é o tipo de pessoa que nasceu para ser mãe, delicada e doce como mel. Calcíope a adoraria.

De maneira nada surpreendente, acho que Mirto não gosta muito de mim. Ou talvez eu esteja projetando meus próprios pensamentos nela; ultimamente eu acho difícil distinguir entre a realidade diante de mim e aquela que vive dentro de minha cabeça, transformando-se na escuridão que sou forçada a engolir como veneno.

O que acontece quando espíritos da morte não têm para onde ir, não têm nada para saciá-los?

Talvez eles comecem a se alimentar das paredes de sua prisão.

— Vamos, pequeno mestre, o que foi? — pergunta Mirto a Pheres.

— Por que está chorando? — pergunto ao me aproximar.

Em comparação à cadência gentil de Mirto, minha voz soa como uma pedra afiada a uma faísca do fogo.

Pheres olha para mim com seus olhos azuis cintilantes, os olhos de seu pai. Eles estão inchados com lágrimas enquanto o menino funga, as bochechas gorduchas vermelhas de tanto chorar. Quero abraçá-lo, consolá-lo com palavras suaves e toques carinhosos. Mas não faço isso.

É melhor assim — eu sei.

Ainda assim, eu me pego pensando em minha própria mãe e em todas as vezes que ela me rejeitou… Mas isso não é igual; *eu* não sou igual. Pois seu distanciamento era uma punição forjada por ódio e ignorância, enquanto essa distância que mantenho de meus filhos é um *sacrifício* necessário. Estou fazendo o que qualquer boa mãe faria.

Estou mantendo meus filhos em segurança.

— Pheres? — pergunto novamente.

Em vez de responder, ele aponta para o pátio antes de seu rosto desaparecer novamente nas saias desmazeladas de Mirto.

Entro na área pequena e aberta no centro de nossa casa. É tempo de colheita mais uma vez, uma época em que as sombras se estendem como bocejos longos e Nix fica com fome, surgindo cada vez mais cedo para se banquetear com a luz de Hélio. Um frio suave aguça o ar, fazendo o mundo parecer fresco e desperto.

Encontro o irmão mais velho de Pheres debruçado sobre alguma coisa, suas costas estreitas viradas para mim e cachos dourados caindo por seus ombros.

— Mermerus? — Eu o chamo, mas ele não olha. — Por que seu irmão está chateado?

Quando chego mais perto, vejo um rato grande morto, de barriga para cima no chão, com as patinhas esqueléticas para dentro. Na mão, Mermerus segura um graveto, que usa para abrir o corte na barriga do rato. Os órgãos do animal escapam do ferimento, um banquete para as moscas e larvas.

Encaro a lesão por um longo momento, o corte se curvando para cima como um sorriso. Os órgãos, escorregadios e brilhantes sob a luz, me fazem pensar em meu irmão… No que sua garganta sentiu quando cravei minha adaga nele. Na sensação de sua vida deixando o corpo.

Os espíritos gostam dessas lembranças; posso sentir aquela escuridão faminta sorrindo. Ainda assim, em algum lugar sob ela, há uma dor embotada, dura e dolorida como um osso fraturado que nunca se curou de forma adequada.

Atrás de mim, ouço Pheres gritar de novo quando Mermerus enfia o graveto mais fundo.

— Por que está fazendo isso? — pergunto.

— Porque quero ver o que tem dentro — responde ele, olhando para mim.

Seus olhos são azuis, como os de seu pai. Mas enquanto os de Jasão têm o azul de um céu de verão, os de Mermerus são invernais — gélidos e brilhantes.

Aqueles olhos sempre me perturbaram, mesmo quando ele era bebê.

Quando olho para Mermerus, sempre sinto algo ancestral espreitando dentro ele, algo assustadoramente familiar… Às vezes parece que estou olhando para o meu próprio reflexo. Mas como um reflexo sobre a água, posso senti-lo se romper e se espalhar sempre que tento alcançá-lo, sempre que tento segurar aquela semelhança em minha mão.

Na verdade, acredito que Mermerus me odiou desde o nascimento. Quando bebê, ele se recusava a se alimentar em meu peito, como se não pudesse suportar ficar perto de mim já naquela época.

Eu o observo enfiar o graveto mais fundo, perfurando aqueles pequenos órgãos.

— Mãe! — choraminga Mermerus quando tiro o graveto dele.

— Pare com isso. — Minha voz treme com uma raiva silenciosa que parece surpreendê-lo. Me zango tão rápido ultimamente, os espíritos são muito ávidos por atiçar aquelas chamas. É exaustivo. — Você está assustando seu irmão.

— Não tenho culpa se ele é um covarde — reclama ele.

Estou prestes a responder quando ouço uma gargalhada das mulheres de Corinto do lado de fora. O som arranha todos os meus nervos, fazendo minha mão se apertar ao redor do graveto como se fosse o cabo de uma espada. Depois de tanto tempo, eu deveria ter me tornado imune a suas tolices, mas apenas piorou.

Já pensei várias vezes em soltar os espíritos da morte sobre aquelas mentes pequenas e odiosas… Isso silenciaria todas as vozes, todos os sussurros, todas as risadas…

Mas uma boa mãe não sai por aí destruindo as mentes delicadas das vizinhas, não é?

— Senhora, o que devo fazer a respeito dessa bagunça? — pergunta Mirto quando volto para nossa entrada.

Eu a ignoro e me aperto nas sombras dos pilares, observando aquelas mulheres enquanto elas riem e tramam e mentem. Eu me imagino transformando-as em um bando de galinhas cacarejantes, e a ideia quase me faz rir.

Semicerrando os olhos, vejo as mulheres começarem a recuar, permitindo que uma figura larga passe. A hostilidade das mulheres derrete como gelo sob o sol ardente. Elas arrulham e sussurram quando Jasão passeia entre elas, abrindo aquele sorriso confiante que ele distribui tão livremente.

O sorriso que eu costumava pensar que era reservado apenas a mim.

Ultimamente, Jasão se veste para um tipo diferente de batalha, uma batalha de política e poder. Essa luta exige que ele vista túnicas tingidas com cores vivas que sussurrem luxo e riqueza. Uma ilusão a que estamos tentando nos apegar com as pontas de nossas unhas gastas.

Mesmo sem as armas e os exércitos, as batalhas que ele agora enfrenta ainda têm monstros para matar. Os membros da elite da sociedade coríntia são um inimigo mortal, traiçoeiros e avarentos. Demorou muitos invernos para Jasão ser aceito entre eles, apesar de ter o apoio de seu adorado rei Creonte.

Pelo peso em seus olhos, posso dizer que hoje ele perdeu mais uma luta.

Prendo a respiração quando o vejo se aproximar; suas feições estão esculpidas pela idade, o corpo é um pouco mais suave agora que ele não passa seus dias em um campo de batalha, mas ainda assim é inegavelmente forte. Quando eu o vejo assim, caminhando em minha direção, dourado pela luz do sol, lembro do dia em que o vi pela primeira vez nos degraus do palácio da Cólquida. Eu era tão jovem, tão ignorante em relação ao mundo. Mesmo assim, naquele momento, eu soube que nossos destinos eram tecidos com o mesmo fio. Seu futuro era o meu e o meu, o dele.

Será que eu teria agido de outra forma se soubesse que me levaria até aqui? Sufoco o pensamento instantaneamente, quebrando seu pescoço antes que ele possa respirar.

As mulheres de Corinto lançam olhares provocativos a Jasão. Ele ainda é considerado um herói corajoso a seus olhos — ainda que suas vitórias tenham nascido dos mesmos derramamentos de sangue que me tornam uma vilã.

— Medeia. — O rosto de Jasão endurece quando ele olha para mim. — Pelo amor de Hera, por que você está aí parada? Preparou a casa como eu pedi?

Ele passa por mim com frieza, deixando os sorrisos e o calor do lado de fora. Solto o ar que estava prendendo, virando-me para acompanhá-lo para dentro.

— Aquelas mulheres estão lá fora de novo — digo, enquanto o sigo até o pátio. — Elas estão lá fora quase todos os dias.

— Pheres, o que aconteceu? — Ele se inclina e agacha diante de nosso filho, que ainda está chorando enquanto Mirto limpa o que sobrou do rato morto.

— Eu fiz ele chorar — afirma Mermerus.

Jasão levanta.

— Você estava sozinha com eles?

— E isso importa? — retruco, odiando a acusação implícita em sua pergunta.

Ele apenas suspira em resposta, seu rosto assumindo a expressão ressentida que passei a conhecer tão bem.

— Mermerus matou um rato — choraminga Pheres.

— Eu não matei. — Mermerus revira os olhos. — Ele já estava morto.

— É mesmo? — As sobrancelhas de Jasão se juntam quando ele inspeciona a bagunça que Mirto recolhe em silêncio.

— Pheres ficou chateado porque ele é um covarde — diz Mermerus com uma frieza que parece inadequada demais para uma criança.

Talvez seja a familiaridade com sua frieza que me faz estourar:

— Não fale assim do seu irmão!

— Deixe o menino em paz. Não é culpa dele o irmão ser sensível. — Jasão me desconsidera, dando um tapinha no braço de Mermerus.

— Ele deveria ser mais gentil com o irmão.

— Sério, Medeia? — Jasão olha para mim. — Você não acha mesmo que está em posição de dar conselhos sobre irmãos, não é?

Meu rosto queima com uma chama repentina de vergonha. Quando Jasão sai, percebo dolorosamente que meus filhos estão me encarando, absorvendo minhas bochechas vermelhas.

— Vão brincar, meninos. *Agora.* — Eu os instruo antes de ir atrás de seu pai. — Jasão, você não pode dizer essas coisas na frente das crianças.

— Qualquer dia desses eles vão ouvir os rumores, Medeia. — Ele balança a cabeça. — Prefere que eles saibam por um estranho do que por nós?

— Eles ainda não estão preparados para saber.

Ele não responde, apenas dá de ombros com desdém enquanto continua andando. Eu o alcanço e Pheres vem atrás, puxando a roupa de Jasão.

— Papai.

— Nós não teríamos que nos preocupar com rumores se não fosse por aquelas mulheres — continuo.

— Papai?

— E? — A palavra é um suspiro frustrado.

— Elas estão sempre lá fora. Estão sempre me observando, *nos* observando.

— Medeia, eu não tenho tempo para isso.

— Mas…

— *Papai.*

— *Silêncio.*

Pheres se encolhe diante da severidade do tom de voz de seu pai quando ele vira a cabeça. O tremor de seu corpinho arrepia minha mente, puxando fios de lembranças enterradas. Um lampejo dos olhos assustados de Calcíope quando ouvíamos a raiva de nosso pai reverberando pelas paredes, acompanhada da corrente sombria dos soluços de nossa mãe.

— Não fale assim com ele — retruco.

Jasão me encara por um longo momento. Ele parece entediado com minha raiva, seus olhos velados e cansados.

— O papai está zangado comigo? — choraminga Pheres enquanto Jasão desaparece pelo corredor.

— Não. — Balanço a cabeça. — Ele só está cansado, só isso. Só está muito cansado.

Pheres me encara com olhos arregalados e brilhantes. O humor de Jasão o abalou. Calcíope surge de novo em minha mente como um raio de sol atravessando nuvens carregadas… Se estivesse aqui, ela o pegaria nos braços e o inundaria com o calor e a afeição que sempre manifestava sem esforço. Esse é o tipo de mãe que meus filhos querem, o tipo de mãe que eles merecem.

Mas esse suposto amor maternal instintivo cresceu torto dentro de mim, como uma planta que foi privada de luz e água, deixada para crescer retorcida e deformada. Eu sei que amo meus filhos, mas acho difícil articular esse amor em algo tangível para eles. Não sei o que há de errado comigo.

Talvez eu não tenha nascido para ser mãe.

Nas sombras, sinto Mermerus espreitando, seu rosto indecifrável enquanto encara o espaço onde seu pai estava.

— Vá encontrar Mirto e peça a ela para preparar vocês para dormir. — Eu o instruo com as mãos paralisadas ao lado do corpo. Tento ignorar a decepção nos olhos de Pheres por causa de minha rejeição.

Mermerus se aproxima e pega com cuidado na mão do irmão. Seus olhos me observam, aguçados com uma acusação silenciosa. Tento ignorar isso também. Engolir, sufocar como todos os outros demônios que se escondem dentro de mim.

Eu me tornei uma espécie de especialista nisso.

Encontro Jasão em nossos aposentos de visitas.

É nosso cômodo mais luxuoso, embora os móveis adornados e os enfeites brilhantes pareçam ridicularizados pelo vazio quase constante do espaço. As louças costumam estar envolvidas por uma fina camada de poeira, ofuscando os detalhes dourados pelos quais pagamos com tanto amor. Ainda assim, hoje elas brilham com a rara promessa de boa companhia.

Paro na porta por um instante, vendo Jasão avaliar a comida preparada por nosso cozinheiro. Ele pega uma azeitona e a coloca na boca, mastigando distraidamente.

Com o tempo, aprendi que o amor de Jasão é como as temporadas de colheita. Ele alterna entre dias de banquete e de fome. Às vezes, seu amor me preenche tão profunda e completamente que acho que vou explodir. Com muito mais frequência, só me resta uma frieza que me percorre, infiltrando-se nas planícies vazias onde seu amor era rico e selvagem apenas poucos dias antes. Parece haver uma habilidade para esse tratamento, uma forma de arte, como um carcereiro brincando com seu prisioneiro. Jasão me priva à beira do colapso, me deixando muito perto desse limite... e então, de uma só vez, seu amor retorna, avassalador em sua intensidade, e de alguma forma queimando todas as dúvidas e a raiva que a solidão conjurou.

Recentemente, os dias de fome de Jasão ficaram mais longos, mais frios, a ponto de mal olhar para mim. Devo receber um banquete em breve, pois posso sentir que estou perto do limite. Não sei o que vai acontecer se eu tropeçar sobre ele. Jasão nunca deixou isso acontecer. Mas, às vezes, durante momentos calmos, eu me pego pensando no que existe do outro lado.

— O que foi? — A voz dele é grosseira quando me pega espreitando na porta.

— Quero falar sobre as mulheres que estão lá fora.

— Não encerramos essa discussão? — Jasão aperta o dorso do nariz, uma indicação de exasperação, pelo que aprendi.

— Elas *não* vão nos deixar em paz, Jasão — insisto, aproximando-me. — Já suportei dez invernos disso, elas o tempo todo lá fora, falando sobre nós, sussurrando, espalhando suas mentiras.

— Que mentiras? — Ele se vira e seus olhos cansados engolem a luz. — Que você traiu sua terra natal? Que você é uma bruxa? Uma assassina? Onde está a mentira nisso, Medeia? Por favor, me mostre.

— Isso não é justo.

— Não é justo. — Ele ri do sentimento, depois cobre o rosto com as duas mãos, arrastando a pele para baixo enquanto suspira. — Medeia, por favor, seja razoável. A noite de hoje é extremamente importante para mim. Não tenho tempo para isso.

— Mas...

— *Medeia*. — Ele bate a mão na mesa, fazendo a madeira tremer. Sinto-me enrijecer, as palavras morrendo em minha garganta. — Por favor, apenas vá ficar apresentável para os nossos convidados.

Ao encarar Jasão, um peso se acomoda dentro de mim. Mal o reconheço esses dias. Aquele príncipe charmoso e brilhante foi engolido por esse estranho mal-humorado e irritadiço que agora assombra nossa casa.

Um fantasma do homem que ele era.

Não foi assim que imaginei nossa vida juntos, nosso casamento... Era para ser diferente; era para *nós* sermos diferentes. Felizes. Eu *vi* isso.

Mas minha visão me mostrou apenas um vislumbre do futuro, um pedaço de felicidade que já passou. Era para ser só isso: um breve sopro no meio de uma vida toda... *disso*?

Quando me viro em silêncio para sair, tenho certeza de que posso ouvir as mulheres de Corinto ainda rindo do lado de fora, fazendo meu sangue ferver.

Violência gera violência, Circe sussurra em minha mente como uma promessa.

30

Não vejo Jasão tão feliz há anos.

Ele está sentado na cadeira reclinável ao lado de seu convidado, Egeu, com um sorriso no rosto que ilumina a sala toda. Como eu senti falta disso.

Egeu está resplandecente em seus trajes da realeza. Do rei de Atenas, eu não esperava menos. Sua túnica é de um tom malva profundo com detalhes intrincados nas bordas. Em seu ombro direito, o material está preso por um broche em forma de coruja, com cacos de vidro coloridos formando o peito emplumado da ave, enquanto esmeraldas brilhantes são os olhos.

Egeu é mais velho, mas seu rosto ainda tem resquícios de sua bela juventude. Sua pele é bronzeada e enrugada nos cantos, seus cabelos cor de luz estelar estão penteados para trás como uma onda. Seus lábios são largos, e quando ele sorri revela uma leve cicatriz sobre o lábio superior.

Jasão ficou exultante ao saber que Egeu estava visitando o rei de Corinto e queria uma audiência conosco. Acontece que o rei ateniense era um admirador dos Argonautas. Para Jasão, um homem que está perpetuamente tentando se estabelecer na hierarquia social coríntia, que melhor aliado há para fazer do que o rei de uma das cidades mais poderosas da Grécia?

Sentada ao meu lado está a esposa de Egeu, Meta. Ela é perturbadoramente bela, um rosto suave e redondo com feições gentis e uma boca carnuda e agradável que harmoniza com seus olhos ricos e terrosos. Sua pele é escura, com cabelos castanhos que caem abaixo dos ombros e balançam quando ela ri.

Não é habitual que mulheres se juntem aos homens para socializar, nem que homens levem as esposas em suas viagens. Mas Egeu, com seus olhos travessos cor de canela queimada, havia insistido que sempre gostara da companhia de mulheres, além de ter "algo bonito para olhar". Ele também revelou a Jasão suas esperanças de ter um herdeiro em breve, e por isso não queria que suas viagens atrasassem os esforços dedicados do casal.

Eu sabia que Jasão não me queria no jantar, mas cedeu mesmo assim, bancando o anfitrião gentil — um papel de que ele sentia muita falta.

Atrás de Jasão, o Velocino de Ouro está pendurado na parede. Uma aparição rara. Ultimamente, sua cobertura brilhante parece mais zombeteira do que bela, um lembrete de promessas não cumpridas.

— Conte-me mais sobre Héracles — pede Egeu com a boca cheia de vinho. — Ele é mesmo tão forte como dizem?

— Mais forte. — Jasão sorri, amando cada segundo que pode reviver de sua famosa viagem.

Mas isso é ao mesmo tempo um presente e uma maldição, seu glorioso passado, pois brilha tanto que colocou o restante de sua vida na sombra. Nada nunca vai chegar aos pés daquela viagem, não para Jasão. Acredito que ele sabe disso também, e isso o consome, embora ele nunca vá admitir.

— E Meleagro? Como era o amado príncipe de Calidão?

O rosto de Jasão fica sombrio, como sempre acontece quando Meleagro é mencionado. Ele abre um sorriso melancólico e diz:

— Meleagro era como um irmão para mim. Tenho certeza de que ele agora está causando confusão nos Campos Elísios.

Meleagro morreu pouco depois de deixar Iolcos.

Quando soubemos da notícia, achei difícil acreditar. Ele era tão cheio de vida que parecia impossível que a morte pudesse tocá-lo algum dia.

Mas, é claro, nenhum mortal pode escapar do inevitável.

Depois que Meleagro e seu bando mataram o javali que estava aterrorizando Calidão, o príncipe havia recompensado Atalanta com a pele do animal. Sabendo de sua afeição por ela, não acho difícil acreditar nisso. Mas a família de Meleagro não aprovou a cessão de um presente tão valioso a uma mulher, então uma batalha logo se iniciou com seus tios. Meleagro, de maneira nada surpreendente, derrotou todos eles. Foi sua mãe que o matou, no fim, em um ato de vingança por seus irmãos. Sabendo o tipo de homem que Meleagro era, acredito que ele teria deixado sua mãe fazer isso em vez de levantar a mão contra ela.

— E Atalanta? — pergunta Egeu. — Devo admitir, fiquei surpreso por você ter permitido uma mulher em sua tripulação.

— Se você a conhecesse, entenderia. — Jasão ri.

Quando penso na caçadora, me lembro da traição em seus olhos quando usei minha magia contra ela. Meu peito dói com a lembrança.

Soube por Jasão apenas um pouco dos movimentos dela além de Calidão. Aparentemente, a caçadora se reuniu com seu pai biológico, aquele que a abandonou quando era bebê. O homem tentou utilizar a fama dela a seu favor, desejando casá-la. Mas Atalanta jurou que só se casaria com um homem que pudesse vencê-la em uma corrida. Até onde Jasão sabia, a caçadora ainda permanecia solteira.

— Quantas histórias você tem, Jasão — diz Egeu, batendo com a mão em seu ombro e chamando minha atenção de volta para a sala. — Agora, você precisa me contar sobre o dragão de Eetes.

Meu dragão.

— Um dragão? — Meta fica boquiaberta ao meu lado.

— Sim, minha senhora. — Jasão sorri para ela e eu posso sentir o charme irradiando dele como o brilho do velocino que está atrás de sua figura. Um mais inútil do que o outro.

Meta fica corada sob o peso insuportável da sedução de Jasão. Imagino que eu era exatamente assim quando mais jovem — ignorante e deslumbrada, como uma mariposa atraída para a chama de Jasão, queimando as próprias asas em meio a seu arrebatamento inebriado.

— Rezo a Zeus para que vocês nunca tenham que encontrar uma fera como aquela, pois são ferozmente mal-humoradas — continua Jasão com uma piscadinha, gerando uma risada por parte de Meta.

— Como você matou a criatura? — questiona Egeu.

— Nós não o matamos. — Minhas palavras atravessam a sala, cortando o clima fácil e caloroso. São as primeiras palavras que eu disse a noite toda.

Sei que eu deveria ter ficado quieta; falar não compensa a potencial dor de cabeça por irritar Jasão. Mas o vinho parece ter soltado minha língua.

— Então como o venceram? — Egeu olha nos meus olhos e eu vejo a centelha maliciosa dentro deles, a juventude vibrante à qual ele ainda se apega.

— Medeia encantou a fera — diz Jasão.

Olho para onde ele está sentado, à minha frente, seus olhos brilhando sobre a borda da taça enquanto beberica seu vinho.

— É mesmo, Medeia? — O rei sorri para mim, mas eu apenas inclino a cabeça em resposta antes de secar minha própria taça. — Fascinante. Também quero saber, Jasão, como você não foi tocado pelas chamas dos bois? Tentei quebrar a cabeça para descobrir como você conseguiu isso.

— Também foi Medeia — responde Jasão, com a voz firme, embora eu possa notar a irritação em seu sorriso.

— Ora, ora, que esposa notável você tem aqui.

— É mesmo. — Ele concorda, ainda olhando em meus olhos do outro lado da sala. Posso sentir a familiar tensão silenciosa adensando-se no ar entre nós, esticando-se e movimentando-se como uma fera despertada de seu breve cochilo.

Jasão está irritado; ele odeia quando ofusco a glória de seu passado. Para ele, não sou a princesa que adquiriu o Velocino de Ouro para ele e salvou sua vida, mas a bruxa que o fez ser banido de Iolcos. Para ele, sou uma decepção, que parece ter aumentado com o tempo.

— Você é realmente maravilhosa! — Meta estende o braço e pega na minha mão, tirando meu foco de meu marido.

Olho para seus dedos finos envolvendo os meus, confusa com a intimidade de seu toque. Isso atrai lembranças antigas de minha irmã, lembranças que fiz de tudo para esquecer.

Meta parece sentir minha rigidez quando pigarreia e retira a mão, pousando-a sobre o colo com um sorriso educado.

— Então, Jasão — diz Egeu enquanto se serve de outro prato de comida. — Por que você escolheu se estabelecer em Corinto?

— Eu me faço essa mesma pergunta todos os dias. — Egeu ri com educação de sua resposta, mas eu vejo o sorriso de Jasão ficar tenso. — Eu conhecia o rei daqui, Creonte. Mandei para ele a notícia de que estava procurando asilo depois de meu… exílio. — A palavra tem um sabor ruim em sua boca. — Creonte foi gentil o bastante para me aceitar em suas terras.

— Sem dúvida, o povo ficou empolgado em ter um dos Argonautas entre eles.

— "Empolgado" não é a palavra que eu usaria.

— O povo não foi receptivo?

— Eles não gostam de ter uma bruxa entre eles — responde Jasão enquanto levanta para encher a taça de vinho de Egeu.

— Obrigado… Mas certamente conseguem enxergar o benefício de ter uma mulher com seus talentos entre eles? — Egeu direciona essa pergunta a mim.

Se não estivéssemos acompanhados de nossas outras metades, eu diria que aquela centelha em seus olhos tinha outro significado.

— Parece que a reputação de Medeia os perturba — comenta Jasão, enchendo a taça de Meta em seguida. — E, na verdade, podemos culpá-los? Minha esposa não tem um… passado muito limpo, como certamente vocês sabem.

Sinto meu corpo se aprumar ao ouvir aquelas palavras, como se um raio de fogo tivesse me atravessado.

— Você não pode mostrar a eles seus talentos, Medeia? Talvez uma pequena demonstração do que você tem a oferecer? — pergunta Egeu, aparentemente alheio à tensão na sala.

— Não pratico mais minha magia — explico, enquanto Jasão se aproxima e para ao meu lado.

O calor de seu corpo queima junto aos meus ombros e pescoço quando ele se abaixa para encher minha taça. É o máximo que nossa pele se aproxima em muitas luas, e eu sinto algo profundo e dolorido ganhar vida dentro de mim.

Deuses, eu preciso daquele banquete…

— Medeia parou de praticar magia quando estava grávida de nosso primeiro filho — acrescenta Jasão, afastando-se e fazendo aquela onda de desejo estalar. — Depois disso, achamos melhor ela continuar se abstendo de seus pequenos truques por um tempo.

Pequenos truques.

— Sabe, ninguém quer se associar a uma bruxa. Nem mesmo a um homem casado com uma bruxa — continua Jasão, rindo ao se acomodar de novo em seu lugar. — Talvez eu devesse saber, considerando que fui exilado de minha terra natal pelo mesmo motivo. Mas o que eu poderia fazer? Medeia estava grávida, afinal, e eu sou um homem honrado.

Meus olhos queimam nas órbitas.

— Nós não fomos exilados porque você perdeu um combate contra seu primo? — rebato com a voz letalmente calma. Volto minha atenção para Egeu: — Eu estava inconsciente nessa hora. Foi, na verdade, o único momento em que Jasão foi deixado para enfrentar seu inimigo sozinho. Uma coincidência e tanto.

O rosto de Jasão endurece.

— Basta, Medeia.

— Peço desculpas. — Aceno com a cabeça, tomando um gole lento de vinho. — Faz tanto tempo que não tenho companhia que parece que esqueci como me comportar. Acho que é isso o que acontece quando você é mantida fechada como um segredinho vergonhoso.

— Acho que é hora de as senhoras se recolherem. — Jasão me corta.

Egeu concorda e acena com a mão para sua esposa, embora continue olhando em meus olhos, com um sorriso cada vez maior nos lábios.

— Obrigada pelo jantar. — Meta abaixa a cabeça. — Medeia, poderia me mostrar meus aposentos?

— Você confia em deixar sua esposa sozinha com uma bruxa? — pergunto a Egeu, satisfazendo-me com a indignação silenciosa de Jasão diante de minha audácia.

— É claro, minha cara. — Egeu concorda enquanto passa a mão possessiva nas costas de Meta. — Você deveria saber, Medeia, que não tenho medo de mulheres poderosas. Na verdade, eu gosto *muito* delas.

Não há como negar o tom descaradamente sedutor de suas palavras. Olho para Jasão, que está olhando feio para nós, embora engula qualquer resposta que esteja presa em sua garganta. É claro, ele não pode falar nada. Egeu é um rei, e o que é Jasão?

— Vamos — digo a Meta. — Vamos deixar os homens discutirem.

Quando saio da sala, posso sentir os olhos de Jasão cortando minha pele. Confesso que gosto da sensação de sua atenção sobre mim, mesmo que seja alimentada pelo ódio.

É melhor do que ser ignorada.

— Você tem dois filhos? — pergunta Meta enquanto caminhamos até os aposentos de hóspedes.

Ela parece nervosa, torcendo os dedos como se quisesse se distrair. Sem dúvida ela ouviu os rumores. Todos ouviram.

— Tenho.

— Que adorável.

Não dizemos nada quando paramos naturalmente no corredor que margeia o pátio. Meta coloca a mão sobre as colunas, passando os dedos sobre as vinhas que correm para cima como veias escuras. Eu havia planejado cuidar do jardim em nossa casa; queria cultivar um belo pomar. Mas o tempo me escapou de alguma forma e ele se transformou em uma confusão selvagem de ervas daninhas e flores emaranhadas.

Acho que prefiro dessa forma. Me lembra Eana.

Vejo Meta inclinar a cabeça para Selena. Esta noite, o rosto grande e esburacado da deusa reluz com um etéreo brilho cor de âmbar. Enquanto observo Meta, percebo uma tristeza se formando em seus olhos, as mãos caindo imóveis ao lado do corpo.

— Como é? — pergunta ela em voz baixa. — Criar vida?

— Você gostaria da verdade ou da resposta que meu marido prefere que eu dê?

— A verdade. — Ela fecha os olhos de leve. — Sempre a verdade.

— Mermerus, meu mais velho... seu nascimento foi... complicado. Ao criar vida, eu quase perdi a minha.

Eu me encosto na coluna, levantando os olhos para o céu enquanto as memórias me permeiam. Só lembro de alguns vislumbres indistintos agora, vestígios de dor que ecoam em meus sonhos, tecendo pesadelos de mãos ensanguentadas e o rosto temeroso e pálido de Jasão.

Ao meu lado, Meta está em silêncio, esperando eu continuar.

— Tínhamos acabado de nos estabelecer em Corinto, mas estávamos aqui havia tempo suficiente para os rumores sobre meu passado se espalharem… Apenas um médico na cidade concordou em fazer o parto de Mermerus; o restante se recusou devido a quem eu sou. Ou talvez seja mais preciso dizer *o que* eu sou.

Meta respira fundo, baixando os olhos para o chão.

— Esse médico mal havia chegado à idade adulta. Sua inexperiência era dolorosamente óbvia.

Seu rosto cheio de espinhas surge em minha mente, aquele estranho tufo de pelos em seu queixo e o brilho assustado em seus olhos. "Ela é mais velha do que eu esperava", foi o que ele disse para Jasão quando chegou. Acho que estava certo. Eu tinha dezoito anos na época.

— Eu me lembro das mãos do médico tremendo enquanto ele se preparava — continuo, meio sem saber por que estou compartilhando isso com uma estranha. Talvez seja o vinho. Ou talvez eu esteja mais carente de companhia do que imaginava. — Naquele momento, vi minha vida pendurada entre seus dedos trêmulos. Eu achei que fosse morrer.

— Mas não morreu.

Confirmo com a cabeça, meus olhos distantes.

— Eu sabia que não podia morrer. Então não morri.

Mesmo quando a inconsciência me chamou, eu me agarrei à luz, àquela visão de meu filho e Jasão. Eu me agarrei ao futuro que havia conquistado, à felicidade pela qual havia lutado e sacrificado tanto. Não deixaria ninguém tirar isso de mim. Nem mesmo a morte.

— Acho que eu tenho uma visão um tanto quanto idealizada. Mas ainda imagino que seja incrível dar à luz.

Olho bem nos olhos dela.

— Eu preferiria enfrentar três batalhas seguidas a dar à luz novamente.

Observo a reação de Meta, notando a tristeza pesada gravada em suas belas feições. Noto que estilhacei uma parte dela que sempre considerou sagrada e especial em seu coração. Arruinei a bela ilusão da maternidade. Mas não me sinto culpada. Uma verdade feia é melhor que uma mentira bonita.

— Foi diferente com seu mais novo?

— O nascimento dele foi mais fácil, mas... — Faço uma pausa, sentindo a confissão rastejando dentro de mim, recusando-se a ser engolida. — Eu amei Pheres desde o momento que ele nasceu, mas ainda assim... depois, senti como se um pedaço de mim tivesse morrido. Não sei ao certo que pedaço; não tenho nem certeza se sei o formato dele. Eu apenas soube, após aquele momento, que ele tinha desaparecido. Havia um buraco dentro de mim e, quanto mais eu tentava ignorá-lo ou preenchê-lo, mais ele crescia. — Respiro fundo para me acalmar. — Achei que um filho me tornaria plena, completa. Mas ninguém me disse que eles podiam fazer você sentir esse tipo de vazio. Ninguém fala sobre essas coisas... Talvez haja algo errado comigo. Deve haver, não deve? Pois que tipo de mãe sente isso depois que um filho nasce?

Encaro Meta, esperando por um consolo que sei que ela nunca poderá me dar. A rainha de Atenas permanece em silêncio, deixando minhas palavras pairarem no ar entre nós.

— Me desculpe... é o vinho. Eu não deveria falar sobre essas coisas.

— Nós, mulheres, passamos grande parte de nossas vidas sem falar sobre coisas que deveríamos falar — diz ela em voz baixa. — Acho que sua sinceridade é corajosa.

Corajosa. Deixo a palavra se instalar em mim, absorvendo-a.

— Egeu não pode ter filhos — confessa Meta. — Ele não consegue.

Olho para ela e vejo um leve alívio em seus olhos, como se ela estivesse guardando esse doloroso segredo há muito tempo, como se ela também nunca tivesse tido com quem compartilhá-lo.

— Como pode ter certeza?

— Porque ele dormiu com todas as mulheres elegíveis da Grécia. — Ela bufa com amargura. — Nenhuma delas engravidou de sua semente. Ainda assim, ele insiste em continuarmos tentando. Acho que está em negação.

Penso no flerte descarado de Egeu esta noite; em como deve ser para Meta ver seu marido se comportar dessa forma. Jasão pode não ser perfeito, mas pelo menos nunca me fez questionar sua fidelidade. Ou talvez seja porque nunca deixei minha mente vagar tão longe.

— Sinto muito — finalmente digo quando percebo que Meta está esperando que eu fale.

Uma demonstração de pesar parece inútil, mas sinto que é isso que ela quer ouvir. Afinal, é algo que ela nunca receberá do marido.

— Não é a infidelidade que me chateia. É natural os homens procurarem suas... gratificações. Eu só queria que ele pudesse me dar um filho. Toda a minha vida, tudo o que eu sempre quis foi ser mãe. Foi assim com você?

— Não. — A brusquidão de minha resposta deixa Meta tensa. — Nunca nem considerei isso antes de Jasão.

— Por que não?

— Nunca achei que seria justo.

— Justo?

— Se eu tivesse filhos... eles poderiam se tornar como eu.

— Medeia. — Odeio a forma como ela diz meu nome, aquela pena nauseante contida em seu suspiro.

— Você ouviu os rumores, não ouviu?

Minha franqueza parece pegá-la desprevenida, mas ela responde com calma:

— Não dou muita atenção a rumores.

— Talvez devesse.

Ela me encara por um longo momento, com olhos pesados e intensos, como se estivesse tentando decifrar algo escrito em meu rosto.

— Seus aposentos ficam bem aqui. — Aponto para o fim do corredor, incapaz de olhar em seus olhos examinadores por mais tempo. — Vocês devem ter tudo o que precisam...

Paro quando sinto a mão dela deslizar sobre a minha, como aconteceu no jantar. Olho para os seus dedos entrelaçados nos meus, sentindo meu coração se contrair quando ela aperta com mais força.

— Obrigada — diz Meta com gentileza. — Por falar comigo, por sua sinceridade.

Apenas aceno com a cabeça em resposta, incapaz de afastar minha atenção da mão dela sobre a minha. Penso em meus filhos e em todas as vezes que me privei de segurar suas mãos porque temia manchá-los com meu toque. Penso em Calcíope também, em como nunca mais vou ter a chance de segurar a mão dela, em como ela não desejaria que eu segurasse, mesmo que pudesse.

— E Medeia, o que eu te contei... sobre Egeu... não é algo que ele queira que as pessoas saibam. Eu poderia ter muitos problemas... — Ela se interrompe, mordendo o lábio com nervosismo.

— Eu compreendo.

Ela sorri e aperta minha mão uma última vez antes de se virar a fim de ir para o quarto.

No rastro de sua presença, sou recebida pela solidão familiar. Era diferente na Cólquida. Naquela época, eu via minha solidão como uma companheira, algo que eu preferia à companhia de minha família odiosa. Algo em que eu me envolvia para me proteger e me esconder do mundo à minha volta.

Mas aqui, essa solidão é do tipo que te devora viva.

Em meus sonhos, vejo meu irmão.

Eu o vejo se afogando no mar, arrastado sob as furiosas ondas de Poseidon. Entendo a mão para ele, esticando cada centímetro do meu corpo para poder segurá-lo e libertá-lo daquelas correntes vingativas. Absirto tenta me alcançar, desesperado, em pânico, seus olhos suplicando, *me salve*. Mas, assim que nos tocamos, seus dedos se transformam em garras, me rasgando, me arrastando para baixo das ondas em uma tentativa de se manter na superfície.

Tento gritar, e minha boca se enche de água. Mas então me dou conta de que não é água... é sangue. Sangue grosso, quente, pegajoso, coagulando em minha garganta. O gosto metálico faz meu estômago revirar. Tento cuspir, respirar, mas ele está em toda parte, penetrando em todos os centímetros de mim. Só consigo ver os olhos mortos de Absirto enquanto ele me observa me afogando, com um sorriso sinistro curvado em seus lábios apodrecidos.

Você é uma doença.

Acordo no meio de nosso pátio, as estrelas no alto me olhando.

Algo parece estranho. A casa ao meu redor parece levemente fora do lugar, como se as arestas familiares tivessem sido desgastadas e desenhadas de novo. Então ouço um barulho, vozes sussurrando...

Eu me vejo em frente ao quarto dos meus filhos, aproximando-me, espiando lá dentro...

Eles estão agachados, de costas para mim. Mermerus tem um graveto na mão e está cutucando alguma coisa...

— O que você está fazendo? — Minha voz soa deformada e estranha.

— Eu queria ver o que tem dentro — responde ele sem se virar.

Há um corpo diante deles, mutilado de forma que não dá para saber quem é. Os membros foram cortados, o peito aberto de modo que as entranhas se espalham pelo chão, brilhando de forma terrível.

— Pare com isso! — grito, avançando para arrastá-los para longe.

— Eu queria ver o que tem dentro — repete Mermerus enquanto o puxo para trás.

Todo seu corpo está coberto de sangue, mas seu rosto está tão calmo, tão frio... É um rosto que reconheço.

Meu rosto.

— Você vai nos mostrar, mamãe? — pergunta Pheres ao lado dele, com a pele também manchada de vermelho. Seus olhos são vazios, seu sorriso é cruel. — Nos mostrar o que tem dentro?

Dos cantos do quarto, sinto os espíritos da morte se aproximando e grito para eles:

— Não, não, *não*!

Acordo com um sobressalto, ainda gritando, com os lençóis úmidos e enrolados em mim feito mãos ávidas.

Sentando ereta, respiro devagar enquanto me familiarizo com meu quarto. Concentro-me na lareira moribunda, sua luz pulsando como um batimento cardíaco fraco.

Saio da cama, sabendo que se fechar os olhos os pesadelos vão me encontrar novamente. Eles sempre me encontram. E se não é o corpo apodrecido de Absirto que me encontra, são os rostos gritantes das filhas de Pélias.

Você é uma criatura vil e desalmada...

Mas o pior é quando vejo meus filhos. Aquela visão deles cobertos de sangue me assombra mesmo quando estou acordada... Não consigo me livrar dela, da imagem de sua pele inocente manchada de forma tão horrível.

Gostaria que dormir não fosse uma necessidade. Detesto me deixar ser vítima de minha mente inconsciente. É um lugar perigoso para vagar sem amarras. É muito mais seguro ficar acordada, onde posso vigiar minha consciência, manter aquelas lembranças e medos acuados.

Os espíritos da morte gostam de meus pesadelos. Posso sentir sua alegria quando acordo gritando. Eles bruxuleiam dentro de mim feito uma chama que não consigo extinguir, uma chama que um dia acendi voluntariamente.

No fim do corredor, ouço um barulho seguido de passos arrastados. Pegando meu vestido, sigo o som até o menor quarto de hóspedes, o qual Jasão prefere ao nosso.

Lá dentro, o espaço está cheio de suas roupas espalhadas, a mesa no centro do quarto está lotada de jarros vazios de vinho e um prato de comida pela metade. Peço a Mirto que não limpe aqui, na esperança de que a bagunça o leve de volta à nossa cama compartilhada. Mas parece que ele prefere dormir na sujeira a dormir ao lado da própria esposa.

Vejo Jasão lutar para se despir, a lareira marcando os contornos fortes de suas costas. Minha mente volta à primeira noite que nos encontramos, quando entrei escondida em seu quarto e prometi ajudá-lo a obter o velocino. Eu era tão jovem, estava tão desesperada e tão embriagada de amor por esse estranho.

Aquilo me consumiu; *ele* me consumiu.

E eu permiti.

— Você não quer dormir ao lado de sua esposa? — pergunto à porta.

Ele se vira para mim com um movimento lento e desajeitado, o olhar vago. Está bêbado.

— Eu não quis te acordar. — É uma desculpa que já ouvi muitas vezes antes.

Ele se senta na cama, soltando um suspiro ao tentar desamarrar as sandálias. Seus dedos se atrapalham com o desenho intrincado das amarras — o novo estilo em Corinto, pelo que diz Jasão.

— Deixe que eu ajudo. — Ajoelho-me diante dele e Jasão afasta as mãos, com os olhos vidrados.

Por um momento, penso que vai me impedir, mas ele não diz nada.

Enrolo os dedos nas tiras finas de couro cruzadas sobre suas canelas, soltando-as com cuidado, camada por camada.

Trabalho devagar, saboreando o contato, a sensação do corpo de Jasão tão perto do meu. Quando olho para cima, eu o vejo me observando, seus olhos engolidos por sombras.

Ambos sabemos que estamos lutando — com a vida que vivemos, esse amor que compartilhamos. Sabemos por um bom tempo, embora não falemos sobre isso. Confesso que sempre temi que dar voz a nossos problemas de alguma forma lhes concederia o poder de nos estilhaçar completamente. Ainda assim, agora reconheço que ignorar nossa dor apenas deu a ela espaço para crescer e inflamar.

— Obrigado — murmura Jasão quando enfim tiro suas sandálias.

Algo mudou e suavizou dentro dele, mas seus olhos ainda parecem distantes, atormentados por pensamentos que ele nunca vai compartilhar comigo. Não tenho certeza de quando tudo começou a mudar; foi tão gradual, no início, que acreditei que estava imaginando seu afastamento. E então, um dia, ele estava longe demais para eu alcançar. Mesmo durante aqueles raros momentos em que ele me sufoca com explosões repentinas de amor, ainda sinto isso entre nós, essa distância.

— O jantar com Egeu correu bem — digo.

— Ele pareceu mais interessado em você do que em mim — resmunga Jasão, com um olhar azedo manchando seu rosto. — Não parou de perguntar sobre você depois que saíram.

Subo as mãos por suas pernas, pousando-as sobre suas coxas. Começo a traçar círculos lentos nelas, meu toque gentil, desejoso. Se eu puder ao menos reacender aquela chama entre nós, se eu puder trazer aquele fogo à vida novamente...

— Você sabe que sou sua — digo. Quando Jasão não responde, abaixo a voz para um sussurro rouco. — Você... viria para a minha cama? Faz tanto tempo que não dorme ao meu lado.

À nossa volta, o silêncio prende a respiração em expectativa.

— Medeia. — Meu nome é um suspiro pesado e sinto minha decepção aumentar quando Jasão se levanta, afastando meu toque. — Eu tive um dia longo.

— Você sempre diz isso. — Eu me levanto para segui-lo pelo quarto, mas ele não olha em meus olhos. — Por que me recusa?

— Não estou com cabeça para isso.

— Por quê? — pergunto. A insegurança que enterrei por tanto tempo se abrindo dentro de mim. — Por que não suporta nem tocar em sua própria esposa?

— Acha que eu *quero* tocar em você depois da forma como você agiu durante o jantar? — As palavras lhe escapam como um resmungo quente. — Você se envergonhou hoje, Medeia, e *me* envergonhou.

— Egeu não pareceu achar isso.

Jasão dá uma risada sem graça enquanto vai se servir de outra taça de vinho.

— Aí está.

— O que isso quer dizer?

— Vi como você estava olhando para ele, Medeia. — Ele balança a cabeça, virando a taça de uma vez e a enchendo novamente. — Ele só quer transar com você porque espera que a boceta de uma bruxa cure sua esterilidade.

Antes que eu possa aquietar minha raiva, dou um tapa e derrubo o vinho de sua mão. A taça cai no chão, derramando o líquido escuro sob nossos pés como sangue. Jasão fica olhando por um momento, com o corpo imóvel. Então, em um movimento fluido, ele apoia o antebraço em meu peito, batendo-me contra a parede.

Solto um suspiro quando ele se aperta contra mim. Ficamos nos encarando por um longo e odioso momento, e me pergunto se ele poderia me bater. Imagino a sensação da força de seu punho, visualizando a dor surgindo em meu rosto. Eu me pergunto se a sensação seria a mesma de quando meu pai me batia. Ou será que os punhos de Jasão machucariam mais, porque sempre conheci seu toque como algo terno? Ou será que a paixão e a dor se borram e se misturam formando algum tipo estranho de prazer?

Como se lesse meus pensamentos perversos, ele se afasta. Não sei ao certo se a sensação de agonia em meu peito é decepção ou alívio.

Quando ele fala, sua voz está rouca:

— Você nunca mais deve desrespeitar seu marido desse jeito. Está me entendendo?

— Que marido? — provoco, desejando suas mãos sobre mim novamente. Mesmo que seu toque esteja manchado pelo ódio, é alguma coisa.

Uma forma de entremear o vazio que ele entalhou em minha vida, em minha alma. — Você nunca está aqui; você mal olha para mim, muito menos compartilha a cama comigo. Você é mais um estranho do que um marido para mim. E eu estou tentando, Jasão. Por dez invernos, eu não fiz nada além de bancar a esposa dócil. Mas você continua se afastando cada vez mais. O que você quer que eu faça? *Me diga*.

Por um momento, olho em seus olhos, sentindo as lembranças dele preencherem minha mente como um abraço. Então vejo aqueles olhos se voltarem para o chão, arrastados pelo peso dos pensamentos que o atormentam.

— Por que essa vida não é suficiente para você? — A pergunta gruda em minha garganta.

Um silêncio carregado enche o quarto, revelando o sofrimento que apodrece entre nós. Enquanto encaro Jasão, posso senti-lo se afastando cada vez mais de mim.

Não era para ser assim.

Era para sermos *felizes*.

Depois de tudo o que eu fiz, de tudo o que sacrifiquei… se eu perdesse Jasão agora, então teria sido tudo em vão. Eu teria me destruído por *nada*.

E quanto a nossos filhos? Como eu poderia deixá-los perder o pai?

— Volte para mim. — Dou um passo na direção dele, ousando colocar a mão hesitante sobre seu peito. — Por favor, Jasão.

— Medeia, pare.

— Volte para mim — repito com mais firmeza agora, segurando seu rosto entre as mãos. Aquele belo rosto que me faz sentir ao mesmo tempo impossivelmente cheia e completamente vazia. — Jasão, por favor. Volte…

— *Pare*. — Ele agarra meus pulsos e me empurra para trás, com tanta força que minha cabeça bate contra a parede, fazendo uma luz branca irromper em minha visão.

— Papai?

Na porta, Pheres choraminga, agarrado na mão do irmão. Ao lado dele, os olhos de Mermerus se alternam entre meu rosto e as mãos de Jasão segurando meus pulsos, dissecando a cena com uma apatia lúgubre.

Jasão me solta, ajeitando o cabelo para trás ao andar na direção deles.

— O vocês estão fazendo acordados a essa hora, meninos?

— Pheres teve outro pesadelo — responde Mermerus, ainda alternando o olhar entre nós. — O mesmo de sempre.

— Que pesadelo? — A voz de Jasão suaviza. Inclino a cabeça dolorida para trás, com as mãos apoiadas na parede.

Pheres solta um pequeno gemido, então Mermerus responde para ele:

— Ele sonha que está sendo transformado em um monstro.

Meu corpo fica imóvel enquanto meu pesadelo me visita mais uma vez, fechando sua mão fria ao redor de minha mente...

Não. Pare.

— Pheres, você nasceu para ser o *herói* de sua história, não o monstro. — Jasão se ajoelha diante deles, colocando as mãos nos ombros dos filhos.

Seus olhos são tão carinhosos, tão amorosos. Ele não olha para ninguém da forma como olha para as crianças. É ao mesmo tempo lindo e doloroso de ver.

— Vocês estão sempre seguros comigo, sempre estarão — continua ele e os puxa para os seus braços, fechando os olhos enquanto os absorve, deixando o calor deles estabilizá-lo. — Vamos, meus meninos, vamos para a cama.

Conforme eles se afastam, sinto os olhos de Mermerus pairando sobre mim — aquele reflexo na água, movendo-se e ondulando. Observando, sempre observando. E em alguma parte de minha mente, as vozes do passado sussurram de novo...

Violência gera violência.

Escuridão chama escuridão.

— Hipnos te enganou também?

Fico tensa quando ouço a voz sedosa de Egeu acariciar a noite. Ele para ao meu lado no pátio, com as mãos entrelaçadas atrás das costas. Ele é um pouco baixo para um homem, mas ainda assim sua presença preenche o espaço.

— Ele é um deus volúvel — prossegue, abrindo um sorriso.

Aceno com a cabeça, esperando que meu silêncio indique meu desejo de ficar sozinha. Depois de minha discussão com Jasão, não consigo pensar em nada pior do que jogar conversa fora. Mas, em vez disso, Egeu se senta no banco de pedra na beirada do pátio, esticando as pernas e apontando para o espaço vazio ao seu lado.

— Não achou adequadas suas acomodações para dormir? — pergunto enquanto me sento, dobrando as mãos sobre o colo.

— É claro que sim, sua hospitalidade foi muito generosa. — Egeu acena com a cabeça. — Mas nunca tive facilidade para dormir, nem quando era criança.

— Dormir é para quem não tem preocupações — digo, inclinando a cabeça para o céu escuro.

— E o que te preocupa, Medeia? — Ele então se aproxima, chegando tão perto que posso sentir a riqueza de seu perfume, notas de flores e especiarias.

Vejo o canto de sua boca se curvar em um sorriso conspiratório.

— Um rei não vai querer ouvir as divagações de uma esposa entediada. — Esquivo-me de maneira direta.

— Medeia, *você* é tudo menos entediante. — Ao falar, ele estende o braço e passa o dedo pelo comprimento de minha coxa, fazendo um arrepio percorrer minha pele. — Na verdade, acho que você deve ser a mulher mais notável que já conheci.

— Que decepcionante para você.

Ele solta uma gargalhada, depois me surpreende ao perguntar:

— Tem notícias da Cólquida?

Meu corpo sufoca rapidamente as emoções que surgem dentro de mim. É como uma memória muscular agora.

— Sei que meu pai foi deposto pelo irmão, se é isso que está perguntando.

— E o que você acha disso? — questiona.

— A Cólquida não significa nada para mim agora. Então, não acho muita coisa disso.

Sua única resposta é um sorriso curioso. Depois disso, caímos em silêncio, e fico dolorosamente ciente de que sua mão está sobre minha coxa, a palma quente e pesada. Considero afastá-lo, mas sei que não posso ofendê-lo com tamanha rejeição. E talvez uma pequena parte de mim esteja gostando da atenção, sentindo o calor de sua atração se infiltrando em minha pele. Faz tanto tempo que não tenho isso, que havia esquecido como é inebriante se sentir cobiçada. *Desejada.*

— Só estou tentando entender — murmura Egeu, fazendo pequenos círculos provocadores com o polegar em minha coxa.

Mesmo com o tecido de meu vestido separando sua pele da minha, ainda me parece íntimo demais. Apenas um rei ousaria tocar a esposa de um homem em sua própria casa desse jeito. Sua noção de direito é um pouco nauseante, mas ainda assim não o afasto.

— Entender o quê?

— Por que ele? — Sua pergunta faz um nó se formar na boca de meu estômago. — Por que Jasão? — explica, não se dando nem ao trabalho de abaixar a voz. Não consigo decidir se a autoconfiança desse homem é impressionante ou irritante. — Ele é bonito, é claro, não há como negar que seja encantador, mas certamente uma mulher como você deseja um amante de igual poder. Ou eu te interpretei mal?

Permaneço em silêncio. Mesmo que eu soubesse como responder, não dividiria verdades tão vulneráveis com pessoas como Egeu.

— Ele uniu e liderou os Argonautas, o que é obviamente um feito impressionante — prossegue, como se estivesse refletindo em voz alta; seu polegar ainda se move sobre minha coxa. — Mas eu conheço o segredo de Jasão.

— Segredo? — pergunto, forçando meu tom de voz a permanecer neutro.

— Ele é um homem nada excepcional que se esconde atrás de pessoas excepcionais... Vamos, Medeia, qualquer um que tenha cérebro sabe que foram os Argonautas que fizeram Jasão chegar à Cólquida, e foi você que obteve o velocino para ele. Você mesma disse; a única vez que Jasão foi deixado por contra própria foi quando ele perdeu para Acasto. — Estou aturdida e em silêncio, mas Egeu deve ler algo em minha expressão, porque seu sorriso se alarga. — Estou errado?

Ele não está, não totalmente. Jasão sempre foi especialista em usar pessoas a seu favor, utilizando os talentos delas para proteger suas próprias falhas. Já acreditei que isso demonstrava grande capacidade de liderança, mas hoje em dia não tenho tanta certeza. Parece que enxergo grande parte de meu passado de um modo diferente agora, vendo memórias de ângulos que eu nem sabia que existiam. Com frequência, descubro que não gosto do que vejo.

Ainda assim, eu me recuso a aceitar que Jasão seja *nada excepcional*. Isso é um insulto para ele e para *mim*. Será que Egeu realmente acha que eu sacrificaria tudo por um homem nada excepcional?

— Se acha meu marido tão decepcionante, então por que veio até aqui? — pergunto.

— Acho que você sabe o motivo, Medeia. — Egeu me encara, o calor em seu olhar faz suas intenções não verbalizadas se incendiarem entre nós. — Eu queria ver se você era tão notável quanto dizem… Devo dizer que estou um pouco decepcionado.

— Decepcionado? — Franzo a testa.

— Não há como negar que você é incrível, Medeia. Estou apenas decepcionado por você ter permitido que Jasão te reduzisse, bem… a isso. — Ele faz um gesto vago em minha direção com a mão livre. — Como foi que você se referiu a si mesma? O "segredinho vergonhoso" de Jasão.

— Devo me desculpar por meu comportamento durante o jantar. Eu não estava me sentindo bem.

— Você não percebe, Medeia? — Egeu continua como se eu não tivesse dito nada. — Você poderia ser tão *mais* do que Jasão te permite ser. Ele te reprime.

O rei começa a se aproximar mais, e sinto meu corpo todo ficar rígido quando suas mãos deslizam mais para cima em minha coxa e param sobre meu quadril. Uma avidez sensual brilha em seus olhos quando eles se voltam para os meus lábios.

Meus filhos. Os rostos deles surgem em minha mente, obscurecendo todos os outros pensamentos.

— Está tarde. É melhor eu me retirar aos meus aposentos — digo de maneira abrupta.

Egeu solta um zumbido baixo e se inclina para trás, enfim tirando a mão. Minha pele parece assustadoramente fria na ausência de seu toque.

— É uma pena. Poderíamos ter feito um belo par, Medeia — comenta, passando a mão sobre a barba salpicada de grisalho. — Mas devo admitir, admiro sua lealdade a Jasão, mesmo depois de suas providências para tomar uma nova esposa.

As palavras perfuram meu âmago profundamente, deixando uma náusea fria se derramar em meu estômago, em minhas veias. Apenas três palavrinhas, mas elas carregam peso suficiente para arriscar destruir toda a minha existência.

Uma nova esposa.

Não. Não pode ser.

Egeu inclina a cabeça enquanto estuda minha reação.

— Ah, minha querida, eu achei que você já soubesse. Jasão tem anunciado a seus companheiros... — Ele estala a língua, e o som faz eu me encolher. — Bem, cometi um erro. Tenho certeza de que ele estava planejando contar logo.

— Eu... tenho que ir. — Levanto, meu corpo parecendo estar desmoronando sobre si mesmo. Se eu ficar aqui por mais um momento, acredito que vou me transformar em pó.

— Também devo me recolher. Tenho uma longa viagem amanhã. — Egeu se levanta. — Boa noite, Medeia. Foi um *prazer* conversar com você.

Ele se aproxima e me dá um beijo no rosto, o toque é fugaz, porém sensual.

Fico em silêncio quando ele vira para ir embora, vendo seus guardas surgirem das sombras atrás de nós. Eu nem tinha notado que estavam ali. Ele acena com a cabeça antes de desaparecer pelo corredor na direção de nosso outro quarto de hóspedes.

Quando estou sozinha, sinto suas palavras expandindo no silêncio, alimentando meu vazio enquanto incham cada vez mais — *uma nova esposa.*

Não. *Não.*

Não pode ser. Jasão não faria isso comigo.

Ele não ousaria.

Não levanto da cama na manhã seguinte.

Não quero encarar o sorriso zombeteiro de Egeu nem a indiferença fria de Jasão. Também não consigo suportar pensar no rosto gentil e preocupado de Meta.

Quero ser deixada em paz enquanto me sufoco sob meus pensamentos excessivos.

Uma nova esposa.

As coisas podem estar tensas entre mim e Jasão, mas isso não significa que ele procuraria outra, não depois de tudo o que passamos. O que Jasão e eu enfrentamos, o que sacrificamos um pelo outro — isso nos une mais profundamente do que o casamento.

E quanto a nossos filhos? Ele nunca os abandonaria.

Não poderia.

Fico olhando para o nada enquanto minha mente gira de um lado para o outro. Depois de um tempo, a exaustão me encontra e meus pensamentos ficam mais densos e letárgicos, grudando nos cantos de minha mente como massas feias, me sobrecarregando até que uma dor de cabeça começa a tomar conta.

— Mamãe, você vem brincar com a gente? — pergunta Pheres na porta de meu quarto.

— Hoje não. — Eu o dispenso, encolhida na cama.

Posso sentir sua decepção sem nem olhar para ele, mas não tenho energia para me sentir culpada por isso.

Mantenho os olhos fechados, esperando ouvir seus passos silenciosos enquanto ele se afasta.

— Você está bem, mamãe? — Uma mãozinha úmida segura meu rosto.

Abro os olhos e vejo Pheres me encarando com aqueles olhos azuis de verão — os olhos de Jasão. Fecho a mão sobre a dele, sentindo um calor delicado tremular dentro de mim.

— Estou bem. — Aceno para ele com a cabeça, forçando um sorriso. Suas mãos parecem tão pequenas nas minhas, tão frágeis. — Você teve mais algum pesadelo ontem à noite?

Ele nega com a cabeça.

— Papai disse que ele espantaria os monstros — responde. — Como fez para proteger os Argonautas.

— O papai não espantou os monstros. — A voz de Mermerus vem da porta, e eu me mexo na cama para olhar para ele. — Foi a mamãe que fez isso.

Fico tensa ao ouvir suas palavras. Ao meu lado, Pheres puxa a mão e sussurra:

— A mamãe?

— Porque ela é uma bruxa.

Bruxa. Eu nunca contei aquilo a ele. Nem sabia que ele conhecia essa palavra.

— Ouvi o rei dizer — revela Mermerus para minha surpresa. — É verdade?

Espero para ver aquele vislumbre feio de medo, mas os dois apenas parecem... curiosos. Pheres pega na minha mão de novo, olhando para os meus dedos com um interesse recém-descoberto, como se eles fossem diferentes de tudo o que ele já viu antes.

— Você sabe o que isso significa? — pergunto.

Mermerus entra no quarto e diz com a voz firme:

— Significa que você é muito poderosa.

Muito poderosa. Sinto as palavras formarem um nó em minha garganta.

— É isso mesmo, mamãe? — pergunta ele, franzindo um pouco a testa.

— Sim, você está certo.

— Você vai mostrar para a gente? — grita Pheres, todo o seu corpo vibrando com empolgação enquanto ele aperta minha mão com mais força.

Escondi minha magia deles por tanto tempo. Acreditei que fosse a coisa certa a fazer, mantê-los longe de tudo isso, de *mim*.

Jasão me alertou que se eu contasse a nossos filhos sobre minha magia, deveria estar disposta a contar tudo. Mas ele sabe que eu nunca estaria pronta para fazer isso. Como poderia? Pois sei que quando meus filhos souberem a verdade, toda a verdade, vão me enxergar como todos os outros — com medo, com repulsa. Não consigo suportar pensar nisso.

Mas estou tão cansada disso... dessa vergonha, dessa autodepreciação, dessa horrível distância que forcei entre mim e meus filhos. Estou tão cansada disso tudo.

— Por favor. — Mermerus me surpreende com a suavidade em sua voz. — Você vai mostrar para a gente?

— Vou. — Aceno devagar com a cabeça. — Eu... gostaria muito de fazer isso.

— Senhora, tem certeza de que isso é prudente? — pergunta Mirto quando saio do pátio. Ela estava cuidando de meus filhos enquanto eu preparava a mistura que agora está em minhas mãos.

A princípio, tive medo de ter esquecido como fazer, mas esse é um conhecimento que está implantado em meu ser, tecido entre cada osso e músculo, gravado em minha alma.

Foi revigorante sentir aquela centelha tremeluzindo dentro de mim mais uma vez e ter meus sentidos inundados com o toque rico da magia da terra. Eu me senti como uma viajante experiente finalmente voltando para casa, passando por aquela porta familiar e sendo atingida por todas aquelas maravilhosas sensações nostálgicas.

Foi como se uma parte minha tivesse sido devolvida para mim. Uma parte sem a qual eu não tinha notado o quanto estava incompleta, até agora.

— O senhor Jasão disse que não deveria haver magia nessa casa; ele insistiu. E as crianças...

— Eu decido o que é melhor para os meus filhos. Deixe-nos a sós.

Ela ousa se aproximar.

— O mestre Jasão disse que a senhora não deveria ficar sozinha com eles.

— Jasão está aqui? — pergunto. — Não. Então você responde a mim, e eu estou te dispensando. Então, vá. Agora.

Mirto me encara com uma acusação silenciosa queimando nos olhos. Finalmente, ela cede, e eu a vejo lançar um olhar persistente e torturado na direção de meus filhos antes de desaparecer.

— Pheres, Mermerus — eu os chamo e eles saem correndo de onde estão brincando juntos.

Eu me ajoelho e coloco uma pequena tigela de bronze sobre o colo. Meus filhos abaixam diante de mim, cruzando as pernas e sentando com as costas eretas de ansiedade.

— Do que você ouviu o rei Egeu me chamar?

Eu me sinto mais desperta agora, mais viva, como se a curiosidade de meus filhos estivesse alimentando meu espírito, tirando-o de sua letargia sufocante. Olho para seus olhos arregalados e inquisitivos e penso no presente belo e frágil que é ter sua atenção dessa forma. Tão profunda e completamente.

Não consigo lembrar da última vez em que ficamos sozinhos.

— De bruxa — responde Mermerus. Suas emoções estão mais contidas do que as de seu irmão mais novo, mas posso sentir a curiosidade faiscando em silêncio atrás de seus olhos.

— Eu prefiro o termo "feiticeira".

Sorrio quando lembranças de Circe surgem em minha mente, aquele dia em que ela entrou em minha vida e despertou algo dentro de mim: uma paixão, um propósito.

— Vocês sabem o que é magia? — Eles negam com a cabeça. É claro que não sabem. Jasão não permite nem que falemos sobre essas coisas. — Magia é um presente de Hécate. Sabem que é Hécate?

— Uma deusa! — exclama Pheres, agarrando seus tornozelos cruzados e se balançando para a frente e para trás. — Do Submundo!

338 . MEDEIA

— Você recebeu um presente dos deuses? — Os olhos de Mermerus se estreitam. Ao lado de seu irmãozinho animado, seu silêncio parece amplificado.

— Magia é um presente de Hécate, mas também pode ser encontrada bem aqui, nesse jardim.

Pheres olha ao nosso redor, como se esperasse que alguma criatura tangível saísse das sombras e o cumprimentasse.

— Aqui, vou mostrar a vocês. — Coloco a tigela no chão e me levanto, fazendo sinal para eles me acompanharem.

Ando na direção dos canteiros de flores que margeiam nosso pátio, passando os olhos pelo emaranhado nervoso de flora selvagem.

Quando viemos morar aqui, Jasão estava de bom humor. Eu me lembro que ele me trouxe para o pátio vazio e sem vida e disse que ali agora era "meu reino", encorajando-me a plantar e cultivar o que meu coração desejasse. A princípio, fiquei revigorada pela chance de me reconectar com a magia da natureza, embora não estivesse praticando magia. Era reconfortante ouvi-la sussurrar entre os botões que cresciam, senti-la vibrando no solo sob meus dedos. Mas a sensação sempre agitava aquele poder obscuro dentro de mim, e aqueles sussurros calmantes logo se transformavam em chiados exigentes. *Use-nos... Liberte-nos...*

Conforme o tempo passou, minha consideração pelo pátio diminuiu, assim como a de Jasão por mim. Mas as plantas continuaram a florescer apesar da privação, aprendendo a se adaptar e a prosperar por conta própria.

— Conseguem ouvir isso? — pergunto aos meus filhos. — Ouçam com atenção.

Pheres fecha os olhos, franzindo o rosto com uma concentração exagerada. Ao lado dele, Mermerus olha para os canteiros lotados de flores com uma expressão indecifrável como sempre.

Depois de um momento, Pheres choraminga:

— Não consigo ouvir nada.

— Não tem problema. — Abro um sorriso para ele. — Eu também não conseguia ouvir magia na sua idade.

— *Ouvir* magia? — As sobrancelhas de Mermerus se unem.

Confirmo com a cabeça.

— Ela me chama. A magia de Gaia, da terra. Ela chama minha própria magia.

Passo a mão sobre os canteiros de flores, parando quando meus dedos acariciam uma flor de pétalas roxas. O *heliotrópio*. Minha mente retorna àquela noite com Frixo, quando ele girou a flor entre os dedos enquanto eu explicava sua origem mágica. A lembrança parece ser de outra vida, de uma versão de mim mesma tão distante e desconhecida que eu me pergunto com frequência como podemos ser a mesma pessoa.

— Posso mostrar o feitiço agora?

Sigo o canto áspero de uma cigarra, espiando o inseto no tronco de uma pequena oliveira. Abaixando, fecho minhas mãos ao redor dela e volto para o centro do pátio. Posso sentir a pequena criatura zumbindo junto à minha pele quando volto a me ajoelhar. Meus filhos me acompanham, Pheres vibrando com empolgação, refletindo o inseto que faz cócegas entre minhas palmas.

— Vejam. — Mostro a eles, separando os polegares de leve para permitir que eles espiem lá dentro. Pheres grita. — Mermerus, quando eu disser, quero que você jogue o conteúdo daquela tigela entre minhas mãos. Pode fazer isso?

Ele confirma enquanto eu coloco com cuidado a cigarra no chão, com as mãos em concha formando um domo sobre ela. Faço sinal para Mermerus e ele pega a tigela, posicionando-a sobre minhas mãos. Seu rosto expressa uma concentração solene e ele me observa, esperando seu sinal.

Separando os dedos, crio uma pequena abertura e aceno para Mermerus com a cabeça novamente. Sem hesitação, ele começa a derramar o conteúdo dentro da pequena gaiola que criei.

Quando a tigela está vazia, fecho as mãos para impedir que a cigarra encharcada escape, murmurando o encantamento familiar em voz baixa. Eu me concentro na sensação que aquilo gera dentro de mim, uma sensação que costumava surgir tão naturalmente como respirar. Mas faz tanto tempo que não uso minha magia que ela parece frágil, como tentar usar um membro que foi deixado para definhar e atrofiar.

Concentro minha mente, aguçando os sentidos, suplicando com Hécate.

Deusa, sei que negligenciei você...

Mas, por favor, me responda...

Eu gostaria de mostrar seu presente aos meus filhos...

Os espíritos da morte respondem no lugar dela.

Eles começam a se aproximar, atraídos pela agitação de poder que sentem dentro de mim. Sinto aquela corda entre nós se retesar conforme eles se aproximam mais, ávidos para soprar vida em minha magia, para derramar seu poder malicioso no meu. Aquela onda de escuridão acaricia minha mente, mas eu a força a se afastar, fazendo ouvidos moucos a seu chamado sedutor. Não vou deixar que eles estraguem esse momento.

Esse poder é *meu*. Não deles.

Suor começa a escorrer de minha testa, meu corpo já exausto pelo esforço de manter os espíritos acuados enquanto tento invocar minha própria magia. Em minha cabeça, ouço a voz de Mermerus: *significa que você é muito poderosa.*

Quando me permiti esquecer isso?

Minha magia surge com esse pensamento, a emoção pungente dela atravessando minhas veias, fazendo minhas mãos formigarem com seu poder efervescente. Sorrio diante da sensação familiar, o cheiro em minhas narinas. É como se encontrar com um amigo adorado, um amigo de que senti mais falta do que me permiti notar.

Olho para meus filhos, gravando seus olhos arregalados e curiosos.

— Vejam — sussurro quando removo as mãos.

A cigarra não está mais lá. No lugar dela, surge um pequeno pássaro, esticando as asas com penas fulvas. Ele salta no ar, voando para o alto em círculos confusos e aleatórios enquanto a cigarra aceita sua nova forma. Então o pássaro desce até meus filhos, girando ao redor de suas cabeças, fazendo Pheres gritar de alegria.

Absorvo a reação deles, a forma como seus olhos brilham e suas bocas estão levemente abertas. Eles não sentem medo nem repulsa de minha magia, pelo contrário, está *cativados* por ela. Sua fascinação é tão clara e pura que faz uma necessidade de proteção surgir dentro de mim. Quero que eles sempre olhem assim para o mundo, com curiosidade destemida, e rezo para que sempre vejam apenas a beleza que ele tem a oferecer.

Sorrio quando o pássaro pousa no dedo de Mermerus. Ele parece fascinado pela criatura, os olhos seguindo seus movimentos irrequietos e precisos. Então se vira para mim, um olhar de maravilhamento genuíno suavizando seu rosto.

— Pode me mostrar como fazer? — pede em voz baixa.

— Você quer aprender magia? — Ninguém nunca me pediu algo assim antes.

Posso visualizar isso, eu ensinando a ele. Hécate vai abençoá-lo com esse dom... essa maldição. Posso vê-lo se destacando como uma vez me destaquei, acolhendo o poder dentro dele. Mas também posso ver a escuridão; ela vai chamá-lo, atraindo meu filho como me atraiu. Vejo aqueles espíritos da morte se banqueteando com sua inocência, saboreando cada parte de sua alma enquanto eles a destroem...

— Você está bem, mamãe? — pergunta Mermerus, analisando minha expressão e a dor que expus ali.

Na mente, posso ouvir os espíritos da morte rindo de minha visão, regozijando-se em meu tormento.

— Estou bem. — Aceno com a cabeça com um sorriso rígido, embora não consiga mais olhar em seus olhos.

— Vai me mostrar como você faz isso? A magia? — insiste ele.

— Por favor, mostra para a gente, mamãe. — Pheres se anima, alcançando minha mão.

— Agora não. — Recuo diante de seu toque, tentando ignorar a rejeição em seus olhos. — Seu pai não vai gostar.

Mermerus franze a testa, acompanhando com os olhos o pássaro que agora paira bem acima de nossa casa.

— Porque ele vai ser príncipe?

— Quem te disse isso?

— Eu ouvi ele falar para o rei de Atenas. Ele disse que vai se tornar príncipe de Corinto quando... — Mermerus hesita, afastando-se de mim.

— Quando *o quê*? — Eu o pressiono, minha voz é um vazio, sugando toda a alegria do ar.

— Quando ele se casar com a princesa! — Pheres se intromete com uma animação despreocupada.

Uma nova esposa.

Não, não só uma esposa... uma *princesa*? Assim como eu fui um dia, antes de tirar aquele título de mim mesma, junto com todos os outros títulos que perdi por Jasão — princesa, filha, irmã, sobrinha, amiga... tudo para poder ser chamada de sua esposa.

E agora Jasão pretende tirar isso de mim também?

— Mamãe, se nosso pai vai se tornar príncipe, o que nós vamos ser? — Os olhos de Mermerus, tão sábios para sua idade, analisam minha reação, vendo mais do que deveriam, mais do que eu gostaria de revelar. — Isso significa que o papai vai nos deixar?

— *Nos deixar?* — Pheres choraminga, depois solta um pequeno soluço. — Papai vai nos deixar?

— Não, não vai. — Eu ajoelho para ficar na mesma altura que eles. — Seu pai não vai nos deixar; estão me ouvindo. Nem agora, nem nunca.

Mermerus franze a testa profundamente.

— Como você sabe?

— Porque eu não vou permitir.

— É sério? — Pheres funga com os olhos cintilando. — Você jura?

Assinto, com uma determinação gélida se instalando em minhas veias.

— Eu juro.

Quando Jasão volta, Nix já se apoderou da casa.

Estou esperando por ele em nosso quarto de hóspedes, sentada sobre a cama, olhando para o nada. A lareira está apagada, permitindo que um frio vigilante aguce o ar. No alto, um luar prateado entra pelas janelas, tropeçando nas sombras pesadas.

— Medeia. — Jasão me vê ao entrar, sua figura não passa de uma silhueta alta na porta. — O que você está fazendo acordada?

— Estava esperando você.

Sinto minha mente clara, alerta, talvez pela primeira vez em meses, como se eu finalmente tivesse despertado de um pesado estupor.

Jasão me observa, um leve incômodo endurece o ar ao seu redor. Ele então vai até a lareira, talvez para se ocupar com alguma coisa, ter algo em que focar além do silêncio acusador.

— Está um gelo aqui — murmura ele.

Não digo nada. Quando o vejo acender o fogo, lembro da imagem dele sendo engolido pelas chamas dos bois. Ele não passaria de cinzas e terra a essa altura se não fosse por mim.

Jasão suspira enquanto encara a lareira. Joga outro pedaço de lenha nas chamas, fazendo o fogo chiar e crepitar ferozmente. Conforme observo seus movimentos, posso sentir a carga de meu amor por ele como um peso amarrado em minha alma. Quando esse amor começou a parecer mais uma maldição que eu carrego do que uma bênção que aprecio?

— Onde estão os meninos? — pergunta ele de costas para mim.

— Dormindo. — Minha voz está distante quando continuo. — Eu mostrei a eles hoje.

— Mostrou o quê? — Jasão esfrega as mãos e depois vira as palmas para o fogo para aquecê-las.

Ele parece desinteressado, como se sua mente tivesse vagado para outro lugar. Para outra mulher, talvez.

— Minha magia.

Ele então se vira para mim.

— Por que você faria isso?

— E por que não faria? — Minha voz permanece calma. — Foi um feitiço de transformação inofensivo. Eles acharam divertido.

Em minha mente, guardo a lembrança desta tarde com meus filhos, a forma como receberam meu poder com tanta admiração e alegria.

Seu pai também havia feito isso um dia, há muito tempo.

— Medeia, já discutimos isso. — Jasão suspira. — Se você contar a eles sobre sua magia, deve estar disposta a contar sobre *tudo*.

— E se eu estiver disposta?

Jasão engole uma risada sem graça.

— Você quer mesmo que nossos filhos saibam o que você fez? Que saibam quem sua mãe realmente é?

Significa que você é muito poderosa. As palavras de Mermerus brilham dentro de mim como um fogo que está ardendo, se alastrando.

— Seria assim tão terrível? — rebato com firmeza.

Ele abre a boca para argumentar, mas logo a fecha novamente, balançando a cabeça como se estivesse derrotado.

— Estou cansado demais para isso. — É tudo o que ele diz.

Um silêncio se segue e dentro de suas profundezas posso quase sentir o sabor de sua culpa azedando o ar. Acho que sei de onde procede essa culpa e que engano se esconde atrás dela... Mas ainda não estou disposta a aceitar, não até ouvir as palavras dele, daqueles lábios traidores.

— Ouvi uma coisa peculiar ontem — digo com a voz firme, embora possa sentir meus batimentos cardíacos acelerando. Uma adrenalina nervosa efervesce em minhas veias, tornando difícil ficar parada. — Ouvi dizer que você vai tomar outra esposa.

— *O quê?*

Inclino a cabeça para o lado, analisando a forma como os olhos de Jasão deixam transparecer seu pânico.

— Eu te disse que a fofoca aqui é terrível — comento, dando de ombros, mantendo as mãos entrelaçadas sobre o colo para impedir que elas tremam. — Sei que não passa de uma mentira, é claro. Porque sei que você nunca faria uma coisa dessas. Não comigo.

Nós nos encaramos por um longo momento, o silêncio carregado pontuado apenas pelo estalar do fogo. Essa cena parece uma réplica perversa da noite que nos conhecemos, quando o espaço entre nós parecia tão cheio de possibilidades. Dez invernos depois e Jasão parece um estranho mais uma vez, e eu ainda sou uma garota aprisionada ansiando ser desejada por ele.

Que patético, murmura a escuridão dentro de mim.

— Me diga que não é verdade. — Eu me levanto, aproximando-me dele.

Ele está quieto, imóvel. Então seus olhos abaixam para o chão e, naquele único movimento, tenho minha resposta.

Ele me traiu.

— Creonte deseja que eu me case com sua filha.

— Creonte. O rei. — Não é uma pergunta, mas ainda assim Jasão confirma com a cabeça.

Quando olha nos meus olhos de novo, vejo que uma determinação fria se estabeleceu dentro deles.

— Eu concordei com o casamento.

— Mas você já é casado.

— Creonte vai anular nosso casamento. Ele tem poder para isso.

Suas palavras sugam o ar do quarto, sufocando meus pulmões. O chão se inclina sob mim quando levo a mão à cabeça, tentando focar os pensamentos em meio à onda de dor enfurecida dentro de mim.

Traidor, traidor, traidor... a escuridão canta, esticando aquela corda para o Submundo. A conexão dói, como um membro atrofiado ganhando vida.

— Medeia... — Jasão dá uma passo em minha direção, estendendo a mão. — Por favor, tente compreender, isso é para o seu próprio bem...

— *Meu próprio bem?* — sibilo, afastando-me de seu toque.

— Esse casamento vai beneficiar todos nós. — Ele acena com a cabeça com seriedade. — O povo de Corinto não quer mais uma bruxa vivendo entre eles. Há uma agitação se formando e eu temo as consequências disso… Mas como príncipe dessa terra, vou ter poder e influência para proteger você e nossos filhos. Posso garantir que vocês vão ficar bem cuidados e em segurança.

— Enquanto você aquece a cama de outra mulher? — pergunto.

— Medeia, por favor, se acalme. Vamos discutir isso racionalmente.

— Se está tão preocupado com minha segurança, por que não vamos embora? Por que não vamos para outro lugar e começamos do zero?

— Quantas vezes já falamos sobre isso, Medeia? O mundo sabe o que você fez. Acha que algum lugar vai te receber bem? Acha que algum lugar vai te *querer*? — Ele pega em minha mão de novo, tocando suas palmas ásperas e calejadas nas minhas. — Dessa forma, posso proteger você e nossos filhos. Por favor, Medeia, tente pensar no que é melhor para eles.

— Acha que nos trocar por uma vadia é o que é *melhor* para os nossos filhos?

O rosto de Jasão endurece. Ele solta minhas mãos e eu as cerro com firmeza para estabilizar seus tremores furiosos.

— Não adianta discutir isso enquanto você está histérica. É melhor esperarmos você ter se acalmado e estar com um humor mais razoável.

Ele vai até a mesa e começa a servir uma taça de vinho. Jasão suspira, parecendo aborrecido, como se o ato de destruir minha vida fosse uma inconveniência para ele.

Uma onda de raiva obscura cresce dentro de mim. Avanço para tirar o jarro dele, mas Jasão agarra meu pulso antes que eu possa fazer isso, segurando-o com firmeza entre nós.

— *Como você pôde?* — sibilo. Jasão aperta mais meu pulso enquanto meus dedos se esticam como garras. — Como você pôde fazer isso comigo?

— Estou fazendo isso *por você*, Medeia. Para poder proteger nossa família…

— *Não.* — Desvencilho minha mão dele. — Não me insulte fingindo que isso tem *alguma coisa* a ver com a gente, Jasão. Isso só tem a ver com sua obsessão patética por poder, por ser idolatrado por todos à sua volta. Por que a aprovação dos outros é tão importante para você?

— Não vou ter essa discussão quando você está agindo como uma criança.

— Depois de tudo o que eu fiz por você. Depois de tudo o que eu sacrifiquei.

— Depois de tudo que *você* sacrificou? — Jasão bate o vinho na mesa e uma onda de raiva toma conta dele. As sombras da lareira intensificam a fúria que se contorce em seu rosto, transformando sua careta em algo monstruoso. — E quanto a *mim*, Medeia? E quanto a tudo o que *eu* perdi por causa do que *você* fez?

— Eu fiz aquelas coisas por você, porque *você* me pediu para fazer. — Odeio a forma como minha voz falha ao dizer isso.

— Sério? Você vai distorcer a verdade assim? — Ele solta uma risada vazia, cruzando os braços. — Não se lembra de ter ido ao meu quarto na noite em que cheguei na Cólquida? Você estava tão ansiosa para trair sua família, tão desesperada para abrir as pernas para mim, para um estrangeiro desconhecido com quem havia trocado no máximo cinco palavras.

Dou as costas para ele, então a raiva vai coagulando em minha garganta, sufocando minhas palavras. Há tanta coisa que eu quero dizer, mas ainda assim me vejo encarando o chão, sem palavras, a fúria latejando em minhas têmporas, fazendo minha visão flutuar.

— *Você* traiu sua família, Medeia — continua Jasão, e suas palavras me atingem como um golpe físico. — *Você* matou seu irmão e *você* orquestrou a morte de Pélias. Pare de tentar colocar a culpa em mim e assuma alguma responsabilidade uma vez na vida.

À nossa volta, as sombras parecem respirar silenciosamente em expectativa, aproximando-se de maneira furtiva.

Eu me viro para Jasão devagar, meus olhos são esferas de fogo e gelo.

— Não nego as coisas que fiz; nunca neguei. Mas não se esqueça de que *eu* fui a escuridão que permitiu que *você* brilhasse. Sem mim, você não seria *nada*. Sem mim, você seria um cadáver apodrecendo no solo da Cólquida. Eu fiz *tudo* por você, Jasão…

— Nem tudo — retruca ele com uma veia pulsando no pescoço. — Você disse que me tornaria rei, e olhe para mim agora. Olhe para nós.

Eu o encaro por um longo momento.

— Isso é realmente tudo o que importa para você? Um título vazio? — Ele desvia os olhos, deixando seu silêncio azedar o ar entre nós. — Por quê, Jasão? Por que essa vida não é suficiente para você?

— *Como poderia ser?* — Seus olhos então deslizam para os meus, brilhando com uma fúria silenciosa. — Como isso poderia ser suficiente, Medeia? Eu deveria ser *rei* de minha terra natal, governante de meu povo. Em vez disso, meu primo idiota está sentado no *meu* trono enquanto eu passo meus dias me humilhando aos pés de homens inferiores. Sabe como isso é aviltante? Sabe que todo dia eu tenho que engolir meu orgulho antes de sair por aquela porta? — Ele está perto de mim agora, tão perto que posso ver vasinhos vermelhos na parte branca de seus olhos. — E ainda assim, mesmo quando rastejo, mesmo quando suplico, sou tratado como um pária por causa do que *você* fez.

— O que *nós* fizemos. — Minha voz é uma lâmina envolvida em escuridão. Espero que Jasão possa sentir a pontada dela.

— Quero que você vá embora. — Ele se vira, mas eu me aproximo e agarro seu braço.

— Esse é realmente o homem em quem você se transformou?

Quando ele responde, sua voz é um sussurro áspero:

— Esse é o homem em que você me transformou.

As palavras me esmagam, rápidas e brutais.

Solto seu braço e ele vai até a cama para se sentar, apoiando a cabeça entre as mãos. Ao observá-lo, penso em como ele parece derrotado, como está diferente do príncipe charmoso que entrou com arrogância no palácio de meu pai todo aquele tempo atrás, tão cheio daquela confiança deslumbrante pela qual eu fiquei inexplicavelmente atraída. Agora ele parece uma mera sombra do que costumava ser, arruinado pelo peso de suas próprias expectativas. A vida que ele imaginou lhe escapou, e Jasão vem tentando se agarrar àquela ilusão com toda sua força, cravando os dedos cada vez mais fundo, fazendo a realidade à sua volta rachar e quebrar.

E então agora ele procura construir uma nova vida com outra pessoa.

Coloco a mão sobre o estômago e encosto na parede mais próxima, sentindo uma náusea tão profunda que é como se estivesse revirando meus ossos. Já senti dor antes, mas isso... Não consigo nem começar a compreender sua forma, sua sensação.

Preferiria não sentir nada.

— Se você fizer isso, significa que tudo vai ter sido em vão — digo, minha voz rompendo o silêncio. — Tudo.

Toda aquela morte, destruição, traição... Parecia um sacrifício válido quando era por amor. Mas se não restou amor, então como posso racionalizar isso? Como posso justificar todas as coisas horríveis que fiz se elas foram em vão? Como posso viver com elas?

Jasão parece derrotado quando sussurra:

— Já foi tudo em vão, você não vê?

— E quanto aos nossos filhos? Eles também não são *nada* para você?

— Não foi isso que eu quis dizer. Não coloque palavras em minha boca — retruca ele sem levantar os olhos.

Nesse momento, eu o odeio.

Eu o odeio por não achar que essa vida seja suficiente. Eu o odeio por trair nossos lindos filhos. Eu o odeio por fingir que o sangue que derramamos não mancha as mãos de ambos. Eu o odeio por me infectar com esse amor que carreguei por tanto tempo — gostaria de poder removê-lo, arrancá-lo de mim como um membro infeccionado. Qualquer coisa que me livrasse desse tormento infinito.

Mas sem Jasão, o que me resta? Que vida existe além dele?

Eu não tenho nada. Não tenho ninguém. Porque destruí completamente minha vida por ele.

Mas não vou deixá-lo destruir a vida de nossos filhos.

Vou lutar por eles, por nossa família. Mesmo que Jasão não lute.

— Creusa. — Arrasto as sílabas devagar, como se as saboreasse na língua. — Esse é o nome da princesa, não é?

— Sim.

Respiro fundo quando a voz de Pheres preenche minha mente.

Você jura?

Eu juro.

Depois de um longo momento, eu me aproximo dele, enganchando o dedo indicador sob seu queixo e erguendo sua cabeça em direção à minha.

— A garota, Creusa, o que ela faria por seu amor?

— Medeia. — Ele suspira. — Isso não tem nada a ver com amor.

Ele se afasta, mas eu seguro seu rosto, forçando-o a olhar para mim. Naquelas profundezas azuis, tenho certeza de que vejo um vislumbre de algo, como um sombra se movendo sob um mar belo e infinito.

— O que ela faria? — insisto, minha voz é firme e suave como a escuridão da meia-noite. — Ela sacrificaria tudo por você? Ela trairia todos que conhece? Destruiria o próprio nome, o próprio ser? Ela *mataria* por você, Jasão? — Seus olhos brilham na penumbra. — Eu faria tudo isso, sem questionar. Você sabe que eu faria. Você me viu fazer isso e sabe que eu faria novamente.

— Medeia. — Meu nome é uma súplica fraca em seus lábios. Mas posso ver algo se soltando dentro dele, então pressiono a faca mais fundo, girando-a.

— Ninguém nunca vai te amar como eu, Jasão. — Minha mão no rosto dele se derrete em uma carícia. Ele não se afasta. — Não existe uma alma nesse mundo que eu não destruiria por você. Por nós. Nem mesmo os deuses poderiam impedir meu amor por você.

— Você não deveria falar essas coisas. — A voz dele é aguda, hesitante. Posso sentir sua determinação rachar com ela, estilhaços de dúvidas ricocheteando por ele.

— Eu não me importo.

— Eu vou me casar com ela, Medeia.

— Ela nunca vai ser suficiente para você. — Passo as mãos por seus cabelos, agarrando aqueles cachos dourados, puxando de leve, de modo que sua cabeça se incline para trás. — Ela nunca vai merecer você.

— *Pare com isso.*

Ele agarra meus pulsos, tirando minhas mãos de sua cabeça. O movimento não é gentil, mas ainda assim há uma eletricidade em seu toque, disparando por minha pele como um raio de Zeus. Sei que ele também sente; posso ver na forma com que seu olhar se volta para os meus lábios, calor se acumulando em seus olhos, incendiando-os. Seu desejo. Ainda está lá, arraigado em seu âmago.

Sempre vai estar lá, assim como o meu.

Porque *pertencemos* um ao outro.

— Pare — repete ele, agora com a voz mais fraca.

— Me obrigue — sussurro.

Seus olhos encontram os meus e algo silencioso e poderoso passa entre nós, uma conexão acima do domínio das palavras e da lógica. É um tipo de loucura, tóxica e exaustiva, mas perigosamente doce em sua habilidade de nos destruir.

De repente, ele me puxa para perto, o movimento é bruto e grosseiro quando nossos lábios se encontram com uma ferocidade implacável.

Não nos beijamos como amantes, pois eles se beijam com uma ternura suave e atenciosa. O encontro de nossos lábios é alimentado por uma agressividade repleta de raiva insaciável, como se nossa briga tivesse se deslocado para novas planícies e agora nossos corpos fossem um campo de batalha.

Jasão me joga sobre a cama e se posiciona sobre mim. Ele puxa meus cabelos e arranha minha pele. Um grito animalesco me escapa, e ele o ressoa, sua boca abrindo bem enquanto mordo seu lábio inferior com força suficiente para sentir gosto de sangue.

Um rugido gutural escapa de Jasão quando ele se afasta, suas coxas permanecendo de ambos os lados de meus quadris, me segurando no lugar. Ele toca os lábios com cuidado, afastando a mão e inspecionando o sangue espalhado nas pontas de seus dedos, sua expressão é indecifrável. Devagar, pego seu pulso e puxo sua mão em minha direção, olhando em seus olhos quando lambo o sangue de seus dedos. Posso senti-lo em minha língua, cada centímetro belo e traiçoeiro dele.

Observo quando o olhar de Jasão se transforma em algo mais primitivo. Ele se move para me beijar de novo, mas, sem aviso, prendo as pernas ao redor de sua cintura e o derrubo de lado, ficando por cima e o prendendo à cama com uma das mãos em seu pescoço. Nossos olhos se encontram e sinto sua pulsação acelerar sob as pontas dos meus dedos, forte e rápida.

Quando olho para ele, posso sentir seu corpo todo ardendo com aquelas chamas selvagens de desejo. Ele sorri, ainda com os lábios ensanguentados.

Eu o solto e ele levanta a mão, emaranhando o punho em meus cabelos ao me puxar para perto. Ele me beija e eu consigo sentir ódio e amor e raiva e paixão coagulando entre seus lábios. É como se as arestas de nossas emoções tivessem desaparecido, fazendo com que se misturassem umas às outras, criando uma cacofonia de sentimentos que se chocam junto com nossos corpos.

Dentro de minha cabeça, as palavras chiam como água espalhada sobre uma fogueira acesa — *eu não vou deixá-lo ir. Eu não vou perdê-lo*. Como eu poderia, quando nossos destinos já estão irrevogavelmente ligados, os cordões entrelaçados como nós corrediços em volta de nossos pescoços.

— Eu te amo — sussurro junto à sua pele.

Ele não responde, à exceção de um gemido abafado. Mas não precisa responder.

Sei que ele me ama.

Ele tem que me amar.

Porque se isso não é amor, o que é?

Acordo em uma cama vazia.

O frio matutino sussurra no ar, amplificando o vazio do quarto, o vazio familiar que Jasão causa em mim sempre que desaparece. Mas digo a mim mesma para não me preocupar enquanto procuro pela casa. Digo a mim mesma que está tudo bem enquanto sua ausência aumenta como uma pressão dentro de meu crânio, fazendo uma dor de cabeça surgir com uma ferocidade nauseante.

Está tudo bem.

Jasão logo estará de volta, sei disso.

Cruzo os braços ao redor do corpo, da pele que ele abraçou, beijou e apreciou apenas algumas horas atrás. É como se eu ainda pudesse sentir os vestígios dele em minha pele, seu cheiro familiar, a queimação persistente de seus lábios. A marca de seu amor, de sua raiva.

Ele deve ter ido falar com o rei.

Deve ter ido até Creonte para recusar sua ridícula oferta de casamento. Pois Jasão agora enxergou o bom senso, enxergou a razão. Ele voltou para mim, para o lugar a que pertence. Para o lugar a que sempre pertenceu.

Esse tropeço na estrada foi dolorido para nós dois, mas talvez fosse do que precisávamos para nos sacudir do estupor em que havíamos caído. Para nos lembrar do que realmente importa.

Quando Jasão retornar, devemos deixar esse lugar miserável. Vamos levar nossos filhos para longe, vamos começar uma nova vida.

E vamos ser felizes. Ridiculamente felizes.

Porque merecemos ser. Porque minha visão prometeu que seríamos. Porque lutamos demais para não ser.

Paro em frente ao quarto de Pheres e Mermerus. Eles ainda estão dormindo, envolvidos em sombras soporíferas. Seus rostos são tão calmos, contrastando com os corpinhos esparramados na cama.

Eu me encosto na porta e fico olhando para eles, deixando a dúvida dentro de minha mente se dissipar com o ritmo da respiração dos meninos.

Por tanto tempo eu me mantive afastada deles, por medo de infectar sua inocência, manchar suas almas. Mas quando olho para eles agora, só consigo ver sua luz. Sua bondade doce e brilhante. É a luz de seu pai, a luz do amor do qual nasceram — tão reluzente e forte que vai queimar qualquer resíduo de minha escuridão.

E eu vou cultivar aquela luz com toda a minha força.

Eu engoliria cada gota de sofrimento dessa terra para que eles nunca conhecessem a mancha de seu toque, para que pudessem nunca ser obrigados a chegar aos extremos como cheguei. Quero que sempre vejam a vida como um presente, um presente belo e alegre que *eu* lhes dei.

Eles serão a prova de que a bruxa odiada e assassina da Cólquida é capaz de colocar bondade nesse mundo. E se eu posso criar bondade dentro de mim, dar vida a ela, certamente não posso ser tão má como o mundo me considera. Talvez, quando meus filhos crescerem e se transformarem em jovens orgulhosos, as pessoas finalmente vejam isso. Talvez elas finalmente entendam.

Gostaria que Calcíope pudesse conhecê-los.

Esse pensamento ressoa em minha cabeça, me pegando desprevenida. É acompanhado de uma visão de minha irmã abraçando meus filhos, sorrindo para mim com orgulho ao se mover para pegar na minha mão.

Uma tristeza se acumula em meu peito quando aquela visão impossível definha, seguida pela luz da manhã entrando no quarto.

Durante a última década, desejei entrar em contato com minha irmã, passando inúmeras noites em claro construindo com cuidado o que eu diria, como explicaria… mas nunca fiz isso, e sei que nunca farei.

Pois não mereço um lugar em sua vida, não mais.

— Senhora? — Mirto aparece na porta. Sua voz é suave para não acordar as crianças. Ela parece pálida. — Chegou um visitante. Ele diz que tem uma mensagem do rei.

Ignoro o nó de medo em meu estômago quando deixo meus filhos dormindo.

O arauto do rei está em nosso pátio central, inspecionando os canteiros de flores. Eu o vejo arrancar uma flor e a girar nas mãos para examiná-la.

— Açafrão — digo quando me aproximo dele. — Dá para fazer uma poção de amor poderosa com essa flor. Mas seus efeitos são um tanto quanto fugazes.

O jovem larga a flor no mesmo instante. Eu a vejo cair no chão, sua beleza arrancada e descartada.

— Minha senhora. — Seus lábios se abrem em um sorriso tenso que não alcança os olhos.

— Se está aqui para ver meu marido, devo informar que…

— Estou aqui para falar com a senhora. — Um leve tremor em seus dedos trai sua compostura. Ele está nervoso, até mesmo assustado. — Tenho uma mensagem do rei.

— Muito bem.

— Creonte, o honorável rei de Corinto, decreta que você, Medeia, e seus filhos, Mermerus e Pheres, estão, por meio deste, permanentemente exilados desse reino com efeito imediato.

— Exilados? — A palavra me escapa, e ranjo os dentes por causa de seu gosto amargo familiar.

— Pela ameaça que representa ao rei e à sua filha.

Eu me aproximo, vendo seus olhos se voltarem para a porta, mapeando sua rota de fuga, como se eu fosse algum animal enlouquecido pronto para atacar.

— Que "ameaça"? — A pergunta é cortante como o vento da manhã que atravessa a casa.

O arauto está visivelmente trêmulo.

— São ordens do rei.

— Bem, você pode dizer para o *seu rei*…

— Medeia. — A voz de Jasão convida uma onda de alívio frio a cortar minha raiva.

Eu me viro e o vejo entrando no pátio, usando as mesmas roupas que tirei dele horas atrás.

— Meu marido, por favor, diga a esse homem que ele está falando coisas sem sentido.

Ele para diante de mim, olhando nos meus olhos. Sinto meu alívio esbarrando na obscuridade de sua expressão, na frieza de seu olhar.

— Você pode ir, obrigado. — Jasão dispensa o arauto, que não necessita de mais encorajamento. Ele foge como um cervo deve fugir de um lobo, com uma urgência selvagem e repleta de pânico.

— O que está acontecendo?

Jasão respira fundo para se acalmar.

— Tentei impedir, Medeia. De verdade, eu tentei. Fui até Creonte pela manhã para defender seu caso, mas ele já estava decidido.

— Em nos exilar.

— Sim… Você tem que entender, você causou isso a si mesma, Medeia. Você é uma ameaça muito grande à princesa. Creonte não pode permitir que você permaneça aqui.

— Entendo.

Ele me encara por um longo momento, parecendo confuso com minha calma. Quando fala novamente, sua voz é hesitante.

— Você entende o que estou dizendo, Medeia? Você deve deixar Corinto imediatamente.

Vou até a estátua de Hera no centro de nosso pátio, olhando para a pintura descascada ao redor de seus olhos calmos, revelando o mármore branco por baixo. Arranco algumas das partículas soltas, aproveitando o momento para estabilizar meus pensamentos.

— Eu compreendo.

— Você… compreende? — repete ele, não parecendo estar convencido.

— Você sabe que venho querendo sair daqui há um bom tempo, e agora temos um motivo para isso. Podemos pegar os meninos e iniciar uma vida nova, começar de novo. Vai ser bom para nós, Jasão. Era disso que precisávamos.

Faz-se silêncio. Volto a olhar para Jasão, mas ele está olhando para trás de mim, para o corredor que leva ao quarto de nossos filhos, onde eles continuam dormindo, alheios a tudo.

— Eu não vou embora, Medeia. — A voz dele é suave. — Eu já disse, vou me casar com ela.

Sinto meu coração acelerar dentro do peito e o mundo desacelerar com ele, os segundos se enrolando em meu corpo, arrastando-me para baixo. Sinto que não consigo me mexer, não consigo nem pensar, como se estivesse sendo paralisada pelo próprio tempo.

— Mas... ontem à noite...

— Não devíamos ter nos deixado levar daquela forma. — Jasão passa o dedo distraidamente sobre o lábio inferior levemente inchado. — Foi irresponsável de nossa parte.

— Mas você... nós... fizemos amor. — Odeio como as palavras soam ridículas em minha boca. São as palavras de uma menina, não de uma mulher. Posso dizer que Jasão também pensa o mesmo pela forma como olha para mim, com uma pena nauseante nos olhos.

— Você acha que uma noite de intimidade pode consertar o que está quebrado entre nós, Medeia? — A voz dele parece distante, abafada pela raiva que sobe dentro de mim, alimentada pela dor. Acho que o ouço rir, mas não tenho certeza. — Por favor, me diga que não é mais tão ingênua?

Recobro a atenção e sinto sua pergunta apunhalar minhas entranhas.

— Não faça isso, Jasão. — Minha voz é surpreendentemente firme.

— Já está feito.

As palavras me cortam ao meio, permitindo que minha dor escorra para o espaço que há entre nós. Mas aquela dor rapidamente endurece e se transforma em outra coisa, algo feio e selvagem.

Sinto a escuridão se erguendo dentro de mim como uma tempestade na direção dele, os espíritos da morte uivando como feras famintas. Jasão permanece firme, nem ao menos se encolhe. Ele nunca teve medo de mim. Eu considerava isso um presente, mas talvez agora enxergue o que é de verdade — ele nunca realmente entendeu meu poder, nunca realmente o respeitou.

Ele nunca realmente *me* respeitou.

— Você disse que estava fazendo isso para nos proteger — sibilo a centímetros de seu rosto. — E agora vamos ser banidos?

— Você causou isso a si mesma, Medeia. — Seus olhos refletem os raios de sol, mas não há calor neles. São frios e cruéis como um céu claro de inverno, vendo o mundo murchar e morrer sob ele.

— Isso é culpa *minha*? — resmungo. — O que eu fiz, além de apodrecer nessa casa, nessa tumba, na última década?

— Você sabe como você é. — De suas palavras escorre uma condescendência doentia. — Você mesma disse ontem à noite… que mataria por mim. Como Creonte poderia confiar em uma bruxa assassina e vingativa?

— Eu nunca disse que faria mal à garota.

— Acha que alguém acreditaria nisso? — Jasão passa por mim. Quando ele se afasta, sua voz é cheia de formalidades. — Convenci Creonte de te conceder até o pôr do sol para partir. Posso mandar alguns escravizados para ajudar com os preparativos. Você deve ir embora antes de amanhecer.

— *E quanto aos seus filhos?* — Entro na frente dele, bloqueando seu caminho. Uma brisa repentina faz meus cabelos soltos chicotearem em volta de mim, serpeando loucamente por meu pescoço e rosto. — Você os baniria também? Deixaria que passassem fome nas ruas como exilados? Quem os acolheria como filhos bastardos de uma bruxa estrangeira? Você mesmo disse: toda Grécia sabe o que eu fiz. Eles vão *morrer* sem você, Jasão. Você realmente deseja matar seus filhos?

Ele recua ao ouvir minhas palavras, com um quê de tristeza surgindo em seus olhos, além de algo mais pesado — culpa, talvez.

— Precisamos de tempo para as coisas se acomodarem. Quando Creusa e eu estivermos casados, vou falar com Creonte e ver se ele nos permite acolher os meninos, fazê-los trabalhar no palácio.

— Trabalhar? Como o quê? *Escravizados* de sua nova puta?

— *Não* fale assim de Creusa — retruca ele, e a ferocidade de sua defesa me fere. — Ela é inocente nisso tudo.

— Eu também era, Jasão. E veja o que você fez comigo.

Ele me ignora enquanto continua:

— Você sabe que seria melhor eles voltarem para ficar comigo.

360 . MEDEIA

— E tirá-los da mãe? — pergunto, fervilhando. — Como isso é o melhor para eles?

— Medeia. — Jasão me lança um olhar penetrante. — Você realmente deseja que eu liste todas as formas pelas quais você não é adequada para ser mãe deles?

— Como ousa... — Eu me interrompo quando vejo nossos filhos nos observando do canto do pátio.

Pheres esfrega os olhos de maneira sonolenta, enquanto Mermerus alterna o olhar entre nós, com uma expressão indecifrável.

— Meus meninos. — Jasão vai até eles, finalmente demonstrando um pouco de emoção na voz, o que faz suas palavras tremerem.

Eu o vejo ajoelhar diante deles, colocando as *mão*s grandes em suas nucas. Pheres olha para ele com tanto amor, tanta adoração, que me dá náuseas. A expressão de Mermerus é mais cautelosa.

— Conte a eles. Conte a eles sobre sua traição.

— Preciso ir agora — anuncia Jasão, me ignorando.

— Por quê, papai? — pergunta Mermerus.

— Porque... eu preciso. — Ele abaixa os olhos, incapaz de olhar nos olhos dos próprios filhos. — Mas saibam que eu amo vocês. Muito. Vocês sabem disso, não sabem?

— Sim, papai — respondem eles em uníssono.

— Cuidem um do outro — diz ele, com a voz falhando quando se levanta. — Vamos nos reencontrar novamente em breve, eu prometo.

— *Jasão* — sibilo, seguindo-o enquanto ele se move na direção da entrada.

— Medeia, por favor, pelo bem de nossos filhos, apenas... vá sem alarde. Não faça escândalo, não cause mais problemas do que já causou.

— E se eu não for sem alarde? — A ameaça não verbalizada causa tensão no ar à nossa volta, mas o rosto de Jasão permanece contido.

— Vou fazer o que for preciso para proteger minha noiva.

Respiro fundo, desejando ainda controlar a compostura como eu fazia quando era criança, quando me recusava a dar ao meu pai a satisfação de minha dor. Mas as palavras de Jasão me machucam mais profundamente do que os punhos de meu pai jamais machucaram.

— Você vai arruinar a garota. — Meus olhos e minha garganta parecem estar pegando fogo, queimando com a onda de emoções que me devora viva. — Você vai arruiná-la como me arruinou.

— Medeia. — Ele envolve meu nome com uma pena feia. — Basta.

Com isso, ele sai para a rua. Ao longe, vejo o bando ruidoso de mulheres coríntias nos observando como abutres, com os olhos ávidos, alimentando-se do espetáculo que estava se desenrolando diante delas.

— Você vai se arrepender disso, Jasão — grito atrás dele.

Ele voltou a olhar para mim, erguendo as sobrancelhas como se não estivesse nada impressionado, deixando minha ameaça cair categoricamente aos seus pés. Atrás dele, posso ouvir as mulheres rindo.

— Por favor, Medeia, não vamos nos separar como inimigos. — Jasão inclina a cabeça para o lado, seus olhos brilhando com uma arrogância que eu antes confundia com charme. — Somos adultos demais para isso, não somos?

Nesse momento, quero feri-lo.

Quero cortar aquele sorriso de seu rosto e usá-lo no meu, para que ele possa ver como é medonho. E então, vou arrancar aqueles olhos deslumbrantes de seu crânio e vê-los ficar opacos e inúteis em minhas mãos. Meu desejo é tão visceral que posso sentir as mãos agitadas ao lado do corpo, como garras sendo desembainhadas, prontas para atacar.

Jasão vai embora com tranquilidade, acenando educadamente para a multidão de mulheres.

Ao vê-lo ir, sinto um estranho entorpecimento recair sobre mim. Um nada vazio. Não consigo sequer sentir a brisa em meus cabelos, nem o sol em minha pele. É assustadoramente pacífico esse momento de vazio enquanto vejo Jasão sair de minha vida.

Sinto, então... a ilusão com que me envolvi na última década. Ela lasca dentro de mim e depois se estilhaça completamente. Cacos de realidade caem em cascata por todo o meu corpo, me cortando, me deixando sangrar o veneno com que Jasão me preencheu. Um veneno que uma vez acolhi em meu coração, confundindo-o com amor.

Mas isso não era amor. Nunca foi.

Era algum tipo de dependência tóxica, nascida e cultivada nos cantos mais vulneráveis de meu coração ferido. E Jasão sabia; ele sabia exatamente quais palavras dizer, que barbantes puxar, como moldar minha solidão, minha ingenuidade, minha tristeza em algo que se adequasse a ele. Em uma arma que ele pudesse empunhar. Um monstro que pudesse controlar.

Ele me usou...

E eu deixei.

Eu me tornei escuridão para que ele pudesse brilhar.

E agora... ele me abandona, jogando-me de lado como um soldado descarta uma espada embotada. Ele vai encontrar uma nova vítima, uma pessoa que ele pode parasitar, saciando seu desejo voraz por poder e adoração.

Está tudo tão claro para mim agora. Como pude ser tão enganada por tanto tempo? Mesmo quando a verdade estava me encarando tão claramente.

Ele ama o que você pode fazer por ele, como um rei deve amar seu ouro...

Você vai dar tudo a Jasão por causa disso. Cada centímetro de você, cada retalho de sua alma patética...

Nunca será suficiente para ele...

Você nunca será suficiente...

Ele te vê como uma arma...

Vocês vão se destruir...

Pela torrente sufocante de minhas emoções, posso ouvir os espíritos da morte uivando novamente, alimentados pela dor odiosa que percorre meu corpo. Eles clamam por vingança, por retaliação...

E eu vou responder aos seus clamores.

Pois Jasão deve pagar.

A raiva preenche o espaço deixado por Jasão.

Eu a sinto cortando minhas entranhas, incendiando todos os pensamentos com seu toque incinerador. É o tipo de raiva que consome completa e irrevogavelmente; seu único propósito é destruir, queimar.

Ótimo. Deixe queimar tudo. Essa vida. Esse mundo.

E deixe Jasão queimar junto.

Quando volto para dentro de casa, meus passos são alimentados pela fúria que pulsa em minhas veias. Meu ódio é como um copo sem fundo, derramando em minha alma, transbordando.

Hécate. Minha mente se estende para fora. *Minha deusa. Me perdoe por ter te negligenciado. Me perdoe.*

Eu a invoco agora.

Me traga seu poder...

Me traga sua escuridão...

— Mamãe? — A voz fina rompe meus pensamentos.

Estou ajoelhada no chão do meu quarto, sem saber direito como vim parar aqui. Minhas mãos estão apoiadas no chão, os dedos arqueados como garras. Da porta, meus filhos me observam, confusos. Eles são um raio de sol penetrando através da névoa de minha raiva.

— O papai vai voltar? — pergunta Mermerus em voz baixa.

— Não. — A palavra treme.

Pheres solta um ruído que se transforma em choro. Até os olhos de Mermerus estão começando a brilhar, mas ele esfrega as lágrimas furiosamente.

Sei que eu deveria me aproximar deles, abraçá-los, consolá-los... mas como posso fazer isso quando não tenho amor para lhes oferecer? Só consigo sentir o ódio dentro de mim, sufocando todo o resto. Não tenho nada para lhes oferecer, nada para lhes dar...

— Mamãe. — As mãos pequenas e pegajosas de Pheres deslizam para as minhas; seus olhos azuis cintilam. Os olhos de seu pai... não consigo olhar para eles.

Esses pobres meninos, nascidos de duas criaturas vis. Um homem tão egoísta, raso e cruel que usa emoções para fazer com que todos à sua volta ajam de acordo com sua vontade. Uma mulher tão desprovida de luz que leva escuridão para onde quer que vá.

Eles não merecem isso. Nada disso.

E eu não os mereço.

Nem Jasão.

— Preciso ficar sozinha — resmungo, enquanto uma onda de tristeza estabiliza minha raiva. — Por favor.

Eles não se movem, continuam ali parados, olhando para mim, seus olhos chorosos observando, acusando.

Você fez isso conosco, aqueles olhos dizem, *você nos arruinou.*

Você arruína tudo.

Você é uma doença.

Sua violência gera violência.

Você fez isso.

Sua criatura vil e desalmada.

Você. Você. Você.

— *Saiam!* — grito, e sinto seus corpinhos sacudirem enquanto eles se afastam cambaleando, o choro ecoando nas paredes.

Eu falhei com eles.

Não, não eu...

Jasão.

Uma nova onda de raiva se acende dentro de mim, trazendo com ela aquele desejo violento... Eu quero feri-lo, mas não com armas e punhos... Não. Isso não basta, pois essa dor fica só no nível da pele, é apenas temporária.

Quero acabar com Jasão.

Como ele acabou comigo, acabou com nossos filhos...

Ele acredita que eu sou dispensável, algo que pode usar e jogar de lado, mas vou mostrar a Jasão que essa vida é *minha*. Eu lhe entreguei suas vitórias, proporcionei sua glória. Soprei vida em sua fama e garanti que seu nome entrasse para a história. Eu o construí, permitindo que ele pisasse em meus ombros para chegar a alturas tão vertiginosas.

E posso tomar tudo dele.

Posso jogá-lo de volta na sujeira à qual ele pertence.

Essa é a punição que ele merece, e eu sempre acreditei em punição. Meu pai garantiu isso.

À minha volta, sinto o sorriso da escuridão se alargar.

Poseidon protege o palácio de Corinto.

Uma estátua tão grande que tenho que inclinar o pescoço para ver a totalidade de sua imponência. Ele está pronto para a batalha, girando o corpo para invocar seu poder de estremecer a terra antes de lançar o famoso tridente.

A estátua captura perfeitamente um momento de tensão antes de uma tempestade avassaladora. Uma cena adequada, uma cena que quase me faz sorrir. Quase.

O dia acabou, permitindo que Nix pintasse o céu em tons de roxo e azul, riscados com resquícios de dourado desbotado. A estátua de Poseidon brilha sob essa luz moribunda, e eu a observo em silêncio ao passar, sentindo seus olhos mortos sobre mim.

Eu me pergunto o que os deuses vão pensar de minhas ações hoje. Minha ira invocará a deles?

Percebo, ao me aproximar dos degraus do palácio avultante, que não me importo mais.

Esse é o caminho que escolhi, e não tem volta. Já fui longe demais. Pois comecei a seguir essa rota há muito tempo, no dia em que enfiei aquela faca na garganta de meu irmão. Desde então, estou em queda livre nesse esquecimento.

Os espíritos da morte sabiam... Eles sabiam que meu caminho só poderia me trazer até aqui, a mais violência, mais morte. Foi por isso que esperaram nas sombras, de forma tão paciente, tão leal.

Meus únicos aliados.

Dentro de mim, aquela conexão com o Submundo vibra com uma expectativa obscura, mandando ondas de fumaça pelo meu sangue, alimentando o desejo violento.

— Você! Pare — grita um guarda, notando-me imediatamente. Atrás dele, seus camaradas se enfurecem com uma afronta marcada pelo medo. — Você não pode ficar aqui, bruxa.

Deixo um sussurro de meu poder pulsar para fora, enrolando-se em suas pequenas mentes frágeis. Eles caem no chão, como sacos vazios, seus corpos grossos e desajeitados devido ao sono que os paralisou.

— Eu mesma abro a porta — digo ao passar por eles, meu vestido acariciando seus corpos despencados.

A entrada do palácio é grande e adornada, os pilares uniformes sustentam no alto um frontão triangular gigantesco retratando Poseidon em uma poderosa carruagem dourada, puxada por seus famosos cavalos brancos. A cena é detalhada com destreza, trazida à vida com toques de azul, verde e vermelho-queimado. O escultor até mesmo se preocupou em pintar a parte branca dos olhos furiosos de Poseidon, dando à sua obra de arte um toque sinistro, porém eficaz.

Diante de mim, o palácio se abre para fora, com pisos de mármore reluzentes. Vejo uma escravizada de joelhos, esfregando com as mãos esfoladas e vermelhas. Seu rosto se contrai com medo quando olha para mim e para os guardas caídos em meu rastro.

— A princesa Creusa. Onde ela está? — pergunto com a voz firme, até mesmo educada.

A escravizada fica em silêncio, paralisada pelo medo. Seus lábios tremem, mas nenhum som sai. Em sua mão, o trapo sujo pinga, marcando meus segundos que ela está desperdiçando.

Pinga. Pinga. Pinga.

Não tenho tempo para isso.

— Se você me disser, não vou precisar te transformar em um camundongo. — Meu sorriso é feito de gelo e pesadelos.

— Na ala oeste — balbucia ela, a voz carregada com um sotaque que não reconheço. — No quarto mais afastado, de frente para o mar.

— Obrigada. — Um fio de escuridão se enrola em sua mente doce e inocente. Seu corpo desmorona quando a puxo para um sono pacífico. Ela parecia estar precisando descansar.

Deslizar por esses corredores me parece natural. A arquitetura é diferente, mais artística, estilizada, mas a estrutura do prédio permanece a mesma estrutura pela qual passei minha infância aprendendo a transitar.

Quando me aproximo do quarto da garota, minha mente de repente se volta para meus filhos, para seus rostos chorosos quando gritei com eles pela manhã. Eles vão estar esperando por mim em casa, confusos e talvez com medo.

Eles não compreendem, é claro que não. São muito novos, muito inocentes.

Mas estou fazendo isso por eles, por *nós*. Estou fazendo o que qualquer boa mãe faria.

Quantas vezes minha mãe testemunhou a crueldade de meu pai e fez vista grossa? Ela nunca lutou por mim. Nunca nem tentou.

Eu não serei como ela.

Porque ninguém fere meus filhos sem sofrer as consequências.

— Quem é você? — A voz estridente corta meus pensamentos quando me vejo dentro dos aposentos da princesa.

Tiro um instante para observar o espaço, a pequena cama encostada no canto do quarto, ao lado da qual há uma mesa com joias espalhadas. Uma tapeçaria grande e colorida está pendurada na parede oposta, os fios tecidos iluminados por uma pequena lareira. A tapeçaria retrata Afrodite zelando por seu filho, Eros, que dispara suas flechas de paixão na direção de mortais desavisados.

Então ela é romântica.

— Quem é você? — a garota repete.

Volto meus olhos para os dela, e por um momento sou silenciada.

Ela é tão jovem. Seus rosto ainda guarda a suavidade da infância, uma maciez que se acumula ao redor de sua bochecha e queixo. Ela tem algumas sardas no rosto, como se algum deus brincalhão tivesse salpicado tinta sobre ela no nascimento. Seus nariz é pequeno e arrebitado, o lábio superior mal cobre os dentes da frente.

O rosto de Creusa é emoldurado por cabelos castanho-claros que caem em ondas suaves por seus ombros. Seus olhos são azuis como os de Jasão e brilham com a empolgação daquelas almas jovens que ainda não foram castigadas pelo mundo.

Inocente — foi disso que Jasão a chamou. As palavras fazem algo coagular dentro de mim.

Será que Jasão acha isso sedutor, sua *pureza*? É uma mudança boa em relação à sua esposa impura? Talvez ele tenha um prazer doentio em corromper tamanha inocência. Bem, Jasão, acho que é hora de usar esse veneno ao meu favor, para demonstrar a Creusa como é ser infectada pelo seu amor.

Deixá-la testemunhar como é doloroso. Como é cruel.

E você pode, Jasão, testemunhar as consequências disso.

— É você? — pergunta a garota com uma centelha de medo nos olhos. — A bruxa?

— Sou — respondo, vendo o pânico se espalhar por ela, enrijecendo cada centímetro de seu pequeno corpo. Ela é pelo menos uma cabeça mais baixa do que eu.

— Quem te deixou entrar? — indaga, embora falte autoridade em sua voz.

Algo em seu nervosismo faz Calcíope surgir em minha mente, mas me obrigo a afastar o pensamento com a mesma rapidez com que ele aparece.

Não posso pensar nela. Não agora. Pois se eu identificar uma única similaridade entre Creusa e minha irmã, sei que minha determinação corre o risco de ser destruída, e não posso permitir isso.

— Os guardas — respondo, mantendo os olhos nela. Estou bloqueando a porta, sua única via de fuga.

— Você não deveria estar aqui.

— Por quê? — inclino a cabeça.

— Porque você foi *exilada*! — A voz dela beira a um lamento. Parece que ela vai chorar.

— Vou partir pela manhã — argumento. — Não queria incomodá-la vindo até aqui, princesa, apenas gostaria de desejar tudo de bom em sua união com meu marido.

Minha escolha de palavras a faz estremecer.

— Ele não é mais seu marido — diz ela, cerrando as pequenas mãos em punho ao lado do corpo.

Acho sua raiva divertida. É tão juvenil, tão inexperiente — não é como a raiva ancestral dentro de mim, que passou uma década inteira criando raízes, crescendo em todos os centímetros do meu corpo.

— Sei que você vai fazer Jasão muito feliz — continuo, testando dar um passo em sua direção. Ela se mantém firme. — Você é tão jovem, tão bonita.

— Por que está dizendo isso? Por que está aqui? — Ela tem uma expressão nos olhos, como se pudesse correr para a porta, ou talvez gritar.

Não posso permitir nenhuma dessas coisas.

— Quero te agradecer — digo, e meus lábios se curvam em um sorriso que eu espero que ela acredite ser genuíno. — Jasão e eu éramos infelizes juntos. Você o tirou das minhas mãos, sabe. Você me libertou.

Ela não diz nada, semicerrando os olhos com desconfiança.

— Você parece confusa — continuo. — Imagino que ouviu os rumores sobre mim. As mulheres de Corinto são fofoqueiras terríveis.

— Estou bem ciente. — Ela acena com a cabeça. Meu silêncio a encoraja a continuar. — Elas disseram tantas mentiras sobre minha mãe. Alegam que ela está cheia de ciúmes e vai se livrar de qualquer mulher bonita que se aproximar de meu pai... — Ela acena com a mão para demonstrar o quanto essas acusações são ridículas.

— Rumores são coisinhas horrorosas.

— São. — Ela me analisa com a expressão ainda contida, mas seu corpo começa a relaxar. Apenas um pouco. — Então, você e Jasão... Vocês eram mesmo infelizes juntos?

— Muito. — sorrio. — Mas não foi culpa dele. Nós simplesmente somos... incompatíveis.

— Incompatíveis — repete ela, refletindo.

Um silêncio se estabelece entre nós; dentro dele, posso sentir os segundos passando. Não vai demorar muito para os guardas adormecidos serem descobertos.

Estou ficando sem tempo.

— Vou ser uma boa esposa para Jasão — diz a princesa.

Será que soei tão ingênua assim quando declarei minha lealdade a Jasão no dia em que o conheci?

Olho para o pacote em minhas mãos, sentindo uma pontada de culpa atravessar minha raiva, faiscando ao longo daquela parede escura e inflexível. Mas os espíritos da morte rapidamente reagem, acumulando-se naquelas fraturas.

Não falhe agora. Você chegou tão longe.

Creusa se aproxima, segurando o vestido dourado.

— Sinto muito… sobre seus filhos.

— Meus filhos? — Sinto meu sorriso escapando.

— Sei que Jasão os ama muito. Ele tentou convencer meu pai a deixá-los ficar aqui, conosco, mas, bem… — Ela suspira com suavidade. — O rei pode ser um homem teimoso. Mas acho que ele vai mudar de ideia.

Olho fixamente para ela.

— Você… acolheria meus filhos?

— Acho que é a coisa certa a fazer. O exílio não é lugar para crianças, não concorda?

Meu marido não basta, ela quer roubar meus filhos também?

Será que ela e Jasão se alegrariam de me tirar o único pedaço de felicidade que me resta nesse mundo?

— Isso deve ser difícil para você — diz Creusa com gentileza, como se pudesse compreender uma fração do que eu passei. — Mas devemos confiar no futuro que as Moiras teceram para nós, não é? É o que Jasão diz. — Ela enrosca uma mecha de cabelo nos dedos. — Ele me contou que costumava acreditar que as Moiras o odiavam, por todo o sofrimento que ele foi obrigado a suportar na infância. Mas agora ele percebe que elas não podem odiá-lo, pois o abençoaram com nossa união. Foi o que ele me disse. Não é a coisa mais doce que você já ouviu?

Como as Moiras poderiam me odiar quando me abençoaram com você?

— Muito doce. — Meu sorriso é forçado.

— Você não deve odiá-lo, Medeia. Há muito ódio nesse mundo! — Creusa exclama. Seus olhos azuis são tão cheios de amor, tão cegos à lógica. — Jasão é um bom homem, e um homem paciente.

— Paciente? — Minhas sobrancelhas se curvam ao ouvir a palavra. As bochechas de Creusa ficam vermelhas.

— Bem… eu só quis dizer que ele me esperou… esperou meu… — Ela se interrompe com os dedos agitados. — Mas você sabia, não é? Jasão disse que você concordou em se separar quando meu… *sangramento começasse.* — Ela sussurra essas palavras. — Mas eu confesso que não acreditava que Jasão seria tão paciente. Três invernos é um longo tempo para se esperar.

Enrijeço quando suas palavras se instalam em mim. Três invernos.

Jasão vem planejando sua traição há *três invernos.*

Algo em minha expressão deve ter assustado Creusa, pois ela dá um passo para trás. Seus lábios se soltam quando sua ansiedade aumenta.

— Por favor, não fique chateada, Medeia. Sei que o exílio não era parte de seu acordo com Jasão, mas ele só quer me proteger. Você tem que entender, não foi uma decisão fácil para ele… Ele até mesmo parecia fora de si esta manhã quando veio falar com meu pai. Eu nunca o vi tão *arrasado.* Acredito que toda essa situação realmente cobrou um preço alto do pobre Jasão.

Franzo a testa.

— Jasão *pediu* a Creonte que me exilasse?

Creusa morde o lábio, visivelmente aturdida.

— Ele insistiu… pa-para minha segurança.

E aí está. A peça final da traição de Jasão.

Sinto-a se encaixar dentro de mim enquanto minha raiva surge para recebê-la, destruindo tudo em seu caminho.

Como ele ousa…

— Talvez eu tenha falado demais. — Uma centelha de medo dança no rosto de Creusa.

— Não, não mesmo. — As palavras são amargas em minha boca quando engulo a raiva. Então estendo o pacote que tenho nas mãos, suavizando os lábios em um sorriso largo. — Por favor, eu queria te dar esse presente de casamento, uma oferta de paz.

Ela olha com desconfiança, mas posso ver uma curiosidade efervescendo sob aquela incerteza.

— Fico grata, Medeia, mas devo te alertar de que não tenho o poder de desfazer seu exílio…

— Isso não é um suborno, princesa. É um presente. Nada além disso. Na Cólquida nós sempre damos presentes às noivas antes do casamento.

— Eu não tenho certeza…

— É um vestido — continuo, dando um passo à frente. — Eu mesma fiz. Dizem que as mulheres colquidianas são especialistas no tear, sabia? Temos todo tipo de tecido luxuoso também. Você já vestiu seda?

— Seda? — Seus olhos se arregalam.

— Sim. A sensação é deliciosa ao toque. — Faço uma pausa, abaixando o pacote em minhas mãos. — Posso ver que você não quer. Sou um tola, eu devia saber que uma princesa como você já tem muitos vestidos bonitos. Me perdoe. Vou te deixar em paz…

Eu me viro para ir embora, a adrenalina queimando em minhas veias. Dou um passo lento na direção da porta… Outro…

— Espere! — A voz dela me faz parar. À nossa volta, as sombras refletem meu sorriso. — Acho que eu poderia dar uma olhada nele, no seu presente. Seria grosseria não olhar.

— Obrigada, princesa. — Eu me curvo de leve e entrego o pacote a ela.

Ela o segura em suas mãos pequenas por um momento, testando seu peso. Imagino aquelas mãos tocando Jasão, acariciando seus cabelos dourados, pegando em seu corpo musculoso. Imagino-as abraçando meus filhos, mostrando a eles a afeição que eu nunca consegui mostrar.

Meus batimentos cardíacos aceleram no peito quando ela desembrulha o vestido, deixando o tecido carmesim ondular até o chão. É o vestido que eu usei no dia que traí minha família, no dia que matei Absirto. Eu o consertei desde então, costurei os rasgos de nossa fuga violenta, limpei o sangue de meu irmão. Até acrescentei alguns enfeites prateados, que agora brilham de forma atraente à luz do fogo.

— Vermelho era a cor preferida do meu pai — digo.

— É… lindo. — Creusa passa os olhos pelo tecido luxuoso.

— Talvez você devesse experimentar, para eu ter certeza de que serve…

— *CREUSA!*

Uma voz estrondosa invade o quarto, fazendo o fogo tremer e enco-lher. Sinto o peso de sua sombra recair sobre mim quando me viro para saudá-lo.

Creonte. O rei de Corinto.

Ele é um homem colossal. Quase do tamanho de Meleagro, mas em vez do peito e do abdômen esculpidos, uma barriga inchada e grande pende de sua forma gigantesca. Seus olhos são escuros, castanhos com um toque de verde ao redor das pupilas. Sob sua barba emaranhada e grisalha, posso ver que está rangendo os dentes.

— Fique longe dela, bruxa! — Ele vem na minha direção, agarrando meu braço. Seu toque me faz lembrar de meu pai.

— Pai! — protesta Creusa. — Ela não estava me fazendo mal algum!

Ele ignora a filha, arrastando-me para fora do quarto, sua mão enorme agarrando quase todo o meu braço.

— Peço desculpas se minha presença te ofendeu, Creonte — digo com calma, enquanto ele me joga no corredor. Guardas armados esperam do lado de fora.

Olho para eles com um aceno de cabeça, tirando um momento para alisar as rugas de meu vestido, tirando uma poeira invisível do ombro.

À nossa volta, a escuridão vibra na expectativa.

— Você atacou meus guardas. — As rugas do rosto de Creonte se aprofundam, e saliva se acumula nos cantos de sua boca.

— Garanto que não tenho ideia do que está falando.

— Você entrou no meu palácio sem a minha permissão — continua ele, colocando o dedo gordo em minha cara.

— Eu queria entregar um presente de casamento para a princesa.

— Fique longe dela, está entendendo? — Ele dá um passo em minha direção, mas permaneço firme.

— É claro.

— Você está testando minha paciência. Eu poderia mandar te matar por invasão. — A ameaça é um rosnado gutural. — Saia, imediatamente. Deixe meu palácio, deixe meu reino. Pegue seus filhos bastardos e vá. Se eu vir sua cara novamente, vou mandar te executar. Está me entendendo?

— Perfeitamente. — Eu o encaro por um momento, inclinando a cabeça de lado. — Creusa é adorável, por sinal. É uma pena Jasão tê-la arrastado para o meio disso tudo.

— Nunca mais fale de minha filha. Você não é digna de ter o nome dela em sua língua.

Meu sorriso endurece.

— Onde está Jasão?

Ele solta uma risada fria.

— Ele não está aqui, e mesmo se estivesse, o homem não quer você perto dele. Ele cansou de você e, acredite em mim, está esperando há *muito tempo* por esse dia.

Suas palavras pretendem me ferir, mas não as sinto.

— Jasão não está aqui? Que pena, ele vai perder.

Creonte parece irritado por minha apatia.

— Perder o quê? — pergunta ele.

Antes que eu possa responder, um grito horripilante corta o palácio. Segundos depois, Creusa sai cambaleando no corredor, as mãos cobrindo o rosto enquanto ela grita sem parar.

Ela está usando o vestido vermelho.

— Façam parar! — grita ela com a voz agonizante. — Deuses! Façam isso parar!

O vestido a está devorando viva.

O veneno que teci em seus fios está agora penetrando na pele de Creusa, espalhando-se por ela como fogo. Sua pele começa a borbulhar em vergões horríveis e inchados, desfigurando seu lindo corpinho e rosto. Então, aqueles vergões começam a estourar, e os restos chiam e queimam sua pele. O cheiro é horrível.

A princesa grita, contorcendo-se em violenta agonia. Ela tenta arrancar o vestido com as mãos em pânico, mas sua pele começa a sair em pedaços grandes sob seus dedos. Quando Creusa percebe, ela tenta gritar de novo, mas o som é úmido e borbulhante. Ela está se engasgando nos próprios órgãos, que estão se dissolvendo. O veneno já penetrou dentro dela.

Se ao menos Jasão estivesse aqui para ver isso.

Para testemunhar o efeito de seu amor amaldiçoado.

A princesa cai aos meus pés, agarrando minhas saias com as mãos arruinadas. Seus lábios estão se movendo, mas as súplicas estranguladas não estão mais formando palavras. Enquanto olho para a garota no chão, uma bolha de saliva ensanguentada sai de sua boca.

Dentro de mim, sinto os espíritos da morte se alegrando, se deleitando com sua dor. Eles são tão barulhentos que mal ouço o grito de Creonte quando ele cai de joelhos.

— *Ajude-a!* — suplica ele. — Por favor, deuses, eu te dou qualquer coisa, apenas faça isso parar! *Por favor!*

— Eu não posso — respondo, enquanto Creusa me solta. Seu rosto começa a afundar para dentro conforme seu corpo derretido se fecha sobre si mesmo.

Creonte então faz algo tolo, porém previsível.

Ele tenta tirar o vestido da filha, mas assim que toca no material, o poderoso veneno penetra em seus dedos, espalhando-se por seu corpo forte em questão de segundos, devorando sua carne no processo.

O rei uiva como um animal, contorcendo-se de agonia enquanto seus homens assistem, paralisados pelo horror, com as armas frouxas nas mãos.

Vejo o veneno arrancar a carne de Creonte dos ossos. Mas, mesmo agora, ele ainda tenta alcançar Creusa para salvar sua adorada filha com seu último suspiro.

Eu me pergunto qual deve ser a sensação de ser amada assim.

Eu pensava que sabia.

Alguns dos guardas finalmente se lembram de seu dever, avançando para ajudar seu rei. Eles encontram um destino similar. O veneno voraz consome tudo o que toca. Um feitiço cruel e destrutivo. Uma magia tão obscura que faria o próprio Hades empalidecer.

É impressionante o que se pode conseguir combinando os diferentes meios de magia. Eu nunca tinha tentado fazer isso antes. A poção entremeada no vestido de Creusa é uma simples mistura derivada da magia da terra, que depois infundi ao meu poder obscuro para transformá-la em arma.

Um clangor de espadas e lanças surge e eu me viro e vejo os guardas que restaram correndo para se salvar. Seus gritos se misturam com os de minhas vítimas, criando uma cacofonia assustadora de gritos que ecoam pelas paredes do palácio.

Sou deixada a sós no corredor com os moribundos. O cheiro de carne queimada preenche o ar. É uma morte lenta. Uma morte cruel.

Espero sentir alguma coisa — satisfação, remorso, encerramento, vitória, repulsa, qualquer coisa. Mas não há nada. Nada mesmo. Apenas um vazio que não tem começo nem fim.

Eu esperava que Jasão estivesse aqui. Queria que ele visse a destruição que causou, sentisse a vida deles manchando suas mãos, deixasse a culpa matar sua alma.

Creusa poderia ter vivido uma vida longa e feliz. A garota merecia isso. Ela era doce, inocente e gentil… Mas Jasão tinha que envolver a criança em nossa confusão, tinha que arruinar a vida da princesa com as enganações egoístas dele.

Ela não merecia morrer, Jasão.

O sangue dela está em suas mãos.

Esta culpa será para sempre sua.

Quando os corpos finalmente pararam de se contorcer, murmuro algumas palavras. Em segundos, o vestido se transforma em uma onda de chamas vermelhas que rastejam pelas paredes, infestando a estrutura do palácio da mesma forma que o veneno infestou os ossos do rei e da princesa.

Saio do palácio em chamas coberta de escuridão. Do lado de fora, as pessoas já estão se reunindo. Passo por elas sem ser vista, enquanto elas observam a fumaça densa subir pelo céu crepuscular, bloqueando o que resta da luz do dia.

Então os gritos começam. Eles me lembram dos gritos que eu ouvia quando meu pai açoitava seus escravizados, mas agora sou eu que inflijo a dor.

Agora sou eu que tenho o poder.

Meus filhos estão esperando por mim quando volto para casa.

Eles estão na porta, com os rostos radiantes de admiração enquanto observam o fogo enfurecendo-se a distância. Daqui, o palácio não passa de uma mancha carmesim contrastando com um manto de escuridão.

Logo as pessoas vão saber quem fez isso. Logo elas virão atrás de mim.

— Mamãe! — Pheres corre em minha direção quando me vê, envolvendo minhas pernas com os bracinhos.

— Entre já, rápido.

— Por que o palácio está pegando fogo? — pergunta Mermerus, tocando em meu vestido enquanto os levo para dentro.

Ignoro a pergunta.

— Onde estão as coisas de vocês? Mirto embalou tudo como eu pedi?

— Ela viu as chamas e foi ajudar — responde Mermerus e eu praguejo em voz baixa.

— Para onde nós vamos, mamãe?

— Para longe daqui — respondo sem interesse enquanto vou para a cozinha pegar as coisas que guardei mais cedo.

— Mas onde? — insiste Pheres.

Eu não sei.

Estava tão concentrada em minha vingança que não planejei mais nada. Mas agora aquela raiva queimou e uma incerteza fria ficou em seu rastro. Para onde podemos ir? Quem pode nos ajudar? Quem nos acolheria?

— Mamãe.

— Vamos para um lugar bem longe.

— Onde é isso, mamãe?

Eu não sei — essas três palavras me provocam conforme eu ando pela casa, reunindo os pertences que posso carregar. Meus filhos vão atrás de mim, perseguindo-me com perguntas às quais não posso responder.

— Onde está o papai?

— Por que vamos embora?

— Nós vamos voltar?

— O papai vai com a gente?

— O que é isso? — A pergunta chama minha atenção, e eu finalmente olho para baixo e vejo Mermerus tocando em meu vestido.

Quando ele afasta as mãos, elas estão manchadas de vermelho. O sangue cintila em suas palmas pequenas.

O sangue de Creusa… O sangue de Creonte… Nas mãos dele.

Por um instante, não consigo respirar.

Só consigo olhar para o meu filho, suas mãos cobertas pelo sangue que eu derramei, sua pele marcada com a mancha de meus crimes. Ao lado dele, Pheres olha para baixo e vê que suas roupas estão no mesmo tom violento de vermelho por ter me abraçado momentos antes.

Meus meninos. Meus doces e inocentes meninos, cobertos com meus pecados, minha *escuridão…*

Algo bem fundo dentro de mim cede, como um terremoto que atinge uma pedra, fazendo-a lascar e quebrar. Por aquela fissura, sinto uma onda de emoção explodir, subindo cada vez mais, tomando conta de mim — é uma mistura paralisante de dor e culpa e raiva e vergonha. É quase demais para suportar; posso senti-la me rasgando por dentro.

Caio de joelhos, tentando respirar.

— O que foi? — pergunta Mermerus ao meu lado.

— Não gosto disso, faça ir embora, mamãe. — Pheres parece assustado ao tentar limpar o sangue, mas é tarde demais. Ele está todo coberto. Está *em toda parte.*

Quando olho para eles, sinto uma dor aguda atravessar minha cabeça. Pressiono as palmas das mãos nos olhos conforme uma visão queima violentamente diante deles, como aconteceu naquele dia em Iolcos quando descobri que estava grávida de Mermerus. Mas essa visão não tem nada a ver com aquela imagem alegre e brilhante; é um pesadelo, um pesadelo forjado nas profundezas do Tártaro.

Vejo meus filhos, ainda cobertos de sangue, mas agora como homens adultos. Belos e vibrantes, mas... atormentados. Posso sentir o gosto de sua dor como cinzas em minha boca. Quando olho nos olhos deles, vejo a mim mesma lá dentro. Meu laço com o Submundo se acorrentou a eles, e eu posso sentir os espíritos da morte se alimentando de sua inocência como feras famintas e inquietas. Destruindo suas almas, transformando-os no mesmo monstro que sua mãe se tornou.

Porque eu sou um monstro. Não sou? Do tipo que ataca garotas inocentes e seus pais amorosos.

Do tipo que mata seu próprio sangue.

Tive a chance de ter paz, e escolhi a vingança. Tive a chance de ter luz, e escolhi a escuridão. Porque o monstro dentro de mim a deseja de forma ardente. É o mesmo monstro que vive dentro de meu pai, só que o meu é mais forte, alimentado pelos espíritos da morte que acolhi em minha alma. E agora essa escuridão se entranhou em meus filhos.

Eu não queria isso. Eu não queria nada disso.

Eu não pretendia...

Acreditei que a luz de Jasão pudesse neutralizar isso, mas agora sei que ele não possui essa virtude. Se eu sou a escuridão, então Jasão é o obstáculo que faz aquelas sombras feias serem lançadas.

Você é tão podre quanto eu, Jasão.

Achei que poderíamos colocar o bem no mundo, mas violência gera apenas violência, e nós tivemos uma boa cota disso, não tivemos?

Acreditei que poderia levar meus filhos para longe de tudo isso, que depois que fizesse Jasão pagar, poderíamos deixar essa terra para trás, deixar isso tudo para trás, e então poderíamos ser felizes, livres. Acreditei na mesma coisa na Cólquida. Que assim que eu me livrasse de meu pai, estaria livre do monstro. Mas aquela criatura me seguiu, e ela me segue até hoje porque não posso fugir dela, nem meus filhos podem. Ela os tem em suas garras agora.

As sementes já foram plantadas.

E só vão crescer e crescer e crescer.

Consumir e consumir e consumir.

Destruir e destruir e destruir.

Não posso suportar isso.

Não posso suportar vê-los se tornarem como eu.

Eles não merecem esse tormento. Esse futuro cruel.

Mas…

Eu ainda poderia salvá-los disso.

Poderia garantir que a escuridão nunca os encontre.

— Nós vamos embora, mamãe? — sussurra Pheres.

— Não — respondo com a voz calma, tornando-me suave como a noite à nossa volta. — Não, é tarde demais. É tarde demais para nós.

Estamos parados no pátio, Selena brilhando para nós com um sorriso. Eu olho para ela, sentindo sua luz delicada acariciar minhas bochechas enquanto uma serenidade fria recai sobre mim.

Meus filhos me olham com aqueles olhos grandes e azuis. Os olhos de seu pai.

Ainda posso ser uma boa mãe. A mãe que eles merecem.

Devo isso a eles.

— É hora de ir para a cama, meninos. — Pego nas mãos deles, tão pequenas, tão crédulas. — É hora de dormir.

A CASA ESTÁ QUIETA como um túmulo quando Jasão chega.

Ouço seus passos rompendo o silêncio pacífico, seu caminhar é rápido e agitado.

— *MEDEIA!* — Ele grita meu nome como um soldado grita com o inimigo em batalha. Uma promessa sangrenta ecoa em cada sílaba. — *MEDEIA!*

— Jasão. — Apareço no corredor.

Ele está do outro lado do pátio. É banhado pelo luar, raios pálidos que vêm de cima, projetando sombras contorcidas que parecem corpos espalhados no chão entre nós.

Jasão me encara por um momento. Seu corpo está imóvel, exceto pelo subir e descer de seu peito conforme ele estabiliza a respiração. Há cinzas em seus cabelos e traços pretos sujando sua pele.

— Você a matou — sussurra ele, como se estivesse acabando de compreender a magnitude dessa declaração. — *Você a matou.*

Ele avança, cortando a distância entre nós em poucos passos furiosos. Permaneço firme, vendo seu rosto se contorcer.

— Ela era apenas uma garota inocente — diz ele.

— Ela era. — Concordo com a cabeça.

Ele para bem na minha frente, tão perto que posso sentir o cheiro do suor que se forma em sua testa.

— Qual é o problema, Jasão? Você costumava amar quando eu matava por você.

— Você é um monstro, Medeia. Não tem alma, não tem coração. — Ele cospe, e eu limpo o resíduo de meu rosto devagar.

— Você tem razão, e por que é assim? — Sorrio para ele, continuando antes que ele possa responder: — Porque eu dei essas coisas a você. Eu *me dei por inteiro* a você. Eu te amei, Jasão, tão profunda e dolorosamente. — Jasão se vira, mas eu entro na frente dele, obrigando-o a olhar para mim. — Mas sabe o que é mais forte do que o amor de um amante? Seu *ódio*.

Ele fecha a mão em volta da minha garganta, empurrando-me contra a parede mais próxima, o impacto envia uma pontada de dor pela minha coluna.

— Estou cansado de ouvir seu veneno. Você arruinou *tudo*. Você me destruiu, destruiu minha vida.

— Assim como você destruiu a minha — respondo com calma. — E que bela bagunça fizemos um com o outro, marido.

Ele aperta com mais força, contraindo minhas vias aéreas. Manchas escuras começam a surgir em minha visão e, por um momento, penso que ele pode realmente fazer isso. Que ele pode me matar. Mas então algo atravessa seu rosto e ele me solta. Quando vai afastar a mão, eu agarro seu pulso, segurando-o com força.

— Vamos — incito. — Por que não termina o que começou?

— *Não*. — Ele puxa a mão com raiva. — É isso que você quer. Você quer que eu me torne tão degenerado como você… mas eu não sou como você, Medeia. Não sou assassino. — Ele passa os dedos trêmulos pelos cachos, os olhos arregalados e cheios de pânico. Respirando devagar, sua voz se estabiliza quando ele diz: — Além disso, não quero privar o povo de Corinto de sua justiça. Eles estão a caminho. Pretendem te matar pelo que você fez. Querem te fazer sofrer como você fez Creusa sofrer.

— Você veio me alertar? Que atencioso de sua parte.

— Eu vim tirar meus filhos daqui — resmunga ele. — Eles são inocentes nisso tudo. Não deveriam sofrer por seus crimes.

— Então agora você se preocupa com eles?

— Eu *sempre* me preocupei com eles.

— Mesmo quando você *pediu* a Creonte para nos banir? — Ele recua ao ouvir isso, dando um passo para trás. — Ah, sim, Jasão. Fiquei sabendo disso. Eu sei de tudo.

— *Medeia*. Não temos tempo para isso. Me diga, onde eles estão? Onde estão meus filhos?

Uma pausa, apenas breve, enquanto a escuridão recupera o fôlego ao nosso redor. Ávida. Esperando.

— Em segurança. — Eu sorrio. — Nossos filhos estão em segurança agora.

— O que... o que você está querendo dizer? — A pergunta fica presa na garganta de Jasão e ele analisa a mudança em meu semblante, sua raiva se dissolvendo e se transformando em algo mais real. — Quero vê-los agora. Me leve até meus filhos. *Me deixe vê-los.*

Uma parte de mim não quer deixar. Ele não merece isso e sei que não vai entender.

— Me deixe vê-los. — Ele se aproxima de mim, as palavras cortadas com uma ameaça silenciosa.

Não respondo, mas volto meus olhos na direção do quarto dos meninos. Sem maior encorajamento, Jasão dispara até lá, com uma respiração irregular escapando de seu peito. Vou atrás dele devagar. Sei que não preciso me apressar, pois sei que não pode fazer mal a eles agora.

Ninguém pode fazer mal a eles agora.

Nem mesmo eu.

Nossos filhos estão deitados na cama, abraçados. A cabeça de Pheres repousa sobre o peito estreito do irmão. Ajeitei os cobertores em volta deles para espantar o frio; quero que eles estejam aquecidos, confortáveis.

Eles estão tão tranquilos.

São tão perfeitos.

Há uma calma dentro de minha cabeça quando olho para eles, uma quietude que nunca senti antes. É como um suspiro de alívio em minha alma.

Jasão reflete o som, suspirando quando os vê dormindo. Ele então esfrega o rosto com as mãos, como se quisesse dispersar qualquer temor que tivesse surgido dentro de si. Depois de um momento, Jasão se aproxima da cama, colocando a mão sobre a bochecha pequena de Mermerus.

— É hora de ir, filhos — sussurra ele, balançando-os com cuidado.
— Vocês precisam ir comigo agora.

Eles não se mexem.

Não vão acordar.

— Pheres? Mermerus? — Ele os sacode com um pouco mais de força, vendo suas cabeças penderem como brinquedos inertes de criança.

— Foi meu presente para eles — digo atrás de Jasão, caminhando e parando ao pé da cama.

A escuridão gira ao meu redor como filetes de fumaça. Vejo aquele pânico começar a surgir em Jasão mais uma vez quando a percepção se acomoda em seus ossos. Ele pega nos rostos deles, gritando seus nomes.

— *Não, não, não.* — Um soluço de choro lhe escapa quando ele pega o copo vazio ao lado da cama.

— Cicuta — confirmo. — Bem, minha própria versão dela. Adaptada para não haver dor nem sofrimento. Apenas um leve cair no sono. Eu tinha preparado isso para o caso de meu plano no palácio dar errado. Mas este é um propósito muito mais digno para ela.

— *Como você pôde?* — Ele se engasga com as palavras como se sufocasse com a própria dor.

— Como eu pude? — Franzo a testa, indo sentar na cama ao lado deles. Acaricio o rosto de Pheres, depois o de Mermerus. Meus lindos filhos, para sempre seguros em sua inocência. Para sempre perfeitos. — Fiz o que qualquer mãe faria: eu os protegi. Eu os libertei. Eles estão em segurança agora.

— Eu arrumei outra noiva, então você tirou a *vida* deles? — Jasão está caído de joelhos agora, a cabeça abaixada junto à cama.

— Não — digo com firmeza, enquanto continuo a acariciar os rostos deles. — Isso não foi por *você*, Jasão. Foi por eles.

Um grito angustiado escapa do peito de Jasão enquanto ele se balança no chão; só consigo distinguir as palavras "meus meninos" entre seus soluços.

Sabia que ele agiria dessa forma, pois um homem tão egoísta como ele jamais poderia entender.

Jasão nunca destruiria sua alma para proteger a de outra pessoa.

Ele teria deixado nossos meninos viverem e sofrerem, só para não se sentir sozinho. Ele teria encorajado aquela escuridão dentro deles, tirado vantagem disso. Assim como fez comigo.

Apenas um pai ou uma mãe verdadeiros e altruístas poderiam fazer esse sacrifício necessário.

Então, neste ato de misericórdia, finalmente fiz. Finalmente me tornei a mãe que meus filhos sempre mereceram.

Espero que eles vejam isso de onde estão observando, no mundo além.

— Você vai me matar agora? — pergunta Jasão, com a voz abafada pelas mãos que ainda cobrem seu rosto.

— Te matar? — Reviro os olhos para ele. Típico de Jasão, sempre pensando em si mesmo. — Eu não quero te *matar*, Jasão. Só quero que você sofra.

Estico o braço e tiro um cacho de sua testa, as ondas de sua angústia me acalmam. Jasão recua diante de meu toque, seus olhos vermelhos e inchados se arregalam quando olha para mim. Pela primeira vez, um medo bruto e genuíno consome seu rosto, e eu sorrio para ele em saudação.

— *Bruxa! Bruxa! Bruxa!*

Ouço o ruído distante da multidão coríntia que se aproxima de nossa casa. A entonação sedenta por sangue preenche a noite com um novo tipo de escuridão.

Eles vieram me matar. Reivindicar minha vida em troca daquelas que tirei.

Mas minha vida não pertence a eles.

— Tenho que ir agora, Jasão — digo, movendo-me para erguer meus meninos.

— Aonde você vai com eles? Não os leve embora. Por favor, Medeia. Por favor, me deixe enterrá-los. Me deixe fazer isso. Eu te imploro.

— Você não merece a honra de enterrá-los, Jasão. Perdeu esse privilégio quando os deixou para serem exilados — digo com frieza ao levantar seus corpos pequenos e frouxos em meus braços. Eles são mais pesados do que eu esperava.

Mas eu sempre fui mais forte do que imaginei.

Jasão fica em silêncio enquanto ando com cuidado até a entrada de nossa casa, com meus filhos curvados sobre meus ombros em seu sono eterno e pacífico.

Do lado de fora, o céu está enevoado. O palácio continua a queimar ao longe, fumaça preta subindo em filetes densos e sinistros. O cheiro permanece pesado no ar. Paro e levanto os olhos, vendo cinzas dançando na brisa como flocos de neve bonitos e ardentes.

Na rua, a multidão se aproxima, um rio pulsante cujas correntes se agitam com uma raiva feia e violenta. Armas reluzem ao lado de tochas que eles seguram no alto, suas palavras ecoando os passos tempestuosos…

— *Bruxa! Bruxa! Bruxa!*

Uma carruagem está esperando por mim, aquela que preparei mais cedo. Ela vibra com um poder silencioso, os rastros de meu feitiço brilhando em suas bordas. Coloco os meninos lá dentro, garantindo que permaneçam bem aquecidos e enrolados em seus cobertores.

Não quero que eles sintam frio.

— Medeia. — A voz de Jasão vem de trás, mais forte agora. — Você não vai tirá-los de mim.

Eu me viro para ele, observando a espada em sua mão. Seu medo anterior desapareceu, revelando uma camada fresca de fúria, reforçada pela raiva da multidão que marcha em nossa direção.

— Achei que você se considerasse melhor do que isso, Jasão. — Meus olhos se voltam para a lâmina, depois para o céu.

A cada segundo que passa, a multidão pulsante chega mais perto, sua sede por meu sangue queimando com a mesma ferocidade que o palácio de seu adorado rei.

— Isso foi antes de você matar meus filhos, seu monstro desalmado. — Ele segura a espada com mais força, se aproximando. — Você tirou tudo de mim, Medeia. Você me arruinou.

— Você mesmo se arruinou — respondo, entediada com seu sofrimento egoísta. — Você se sufocou com seu senso de merecimento, pensando que o mundo te deve tanta coisa quando você dá tão pouco em troca.

Ele avança, agarrando meus cabelos e me virando de frente para a multidão. A turba nos cerca, batendo e crescendo como uma onda sobre uma rocha. A maior parte são homens, mas entre eles posso ver aquelas velhas que se reuniam em frente à minha casa todos os dias, seus rostos iluminados pelas tochas que carregavam.

Alguém estica o braço para me agarrar, mas Jasão o empurra.

— Calma! Calma! — ordena ele. — Vocês querem justiça para seu rei e princesa. Eu compreendo isso, meu bom povo. — A multidão grita em resposta, batendo as armas. Jasão sempre foi um excelente orador. — Mas a vida da bruxa me pertence, em pagamento por arruinar a minha. Ela me manchou com sua escuridão desde o início, amaldiçoando-me com a ira dos deuses quando matou o próprio irmão. Depois me obrigando a me exilar quando matou meu pobre tio. Agora, ela assassinou minha futura esposa e *matou* nossos filhos. Tudo em nome de vingança, tudo porque eu desejei me livrar de seu veneno.

As pessoas ficam boquiabertas quando Jasão aponta a espada para nossos meninos na carruagem. O horror delas não me intimida, pois nunca poderiam entender meu sacrifício.

— Eu que devo tirar sua vida. Por favor, permitam-me isso. — A multidão ruge em aprovação, e Jasão se volta para mim. Seus olhos brilham à luz das tochas, com pequenas estrelas vermelhas dançando em suas íris. — Ajoelhe-se.

Volto os olhos para o céu, observando as cinzas caírem em círculos preguiçosos.

— *Ajoelhe-se* — resmunga ele de novo. — Ou você deseja morrer em pé?

Sorrio para Jasão e isso o desconcerta. Ele estava esperando que eu chorasse, suplicasse por minha vida como uma vítima chorosa, e, enquanto absorvo sua reação, percebo uma coisa.

Esse homem não me conhece nem um pouco.

Nunca conheceu.

Jasão puxa sua espada, preparando-se para atacar, para remover minha cabeça do pescoço. Sustento o olhar dele; seus olhos ardentes estão forrados de prateado conforme tenta conter lágrimas furiosas. Por um instante, acho que ele pode vacilar, mas então vejo a determinação se instalar em seu rosto.

Há um momento de silêncio e o mundo paralisa; é como se os deuses tivessem parado o tempo para assistir.

— Isso é pelos nossos filhos. — Ouço Jasão dizendo enquanto ele se prepara para o golpe final.

— Quer saber o que eu acho mais divertido? — Continuo antes que ele possa responder: — Mesmo depois de tudo o que aconteceu, você ainda me subestima.

O céu noturno se abre com um brilho vermelho e dourado.

Jasão olha para cima e vê uma forma poderosa passar sobre a multidão, provocando um golpe de ar que ameaça derrubar as pessoas. Asas gigantescas se esticam no céu, bloqueando o rosto calmo de Selena.

A vasta forma desliza no alto novamente, antes de pousar com uma força de arrepiar os ossos sobre nossa casa. A criatura levanta a cabeça e solta um grito potente, que faria o próprio Monte Olimpo tremer.

Ele ainda é tão magnífico como no dia que o criei.

Amintas.

O dragão. *Meu* dragão.

Ele solta fogo pela boca, e o mundo explode em vida com violentas faixas de cor. Ao meu redor, a multidão foge, dispersada pelo medo. As pessoas estão gritando, berrando, afogando-se no pânico. Alguns tentam disparar flechas, mas elas ricocheteiam nas escamas reluzentes de Amintas.

Vejo suas garras enormes perfurarem as paredes, fazendo nossa casa desmoronar sob seu peso quando ele desce para o chão. Faz dez invernos que não o vejo, desde que estive diante dele e ordenei que dormisse em frente ao Bosque de Apolo.

— Não pode ser… — murmura Jasão, abaixando a espada.

— Eu o chamei para me ajudar, e ele respondeu. — Eu avanço. — É bom te ver novamente.

Amintas abaixa a cabeça, com os olhos cor de âmbar iluminados. Diante dele, Jasão parece tão pequeno, tão frágil. Ele ergue a espada, e um chiado sai da garganta do dragão, fazendo-o largar a arma de imediato.

Eu então atrelo rapidamente a carruagem a Amintas, que resmunga um pouco em protesto. As rédeas foram feitas para uma criatura bem menor, mas vão servir por enquanto.

— Vamos — grita Jasão quando termino. — Acabe com isso. Me mate. O que me resta para viver?

Eu me viro para ele, sentindo Amintas crescer atrás de mim como uma sombra de pesadelo.

— Te matar? — Faço um muxoxo. — Eu já te disse, Jasão, não quero que você morra. Quero que você *sofra*. E, enquanto esse sofrimento te devora vivo, dia após dia, quero que você só pense em mim.

Ele não responde. Eu não preciso que ele o faça.

Não preciso de nada dele.

Nunca precisei.

Coloco a mão sobre seu ombro, dando um tapinha suave.

— Por favor, Jasão, não vamos nos separar como inimigos. Somos adultos demais para isso, não somos?

Ele abre a boca, mas um resmungo baixo de Amintas silencia qualquer resposta odiosa que tivesse rastejado por sua garganta.

Abro um sorriso, condescendente como todos os que ele já me ofereceu, antes de entrar na carruagem. Sem hesitação, Amintas alça voo. A carruagem, encantada com minha magia, fica pairando ereta enquanto o dragão bate as asas, lançando-se no céu banhado pela lua.

Sob mim, vejo Jasão ficando cada vez menor, encolhendo até não passar de uma marca insignificante no mundo, e então desaparecer.

Enterro meus filhos em uma colina desinteressante em uma terra desconhecida.

A colina tem vista para um vale calmo, com rios que serpeiam pelas planícies gramadas. No horizonte, o amanhecer desperta o céu, seus dedos rosados pintando a vista com faixas de rosa-claro e dourado.

O enterro é rápido e eficiente. Não posso permitir que minha mente se demore, não posso permitir que emoções autocentradas se infiltrem em minha determinação. Sentir tristeza pela morte deles seria egoísmo.

Seus túmulos me fazem pensar em meu irmão, ou melhor, em seu corpo, aqueles pedaços dele engolidos por ondas revoltas. Eu me arrependo de ter deixado Jasão jogar seu corpo na água mais do que me arrependo de o ter matado. Absirto era cruel, mas nem ele merecia um tratamento tão degradante.

Espero que tenham recuperado o que restou de seu corpo. Espero que minha mãe e meu pai tenham podido enterrá-lo de forma adequada, e que ele tenha podido encontrar paz no lugar de descanso eterno.

E quanto a Creusa e Creonte? Será que o povo de Corinto vai conseguir fazer os ritos funerários com suas cinzas? Ou será que suas almas vão ficar presas nas margens do rio Estige para sempre? Jurei que aquelas vidas seriam um fardo de Jasão, mas por que sinto esse peso dentro de mim ao pensar no limbo perpétuo deles?

Ou esse peso é apenas o peso de um corpo que não tem mais alma?

Meu olhar se ergue para o amplo vale abaixo. A quietude me desconcerta. É muito pacífico, muito calmo, e isso parece errado depois de tudo o que aconteceu.

Eu acabei de destruir minha vida com minhas próprias mãos, e ainda assim o mundo permanece inalterado.

O silêncio zomba de mim.

Então grito com ele.

Grito com o mundo.

Grito com meu pai por fazer eu me sentir inútil e com minha mãe por nunca lutar por mim.

Grito com Calcíope por ir embora e com Circe por me deixar ir.

Grito com Absirto por me odiar e com Hécate por me sobrecarregar com essa maldição.

Grito com Jasão por fazer eu me destruir por ele e com a garota que permitiu que ele fizesse isso.

Grito pelo amor que achei que tinha perdido, mas que nunca tive.

Grito com meus filhos que não mereciam nada disso e com a dor que não posso suportar sentir.

Grito e grito, deixando aquela fúria ferida escapar de minha garganta, de minha alma. Grito até minha pele parecer estar em chamas e minhas bochechas ficarem molhadas. Grito até todo meu corpo doer.

E então, silêncio mais uma vez.

No eco de meus gritos, sinto a raiva pulsar como um batimento cardíaco moribundo, ficando cada vez mais silencioso a cada *tum*. Posso sentir as outras emoções sob ela, abutres esperando aquele batimento cardíaco parar, para que possam avançar sobre seu cadáver, destruindo-me com suas garras cobertas de culpa.

Mas culpa é para os fracos, para aqueles covardes demais para assumir seus atos.

Já cansei de ser fraca.

Há coisas de que me arrependo, é claro. Desperdiçar tanto tempo de minha vida com Jasão, deixá-lo me esmagar e me transformar em sua esposa patética e subserviente.

Mas não me arrependo de fazê-lo sofrer.

Ele mereceu cada centímetro de sua dor.

Ao meu lado, Amintas solta um suspiro quente e arrepiante, salpicado com brasas e cinzas. Seus olhos observam os túmulos dos meus filhos, e quando olho para sua forma magnífica, eu me pergunto que resquícios do homem que ele foi ainda vivem dentro de seu coração, se é que há algum.

— Obrigada — digo a ele com a voz entrecortada. — Por vir em meu auxílio.

Sei que não foi sua escolha me ajudar. Ele está ligado a mim por poderes mais fortes do que o livre-arbítrio, então quando o chamei em silêncio em meio à escuridão da noite, ele não teve escolha além de atender ao meu chamado. Os olhos de Amintas se voltam para os meus, suas pupilas são como cacos de obsidiana cortando aquelas íris cor de âmbar brilhante. Não sei dizer se há ódio ou amizade em seu olhar, ou talvez outra coisa completamente diferente.

— Posso fazer você voltar a ter sua antiga forma, se desejar. Eu poderia te tornar humano de novo.

Ele pisca devagar, como se considerasse minhas palavras. Então levanta a cabeça poderosa, abrindo aquelas asas gloriosas, a extensão das quais domina a colina sobre a qual estamos. A luz da manhã ilumina as veias que serpeiam pela pele coriácea, as garras nas pontas são recobertas por um toque de ouro-rosê.

Ele é realmente belo.

— Imagino que um leão não gostaria de voltar a ser um camundongo — digo, acenando com a cabeça.

Amintas abaixa a cabeça, talvez concordando.

Um vento suave sopra e ele começa a mudar de posição, com os pés pesados e cheios de garras avançando em direção à beirada da colina. Sei que ele quer partir, seguir o que quer que o chame naquela brisa.

— Ainda quero te dar um presente para demonstrar minha gratidão — digo, fazendo-o parar. — Quero te livrar de seu laço comigo; desejo te libertar. Você não serve mais a mim.

Há uma leve pausa enquanto Amintas absorve minhas palavras, sentindo aquele laço dentro dele se desfazer. Então, ele bate as asas, cortando o ar ao disparar para cima. Eu o vejo voar cada vez mais alto, atravessando o céu que acorda lentamente de seu sono.

Fico olhando para ele até que se torne apenas uma mancha ao longe, até que a quietude pesada se estabeleça à minha volta mais uma vez e eu seja deixada sozinha com meus filhos.

Meus meninos.

Espero que eles compreendam o presente que lhes dei, o presente da inocência eterna, de almas livres. Vou explicar tudo a eles quando os vir no além, quando nos reencontrarmos. Um dia.

Mas não agora.

Não temo a morte — como poderia, quando seu rosto me é tão familiar? Mas acabar com minha vida agora significaria que Jasão venceu. Significaria que ele conseguiu me destruir. Ele gostaria disso; sei que gostaria. Posso imaginá-lo triunfante com a ideia de ter mandado a infame Medeia para o túmulo. Ele consideraria uma vitória.

E eu não posso permitir isso.

Mesmo não encontrando mais prazer nessa vida, vou viver só para contrariá-lo, e vou me satisfazer com isso.

E não vou apenas viver, vou *prosperar*. Vou reivindicar aquele poder que Jasão nunca conseguiu. Vou para Atenas, vou procurar Egeu e vou aceitar sua oferta. Vou me tornar sua rainha, não porque me importo com títulos sem sentido, mas porque sei que isso vai atormentar Jasão, o que me traz uma sensação profunda e deliciosa de conforto.

Eu sorrio quando uma onda de escuridão rica e esfumaçada sobe de meu âmago, sussurrando junto às brasas de minha fúria, atiçando-a a ganhar vida. Em minhas veias, minha magia responde, erguendo-se, o poder queima em meu sangue, fazendo meus dedos ficarem agitados.

Atalanta uma vez me disse que o mundo me transformaria na vilã da história, mas ela estava errada.

O mundo tentou me transformar na vítima, então me tornei sua vilã.

Quando eu estava com Jasão, quis destruir cada centímetro de mim para poder começar de novo. Tinha vergonha de quem eu era, uma vergonha que foi plantada pelos meus pais e cultivada por todos à minha volta. Engoli as mentiras que o mundo me contou: que meu poder era algo a ser temido, odiado. Acreditei que eu era inútil, e essa crença me levou a procurar validação de qualquer um que eu pudesse alcançar, como se seu amor provasse que eu era suficiente.

Mas eu sempre fui suficiente.

E não desejo mais destruir o que sou para criar uma versão minha que esse mundo aceite.

Vou acolher tudo isso. Cada parte feia e monstruosa de mim. Eu aceito.

Deixo meu poder se infiltrar em mim, permitindo que consuma cada centímetro, mesmo aqueles cantos pequenos e esquecidos que já tentei manter fora de seu alcance. Eles já não me servem para nada.

Consuma-me. Completamente. Irrevogavelmente.

Vamos nos tornar um só.

— Medeia. — Ouço a voz incorpórea de Hécate se entrelaçar na brisa, misturando-se em minha mente como uma carícia gentil em meus pensamentos.

Eu me viro e a vejo parada ao meu lado. Um de seus rostos encara os túmulos de meus filhos, outro olha para o vale e o terceiro está olhando diretamente para mim. À nossa volta, os últimos resquícios da noite pressionam para dentro, sombras se agarrando à sua forma etérea como um vestido escuro. Sinto o espaço entre nós vibrar com seu poder frio.

— Esse foi o caminho que você escolheu.

— Foi. — Minha voz soa diferente, talvez mais forte.

— E você acredita que é o certo? — Sua voz tem o tom indecifrável de sempre.

— Era o único caminho.

Todas as três cabeças se viram para os túmulos e eu tenho certeza de que posso ouvir alguma coisa sussurrando naqueles olhos profundos, mas a emoção é rápida demais para distinguir.

— E agora?

— Agora eu escolho viver para mim.

Hécate inclina a cabeça de lado, analisando-me com cuidado. Seu rosto é tão sereno, como a superfície vidrada de um lago calmo, mascarando qualquer criatura que esteja escondida abaixo.

— E se os deuses não concordarem? Eles estão zangados devido ao que você fez com Jasão, com seus filhos.

— Jasão mereceu o que teve.

— Mas seus filhos?

Meu olhar se volta para seus túmulos, a raiva titubeando de leve em minhas veias.

— Eu vi o futuro deles, vi o que se tornariam... então os libertei daquilo, do que as Moiras haviam planejado. Eu os salvei.

— E ainda assim... — A voz de Hécate é suave como gelo. — Você matou sua própria carne e sangue. Esse é um crime que os deuses não podem deixar passar sem punição; você sabe disso, Medeia. Se deseja viver, deve conquistar o perdão deles.

— Como?

Hécate fica em silêncio por tanto tempo que começo a me perguntar se ela vai mesmo me responder. Enquanto espero, sinto a decisão se fortalecer dentro de mim, como uma promessa silenciosa — esse não vai ser meu fim.

Vou atacar os deuses e abalar o universo se for preciso.

Mas minha história não termina aqui.

— Zeus exige um favor — responde Hécate enfim. — Se você o satisfizer, ele diz que perdoará seus crimes.

Vejo o sol subir mais alto no céu, cobrindo o mundo com um novo amanhecer.

— O que você me pedir, eu farei.

39
CALCÍOPE

A Cólquida é um cemitério de memórias.

Enquanto estou parada no pátio, visões de minha infância sussurram à minha volta como fantasmas saindo das profundezas de minha mente, fazendo um frio percorrer minha pele.

Penso em minha mãe, na sensação de seus dedos finos penteando meus cachos, em ouvir fragmentos daquela canção familiar que ela cantarolava. Sempre tentei acompanhá-la, embora inevitavelmente acabasse cantando a melodia errada, fazendo-a rir. Eu amava quando minha mãe ria; era um som tão lindo. Eu me sentia especial quando ouvia, como vislumbrar uma criatura rara e bela que apenas poucos já viram.

Nos corredores, posso ver meu pai andando de um lado para o outro, aquela fúria silenciosa pendurada nele como uma camada extra de roupas pesadas. Aonde quer que fosse, ele deixaria um rastro de mal-estar para trás. Não consigo lembrar nenhuma época em que não senti medo dele. Aquele medo permeia todos os cantos de minha infância.

Aqui, no pátio, vejo Absirto praticando com sua espada de madeira. Ele sempre foi um lutador talentoso. Minhas lembranças dele dançam com as ondas de calor que sobem do chão. Lembro seu rosto brilhando com tanta confiança, tanta alegria, quando ele exibia as novas técnicas que tinha aprendido. Eu valorizo aqueles momentos em que meu irmão suavizava por mim, revelando a alma gentil presa em seu exterior desagradável. *Cuide de Medeia, por favor.* Essas foram as últimas palavras que eu disse a ele. Pensar nisso faz meu coração apertar.

Medeia. Eu a vejo mais do que tudo. Aquele rosto quieto e contemplativo me persegue em todas as sombras por onde passo.

Posso sentir a presença de minha irmã com tanta potência que é como se ela estivesse ao meu lado, apertando minha mão para me consolar, exatamente como costumava fazer. Medeia sempre sabia quando eu estava chateada, mesmo se eu tentasse me esconder atrás de minha expressão mais corajosa.

Uma lembrança fraca surge em minha mente, de quando éramos crianças e eu estava perturbando Medeia para brincar comigo, como fazia com frequência. Em minhas tentativas de chamar sua atenção, acidentalmente derrubei um vaso. Ainda consigo visualizar aquela peça estilhaçando no chão exatamente como meu medo se estilhaçou dentro de mim, cortando todos os nervos. Medeia chegou em um instante, tentando varrer a bagunça enquanto eu apenas chorava, lágrimas inúteis escorrendo por meu rosto. Até cortou a palma da mão na pressa, fazendo o sangue se misturar com os fragmentos. Ela não reclamou; nem sequer estremeceu.

Nosso pai ficou furioso, é claro. Mesmo agora eu posso sentir aquele terror gélido fluindo por minhas veias quando ele perguntou:

— Quem fez isso?

— Fui eu — confessou Medeia. Olhei para ela boquiaberta, com um alívio manchado de culpa tomando conta de mim.

Medeia ficou com hematomas no peito e nas costelas durante semanas depois disso, embora não aceitasse minha gratidão. Ela nem sequer falava sobre isso.

Aquela era a irmã que eu conhecia, extremamente protetora daqueles que amava. Confesso que ela podia ser distante e fria e um pouco intimidadora, mas eu sempre acreditei que havia uma luz em Medeia, mesmo que minha irmã não conseguisse enxergá-la.

Como eu estava errada.

Pois certamente só pode haver escuridão dentro de alguém capaz de tanto mal. Alguém capaz de matar e desmembrar o *próprio irmão*, sem contar aqueles rumores terríveis que circularam desde então…

Dois reis mortos…

Uma princesa assassinada…

Os *próprios filhos* de Medeia...

Eu rezei, com toda minha força, para que esses rumores não fossem verdadeiros, para que minha irmã não fosse capaz de tamanha perversidade. Matar nosso irmão foi inegavelmente injusto, um ato pelo qual eu nunca a perdoarei. E ainda assim posso imaginar como os eventos que se desenrolaram podem ter levado Medeia a acreditar que aquela conclusão violenta era sua única opção.

Mas isso? Seus *filhos*?

Não consigo compreender isso, nem quero. Pensar em fazer mal a um único fio de cabelo de meus filhos me deixa nauseada. Vai contra todos os meus instintos.

— Calcíope? — Levanto os olhos e vejo Frixo ao meu lado, com a mão na parte inferior de minhas costas. Seu toque é gentil, porém reconfortante. — Você está bem?

Assinto com a cabeça, olhando para o pátio familiar.

— Está na hora?

A pergunta o deixa tenso.

— Você não precisa fazer isso, minha querida. Podemos ir embora agora se desejar. Se você mudou de ideia...

— Não. — Aperto a mão dele, mais para tranquilizá-lo do que por mim. — Devo fazer isso.

— E se ela... — Ele engole em seco, apertando os dedos ao redor dos meus. — E se ela tentar te machucar?

— Ela não vai fazer isso.

— Como você pode saber?

Não digo nada, porque na verdade eu não sei.

Eu só sei que devo fazer isso.

Frixo me encara quando sua pergunta fica pairando sem resposta entre nós. Posso ver os pensamentos de sempre girando em sua mente. É uma discussão que já tivemos inúmeras vezes, antes e durante nossa jornada até aqui. Mas eu estou decidida; tomei essa decisão no dia em que soube que Medeia tinha voltado para a Cólquida.

Nada, nem mesmo os deuses, poderia me impedir de ver minha irmã de novo.

— Preciso ver com meus próprios olhos — sussurro, minha voz vacilando, mas cheia de determinação. — Preciso ver o monstro em que ela se transformou. Só então poderei finalmente deixá-la ir.

Os olhos de Frixo são pesados quando ele acena com a cabeça.

— Eu sei.

Ele me puxa para perto e eu suspiro naquele espaço seguro entre seus braços. A forma de Frixo é tão familiar que eu poderia traçar cada curva dele de cor.

Apoio a cabeça em seu peito e minha tensão diminui um pouco.

— Sei que isso deve ser terrivelmente difícil, depois de tudo o que ela fez com você — murmura ele junto aos meus cabelos.

Difícil. A palavra mal consegue abranger as emoções exaustivas que batalham dentro de minha mente há tantos invernos. Toda a raiva e medo e *amargura* feia e intensa. Mas talvez pior do que isso seja essa dor de nostalgia que pesa dentro de mim sempre que penso em Medeia, e aquela horrível sensação de perda que definiu grande parte de minha vida adulta.

Hoje, no entanto, vou colocar um fim nisso. Como cortar tecido de um tear, vou cortar aqueles fios soltos e emaranhados dentro de mim e encontrar o encerramento que venho desejando. O encerramento que mereço.

— Princesa. — Um escravizado aparece ao nosso lado, fazendo uma mesura profunda. — A rainha vai recebê-la agora.

Soa estranho ouvir isso em voz alta.

Minha irmã, Medeia.

A rainha da Cólquida.

Paro na frente da porta, torcendo as mãos diante do corpo.

— Querida, eu...

— Frixo, por favor. — Eu me viro para ele. — Eu vou fazer isso.

— Gostaria que houvesse algo que eu pudesse dizer para você mudar de ideia — murmura ele com os olhos pesados de medo.

Dou um beijo em seu rosto.

— Eu sei.

— Se ela tentar te ferir...

— Frixo. — A forma como digo seu nome o silencia e ele solta um suspiro tenso. Pego nas mãos dele; estão pegajosas e quentes. — Confie em mim. Vai ficar tudo bem. Você pode esperar do lado de fora se preferir...

— Não. — Ele me interrompe. — Vou ficar ao seu lado. Sempre.

— Entrem. — Ambos nos encolhemos quando uma voz suave surge do outro lado da porta.

Respirando fundo, eu entro, com Frixo ao meu lado.

Tenho certeza de que nunca entrei nessa sala antes, pois fica na ala do palácio que pertencia ao meu pai. Mas é difícil dizer, pois o espaço está completamente diferente. Não há mais os ornamentos dourados, a decoração opulenta e as cortinas vermelhas de que meu pai gostava. Em vez disso, móveis descombinando espalham-se pelo cômodo, com decorações espalhadas por todo o ambiente: vasos, plantas, tigelas, pequenas estátuas de deusas. Nas paredes estão penduradas tapeçarias grossas, umas por cima das outras por falta de espaço. É como se uma criança tivesse recebido carta branca para decorar como quisesse, escolhendo uma de cada coisa possível. Isso dá à sala um sensação estranha de personalidade, apesar de parecer a manifestação visual de uma dor de cabeça.

Seria uma amostra da mente de Medeia?

— Irmã. Frixo. — Aquela voz novamente, suave e escura como um abraço de Nix.

Ela vem do canto extremo da sala, onde uma figura está sentada, envolvida em pesadas sombras. Quando me aproximo, uma luz pendente ganha vida, fazendo Frixo estremecer. Essa luz de tocha banha a sala com um brilho quente e dourado, permitindo que eu finalmente veja a mulher que está sentada diante de nós.

A bruxa da Cólquida e, agora, sua rainha.

Medeia está exatamente igual ao que eu me lembrava e ainda assim, de alguma forma, totalmente diferente. Ou melhor, suas feições são as mesmas, sua pele cor de luar e os longos cabelos ônix, o nariz proeminente e acentuado e aqueles intensos olhos escuros.

Mas o modo como ela se apresenta se transformou.

A irmã que eu conhecia parecia estar sempre inquieta, agitada, apesar de seu exterior contemplativo. Quando eu era mais nova, imaginava que havia uma criatura andando de um lado para o outro dentro de Medeia, desesperada para sair. Isso me assustava um pouco, embora eu também sentisse pena da coisa trancada dentro de minha irmã, desesperada para ser libertada.

Eu via relances da criatura quando Medeia deixava o controle escapar. Como naquela noite horrível em que fui prometida a Frixo. Mas sempre acreditei que a raiva de Medeia não era direcionada aos outros — nem mesmo ao nosso pai, por mais que os deuses soubessem que ele merecia. A impressão que eu tinha era de que Medeia estava sempre direcionando sua raiva para dentro, como se ela estivesse se destruindo para tentar entender quem realmente era, ou talvez tentando lutar contra o que espreitava em seu interior.

Mas a mulher sentada diante de mim é outra coisa completamente diferente. Ela parece relaxada, quase serena, como se enfim estivesse em paz consigo mesma, com o que quer que viva dentro dela.

E ela emana *poder*. Poder puro e descarado.

Poder que irradia dela, pulsando como um batimento cardíaco que consigo *sentir* em minha pele. Um toque escuro e sedoso roçando em mim, como se avaliasse minha ameaça. Estremeço com a sensação elétrica, ao mesmo tempo aterrorizante e inebriante. Olhando para Frixo, posso dizer que ele sente também.

Medeia está sentada em uma cadeira simples e desbotada, mas na sombra de seu poder bem que poderia ser um trono magnífico. Seu rosto é calmo, seus olhos são escuros e profundos como uma floresta à noite, cheios de possibilidades terríveis.

Tem mais alguma coisa a respeito dela, algo profundamente incômodo que não consigo distinguir… então percebo.

Medeia não *parece* mais humana.

Sua presença se assemelha à dos seres divinos, dos deuses. Os lábios de Medeia se curvam para cima, formando algo parecido com um sorriso, como se ela estivesse lendo meus pensamentos.

Está vendo, ela não é mais sua irmã, digo a mim mesma, esperando aquela sensação chegar, o encerramento que desejo tão desesperadamente.

Mas, conforme olho para Medeia, tudo o que consigo sentir é um potente nó de emoções crescendo em minha garganta.

Eu tusso, tentando desalojá-lo.

— O-olá. — Finalmente encontro minha voz, mas ela soa baixa e delicada na presença de Medeia, como as asas de uma mariposa voando contra uma chama. — Obrigada por nos receber.

— Faz muito tempo. — A voz de Medeia parece acariciar a escuridão à nossa volta, fazendo as sombras rastejarem para mais perto. — Por favor, sentem-se.

Frixo lança um olhar para mim quando me acomodo na cadeira em frente à minha irmã.

Pigarreio novamente, mas aquele nó persiste. Quando tenho certeza de que consigo falar sem minha voz falhar, digo:

— Você parece… diferente.

Sinto as palavras desajeitadas e tolas assim que as pronuncio.

— É mesmo? — Os lábios de Medeia se contorcem.

Respiro fundo para me acalmar. O ambiente tem um cheiro forte e esfumaçado, pontuado por especiarias estranhas que não consigo distinguir. Eu me pergunto, com cautela, se Medeia vem preparando suas poções aqui dentro.

— Vinho? — pergunta ela, como se lesse meus pensamentos mais uma vez.

Com relutância, aceito a taça que ela oferece.

— Não. — A voz de Frixo parece áspera quando ele levanta a mão. Então diz a palavra seguinte por entre dentes cerrados. — *Obrigado*.

Os olhos de Medeia brilham com uma diversão fria quando ela leva a taça aos lábios e bebe, alternando o olhar entre nós dois. Um silêncio se forma, e parece que Medeia está esperando que eu fale, mas não sei por onde começar. Há tanta coisa que eu queria dizer, tantas coisas que planejei perguntar. Mas agora não consigo encontrar as palavras. Como se a presença de Medeia tivesse obscurecido minha mente por inteiro.

Ao encarar minha irmã, sinto um ímpeto repentino e avassalador de me aproximar e abraçá-la. Mas me obrigo a afastar esse impulso, concentrando-me nas mãos de Medeia, lembrando-me de quem é o sangue que as mancha.

— O nosso pai… — eu me interrompo, sem saber como terminar a pergunta.

— Eu não o matei, se é isso que você está se perguntando. — É diversão que surge na voz de Medeia? — Ele está vivo. Mais ou menos.

Mais ou menos. As palavras me fazem estremecer.

— Ele está descansando agora, mas você pode vê-lo mais tarde, se desejar — acrescenta Medeia.

— Eu gostaria… obrigada.

Outro silêncio contrai o ar à nossa volta, mas Medeia parece perfeitamente à vontade com isso. Ela beberica o vinho devagar, voltando a atenção para Frixo.

— Vocês têm muitas perguntas — diz ela. — Perguntem.

Me diga que você não fez nada. As palavras doem em minha garganta. *Me diga que tudo aquilo são mentiras horríveis. Por favor, irmã.*

— Da última vez que tivemos notícias, você era rainha de Atenas. — Fico aliviada ao ouvir Frixo falar, seu tom calmo. — E agora é rainha da Cólquida.

— De fato. Não gostei muito do clima de Atenas. — Frixo a encara, franzindo a testa. Medeia solta uma risada áspera, o som é como uma fumaça densa e enrolada. — Foi uma piada, Frixo. Não fique tão sombrio. Sim, fui rainha de Atenas, por um tempinho.

— Mas como conseguiu isso, depois…

— Depois de tudo o que eu fiz? — Medeia termina a frase por ele. — Porque nem todos os homens temem o poder, Frixo. Alguns homens, na verdade, admiram. Egeu é um desses homens.

— Mas o rei de Atenas já era casado.

— Ele era. — Ela confirma com a cabeça devagar, os olhos brilhando. — Meta ficou melhor sem ele, acredite em mim. E eu ofereci a Egeu algo que mais ninguém conseguiu: um herdeiro.

— Você… teve outro filho? — Não consigo conter a pergunta.

Um nervosismo se enrola em meu estômago ao pensar nos outros filhos de Medeia, naqueles rumores terríveis com os quais me torturei noite após noite. Como queria poder esquecê-los. Mas palavras podem ser uma maldição cruel — uma vez alojadas dentro de você, é praticamente impossível se livrar delas.

— Tive. — Medeia volta a olhar nos meus olhos.

Outro silêncio se segue, e dentro dele posso sentir a acusação silenciosa espreitando. Será que Medeia pode senti-la também?

— Pa-parabéns — digo.

— Obrigada. — Os olhos de Medeia estão firmes, calmos. Tão diferentes de como me lembro deles. — Obviamente, as coisas acabaram não saindo conforme o planejado. Foi culpa daquele rapaz, Teseu, que foi ao palácio alegando ser herdeiro de Egeu. É claro, aquilo era impossível, considerando-se a *condição* de Egeu, mas ele era um indivíduo persuasivo. Irritante também. Sua reivindicação do trono foi um problema menor, mas depois ele começou a fazer Egeu duvidar da legitimidade de nosso filho e, bem...

— Seu sorriso é uma coisa perigosa. — Eu não poderia permitir isso. Tentei resolver a situação, mas Egeu não ficou satisfeito com meus... métodos.

Seus olhos brilham com a violência não verbalizada, como se nos desafiasse a sondar mais.

Frixo morde a isca.

— Você... matou o garoto? Teseu?

— Eu tentei. — Sua expressão é assustadoramente indiferente. Ela gira o vinho na taça, o líquido escuro chega à borda, mas não derrama. — Depois que Egeu me baniu de Atenas, considerei minhas opções. Confesso que eram limitadas. Mas eu sabia que meu filho era o herdeiro legítimo da Cólquida, e por que não deveria ser?

A acusação está escrita no olhar de Frixo: *Porque você matou o verdadeiro herdeiro.*

— E Perses? — pergunto, pensando em nosso tio, que havia roubado o trono de nosso pai.

— Ele era um homem fraco e patético. Não demorou nada para eu remover nosso tio do trono. — Medeia dá de ombros. — O povo, no entanto... Está sendo um pouco mais difícil de persuadir. Eles se lembram de minha traição anterior, e sua confiança ficou... abalada. Felizmente, Perses era um péssimo rei, então eles ficaram felizes em se livrar dele.

— *Como?* — A palavra escapa de Frixo em um sussurro, deixando-me tensa. — Como os deuses permitem que você continue com esse comportamento sem ser punida? Todo o derramamento de sangue? Todas as *mortes?*

Medeia então fica imóvel, e a presença tangível de seu poder parece aumentar, como se sua pulsação estivesse coagulando no ar. Um arrepio percorre minha pele, como garras beijadas pela noite, fazendo-me estremecer.

Talvez vir até aqui tenha sido uma péssima ideia, afinal…

— Os deuses e eu temos um acordo. — É tudo o que Medeia diz.

— O que isso quer dizer? — pressiona Frixo, e eu estico o braço para tocar em seus punhos trêmulos. *Basta, marido.*

— Os deuses *estavam* zangados comigo — confirma Medeia, vendo as mãos de Frixo relaxarem devagar sob meus dedos. — Eu fiz um favor a Zeus. Seu filho Héracles havia se envolvido em um problema com Hera. Zeus me pediu para… arrumar a bagunça.

Um favor? Mal consigo imaginar isso, como uma mortal poderia ter qualquer coisa digna de uma barganha com o *Rei dos deuses.*

Diante de nossas expressões confusas, Medeia continua:

— Hera havia deixado Héracles louco, por ele ser filho ilegítimo de uma das muitas amantes de Zeus. É claro, Zeus não poderia denunciar abertamente o castigo de sua esposa, então ele me pediu para… cuidar das coisas. Agora, *infligir* loucura é uma magia complicada, mas revertê-la? É um feitiço simples. Basta uma única planta: heléboro. Já ouviram falar?

Frixo e eu olhamos sem expressão para Medeia.

— É claro que não. — Ela faz um muxoxo. — Você não tocou no vinho, irmã.

— Ela não está com sede — interrompe Frixo.

— Seu marido sempre fala por você? Ou ser esposa te fez esquecer como usar a língua?

— Ná-não. — Balanço a cabeça, desejando ter soado mais convincente.

— Alguém me disse uma vez que "esposa" é apenas outra palavra para "propriedade". É isso que minha irmã é para você, Frixo? Uma posse?

A voz de Medeia é calma, mas posso sentir a ameaça silenciosa que atravessa sua pergunta.

Ao meu lado, ouço Frixo engolir em seco e vejo uma gota de suor escorrendo por sua têmpora enquanto ele avalia como responder da melhor forma.

Antes que tenha a chance, Medeia se levanta, fazendo nós dois estremecermos.

— Nosso pai está acordado — anuncia ela. Como ela sabe disso, não consigo entender. — Gostaria de vê-lo?

É estranho caminhar pelos corredores familiares do palácio ao lado de Medeia.

Quantas vezes, quando criança, eu não desejei isso, poder andar ao lado de minha irmã sem medo de reprimenda? Permito que minha mente vagueie, imaginando que somos crianças de novo, reunindo-nos em segredo. Sinto até aquele ímpeto de olhar para trás para ver se ninguém está olhando, esperando para nos repreender. Mas então sinto aquela pulsação do poder de Medeia puxando a ilusão, deixando-a se desfazer aos nossos pés.

Olho rapidamente para minha irmã, imaginando se algum resquício da Medeia que eu conheci ainda existe dentro dela.

Se existe, certamente não consigo enxergar.

— Tenho um alerta a fazer. — Aquela voz sedosa e sombria ainda me deixa nervosa. Parece calma demais, calculada demais. — Nosso pai não está do jeito que você deve se lembrar dele. Ele está muito doente.

— É a mesma doença que levou nossa mãe?

Nossa mãe morreu alguns invernos atrás. Não pude me despedir nem ajudar a mandar sua alma para o mundo além. Quando meu tio tomou o trono, ele me proibiu de colocar os pés na Cólquida, com medo de que eu pudesse reivindicar o título para os meus filhos.

Odeio a ideia de minha mãe ter morrido sozinha, apenas com meu pai ao seu lado. É algo que sempre me assombrou e talvez assombre para sempre.

E de quem é a culpa? A pergunta surge em minha mente. Se Medeia não tivesse traído nossa família, a Cólquida nunca teria enfraquecido o bastante para nosso tio atacar.

— Não. A doença de nosso pai é na mente. — Ela olha de soslaio para mim, lendo as dúvidas que ocupam meus pensamentos. Atrás de nós, Frixo acompanha em silêncio. — Não foi uma maldição lançada por mim, se é isso que está se perguntando. É apenas o resultado natural do envelhecimento, quando a mente não consegue mais acompanhar o mundo à sua volta. Diferentemente de Circe, a divindade nas veias de nosso pai não lhe concedeu o dom da imortalidade.

Não é de estranhar que nosso pai sempre tivesse odiado a tia Circe. Deve ter atormentado seu ego saber que sua poderosa irmã continuaria vivendo enquanto ele um dia definharia.

Medeia vira em um corredor que segue na direção do quarto de hóspedes. Seus passos são leves e seguros; há uma confiança em seu caminhar que eu nunca vi antes.

Enquanto andamos em silêncio, vejo que meu olhar está vagando, procurando o filho de Medeia, aquele que ela mencionou mais cedo. É estranho não o ter visto ainda. *A criança está em segurança?* Odeio o fato de minha mente saltar para suposições tão terríveis a respeito de Medeia, mas talvez seja mais dolorido saber que meus temores são válidos.

Não há sinal do garoto. Vejo apenas grupos de escravizados que se dispersam quando veem Medeia se aproximando, arregalando os olhos de medo. Medeia parece não notar o efeito que provoca neles, ou talvez apenas esteja acostumada.

Chegamos a uma porta onde dois guardas armados estão de vigia. Suas expressões são impassíveis quando Medeia entra. Sigo logo atrás, enquanto Frixo acena com a cabeça para mim e espera no corredor.

O quarto está envolvido em uma coberta de calor pegajoso, iluminado por um fogo ardente, apesar do dia úmido. Há um cheiro doce, com um toque de canela, vindo de um incenso. Observo finos filetes de fumaça subindo preguiçosamente do prato fumegante, cobrindo o ar com um brilho nebuloso.

Uma cama grande foi colocada ao lado da lareira, coberta de peles. A princípio, acho que a cama está vazia, mas quando chego mais perto vejo uma figura pequena e debilitada deitada nela.

Meu pai.

Sei que é ele, embora minha mente tenha problemas em compreender o fato.

A figura que está diante de mim agora é uma mera sombra do homem que eu conheci. Por um longo momento, tudo o que consigo fazer é olhar para ele, acostumando-me a como ele está terrivelmente velho. Como está frágil. O homem que passei toda a infância temendo, que assombrou minhas memórias durante toda a minha vida... foi reduzido a isso.

— Ele comeu? — Ouço Medeia perguntando a alguém.

— Não, minha rainha. — Eu nem havia notado a outra pessoa no cômodo. — Temo que sua condição tenha piorado.

— Obrigada, doutor. — Medeia acena com a cabeça, indo sentar no banquinho ao lado da cama de nosso pai.

Vejo o médico guardar suas coisas e sair, abaixando a cabeça com educação diante de mim antes de ir.

— Pai, você precisa comer alguma coisa — murmura Medeia em tom firme, mas não indelicado.

À medida que me aproximo, vejo seus olhos revirando sob as pálpebras fechadas enquanto ele combate a letargia impregnada em seus ossos. Sua pele é tão pálida e abatida que parece que ele já está a caminho do mundo eterno.

Olho para Medeia, que está com uma tigela de sopa nas mãos. Ela a segura perto dos lábios finos dele e pede mais uma vez:

— Coma.

Nosso pai levanta um pouco a cabeça, embora mal tenha força para engolir um bocado. Observo, fascinada com a paciência gentil de Medeia. O que estou testemunhando parece quase inacreditável, mais inacreditável do que quando fiquei sabendo que Medeia tinha conjurado um dragão. Nunca pensei que veria meu pai tão frágil, mas ver Medeia cuidando dele dessa forma...

Meu olhar cai sobre suas mãos retorcidas, as veias azuladas serpeando sob a pele fina. Aquelas mãos que eu vi espancarem minha mãe, minha irmã. Tive sorte de ele raramente colocar aquelas mãos em mim, mas ver meu pai ferir aqueles que eu amava era um tipo de dor muito mais profunda.

Como Medeia suporta ficar perto dele e ainda cuidar dele? Uma parte vergonhosa de mim se pergunta por que ela não acabou com ele, como fez com todos os outros. Os deuses sabem que ele mereceria.

— Você tem visita, pai — diz Medeia quando ele começa a virar a cara para a sopa. Um pouco do líquido escorreu por seu queixo, acumulando-se nas rugas de seu pescoço. É desconcertante vê-lo nessa situação deplorável. — Veja, pai, Calcíope está aqui. Sua filha.

— Olá — digo com a voz fraca.

Os olhos de nosso pai se abrem um pouco, embora sua visão pareça vidrada. Ele olha ao redor do quarto, com os lábios tremendo. Medeia limpa a sopa das dobras de seu pescoço.

— Onde... — Sua voz é terrivelmente fina. — Onde está Absirto?

Absirto. O nome faz meu coração se contrair.

— Ele não está aqui — responde Medeia.

— Idia, onde está nosso filho?

— Ele não está aqui — repete ela, aparentemente sem se deixar abater por ter sido chamada pelo nome de nossa mãe.

Nosso pai parece ficar angustiado por sua própria confusão, tentando se sentar, embora esteja fraco demais para se erguer. Ele fica repetindo várias vezes:

— *Onde está meu filho?*

Sinto lágrimas queimando meus olhos e desvio o rosto, incapaz de assistir.

— Absirto vem visitar mais tarde. — A mentira sai com facilidade da língua de Medeia. — Você precisa descansar agora.

— Eu vou vê-lo? Vou ver meu filho?

— Sim, pai. — Medeia se vira para mim, vendo as lágrimas escorrerem por meu rosto. — Você vai ver seu filho em breve.

E eu percebo, então, que talvez suas palavras não sejam mentiras, afinal.

— Ele está morrendo.
— Sim.

Estamos sentadas no pátio. Medeia está com as mãos entrelaçadas sobre o colo, o rosto inclinado para o sol. Ao lado dela, estou rígida, sem olhar para nada, incapaz de tirar da cabeça a imagem do rosto envelhecido de nosso pai.

Frixo está perambulando pela sombra, mantendo uma distância respeitosa para nos dar um momento a sós.

— Odiei vê-lo daquela forma... apesar de tudo — admito.

— Você devia ter visto a condição em que ele estava quando o encontrei. Nosso tio o deixou apodrecendo em uma cela.

— Por que você faz isso? Por que cuida dele? — Olho de soslaio para Medeia, cujos olhos estão fechados, seu rosto pálido brilhando na luz vespertina. — Você sabe que ele não merece sua compaixão.

— Eu não chamaria de compaixão. — Ela olha nos meus olhos.

— Do que você chamaria?

— Satisfação. — Medeia sorri com um vazio sinistro, e a palavra desliza inquieta sobre minha pele. — Sinto muito que você tenha ficado chateada ao vê-lo.

Abaixo os olhos, incomodada com a intensidade da atenção total de Medeia, o peso dela.

— Ele pergunta por... Absirto com frequência?

Absirto. Parece estranho dizer o nome dele em voz alta, principalmente para Medeia. Não consigo me lembrar da última vez que fiz isso.

— Todos os dias.

Ficamos em silêncio por um longo momento. Ao olhar para o outro lado do pátio, vejo aquelas lembranças de nosso irmão bruxuleando entre as colunas. Eu me pergunto que tipo de homem ele teria se tornado. Será que teria cedido à sua crueldade, ou Absirto teria sido forte o bastante para abraçar a bondade que eu sabia que existia dentro dele? Nunca vou saber.

Medeia tirou isso de mim.

No entanto, por mais que eu tente reavivar meu ressentimento, não consigo reuni-lo. Em vez disso, sou tomada por uma pesada onda de tristeza, uma onda que não tem começo nem fim, apenas um corrente vertiginosa e infinita dentro de mim.

— Recebi notícias hoje — diz Medeia em um tom de voz leve, quase coloquial. — Jasão está morto. Ele se enforcou nas vigas do *Argo*. Imagine só.

Fico rígida, sem saber como reagir. O rosto de Medeia permanece inexpressivo.

— Eu... eu sinto muito.

— Sente muito? Por quê? Foi você que o enforcou? — Ela ergue uma sobrancelha, seus olhos brilhando com uma satisfação obscura.

Sinto-me aturdida enquanto tento encontrar as palavras certas.

— Não, mas... ele foi seu marido... Só pensei que talvez...

— Ele não é nada para mim, Calcíope. Não mais. Sua morte não significa nada. — As palavras dela são vazias, monótonas, mas ainda assim algo muda dentro dos olhos de Medeia, traindo aquela compostura fria.

Abro a boca para sondar mais, quando um grito alto me faz dar um salto. Um menino pequeno cambaleia pelo pátio, jogando-se com empolgação nos braços de Medeia. Ele solta outro grito de alegria quando minha irmã o coloca no colo e ele começa a gargalhar.

— Medo, aí está você. — Medeia abraça o garoto.

Uma suavidade repentina toma conta dela, embora seu poder pareça inchar, como os pelos de uma loba se eriçando, defendendo seu filhote.

Por um instante, só consigo olhar para eles.

É tão bonito ver Medeia assim, com tanta ternura, e o garoto parece totalmente à vontade nos braços da mãe, sorrindo para ela com uma alegria radiante. Ainda assim, não consigo silenciar a pergunta que queima dentro de mim: *essa criança está em segurança?*

— Medo, esta é sua tia Calcíope — Medeia se vira para mim. — Calcíope, este é Medo.

A pele do garoto é clara, com cabelos cacheados cor de ébano que caem sobre dois olhos grandes e castanhos.

— Ele é a sua cara. — Sorrio.

Medeia não diz nada ao colocar Medo no chão.

Observamos o garoto cambalear até onde a ama de leite está agachada, segurando um brinquedo que parece fasciná-lo. Sua alegria inocente é um sopro de ar fresco dentro dessas paredes que guardam tantas memórias obscuras.

— Ele parece… feliz — murmuro.

— Eu não achava que isso fosse possível.

— Do que está falando?

Medeia fica quieta por um momento. Quando fala, sua voz é diferente, talvez mais gentil, mas só um pouco.

— Eu temia que ele… ficasse como eu. Não tenho vergonha do meu poder, não mais. Mas também não o desejaria aos outros… Dessa forma, eu não pretendia ter um filho de Egeu. Não naturalmente, pelo menos. Eu estava tramando maneiras de contornar isso quando descobri que estava grávida de Medo. Planejei interromper a gravidez antes que Egeu descobrisse. Parecia ser a melhor coisa a fazer pela criança.

Contenho um suspiro diante de suas palavras e da franqueza com que ela consegue discutir esse assunto. Mas algo no rosto de Medeia me faz perguntar:

— O que te fez mudar de ideia?

— Tive uma visão — responde ela, com os olhos ainda intensamente focados em seu filho, como se tivesse medo de parar de olhar e ele desaparecer completamente. — De Medo como rei de uma grande terra. Vi sua felicidade, sua virtude, e soube, naquele momento, que eu era capaz.

— Do quê?

— De criar bondade nesse mundo.

As palavras me perfuram profundamente e sinto uma ardência surpreendente de lágrimas nos olhos. Pisco para contê-las e me viro para observar Medo brincando no gramado, dando uma risada animada enquanto uma borboleta voa ao seu redor.

Quero dizer a Medeia que ela sempre foi capaz de fazer coisas boas, mas as palavras ficam presas em minha garganta.

Uma lágrima escapa e desce por minha bochecha e eu a enxugo.

— Era diferente, antes — acrescenta Medeia em voz baixa.

Antes. Com seus outros filhos… aqueles pobres meninos.

O que realmente aconteceu com eles? E qual foi o papel de Medeia nisso?

Como se sentisse a direção de meus pensamentos, Medeia diz:

ROSIE HEWLETT . 417

— Eu sei por que você está aqui. — Sinto meu corpo se voltando para dentro. Olho para ela, mas sua atenção está fixada em Medo. — Você quer uma explicação. Quer que eu diga alguma coisa que te faça se sentir melhor a respeito do que eu fiz, que te ajude a entender. Você quer uma razão para não me odiar. Porque você odeia ter que me odiar.

Fico boquiaberta. Não consigo pensar no que responder, mas o que mais há para dizer? Medeia foi brutalmente precisa, proferindo as palavras que eu não tive forças para admitir nem para mim mesma.

Sua voz permanece vazia quando ela continua:

— Sinto muito te decepcionar, irmã, mas não posso te dar o que procura. Não vou lamentar o que fiz, e nem me preocupo com seu perdão. Há muitos rumores indecentes sobre mim, mas você deve saber que o que quer que tenha ouvido é provavelmente baseado na verdade. Fiz coisas que muitos vão considerar cruéis, talvez com razão.

As palavras parecem sufocadas quando sussurro:

— Mas... você não se arrepende?

É mais uma súplica do que uma pergunta.

— Se me arrependo? — Medeia repete com a voz vaga. Apenas sílabas vazias entre nós. — De que parte?

Isso me atinge como um golpe físico.

De que parte? Pois há tanto na vida de Medeia de que ela *poderia* se arrepender, talvez toda ela. Ao encarar minha irmã, penso no quanto ela sofreu, em todo aquele ódio, crueldade, manipulação, abuso, rejeição... Quando se enche uma pessoa com tantas coisas feias, é surpreendente que ela as solte de volta no mundo? Medeia escolheu o caminho do ódio porque ninguém nunca lhe mostrou outra rota.

Aquela dor em meu peito se intensifica quando digo:

— Sinto muito por ter te deixado aqui sozinha.

— Não quero sua pena. — A voz de Medeia é entrecortada, indiferente.

— Não é pena, mas eu... acredito que se estivesse aqui, talvez pudesse ter...

— Calcíope, nada poderia ter impedido o que eu fiz, o caminho que escolhi. — Um sorriso toca seus lábios e o poder de Medeia parece suavizar como o ar antes de uma tempestade. — Aquela garota estava perdida demais para enxergar a razão. Ela não podia ser salva.

Posso senti-la então, a grande maré sob a superfície calma que Medeia aprendeu a dominar tão perfeitamente. Ela ainda está ali, ainda agitada. Como Medeia faz isso, como guarda tudo aquilo dentro de si e não afunda? Talvez ela já tenha afundado. Talvez seja por isso que reconheço tão pouco de minha irmã, porque as partes que eu conhecia e amava se afogaram há tempos dentro desse tormento, deixando apenas as partes mais duras e frias para suportar aquela tempestade.

— Eu lamentei por você — sussurro, com a voz embargada devido às lágrimas que queimam em minha garganta. — Quando soube... de tudo o que havia acontecido... foi como se você tivesse morrido junto com Absirto.

— Talvez eu tenha morrido. — Medeia acena com a cabeça, seu tom de voz ainda é vazio.

Olho para ela, desejando que minha irmã reaja, que fique chateada, zangada, defensiva, que transmita *algo* humano. Qualquer coisa.

— Fiquei tão *zangada* com você. Ainda estou — digo, as lágrimas escorrem por meu rosto, quentes e urgentes. As emoções transbordam de mim como veneno de um ferimento, um ferimento que deixei há muito tempo para infeccionar. — Eu te amava, Medeia. Eu te amava mais do que jamais amei alguém. Mas você ficava me dando motivos para te *odiar*, ficava me afastando e eu simplesmente... — Medeia me observa enquanto balanço a cabeça, as palavras se emaranhando dentro de mim. Um soluço escapa de meu peito. — Sabe o quanto é *exaustivo* odiar alguém que você ama? É como um veneno, e eu estou tão *cansada disso*. Não posso mais continuar. Não quero, mesmo sabendo que deveria.

Sem pensar, estico o braço e pego na mão de Medeia. Ela recua diante de meu toque, seu rosto endurecendo. À nossa volta, sinto seu poder se afiar como uma lâmina.

— Não quero o seu perdão — diz Medeia com a voz letalmente baixa.

Tento ignorar aquela onda assustadora de seu poder e digo:

— Não é o que estou oferecendo.

Minha irmã olha para nossas mãos, todo o seu corpo fica tenso como se cada centímetro dela estivesse concentrado naquele pequeno ponto de contato humano.

— Então o que está fazendo? — pergunta ela em voz baixa.

— Apenas… estando aqui.

A expressão de Medeia permanece indecifrável, mas seus *olhos…* eles são como raios caindo em um mar escuro, escuridão e luz se chocando com um poder avassalador.

Aperto sua mão e, por um instante, acho que Medeia vai apertar a minha também. Sinto meu peito inchando de expectativa, ansiosa demais para sentir Medeia atravessar aquele vazio entre nós, para ter um vislumbre da irmã que perdi há muito tempo, para sentir a bondade que rezo para ainda haver dentro dela. A bondade à qual estou desesperada para me agarrar para poder justificar todo esse amor doloroso e confuso que ainda sinto por ela.

Mas tudo o que Medeia diz é:

— Você chegou tarde demais.

Não há acusação em seu tom de voz, não há amargura, nem mesmo tristeza. É apenas a declaração de um fato. Ela então puxa a mão com cuidado, voltando sua atenção novamente para onde Medo brinca feliz.

Ao observar Medeia, posso senti-la se afastando cada vez mais, sendo arrancada de minhas mãos pela tempestade que ruge dentro de si, aquela que enfrentou sozinha por tanto tempo. Aquela tempestade dentro da qual o mundo todo a deixou para se afogar. Mesmo quando estava gritando por ajuda, ninguém lhe estendeu a mão. Apenas a jogaram para aqueles monstros que se alimentaram de suas lutas, arrastando-a mais para o fundo de seu tormento.

Não consigo imaginar como deve ter sido, e nem quero… visualizar estar em um lugar tão obscuro que me levaria a uma violência tão impensável. Isso não justifica o que Medeia fez; sei que nada poderia justificar. E talvez, por esse motivo, eu devesse me afastar, devesse finalmente cortar aqueles fios. Talvez uma pessoa mais sábia fizesse isso, uma pessoa melhor…

Mas então me lembro daqueles hematomas no corpo de Medeia, quando ela recebeu todas aquelas surras para que eu não tivesse que sofrer.

Ela aceitou a crueldade de nosso pai para que eu pudesse ser protegida dela, arruinando-se para que eu pudesse permanecer inteira... e eu permiti. Isso não me torna parcialmente culpada?

Não posso me afastar dela novamente.

Não vou fazer isso.

Quando olho para minha irmã agora, juro continuar estendendo minha mão durante aquela tempestade. Talvez Medeia não mereça perdão, mas ela merece pelo menos isso... ter uma pessoa que não vai virar as costas, que não vai desistir dela.

Vou continuar estendendo minha mão porque sei que mais ninguém estendeu, jamais ousou. E talvez Medeia esteja certa, talvez eu tenha chegado tarde demais... mas ainda vou tentar.

E vou continuar a acreditar, a ter esperança, que um dia minha irmã possa retribuir.

AGRADECIMENTOS

DESDE QUE LI PELA primeira vez a *Medeia* de Eurípides na escola, fui totalmente cativada pela fascinante e formidável Bruxa da Cólquida. Se pudesse voltar àquele momento e dizer para aquela estudante esquisita de cabelo bagunçado que um dia ela contaria sua própria versão do mito de Medeia, acho que a primeira pergunta dela seria *"como conseguiu isso?!"* A resposta que eu daria é que foi com o apoio de todas as pessoas incríveis que tenho a sorte de ter ao meu redor.

Quero primeiramente agradecer a Jemima por tornar isso tudo possível e por ser a agente dos meus sonhos. Desde nossa primeira troca de e-mails, você foi simplesmente fantástica, trazendo entusiasmo e paixão sem limites, bem como apoio sem hesitação e orientação ao longo dessa incrível jornada. Obrigada por apostar em mim, por acreditar nessa história e ajudar a torná-la a melhor possível. Sou muito sortuda por tê-la do meu lado do ringue. Agradeço também a todo mundo na David Higham Associates pelo dedicado trabalho nos bastidores. É uma verdadeira honra ser representada por uma agência tão brilhante.

Obrigada à minha editora, Lara. Logo que nos conhecemos, soube que nossas visões a respeito de *Medeia* estavam perfeitamente alinhadas e que você amava a personagem pelos mesmos motivos que eu, com as falhas dela e tudo o mais. Sou profundamente grata por seu zeloso empenho em dar forma a este livro e em fortalecer a voz de Medeia. Sua meticulosa atenção aos detalhes e suas criteriosas sugestões foram inestimáveis, e estou absolutamente orgulhosa do que alcançamos juntas.

Quero também dizer um enorme obrigada a toda a equipe da Transworld — palavras não são o bastante para descrever o orgulho que sinto por meu livro ser defendido por um grupo de pessoas tão talentosas, apaixonadas e trabalhadoras.

Agradeço à minha editora nos EUA, MJ, pelo apoio contínuo e entusiasmo contagiante. Sinto-me honrada por *Medeia* ter encontrado um lar nos EUA com você e a inspiradora equipe da Sourcebooks, e verdadeiramente empoderada por trabalhar com a maior editora comandada por mulheres no país.

Obrigada à minha amiga Jess por ser a voz majestosamente sinistra das minhas sereias! Como poderia ter atraído homens para a morte sem seus incríveis talentos poéticos? Tanto quanto por sua habilidade com as palavras, agradeço também por ser uma excelente ouvinte. Parece que foi na semana passada que caminhávamos por Londres enquanto eu tagarelava sem parar sobre todas as minhas expectativas, sonhos e ideias. Espero que todo mundo tenha a sorte de ter uma amiga tão solidária quanto você.

À minha irmã, Holly, obrigada por me ensinar o que significa ser uma mulher forte em todas as definições da palavra. Tenho muita sorte por ter crescido com uma irmã mais velha como você para admirar e para torcer por mim. Você sempre deixou o nível de exigência lá no alto (e ainda assim, com tanta humildade), inspirando-me a me superar ano após ano. Além disso, nunca vou parar de agradecer-lhe por me incentivar a estudar Letras Clássicas! De alguma forma, você sabia que eu me apaixonaria pela disciplina e, como sempre, estava cem por cento correta.

Obrigada ao meu incrível marido, Peter, a primeira pessoa a ler este livro e meu crítico mais brutalmente honesto (quero dizer, da melhor maneira possível). Quando eu disse que queria dar esse salto gigantesco e assustador e desistir da carreira para me dedicar ao meu sonho, você em nenhum momento questionou minha decisão, mas segurou minha mão e saltou comigo com orgulho. Serei eternamente grata por poder compartilhar minha vida com alguém que acredita tanto em mim e que continuará me incentivando a ter sonhos e objetivos cada vez maiores. Amo você, sempre.

Agradeço a meus pais, Gilly e Simon, a quem devo tudo. Houve muitos altos e baixos ao longo dessa jornada, e os dois estiveram presentes em cada um deles, sempre a apenas um telefonema de distância toda vez que precisei de vocês. Falo sério quando digo que nada disso teria sido possível sem seu amor, incentivo e apoio infinitos. Se tivesse que listar todas as razões por que sou grata a vocês, precisaríamos de um novo livro inteiro! Então, vou simplificar e dizer somente isso: obrigada por não apenas acreditarem em mim, mas por me ensinarem a sempre acreditar em mim mesma. Vocês são os melhores pais que alguém poderia querer.

Às incríveis mulheres da minha vida, que tenho a honra de chamar de amigas e família, obrigada por continuarem a me inspirar e me deixarem melhor. Há um pedaço de vocês em cada mulher forte que escrevo.

Finalmente, a meus leitores, aqueles que estão aqui desde meus primeiros assustadores passos no mundo dos livros com meu romance *Medusa*, aqueles que se juntaram a nós ao longo do caminho, e a todos os novos leitores que ainda vou encontrar — obrigada, obrigada, obrigada. Ao segurar este livro nas mãos e ler estas palavras, vocês estão dando vida a um sonho e ajudando a torná-lo realidade. Sou muito grata à adorável comunidade que conheci através da escrita e ao incrível apoio que ela proporcionou. Espero que possa continuar contando histórias para vocês por muitos e muitos anos.

SOBRE A AUTORA

Com diploma de primeira classe com honras em Literatura e Civilização Clássica na Universidade de Birmingham, Rosie Hewlett estudou mitologia grega a fundo e é apaixonada por descobrir vozes femininas fortes no mundo clássico.

Seu romance de estreia, *Medusa*, foi autopublicado e recebeu o prêmio de Livro do Ano no Rubery Book Awards de 2021.

rosiehewlett.author
rosie_hewlett